文化空間으로서의 寺刹

詩로 읽는 寺刹 문화

편역자 金甲起

제이앤씨
Publishing Company

머리말 　　　　　　　　　　文化空間으로서의 寺刹 詩로 읽는 寺刹 문화

사찰(寺刹)은 불자(佛子)의 수도(修道) 도량(道場)일 뿐만 아니라, 생활공간이다. 그것이 생활공간인 이상 불자 고유의 생활문화가 향유된 문화공간임은 부정할 수 없는 사실일 터이지만, 왠지 낯설기만 한 것 또한 현실이다.

'닫힘의 성곽문화' 보다는 '열림의 자연문화' 속에서 '결핍의 안달' 보다는 '지족(知足)의 안분(安分)'을 누려온 우리네 고고한 삶의 철학은 배산임수(背山臨水)의 명소를 터잡아 누정, 혹은 사찰을 차리고, 부앙하여서는 자연에 침잠하거나, 물색에 동화하여 '산 절로 수 절로'란 수순의 도를 살았다. 여기에 합자연의 상찬과 영회가 따르는가 하면, 인간과 역사의 무상한 영고성쇠에 따른 차탄(嗟歎)이 있어 이를 자연의 물사(物事)와 교감해 왔으니, 일컬어 '제시영구(題詩詠句)'가 그것이다. 곧 경물을 소재로 하되, 그 '가시적·현실적 액자'를 상상의 공간으로까지 유추케 하는 결구의 다양성으로, 단순한 서경시만이 아니게 하는 시적(詩的) *tension*이 있다. 이를 제영시(題詠詩)라 일러왔다. 그 중 특히 사찰 및 불사(佛事)와 관련된 시를 사찰제영시라 하고 이를 중심으로 사찰의 그 고격(高格)한 문화를 바르게 이해함은 물론, 한국문화, 나아가 민족정서로서의 불교문학을 새롭게 인식할 필요를 제고하고자 한다.

먼저 사찰은 유·불불이(儒佛不二)의 시·서·화(詩書畫) 공간이

었다. 이른바 산사는 유·불간에 격의 없는 만남의 공간이었고, 그들의 만남에는 삼절(三絶 : 詩書畵)의 고급 문화예술이 향유되었다. 워낙 '시는 소리 있는 그림[有聲畵]이요, 그림은 소리 없는 시[無聲詩]'라 했으니. 이른바 '시 속에 그림이 있고[詩中有詩], 그림 속에 시가 있다[畵中有詩]함이 그것이다. 더욱 서화(書畵)야 채옹(蔡邕)의 팔분법(八分法)이래 그 궤를 같이하니, 고로 시서화는 일지(一旨)다. 이는 고려조는 물론, 조선조 척불(斥佛)의 국시(國是)가 "만국(萬國)이 즐기거늘 성성(聖性)에 와다터시니, 백천불찰(百千佛刹)을 일시(一時)에 혁(革)ᄒ시니.<용비어천가·107장>라고 악장에 올려 찬양했지만 치국의 방편이었고, 궁궐 내의 내원당(內願堂)은 물론, 양녕대군(讓寧大君) 같은 왕족도

山霞朝作飯	산 노을로 아침밥 짓고
蘿月夜爲燈	등라에 걸린 달을 등불삼아
獨宿空巖畔	홀로 넓은 바위에서 잠을 자니
惟存塔一層。	오히려 탑 한 층 남았구려.

<題僧軸>

라 하여 홍만종도 "귀인의 시도 이와 같다."했으니 당대의 유불간의 교유를 알 수 있다.

한편 동악 이안눌이 동래부사의 임기를 마치고 범어사 혜정(惠晶) 스님을 찾아가 묵고 조반을 받으며 쓴 「혜정 화상의 아침상을 받고, 시로써 사례하다」(P 263)와 같은 시를 통해서는 '당시 기층민의 생활상, 혹은 외래인사에 대한 접빈 예절 및 사찰의 식생활문화를 엿보기에 부족하지 않다.

다음 사찰은 무용과 음악이 아우른 장엄한 불교의식의 조화경이

다. "검은 장삼에 붉은 가사를 걸치고 하이얀 고깔 쓴 채 느린 사위로 장삼을 늘어뜨리고 머뭇거리는 듯, 또 뿌리다가 타령과 굿거리장단에 북을 어른 다음, 황홀한 법고놀이에 이르는 절정," 그 "휘어져 감기우고 다시 접어 뻗는 손이／ 깊은 마음 속 거룩한 합장인 양하고,／ 이 밤사 귀또리 우는 삼경인데／ 얇은 사 하이얀 고깔은 고이 접어서 나빌레라."＜조지훈・僧舞 부분＞라는 해탈염원의 악무(樂舞)까지 곁들인다면, 산사는 그 어디보다도 격조 높은 고전적 문화공간인 것이다.

뿐만 아니라, 허균(許筠)이 천룡주악(千龍奏樂)과 십이약차(十二藥叉)의 군무를 참례하고, 그 장관을 문예미로 승화한「천룡주악인제운상인축」은 영산회상의 장엄을 노래한 불교 종합예술의 극치라 할 것이다.

무엇보다 사찰이 산의 취미(翠微)에 놓이면 만상은 영활하는 생물(生物)이 되고, 날듯이 날렵한 곡선미는 그대로 동양 건축미학의 극치다. 게다가 고격한 불화(佛畵)는 물론, 곱게 단장한 탱화는 불교 미술의 진수다. 따라서 산사에는 제왕의 서화가 있는가 하면 숱한 문화재가 살아 있을 뿐, 알려지지 않고 있다.

문화유산은 사찰이 소유하고 있지만, 사찰 고유의 자산이 아니다. 민족의 문화유산인 것이요, 함께 향유할 값진 보배인 것이다.

『詩로 읽는 寺刹 문화』는 '문화공간으로서의 사찰'을 새롭게 인식하고자 작은 정성을 모았다. 선학(先學)의 연찬에 힘입은 바 큼을 밝혀 심사(深謝)드린다. 아울러 강호제현의 질정(叱正)을 기대하며, 특히 출판을 맡아주신 제이앤씨출판사 윤석원 사장님의 문화의식에 깊은 사의를 표한다.

소의 해 춘삼월

金 甲 起

1. 사찰은 수도자의 도량(道場)이자, 생활문화공간이다. 따라서 불도로 일관한 시·서·화·음악·무용은 물론, 연극·조각·건축을 아우르는 종합문화·예술의 보고(寶庫)이다.

2. 『詩로 읽는 寺刹 문화』는 이러한 사찰을 제시영구(題詩詠句)한 수많은 제영시 중 사찰·작자·문예미 등을 배려해 가려 뽑은 역주서(譯註書)다.

3. 저본(底本)은 개인의 문집을 우선으로 하되, 문집이 부전(不傳)일 경우 『신증동국여지승람』(이하 여지승람) 『한국사찰전서』(권상로편: 이하 사찰전서) 『대동시선』 『해동시선』 『국조시산』 『청구풍아』는 물론, 『시화총림(詩話叢林)』을 위시한 여러 시화에서 간추리고, 신위(申緯)의 이시논시(以詩論詩)인 「동인논시절구(東人論詩絶句)」로 작자의 시사적 위상까지 곁들였다.

4. 1사 1수[一寺一首]를 원칙으로 하되, 사찰 및 작자의 비중에 따라 일률로 한정하지는 아니하였다.

5. 이름은 같으나, 다른 사찰[同名異寺]일 경우는 별개의 사찰로 정리하였다.

6. 번역은 직역을 원칙으로 하되, 필요할 경우 의역 및 주를 통해 이해를 돕고자 하였다.

7. 각주는 세주(細註)를 원칙으로, 중요 사안은 중출도 불사하였다.

8. 텍스트 간의 상이(相異)한 표기는 원집을 중심으로 하였으며, 가능한 한 대비해 밝히고자 하였다.

9. 선정된 작자는 최치원을 위시한 144명, 군왕 3·승려 20·미상 4, 합 171명, 작품 수는 365제 380수이다.

寺刹

ㄱ

寺刹

寺刹

ㅂ

寺刹

人

寺刹

寺刹

ㅈ

寺刹
ㅊ

寺刹 ㅌ

寺刹 ㅍ

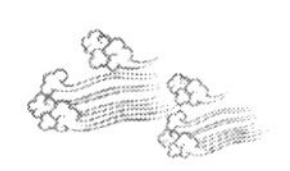

寺刹

ㅎ

寺刹
기타

詩로 읽는 寺刹 문화

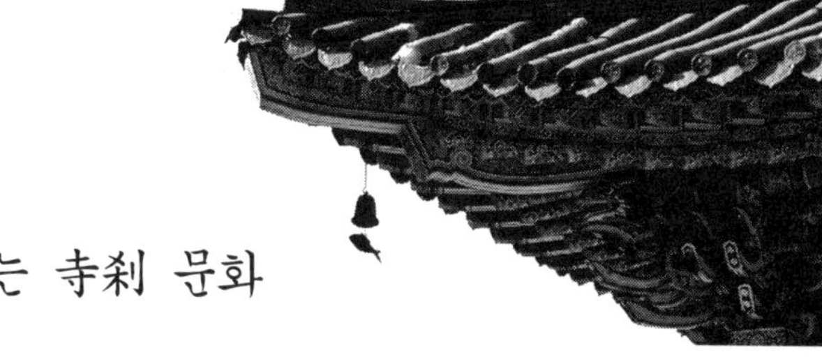

　사찰은 불자의 수도 도량이란 고정관념 외에 사찰문화, 그도 '사찰제영시를 통해서'라는 명제는 분명 필자의 부담 못지않게 독자에게도 낯설 줄 안다. 그러나 일정한 목적, 또는 이상 실현을 위한 의지 및 생활양식과 내용이 있는 한, 인간의 내적 정신활동의 소산인 문화는 의·식·주를 비롯한 학문·예술·도덕·종교 등, 그 어떤 외적 문명에 선행하는 법이다. 무엇보다 동양 정신문화의 기저로서의 불교사상, 그리고 불자의 역할은 가히 주도적이었다 할 것이며, 그들의 생활공간은 사찰이었다. 따라서 문화공간으로서의 사찰은 세속문화에 비해 경이로울지언정 전혀 논외의 대상이 아니다. 오히려 고도의 예술 경지에 쉬 접근하지 못했거나 경원시되었을 뿐, 용사(用事)니 도습(蹈襲) 등 문식(文飾) 위주의 경박, 혹은 위선의 차원을 넘어선 예술의 진시(眞詩)를 읽을 수 있다.

　본고가 사찰제영시를 통해 문화공간으로서의 사찰 면면을 검증하기 위해, 먼저 '제영시와 사찰제영시'의 개념, 혹은 그 위상 정립의 필요를 느낌은 아직 적잖이 생소한 학술용어이기 때문이다.

Ⅰ. 제영시로서의 사찰제영

Stoa학파의 Chrysippos는 "미(美)야말로 모든 대상의 존재 이유"
라 하고, 자연의 만상은 "미를 목적으로 해서 태어나 있다"[1]고 했다.
물론 그 생성 변화와 운행은 스스로 무언의 질서 속에서 행해진다.[2]
이른바 무위자연의 도가 바로 그 질서요, 자연은 또 도의 모체다.[3]
여기에 자연의 경건함과 숭고함이 있고, 그 조화와 질서와 균형의
미는 그러므로 매체에 의한 인위적 예술미가 범접할 수 없는 초절적
대미(大美)인 것이다. 따라서 자연미는 인간과 대립적, 혹은 객관적
대상물일 수 없다. 인간은 용케도 탐미욕과 모방본능을 타고나서 자
연의 순리를 따르고 존숭(尊崇)하는 가운데 체험된 미적 감동을 표
출할 줄 알기 때문이다. 아마도 촉물진정(觸物陳情)의 시학(詩學)은
그 대표적 매체일 것이다. 여기 '촉물'이라 함은 작자의 시적 정서를
환기시키는 일련의 물사[객관적 상관물objective correlative]를 접함
이요, '진정'은 시적 주체의 선험적 인식이 대상에서 얻어진 심상과
만나 '언어 매체'를 통해 창출해낸 예지의 미학이다. 이 때 특히 제
영시에서는 '객관적 상관물을 어떻게 파악하며, 무엇을 말하기 위해
어떤 수사법을 원용했는가는, 관심의 요체일 것이다.

'닫힘의 성곽문화' 보다는 '열림의 자연문화' 속에서 '결핍의 안달'
보다는 '지족(知足)의 안분(安分)'을 누려온 우리네 고고한 삶의 철
학은 배산임수(背山臨水)의 명소를 터잡아 누정을 차리고, 부앙하여

---

1) 白琪洙 :『美의 思索』, 제 2장, 제1절 「1」 ② 미와 자연, P 66. 참조. 서울대
   학교 대학교양총서10. 1986.
2) 『莊子』: "天地有大美 而不言, 四時有明法 而不議, 萬物有成理 而不說"〈造
   化遊〉 참조.
3) 『老子』: "有物混成 先天地生, 寂兮寥兮 獨立不改 周行而不殆. 可以爲天下
   母, 吾不知其名 强子之爲道---人法地, 地法天, 天法道, 道法自然." 참조.

서는 자연에 침잠하거나, 물색에 동화하여 '산 절로 수 절로'란 수순의 도를 살았다. 여기에 합자연의 상찬과 영회가 따르는가 하면, 인간과 역사의 무상한 영고성쇠에 따른 차탄(嗟歎)이 있어 이를 자연의 물사와 교감해 왔으니, 일컬어 '제시영구(題詩詠句)'가 그것이다. 곧 경물을 소재로 하되, 그 '가시적·현실적 액자'를 상상의 공간에로까지 유추케 하는 결구의 다양성으로, 단순한 서경시만이 아니게 하는 시적 tension이 있다.

무엇보다 제영시의 시학적 특징은 '그 시적 흥취가 그 지역의 경치와 맞아서 그 진경을 그대로 묘사함은 물론 역사, 포괄적으로 '문화적 궤적'이 관류해 있으므로, 그 수용미학은 배가할 것이다. 그러기에 일찍이 임경(任璟)<조선 肅宗 때의 문신>은 "예로부터 시인이 누대에 붙이는 시는 짓기가 어렵다 했다. 글귀를 만들기 어려운 것이 아니라, 그 누대에 꼭 맞게 짓기가 어렵다"4) 했다.

누정 제영시의 남상이라 할 최호(崔顥)의 황학루 기행과, 그 제영 「등황학루(登黃鶴樓)」 시에 뒤질세라, 금릉의 봉황대에 올라 「등금릉봉황대(登金陵鳳凰臺)」 시를 남긴 이백은 물론, 두보의 작시(作詩) 황금기인 50대 후반 동정호의 장관을 우주의 대문(大文)으로 읽어낸 「등악양루(登岳陽樓)」 등은 저들 누정문학의 대표작이자, 우리 제영시의 원류임에 분명하다.

한편, 사찰제영시란 사찰을 소재로 한 '제시영구'다. 그러므로 사찰제영시 역시 제영시의 작은 갈래임은 임경의 『현호쇄담』 상기 인용문에 이어지는 다음 예문에서 알 수 있다.

"나무 그림자는 물 가운데서 보고, 종소리는 양쪽 언덕에서 들려온

---

4) 任璟 : "自古詩家 以題詠爲難, 非作句難 難其相稱也."<玄湖瑣談>

다.”가 ‘금산사’를 노래한 명구가 되고, “누대에선 창해의 뜨는 해를 보고, 문 앞으론 절강의 조수 드나드네.”가 ‘영은사’의 절창이 되는 것은 대개 그 흥취가 그 땅의 경치와 맞아서, 그 진경을 그대로 그려냈기 때문이다. 김황원의 ‘부벽루’ 시에 “긴 성 한 편으론 치렁한 강물이요, 넙넓은 들녘 동편엔 가뭇가뭇 산이로구나.”를 서거정은 일찍이 대수롭지 않게 여겼다. 그러나 이 누에 올라 그 경치를 읊어보고야, 그 경치를 그림 같이 묘사한 것임을 깨닫게 되었다.[5]

라 했음이 그것이다. 이른바, 그 대상이 누정이든 사찰이든 제영시의 ‘제영시 다움’은 ‘그 흥취가 그 땅의 경치와 맞아서, 그 참다운 모습을 실경 그대로 그려냄’에 있다 하고, 사찰 제영으로 ‘금산사’ ‘영은사’를, 그리고 누정 제영으로 ‘부벽루’를 함께 제영시적 명작으로 시사했음이 그것이다. 따라서 사찰제영시를 제영시와 포괄적 동일 개념으로 인식하되, ‘사찰 및 불교리’, 혹은 ‘불사 관련의 시’라는 하위 개념으로 정리하고자 한다.

Ⅱ. 문화공간으로서의 사찰

1) 儒·佛不二의 詩·書·畵 공간

산사는 유·불간 격의 없는 만남의 공간이었고, 당대의 식자인이었던 그들의 만남에는 삼절[시·서·화]의 고급 문화예술이 향유되었다. 워낙 ‘시는 소리 있는 그림이요[有聲畵], 그림은 소리 없는 시

---

5) 仝上 : “‘樹影中流見, 鐘聲兩岸聞’ 爲金山寺之名句, ‘樓觀滄海日, 門對浙江潮’ 靈隱寺之絶唱 蓋趣與境會 寫出眞景也. 金黃元浮碧樓詩 ‘長城一面溶溶水 大野東頭點點山’ 徐四佳 嘗歇看, 然登斯樓 詠斯景則 始覺其模寫如畵 ---” <玄湖瑣談>

[無聲詩]'라 했으니, 이른바 '시 속에 그림이 있고[詩中有畵], 그림 속에 시가 있다[畵中有詩]'함이 그것이다. 더욱 서화(書畵)야 채옹(蔡邕)의 팔분법(八分法)이래 그 궤를 같이하니, 그러므로 시·서·화는 일지(一旨)랬다.

먼저 이인로(李仁老)의 시 「네 벗에게 주다. 백락천의 시를 본받아 4수를 짓다.(贈四友, 倣樂天四首)」의 제 4수 기·함련을 통해 유불 교유상을 살펴보면,

支遁從安石　　지둔도 안석과 종유하였고
鮑照愛惠休　　포조도 혜휴를 아꼈지 않았나
自古龍象流　　예로부터 고승의 무리들
時與麟鳳遊。　수시로 거유들과 노닐었다네.

<삼한시귀감·상>

위와 같다. 화자의 협주대로 '불가의 벗 종령[空門友 宗聆]'에게 준 시다. 천축인(天竺人)으로 동진(東晋)을 대표한 고승 지둔과, 진나라는 물론, 동양 삼국을 풍미했던 사안(謝安)[6]의 종유, 부섬하고 빼어날 뿐만 아니라,[7] 표일한 문사(文辭)[8]로 남송을 대표하던 포조와, 남송의 시승 혜휴[9]와의 종유를 들어, 예로부터 불가[龍象]와 유가[麟鳳], 곧 詩[儒家]와 법[佛家]의 다르지 아니함[不二]을 역설[詩法不相妨 古今同一丘]<예시의 경련>한 것이다.

---

6) 安石 : 晉朝의 謝安. 문필, 특히 行書에 능했다 하며, 朝臣의 현달을 버리고, 동산에 높이 누워[東山高臥] 음주·부시·사죽으로 일생을 즐김. 주련에 '文章北海聲名重 絲竹東山歲月長'은 유명한 대련으로 전함.
7) 『宋書』: "鮑照文辭贍逸, 爲前軍參軍" 참조.
8) 杜詩 : 「春日憶李白」에 "白也詩無敵 飄然思不群. 淸新庾開府 俊逸鮑參軍."<杜諺·十一> 참조.
9) 『靑丘風雅』: "俗姓湯, 善屬文. 宋世祖 命還俗." 참조.

　　고려조는 물론, 조선조 척불의 국시는 "萬國히 즐기거늘 聖性에 외다터시니, 百千佛刹을 一時에 革ᄒ시니."<용비어천가, 107장>라고 악장에 올려 찬양했지만 치국의 방편이었고, 따라서 다소 환신들의 어설픈 변명, 곧 '승려를 좋아해서가 아니라, 산을 좋아해서'[10] 라는 의도적 홀대가 없지도 않았으나, 조선의 건국주 태조의 아들 양녕대군(讓寧大君)의

山霞朝作飯	산 노을로 아침밥 짓고
蘿月夜爲燈	등라에 걸린 달로 등불 삼아
獨宿空巖畔	홀로 넓은 바위에서 잠을 자니
惟存塔一層。	오히려 탑 한 층 남았구려.

<題僧軸>

　　는 홍만종의 협주대로 "귀인의 시도 이와 같다.[貴人詩 乃如此]"라 했듯이, 왕족이면서 오히려 재가승의 차원을 넘난 호불의식이다.

　　그러기에 성리학이 극심하던 16세기, 유가가 보내 온 시에 답한 보우(普雨) 선사의 답시는,

儒釋相從是古風	유불이 서로 쫓음은 예로운 풍습,
太顚方丈依韓公	태전 방장도 한공에 의지했다죠
當時山月明如燭	그 때의 산과 달 촛불처럼 밝은데
獻納淸詩寄土窟。	헌납께서 맑아한 시 토굴까지 보내셨네.

<虛應堂集>

---

10)　沈守慶 : 僧人求詩於縉紳及儒生　以爲持身之寶, 謂之詩軸　蓋僧之高風也. 明公巨卿　尙皆題之　礪城頤最多, 余亦善題, 非愛僧也, 乃出於愛山也. <견한잡록> 참조

라며, 태전(太顚) 선사와 한유(韓愈)가 더불어 노닐던 산달[山月] 아래 지금 보우와 윤헌납[未詳]의 상종이 고풍 그대로임을 전제하고, 이어 그리운 정을 진솔하게 노래하고 있다.

이처럼 유불 간에 수증된 수많은 시편 중 시·서·화와 관련한 몇 작품을 가려 문화 공간으로서의 사찰, 그 위상을 가늠하기로 하자.

恭愍王(1330~1374)이 內願堂(궁궐내 사찰) 대선사 구곡 각운에게 보현보살과 달마의 상을 그린 두 권의 화첩과 '龜谷覺雲'이란 선사의 법호 4자를 친히 그리고 써서 하사했다. 이에 陶隱 李崇仁(1349~1392)이 賀詩 3수를 썼으니[11] 당대의 예인 공민왕의 서화에 도은의 시가 아울은 이른바 禪林의 보배라 하겠다.

[1]

稽首善男子	머리 조아리는 선남자는
粲然騎六牙	하얀 육아의 코끼리를 탔구나.
問他蘆葉上	여보시오, 갈대잎 탄 달마님도
趣味亦同耶。	취미는 아마 마찬가지리.

육아백상(六牙白象 : 신통력의 상징)을 탄 보현보살과, 갈대 잎을 탄 달마 대사의 그림을 시화한 일련의 제화시다.

[2]

卷舒自無心	구름은 무심히 걷혔다 펴졌다 하고
吐納安汝止	거북은 숨을 내쉬었다 들이마셨다 하네.
何須此爲名	무엇 때문에 이것으로 이름 붙였나
師道固應爾。	스님의 도가 본래 그래서라네.

---

11) 內願堂大禪師 龜谷雲公蒙賜御筆普賢達磨肖像二卷, 龜谷覺雲四大字, 以詩爲賀三首<槿域書畵徵·上>

섭리에 따라 '걷혔다 퍼졌다' 하는 구름, 생리처럼 '내쉬었다 들이
마시는' 호흡, 그처럼 순리에 따르는 대사이기에 각운(覺雲) · 구곡
(龜谷)일 뿐이라는 당연한 법호풀이다. 한편

[3]

經筵足暇日	경연에 한가한 날이 많아
宸翰灑餘淸	우리 님 붓에 맑아한 기운 서렸도다.
圖書四軸妙	네 족자에 묘한 그림과 글씨
餠錫一生榮。	병석에 일생의 영화 흐뭇하여라.

<도은집> <槿域書畵徵>

는 공민왕의 두 초상과 휘호 '龜谷覺雲' 4자에 대한 도은의 찬시다.
곧 사찰에 걸린 제화 및 제서시이니 넓은 의미의 사찰제영시인 셈
이다.

다음은 동일 서화에 대한 이인복(李仁復 : 1308~1374)의 찬시다.

仰看奎星照禪林	우러를수록 규성의 문채 선림을 환히 비추니
新賜圖書冠古今	새로 내리신 그림과 글씨 고금의 으뜸이로다.
八法旣均眞得體	팔법이 골고루 나타나 참 법을 얻었고
二師猶肖可傳心	이사와 꼭 닮았으니 마음 전할 만하네.
秕糠顧陸天機妙	그림의 천기 묘하기도 하니 고 · 육은 쭉정이요
臣僕鍾王筆意深	글씨의 조화 이리도 깊으니 종 · 왕은 심복일세.
留鎭山門有榮耀	이 서화 산문에 걸면 더 없는 영광이리니
上恩奚啻重千金。	상감의 은혜 어찌 천금에 비할 뿐이리오.

<동문선 · 15> <槿域書畵徵>

공민왕의 서화는 동국 제일이라 일컬을 만하니 '고금에 으뜸(冠古

今)'이요, 따라서 二師[보현보살과 달마]의 초상 역시 팔분법의 진체라 했다. 그러므로 고개지(顧愷之)와 육탐미(陸探微)의 그림이래야 예술미적 가치로 따지자면 한 낱 쭉정이일 뿐이며, 종요(鍾繇)와 왕희지(王羲之)의 필의도 신분관계로 비유하자면 심복에 불외하다 했으니, 이 서화야말로 내원당의 영화이자, '천금이 오히려 싸다'한 서화평이자, 사찰문화로 평하자면 국보급인 셈이다.

다음은 회암사 벽상에 있는 원경스님(釋圓鏡)의 휘호[12]를 보고 금나라 사신이 쓴 제서시다.

王子膏粱氣半存	왕자의 고량 기운 반쯤 남아 있고
山僧蔬笋尙餘痕	산승의 나물 죽순 흔적 남아 있구나.
顚張醉素無全骨	미친 장욱과 취한 회소의 완전한 골격 없으니
却恨當年許作髠。	자못 한창 당년에 산승 된 것이 한스럽구나.

<여지승람 · 11>

곧 금나라 대정 연간[世宗의 연호 : 1161~1189]에 두 사신이 들렸다가 원경 대사의 필적을 보고 한 사람은 '귀인의 글씨'라 하고, 한 사람은 '산채와 죽순기가 있는 산인의 글씨'라 하자, 사실을 말했더니 서로 맞았다고 좋아하며 썼다고 한다. 워낙 원경 선사는 왕족이었다.[13] 그러나 왕희지 이후 신풍격의 초성(草聖). 혹은 해법(楷法)이 정미하며, 더욱 광초(狂草)로 잘 알려져 장전(張顚)으로 통칭[尤長於狂草]되

---

12) 회암사는 고려 중 懶翁이 창사를 시작하여 제자 覺田이 공역을 마쳤다. 서역 승 指空이 보고 "산수 형세가 天竺國 阿蘭陁와 같다" 하고, 고려 왕자 중 원경의 글씨가 "남루 동서 벽과 서편 다락에 남아 있다"하였다. 금국 사신들이 이 글씨를 보고 이른 말인가 보다.<여지승람 11>

13) "釋 圓鏡 王子僧. 圓鏡筆跡 在檜岩壁上 大定間 金使入 觀書跡 一人曰 '貴人筆,' 一人曰 '山人筆 蔬笋之氣 頗存'. 傍有一僧 以實告 皆喜其言中 乃題 詩曰 <槿域書畵徵 · 상, 고려시대>

는 장욱(張旭 : 7세기 후 8세기 중반)과 당나라 승려이자, 서법가로 장
욱의 광초를 계승 발전시켜 장욱과 함께 전장취소(顚張醉素)로 통칭
되는 회소(懷素) 전장진(錢藏眞 : 725~785)의 전골(全骨)이 없음은 젊
은 나이에 산문에 들어 정진하지 못한 때문임을 안타까워했다.

　다음은 보제사 벽상에 그려진 귀일(歸一) 스님의 노송도를 노래
한 이규보(李奎報)의 제화시14)이다.

- 前 略 -	---- 전 략 ----
吾師來寓	우리 스님 여기 와 살적에
心掛蒼壁	마음을 푸른 벽에 걸고 싶어했지
倩人名手	이름난 화가의 손을 빌어
寫此蒼官	이 소나무를 그리게 하니
蕭然方丈	쓸쓸한 이 절간이
化作靑山	변하여 온통 푸른 산인 양
蔦縈蘿繞	담쟁이 새삼 넝쿨 어설키고
老幹龍盤	늙은 줄기 용처럼 서렸구나
不雪不霜	눈 서리 내리지도 않았는데
淸風吹寒	맑은 바람 스산히 불어드네
君子之居	군자의 거처하는 곳
何有崇庳	높고 낮은 땅 구별 있으랴
境之喧靜	환경이 시끄럽고 고요함은
在人非地。	사람에 달린 것 땅이 무슨 관계람.
- 下 略 -	----- 하 략 -----

<東國李相國集·19>

　신라 진흥왕 때 황룡사의 벽화 「노송도」를 그린 솔거(率居)15)를

---

14)　"普濟住 老規公 使山人(釋)歸一 畵老松于廳事之壁, 雖盛夏見之 若爽氣襲
　　人者, 禪師請予作贊," <근역서화징·상, 고려시대>

연상케 하는 귀일 선사의 보제사 벽화 「노송도」요, 이를 제화한 이규보의 화제시다. 평담한 사실의 진술이 창연한 고사의 전설처럼 전해 온다. 과장도 수식도 없는 지사진실(指事陳實)이 오히려 고즈넉한 비경을 유추케 하는 인과랄까? 귀일 선사가 담은 「노송도」의 '소리 없는 시'를 이규보는 다시 '소리 있는 그림'으로 환치해 맑은 송뢰를 그렇게 전하고 있다.

무수한 사찰제영시 중 사찰이란 문화공간에서 승·속불이의 만남, 그리고 그 만남으로 향유된 고급한 시·서·화의 예술미, 그 탐색의 가능성으로 찬란한 사찰문화를 느낄 수 있었다.

2) 舞踊과 音樂의 조화경

고즈넉한 산사를 휘감은 이내[霞]와 정적의 깊이를 펴 나르는 풍경소리, 그 하늘한 율동과 가녀린 선율만 해도 산사는 이미 가이없는 신비의 조화경이다. 거기에 정작 "검은 장삼에 붉은 가사를 걸치고 하이얀 고깔 쓴 채 느린 사위로 장삼을 늘어뜨리고 머뭇거리는 듯, 또 뿌리다가 타령과 굿거리장단에 북을 어른 다음, 황홀한 법고놀이에 이르는 절정,"[16] 그 "휘어져 감기우고 다시 접어 뻗는 손이/ 깊은 마음 속 거룩한 합장인 양하고,/ 이 밤 사 귀또리 우는 삼경인데/ 얇은 사 하이얀 고깔은 고이 접어서 나빌레라."<조지훈·僧舞 부분>라는 해탈염원의 악무(樂舞)까지 곁들인다면, 산사는 그 어디보다도 격조 높은 고전적 문화공간인 것이다.

---

15) 率居(?~?) : 신라 24대 진흥왕 때의 화가로 황룡사 벽화 「노송도」를 위시하여, 분황사의 「관음보살상」, 단속사의 「유마거사상」 등을 그려 당시 '神의 솜씨를 가진 화가'로 찬사를 받았으나, 지금은 모두 전하지 아니함.
16) 張師勛 : 『國樂大辭典』'僧舞' 참조, 세광음악출판부. 1984.

다음은 허균이 산사에서 연행된 영산재에서 천용주악(天龍奏樂)과 십이약차(十二藥叉)[17]의 군무를 참례하고, 그 장관을 문예미로 승화한 「천룡주악인제운상인축(天龍奏樂引題雲上人軸)」이다.

乾闥婆王鼓似雷	건달바[18]왕의 북소리 우뢰 같은데
靈山會罷乘龍回	영산회[19] 마치자 용을 타고 오시네
… 中 略 …	------ 중 략 ------
拜獻天樂陳嵒宮	하늘 음악 올려 암궁에 벌여놓으니
聲雜波濤響澎湃	파도 소리 어울려 그 울림 웅장한데
人天來會百億軀	인간 천상 모두 모여 백억의 몸이 되니
六道雜遝群龍趨	육도[20]가 뒤섞여서 뭇용이 달리누나
微風吹動寶羅網	산들바람 불어와 나망이 나부끼니
衆音微妙穿金衢	뭇 소리 미묘해 황금 거리 꿰뚫는 듯하고
曼陁天女散花雨	만다라의 천녀들 꽃비 흩뿌리니
十二藥叉皆起舞	12야차 모두 일어나 두둥실 춤을 추네
笑掉法螺開桓因	웃으며 법라[21] 불고 환인을 열어놓으니
山河大地俱微塵	산하와 대지가 모두 다 가는 먼지로다
霜鍾鯨吼八方震	종소리 웅장하여라. 팔방이 진동하고

---

17) 十二藥叉 : 藥師의 十二神將 '궁비라·벌절라·미기라·안저라·알이라·산저라·인다라·파이라·마호라·진달라·초도라·비갈라'로 모두 약사여래에 속하며, 行者를 수호한다 함. <불교대사전>

18) 乾闥婆 : 인도 신화의 요정 gandharva의 음역. 天龍八部 중의 하나로, 緊那羅와 함께 帝釋天을 모시고 음악을 연주함. 일명 하늘의 악사(樂士), 하늘에서 음악을 연주하는 神. <불교대사전>

19) 靈山會 : 석존이 중인도 마갈타국 왕사성 부근의 기사굴산 「靈鷲山」에서 『법화경』을 설법하던 會座.

20) 六道 : 중생의 業因에 따라 윤회하는 6가지의 길. 지옥도·아귀도·축생도·아수라도·인간도·천상도. <불교대사전>

21) 法螺 : 卷貝의 끝에 피리를 붙인 악기의 일종. 사람을 모을 때 부는 소라패, 혹은 부처님의 융성한 설법을 비유하기도 하며, 修驗道에서는 惡獸를 쫓는 法具로 산중 수행 및 법회에서 사용한다 함. <불교대사전>

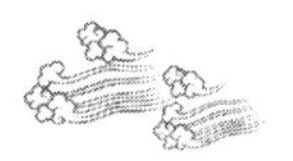

魚梵吟風來隱隱	목어에 스치는 바람 소리 은은히 들려오네
百千種樂皆備俱	갖가지 음악을 모두 갖추었는데
何必身遊佛國土	어찌 몸이 불국토에 노닐 까닭 있으랴
… 中 略 …	…… 중　략 ……
天宮無間一念移	하늘 궁전 간격 없다 한 생각 옮겨지면
片言爲懺波羅夷	한 마디 말에 바라이[22]가 참회되느니
禪門宗旨只一乘	선문의 종지는 오로지 일승일 뿐[23]
攝心不動如須彌。	섭심하여 흔들림 없기를 수미산처럼 하리라.

<惺所覆瓿藁 附錄, 蛟山憶記詩>

영산회의 불보살을 찬양하는 노래도 상영산·중영산·세영산·가락털이 등의 곡이 변주되고, 이어 삼현환입(三絃還入)·하현환입이 첨가되는 등 다양해, 작자가 들은 곡이 무엇인지 그 곡명을 위의 시만으로는 알 수 없다. 그러나 '하늘나라의 악신gandharva의 지휘 아래 줄풍류의 거문고를 위시해 법라(法螺)며 종소리 등 온갖 악기가 갖추어진 데다 파도소리까지 아울렀다' 하니, 장엄한 음악이 연행되었음을 읽을 수 있다. 더욱 '천상의 보살들이 모여 음악을 듣고, 천녀들은 꽃비 뿌려 축원하며, 12 야차가 군무를 펼쳤다'하니, 실로 웅장한 군무, 그 찬란한 종합 불교예술로 '산하대지가 모두 하찮아 보이는 거대한 변화'가 이 무악과 함께 펼쳐졌다. 그러니 '여기가 바

---

22) 波羅夷 : 불자가 지켜야 할 계율 중 가장 엄하게 금한 규율. 이 계율을 어기면 승려로서의 자격 상실은 물론, 축출되는 四波羅夷. 곧 살생·투도·邪淫·妄語. 비구니는 '摩觸·八事成重·覆障他重罪·隨順披擧比丘'를 더하여 8바라이라 함.

23) 一乘 : 一佛乘. 『법화경』『승만경』, 특히 『법화경』에서 강조한 사상으로, 중생을 인도하는 방편은 유일하고 진실한 가르침뿐이라는 뜻. 곧 사람은 자질이나 능력에 따라 성문·연각·보살 등 三乘의 실천법이 있으나, 이 모두는 일승으로 귀일한다는 대승불교의 유일하고 궁극적인 진리. <불교사전>

로 전생안락(全生安樂)의 불국토인데 어디로 가 또 찾을 것인가'라며, 시인은 그 황홀한 감격의 메시지를 전해 준다. 지난 날 선악의 기로에서 갈등하고 번민했던 온갖 고뇌로부터 한순간 해탈케 한 것 역시 음악의 힘이랬다. 과거의 잘못이며 죄업, 업장을 모두 씻고 참회의 도량을 연 것 또한 이 음악이었다. 이렇게 음악과 군무를 통해 화자는 때묻은 마음의 정화를 이루게 된 것이다.24) 이 마음을 잘 다잡아[攝心] 수미산처럼 굳건히 할 것을 다짐하는 것으로 불교 종합예술의 대미를 맺었다.

3) 佛敎藝術의 진수, 佛畵

산의 취미(翠微)에 사찰이 놓이면 만상은 영활하는 생물(生物)이 되고, 날듯이 날렵한 사찰 추녀의 곡선미는 동양 건축미학의 극치다. 게다가 고격한 불화(佛畵)는 물론, 울긋불긋 곱게 단청한 탱화는 불교미술의 진수다. 그러므로 건축미학의 극치와 불교미술의 진수가 만난 산사는 숭엄한 불교예술의 총화인 셈이다.

자고로 불화에 능한 사람이라면 중국의 吳・李25)와, 우리나라의 이장군 4대, 그 중에서도 증손 이정(李楨)26)이 제일이라고 전제하고,27)

---

24) 林鍾旭 : 「藝術史의 차원에서 불교를 인식한 許筠」 참조. 『온지논총』 제14호. 온지학회, 2006, 6.

25) 吳李 : 唐나라 화가 吳道子(약685~758)와 北宋의 화가 李公麟(1049~1106). 道玄은 道子의 본명. 인물・조수・草本・臺閣에 능했으나, 특히 佛畵・道釋畵에 뛰어남, 공린 역시 인물・鞍馬・佛道像에 뛰어났다 함.

26) 李楨(1578~1607) : 자 公幹, 호 懶翁. 曾祖 小佛・祖父 陪連・父 崇孝 모두 불화에 능했으나, 특히 4대 중 고손 이정은 어려서부터 명성을 떨쳤으니, 장안사 벽화도 13세 때 작이라 하며, 30세에 요절함.<槿域書畵徵・4, 鮮代編 中>

-- 前 略 --	------ 전 략 ------
元氣淋漓壁猶濕	천기가 넘쳐흘러 벽면 오히려 축축한데
日月照耀煙雲舍	해와 달 밝게 비추자 내와 구름 서리네
給孤獨園金布地	급고독의 동산28)엔 금가루 땅에 뿌려있고
祇陀之林蒼菖氣	지타의 수풀29)에는 담복의 향기 자욱해라
亭亭彩暈射初暾	뭉게 이는 채색 기운 아침 햇살 비쳐들자
功德莊嚴不思議	장엄한 그 공덕 이루 다 생각할 수 없어라
諸天列侍趂龍神	제천왕30) 빙 둘러 서 있고 용신이 달려오니
衆香縹緲天樂陳	뭇 향기 자욱하고 하늘 음악 울리는 듯
妙諦已囑舍利子	묘체는 모두 사리자31)에게 맡겨두고
拈花微笑知何人	꽃을 들고 빙긋이 웃은 자32) 그 누구런가
華鯨吼地鐵鳳舞	화경은 고함치고 철봉33)이 펄펄 날아드니
空外天花散如雨	공중으로부터 하늘 꽃34) 비 오듯 흩날리네
寶座暫轉紫金山	보좌는 잠깐 자금산에 옮겨 놓은 듯
奕奕兜羅爲誰竪	빛나고 빛나는 도라꽃 뉘를 위해 심었더냐
就中灌頂孰醍醐	그 가운데 누가 제호로 관정하는가35)

---

27) 前略部分은 "古來幾人能畫佛 道玄已仙公麟沒. 東方最稱李將軍 其孫阿
尤奇絶. 長安粉壁深潭潭 槙也畫時年十三."과 같다.

28) 給孤獨園 : 중인도 사위성에 있는 동산. 급고독은 사위성 장자로 석가의
설법으로 불법에 귀의, 祇陀太子의 원림을 사들여 설법지로 만듦.

29) 祇陀之林 : 給孤獨園의 땅은 급고독 소유였으나, 나무와 숲은 지타태자
소유였으므로 이른 말. 곧 '祇樹給孤獨園.'

30) 諸天 : 제천은 33천이니, 제천왕은 그 하늘을 맡은 왕들이요, 龍神은 八部
衆의 하나로 불법 수호신.

31) 舍利子 : 석가의 십대제자 중 한 사람. 舍利佛·舍利弗多.

32) 拈花微笑 : 석가가 영산회상에서 꽃을 꺾어 보이자, 가섭만이 그 뜻을 알고
빙그레 웃었다 함. 拈花示衆. 不立文字·敎外別傳·以心傳心 등의 근거.

33) 華鯨·鐵鳳 : 梵鐘과 쇠로 만든 봉황새. 華鯨은 범종의 異名이고, 철봉
은 장대 끝에 달아 지붕 위에 꽂는 것.

34) 天花 : 하늘이 부처의 조화에 감동하여 상서로 내리는 꽃. <유마경>

35) 醍醐灌頂 : 제호는 五味의 하나. 가장 맛좋은 우유·良藥. 佛性의 비유.

白衣大士摩尼珠	백의대사의 마니주³⁶⁾까지 걸어주었네
瀾飜萬偈法螺舌	물결이 뒤집히듯 온갖 게송 법라 소리
六趣盡度群魔誅	육취 사라지자 뭇 마귀 항복하는구나
偉哉意匠信豪縱	거룩하다. 그 의장 실로 호한하고 웅장해
細看毛髮森欲動。	자세히 보니 머리카락 쭈뼛 일어나려 하네.

-- 下 略 --　　　------ 하　　　략 ------

<槿域書畫徵, 朝鮮時代·中, 長安寺壁李楨畫影像及山水歌>

라고 부처를 중심한 화판을 문자로 입체화한 허균(1569~1608)의 화제시이다. 이정과는 세속 나이도 9년 차이인데다, 30이란 한창 당년에 이미 선화한 그와는 "나이와 직위를 생각지 않고 서로 좋아했으며, 불도와 도교를 말할 때마다 마음과 가슴을 시원하게 해주곤 했다"며 무던히도 슬퍼했던 망년의 지기³⁷⁾였기에, 그의 13세 때의 유작을 대한 감회는 남달랐으리라. 그러기에 그림을 대한 일성(一聲)이 '천기가 넘쳐 나고, 해와 달이 비치면 상서로운 내와 구름이 서리는 신비경으로 미화했다. 이어 염화시중을 전제한 아름다운 동산과 향기 넘치는 지타의 숲에 영롱한 햇살이 어우러지자, 용신과 제천들이 천상의 악율에 맞춰 하강하고, 영산회상의 염화미소가 장안사 벽상에서 교외별전으로 재현되어 있다 했다. 범종이 울리고 철봉이 춤추며 포효한다. 하늘에선 꽃비 내리고 온갖 게송과 법라 소리, 그야말로 야단법석이다. 실로 '호한하고 웅장한 의장에 모골이 송연하다'했다. 그리고 이 모두가 천불 및 팔부대중의 외호와, 이정

　　'제호관정'은 '지혜를 넣어 줌'의 비유.

36) 摩尼珠 : 용왕의 뇌 속에서 나온 여의주. 악을 버리고, 탁수를 맑게 하고, 재난을 피하게 함. 곧 '般若智慧'의 상징.

37) 許筠 : "---僕踈雋少檢 與之同調故 忘其年位 相愛最深. 別未幾而遽隔明幽 嗚呼哀哉. 每念其談禪覈玄 冷然醒我心胸 有得於丹霞佛龕之旨 輒爲之廢食.---. <槿域書畫徵, 鮮代篇, 中·李楨>

개인의 웅재(雄才)의 결실이라 상찬하고, 그것이 또 기구한 운명의 인과[38]임으로 대단원을 맺었다.

허균의 『성소부부고』권 1에는 5고 「팔각전견화불(八角殿見畫佛)」이 보인다. '언제 누가 그린 탱화인지 알 수 없다' 했고, 또 미처 어느 사찰 팔각전의 화불인지 확인하지 못한 채 소개하면 다음과 같다.

"엄연토다, 황금빛 몸매, 채색한 붓끝마다 비춰나는 빛. 하늘 용 서서히 강림하고, 깃대와 일산 섞여 펄럭인다. 호법 신령 좌우에 벌려, 눈 부라리며 마주 섰네.(儼然紫摩軀 彩毫光炯碎 龍天來走趍 幢蓋雜環佩 左右護法神 努眼耽相對)"라고 그 장엄상을 시화하고, 이어 '작자에 연연해하지 말고, 소중한 문화예술품의 가치를 바로 알고 후손에 전해줄 책무를 훈고하는, 이른바 문화재 보전의식을 일깨운[39] 진정한 문화인이자, 앞선 지식인이었음을 알 수 있다. 지면상 충분한 작품을 예시하지 못했지만, 사찰제영시에는 불교예술의 진수인 사찰의 건축미·사찰 내 불화를 노래한 많은 시가 있다. 그러므로 산사는 한낱 산승들의 수도공간일 뿐만 아니라, 고격하고 웅장하며, 찬란한 종합문화공간임을 알 수 있다.

본 역서는 사찰제영시를 통해 사찰이 단순한 불자의 수도 도량일 뿐만 아니라, 儒佛不二의 '만남의 터'이자, 우수한 종합문화공간이었음을 알리고자 사찰 및 작가를 배려해 선시하고자 했다.

이상을 요약하면

1. 제영시와 사찰제영시의 개념 및 위상관계를 임경(任璟)의 시화에 근거해 제영시의 포괄적 하위개념으로 정립하고,

---

38) 仝上 : "---妙年煊染最超倫 能幻紫摩秋毫末 槙乎槙乎抱才雄 盛名之下 其途窮---" 참조.

39) 許筠 : "---雖曰非道玄 的在新羅代 物古藝亦殊 觀之自心快 莫較吳與 羅 實之毋欲壞" 참조 〈惺所覆瓿藁·一〉

2. 이 같은 작시 배경으로 당대의 식자층인 이들 승속간의 교유는 호계삼소(虎溪三笑)의 미담으로 이어왔으며, 숭유억불이란 성리 국시(性理 國是)의 조선조에서도 한낱 지도 이념이었을 뿐 부단한 교유로 고급한 시서화의 창작공간이었음을 논증했다.

3. 아울러 사찰은 해탈염원의 승무는 물론, 바라춤, 영산재 등 다양한 불교의식에 따른 각양의 무용과, 그에 곁따르는 음악의 시연장이었음을 사찰제영시를 통해 읽을 수 있었다.

4. 끝으로 천재 화가 **李楨**과 **歸一** 대사의 불화 및 **羅代** 작자 미상의 불화 등을 통해 엄숙 장엄한 불교미술의 진수를 읽으며, 산사의 그윽함만큼 무궁한 문화의 보고이자, 찬란한 문화 향유의 장임을 공감할 수 있었다.

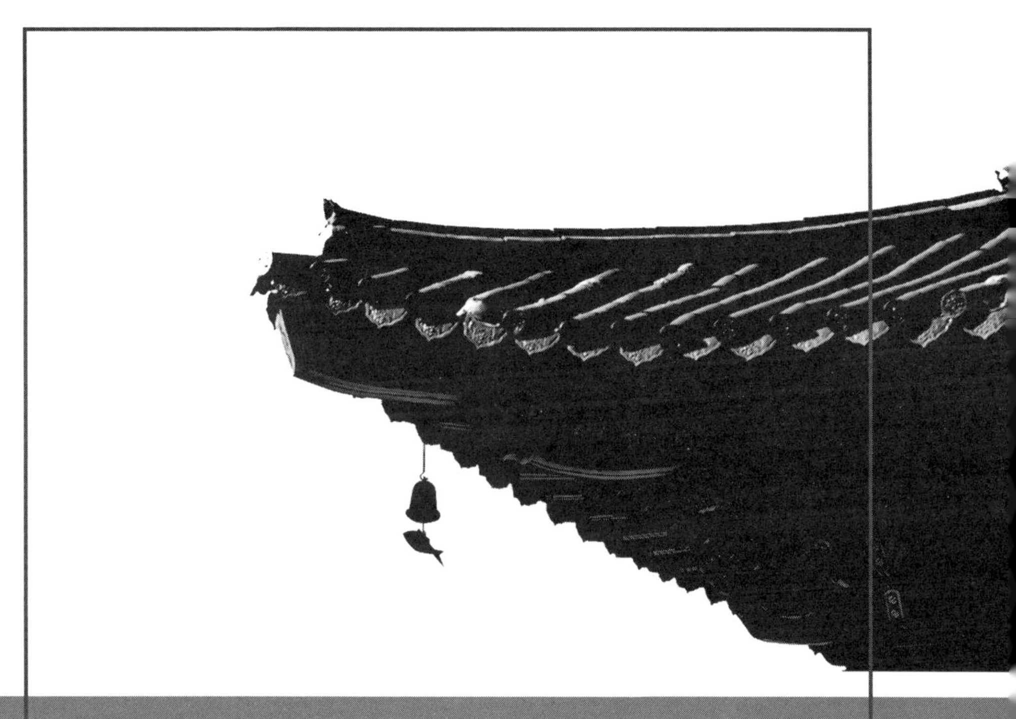

詩로 읽는 寺刹 문화

가야사 주지스님의 시운을 따라 짓다. 3수

[1]

소년시절 노래하고 춤추며 화당서 취할 제야
한가로이 운수향에 노닐 줄 생각이나 했으랴.
늙어감에 서울 거리서 붙잡히기 귀찮아
물러와 분수에 맞게 평상에 앉았네
한가한 가운데 그윽한 맛은 차 석 잔
허망한 꿈속의 공명이야 백지 한 장
고마워라, 새 시로 내 고독 위로함이
스님의 깊은 뜻 어이 다 헤아리랴.

[출전] : 『東文選·16』

작자 柳淑 (유숙 : ?~1368)

고려 문신. 자 순부(純夫), 호 사암(思菴). 충혜왕 복위 1년(1340) 문과 급제. 안동사록(安東司錄)으로 강릉대군(江陵大君 = 恭愍王)을 시종하여 4년 간 원(元)에 머물다가, 공민왕 즉위(1351)와 함께 돌아와 좌사의대부 역임. 홍건적의 난 때 세운 공으로 충근절의 찬화공신이 되고, 흥왕사 변란에 공을 세워 정당문학 겸 감찰대부가 되어 1등 공신에 채록됨.

次伽倻寺住老詩 三首

[一]

少年歌舞醉華堂	肯想淸遊雲水鄕
老去不堪趨綺陌	退來隨分坐藜床
閑中氣味茶三椀	夢裏功名紙一張
多謝新詩慰幽獨	上人深意若爲量。

어구풀이

▷ 伽倻寺(가야사) : 충남 덕산군(현 예산) 가야산 소재 사찰. "在伽倻山, 寺有鐵 尖石塔 四面有石龕 各安石佛 制甚奇巧 俗稱金塔"<寺刹全書>

▷ 住老(주노) : 주지장로(住持長老)의 준말. 주지는 한 절의 주승(主僧), 곧 주직(主職)을 이르며, 장로는 선종의 덕이 높은 연장자를 이름.

▷ 華堂(화당) : 화려한 집. 곧 부질없는 세속 공명에 취해 부귀와 영화를 누릴 때의 거처. 세속적 삶.

▷ 肯想(긍상) : 감히(어찌) 상상(이나) 했으랴.

▷ 雲水鄕(운수향) : 구름과 물의 고향. 사방 정처 없이 떠도는 스님[雲水僧]의 마을. 곧 산사.

▷ 綺陌(기맥) : 비단 거리. 곧 서울 거리. 벼슬살이.

▷ 藜床(여상) : 평상. 야인(野人)의 일상을 비유.

▷ 多謝(다사) : 고맙구나. 고마워라.

▷ 上人(상인) : 지덕이 뛰어난 스님. 중의 존칭. 본시에서는 주지 스님(住老).

▷ 若爲量(약위량) : 어찌 헤아리랴. '若爲'는 '如何'와 같이 쓰임.

[2]

숲 사이에 한가히 열린 녹야당

산수 좋은 경치 벼와 물고기 마을인데.

국화는 송죽과 어울려 삼경을 이뤘고

거문고는 서책과 한 상에 갖추었구나.

사귐이 지둔과 허순을 잇기 바랄 뿐

어찌 김·장 같은 부귀 부러워하랴.

우스워라, 늦게야 돌아온 옛 사람들

벼슬길 험한 풍파 끝 간 데를 몰라라.

[二]

林下閑開綠野堂　　溪山勝景稻魚鄉

菊將松竹成三逕　　琴與圖書共一床

但願交遊繼支許　　何須富貴羨金張

古人可笑歸來晩　　宦路風波浩莫量。

어구풀이

▷綠野堂(녹야당) : 푸른 들판의 집. 은사가 머무는 전원의 미칭.

▷稻魚鄉(도어향) : 벼와 물고기 마을. 곧 전원.

▷三逕(삼경) : 한(漢)나라 은사 장후(蔣詡)의 정원에 송(松)·죽(竹)·국경(菊徑)이 있었다는 고사에서 유래함.

▷支許(지허) : 진(晉)나라 고승 지둔(支遁)[자 도림·명사(道林·名士)]과 허순(許詢)[자 현도(玄度)]. 두 사람은 깊은 우정의 교계를 가짐.

▷金張(김장) : 한(漢)나라 선제(宣帝) 때의 고관이었던 김일제(金日磾)와 장안세(張安世)로 부귀한 가문.

▷宦路(환로) : 벼슬길. 장만(張晩)의 시조에 "풍파에 놀란 沙工 비포라 물을 사니, 九折羊腸이 물도곤 어려왜라. 이後란 비도 물도 말고 밧갈기만 흐리라."<靑丘永言>가 있다.

[3]

가는 세월 물 따라 유유히 흐르는데
농부로 여생을 이 마을에 부쳤노라.
산 비 내릴 때 새로운 싯귀 얻고
숲 그늘 짙은 데로 평상 자주 옮기지.
집이 가난하니 읽은 것은 책 몇 권
손이 와도 깔아 놓을 삿자리 없다오.
조만간 한가한 스님 모셔 떠돌면서
산림의 높은 흥취 함께 논해 보리라.

[三]

流年逐水去堂堂　　農圃餘生寄此鄕
山雨來時新得句　　樹陰深處屢移床
家貧只有書堪讀　　客至還無席可張
早晚飄然陪杖屨　　山林高趣共論量。

어구풀이

▷ 堂堂(당당) : 형세가 성대한 모양. 의용이 훌륭한 모양. 공명정대함.
▷ 農圃(농포) : 농사짓는 사람.
▷ 屢移(누이) : 자주 옮김. 그늘을 따라 평상을 옮김.
▷ 飄然(표연) : 정처 없이 떠돌아다니는 모습. 바람에 가볍게 날리는 모습. 구속되지
　아니하고 넘나는 기상. 두보의 「봄날 이백을 그리워 하며春日憶李白」에 "이태백,
　자네야말로 시에서 당할 자 없지, 넘나는 그 시사(詩思) 워낙 뛰어나. 맑고 새롭긴
　유신 같고, 빼어나고 훤칠하기사 포조린이라네.(白也詩無敵 飄然思不群. 淸新庾開
　府 俊逸鮑參軍.)"의 용례가 있다.
▷ 杖屨(장구) : 지팡이와 신발. 행장. 곧 스님의 행장.

가지사에서

구불구불 골짜기를 건너고 숲을 지나서
새처럼 높고 첩첩한 봉우리를 오르네
범 다니는 길목엔 푸른 이끼 덮였고
용이 서린 못에는 흰 구름이 깊구나
해가 더디 가니 섬돌에는 온갖 꽃들 피어나고
바람이 일자 동산의 나무 숲 윙윙 합창이라네
깊은 바닥까지도 본디 한 줌 티끌 없으니
산빛으론 눈을, 물로는 마음밭을 맑힌다오.

[출전] : 『輿地勝覽 · 37』

작자 金克己 (김극기 : ?~?)

　고려 명종 때의 문신. 호는 노봉(老峰). 일찍이 진사에 급제하였으나, 벼슬하지 않던 중 무신들이 정권 다툼을 치열하게 벌이던 명종 때에 용만(龍灣 : 지금의 의주)의 좌장을 거쳐 한림이 되었으며, 금나라에 사신으로 다녀오기도 했다. 뛰어난 문장가로 특히 핍박받는 농민들의 생활상을 적극적으로 표현하였으며, 또한 농촌 문제를 자기 것으로 삼았던 양심적인 지식인이었다. 당시 문인들이 그의 시를 평하여 "문장의 표현이 맑고 활달하며, 말이 많을수록 내용이 풍부하다."하였다. 이인로는 그의 문집 「김거사집서」에서 "참으로 난새와 봉황 같은 인물이었다."며 벼슬에 연연하지 않는 고고한 행적을 찬양하였다. 고려 말엽에 간행된 『삼한시귀감』에 의하면 그의 문집은 135권, 또는 150권이나 되었다고 하지만, 전하지 않고, 『동문선』과 『여지승람』 등에 많은 시가 전함.

迦智寺

<table>
<tr><td>崎嶇度壑窈穿林</td><td>鳥上登攀萬疊岑</td></tr>
<tr><td>虎徑通幽蒼蘚合</td><td>龍堂架險白雲深</td></tr>
<tr><td>日遲玉砌千花笑</td><td>風急金園萬木吟</td></tr>
<tr><td>到底元無塵一撮</td><td>山光潑眼水澄心。</td></tr>
</table>

어구풀이

▷ **迦智寺**(가지사) : 전남 장흥군 유치면 가지산 소재 사찰. 지금의 보림사(寶林寺)인 듯. 보림사는 신라 헌안왕 4년(860)에 보조 스님이 종래의 초암(草庵)을 확장하여 세운 것으로, 3층 석탑 석등(국보 220호)과 철조비로자나불좌상(국보 221호), 대웅전(국보 240호), 동부도(국보 261호), 서부도(국보 262호), 보조선사 창성탑(국보 263호), 보조선사 창성탑비(국보 264호) 등이 있다. 대한불교 조계종 제 21교구 본사 송광사 말사.

▷ **崎嶇**(기구) : 산길이 몹시 험한 모양.

▷ **窈穿**(요천) : 오솔길이 나다. 꼬불꼬불 ~을 뚫다.

▷ **鳥上**(조상) : 새나 오를 길. 험한 길. 조도(鳥道). '새재=조령(鳥嶺)'

▷ **虎徑**(호경) : 호랑이 다니는 길.

▷ **蒼蘚**(창선) : 푸른 이끼. 번성한 이끼.

▷ **日遲**(일지) : 해가 김. 지루한 낮. '지일(遲日)'은 봄.

▷ **到底**(도저) : 저 아래까지. 맨 밑까지.

▷ **潑眼**(발안) : 눈을 닦다. 눈을 씻다.

▷ **澄心**(징심) : 마음을 맑게 하다. 마음밭[心田]을 맑게 함.

가지사 현판 시운을 따라 짓다

백 척 높은 탑 반공에 솟았는데
날렵하고 큰 누각 겹겹이 벌려 있네
스님 찾는 흥취 한가할수록 더하고
불도 배우는 기연 늙을수록 점점 짙어가네
걷고 벗고 수 없는 물을 건너와
잡으며 최고봉을 그예 올라 왔네
저녁에 두 다리가 뻑적지근하니
포단에 목침 베고 쭉 뻗고 누웠노라.

[출전] : 『東文選 · 16』

작자 金臺卿 (김대경 : ?~? 未詳)

迦智寺 板上韻

百尺浮圖插半空　　飛樓傑閣幾千重
尋僧野興閑彌篤　　學佛機緣老漸濃
揭厲屢經無盡水　　扶持更上最高峯
晚來雙脚多酸楚　　木枕蒲團忽放慵。

어구풀이

▷浮圖(부도) : 부처. 승려. 불탑(佛塔). 부도(浮屠)와 같음.
▷插半空(삽반공) : 반공에 꽂히다. 높이 우뚝 솟은 모양.
▷飛樓(비루) : 날듯이 날렵한 누각.
▷揭厲(게려) : 물을 건너기 위해 걷어붙이거나, 벗어 메다.
▷酸楚(산초) : 괴롭고 아픔. '楚'는 '痛'

각림사에서

치악은 동해에 이름난 명산이요
이 산 가람 중 각림사가 제일인데
구름 내 바위 골짝 몇 천 년이런가
땅의 영험이 천룡의 모임을 옹위하누나.

[출전] : 『春亭集 · 4』『海東詩選』

작자 卞季良 (변계량 : 1369~1430)

공민왕 18년에 나서 조선 초기 문신으로 활약. 자 거경(巨卿), 호 춘정(春亭). 우왕 8년 (1382) 진사시에 급제하고, 이듬해 생원시에 급제, 1385년 문과에 급제하여 전교주부, 비순위정용랑장 겸 진덕박사가 됨. 특히 문장에 뛰어나 거의 20년 간 대제학을 맡아 외교문서를 전담했으며, 과거의 시관(試官)으로 선비를 뽑는 일에 지극히 공정을 기하여 고려 말의 폐단을 개혁하였다. 고려 말과 조선 초기의 정도전, 권근으로 이어지는 관인문학의 대표적 인물로 「화산별곡華山別曲」과 「태행태상왕시책문太行太上王諡冊文」을 지어 조선 건국을 찬양하였다. 저 『춘정집春亭集』 3권5책. 「낙천정기樂天亭記」 「헌릉지문獻陵誌文」. 『청구영언靑丘永言』에 시조 2수가 전한다. 시호 문숙(文肅).

覺林寺

雉岳爲山名東海　　山之寶刹覺林最

雲煙岩壑幾千年　　地靈擁衛天龍會。

어구풀이

▷ **覺林寺**(각림사) : 강원도 원주 치악산 동쪽에 있던 사찰. 각림사에는 "조선 태종이 임금이 되기 전에 여기서 글을 읽었다. 등극한 뒤 횡성에서 군사 훈련을 할 때 수레를 이 절에 멈추고 늙은이들을 불러 위로했으며, 절에 토지와 노비를 하사하고, 고을 관원들에게 명하여 조세와 부역을 면제하여 구휼케 하였다."는 일화가 전해진다.

▷ **名東海**(명동해) : 동해에서 이름 남.

▷ **寶刹**(보찰) : 보배로운 사찰. 곧 각림사를 이른 말.

▷ **地靈**(지령) : 땅의 정령. 땅의 기운.

▷ **天龍**(천룡) : 천상계에 사는 귀신 및 용.

감로사에서, 혜원의 시운을 빌어쓰다.

속객이 법접치 못하는 곳이라
올라하니 정신이 상큼도 하이.
가을이라 산색은 더욱 곱고
밤이건만 강물은 되려 밝구나.
기러기는 높이 날아 가뭇해지고
외론 배 홀로 떠 한들거리네.
스스럽다, 비좁은 뉘누리 속을
반평생 공명 찾아 바자니다니.

[출전] : 『東文選·9』『三韓詩龜鑑·上』『靑丘風雅·3』
『大東詩選·1』『小華詩評·上』

작자 金富軾 (김부식 : 1075~1151)

고려 중기의 문신·학자. 자 입지(立之). 호 뇌천(雷川). 일찍 부친을 여의고 편모슬하에서 자랐지만, 네 형제가 모두 과거에 급제하여 기림을 받았다. 숙종 1년(1096) 과거에 급제하여 안서대도호부의 사록과 참군사를 거쳐 직한림에 발탁. 이후 20여 년 동안 한림원 등의 문한직에 종사하면서 자신의 학문을 발전시키는 한편, 예종과 인종에게 경사를 강의하는 일도 맡았다. 1140년경부터 8명의 젊은 관료와 함께 『삼국사기』 50권을 편찬. 그의 문집은 20여 권이었다지만 지금은 전하지 않고, 『동문수』와 『동문선』에 다수 전한다. 고문체의 대가. 만년에는 개성 주변에 관란사(觀瀾寺)를 세워 불교 수행에 정진함. 시호 문열(文烈).

甘露寺次惠袁韻

俗客不到處　　登臨意思清

山形秋更好　　江色夜猶明

白鳥高飛盡　　孤帆獨去輕

自慚蝸角上　　半世覓功名。

어구풀이

▷ 甘露寺(감로사) : 경기도 개성시 오봉봉(五鳳峰) 아래 있던 사찰. 고려 문종 때 이자연(李子淵)이 창건함. 『東文選』에는 「題松都甘露寺次惠遠韻」, 『靑丘風雅』에는 「甘露寺次惠素韻」으로 기록됨.

▷ 慧袁(혜원) : 혜원(惠遠). 중국 동진 때의 승려(335~417). 여산 백련사(白蓮社) 개조(開祖). 노장학에 정통하였고, 21세에 향산정 도안(道安)을 찾아가 수행 정진. 30여 년 동안 여산에 있으면서 『아비담심론』『승가바제』「삼법도론」『십종율』 등을 번역하는 등 불교학계에 크게 공헌함. 시호 변각대사(辯覺大師)・원오대사(圓悟大師). 저서 『대지도론요략大智度論要略』 20권. 『문대승중심의십팔』과 『問大乘中深義十八科』 3권. 『사문불경왕자론沙門不敬王者論』 1권.

▷ 更好(갱호) : 더욱 좋다. '猶明(오히려 밝다)'의 대.

▷ 白鳥(백조) : 흰 갈매기. '孤帆'의 대. 본시의 경련은 이백의 「獨坐敬亭山」의 1・2구 "뭇 새는 날아 가뭇해 지고, 한 조각 뜬구름 두둥실 한가롭구나(衆鳥高飛盡 孤雲獨去閑)"<李白集>를 용사했다.

▷ 自慚(자참) : '스스로 부끄러워 함'은 결련 전체의 서술형.

▷ 蝸角(와각) : 달팽이 뿔. 좁은 세상에서 부귀와 공명을 다투는 범부의 생활을 비유함. 와각지쟁(蝸角之爭) 참조.

☞ 홍만종은 『소화시평』에서 김부식의 「등석」 시와 「송도감로사」 시를 예시하고, 「등석」 시는 "시사가 몹시 전실하다(詞極典實)"라고 평하고, 「송도감로사」 시는 "표연히 홍진의 세계를 벗어난 아취가 있다.(脩然 出塵之趣) 했다.

<소화시평・상>

감로사에서

신선 골을 오가면서 넓고 고른 마음 얻었는데
가람도 도성과 멀리 떨어져 아연 기쁘구나.
하늘 세 군데는 모두 산 빛이 둘렀고
한 곳만 비었는데 강물 소리 들리네.
앞마을 아득한데 고기잡이 등불이 깜빡이고
별원은 쓸쓸한데 안탑에만 불을 밝혔구나.
임금을 받들어 어찌 축수 않겠는가
보랏빛 금니로 백의서생을 등용하셨네.

[출전]:『輿地勝覽·32』

작자 李堅幹 (이견간 : ?~?)

고려의 문신. 자는 차직(次直). 민부상서 진현관 대제학을 역임. 문장으로 이름을 날려 산화선생(山花先生)으로 불림.

甘露寺

去來仙洞得寬平　　却喜蓮坊去都城

三面半空皆嶽色　　一襟虛處是江聲

前村縹渺漁燈暗　　別院蕭條雁塔明

曷不戴君勤視壽　　紫泥徵起白衣生。

어구풀이

▷ 甘露寺(감로사) : 경남 김해군 상동면 감로리 신어산에 있던 사찰. 고려 고종 24년 (1237) 해안(海安)이 창건.

▷ 寬平(관평) : 관대하고 평탄함. 넓고 고름.

▷ 却喜(각희) : 도리어 기쁨. 문득·뜻밖에 기뻐함.

▷ 蓮坊(연방) : 연화좌(蓮花座). 부처님 모신 방. 곧 불도량.

▷ 縹渺(표묘) : 아득함. 멀리 떨어져 분명하지 아니한 모양. 소조(蕭條)의 대.

▷ 蕭條(소조) : 쓸쓸하고 한적한 모양.

▷ 漁燈暗(어등암) : '어옹의 낚시 배 불빛이 어둡다'함은 '雁塔明'의 대로 '칠흑 같은 밤에 유독 빛남'의 뜻이나, '가물가물'의 뜻으로 안탑의 불빛 '明'의 의미를 강조하기 위한 대조법.

▷ 雁塔(안탑) : 탑의 아칭(雅稱). 서역기(西域記)에 떨어져 죽은 기러기를 묻고, 그 위에 탑을 세웠다는 기사에서 나옴. 중국 섬서성 장안현에 있는 두 탑의 이름. 하나는 자은사(慈恩寺)의 대안탑으로 당나라 고승 현장(玄奘)이 세웠는데, 성교서비 (聖敎序碑)가 이 탑 아래 있다 하며, 다른 하나는 천복사(薦福寺)의 소안탑이다.

▷ 曷不~(갈불~) : 어찌 ~하지 않겠는가.

▷ 紫泥(자니) : 붉은 진흙 봉합. 옛날 공문서는 진흙으로 봉했기 때문에 봉니(封泥)라 한다. 본시에서는 평민을 극진한 예로 대우함을 비유한 말.

감로사에서

창과 지게문 물밑에 꼬꾸라진 채 흐르고
강 위 절간의 경치는 더욱 그윽하구나
섬돌 아래 조수 바람 일으켜 자리에 가득하고
난간 앞 구름 걷히자 물에 비친 다락 더욱 밝아
하늘로 솟은 높은 탑은 용궁에 임한 듯하고
달을 흔드는 성근 종소리 낚싯배에 흩어지네
성세라, 국사 태평해 마음 내키는 대로 하니
궐문 밖에 나와 사흘씩이나 청유를 즐기노라.

[출전] : 『郊隱集』『輿地勝覽·四』

작자 鄭以吾 (정이오 : 1354~1434)

　고려 말 조선 초의 문신. 자 수가(粹可), 호 교은(郊隱)·우곡(愚谷). 공민왕 23년(1374) 문과에 급제하여 우왕 2년(1376) 예문관검열이 된 뒤, 삼사도사와 예조의 정랑전교부령 등을 역임함. 1398년 조준·하륜 등과 함께 『사서절요』를 찬진함. 1418년 70세로 치사. 젊어서는 이색, 정몽주 등 문인과 교유하였고, 늙어서는 성석린, 이행 등과 교유하였다. 영의정에 추증되었으며, 저서로는 『교은집郊隱集』과 『화약고기火藥庫記』가 있다. 시호 문정(文正).

甘露寺

窓扉歷歷倒江流　　　江上招提景轉幽

砌下潮生風滿座　　　軒前雲盡水明樓

聳空高榻臨蛟室　　　搖月疎鐘落釣舟

幸是官閒偏適意　　　出城三日飽淸遊。

어구풀이

▷ **甘露寺**(감로사) : 경기도 개성부 오봉산 아래 있던 사찰. 창화공 이자연(李子淵)이 원(元)나라 윤주 감로사에 올랐다가 강산의 좋은 경치를 사랑하여, 돌아와 6년여 만에 개성 서호 부근에 방불한 승지를 찾아 세웠다는 절. 시승 혜소(惠素)가 먼저 주창하고, 시중 김부식이 뒤를 있는 등 화답한 시가 천여 편에 이르는 큰 창화집을 이루었다 함.<여지승람>

▷ **倒江流**(도강류) : 강물에 꼬꾸라짐. 실물의 반대 영상(影像). 박인량(朴寅亮)의 「사송과사주구산사**使宋過泗州龜山寺**」 시에 "탑 그림자는 물밑에 거꾸로 일렁이고, 풍경소리 달을 흔들어 구름 새로 떨어지네(塔影倒江翻浪底 磬聲搖月落雲間)"<三韓詩龜鑑·中>라 했다.

▷ **轉幽**(전유) : 더욱, 도리어 그윽함.

▷ **聳空**(용공) : 공중에 높이 치솟음.

▷ **蛟室**(교실) : 교룡이 사는 곳. 용궁. 곧 물 속.

▷ **搖月**(요월) : 달을 흔듦. '무상의 멜로디'라는 풍경소리는 바람이라는 유상의 작위다. 그로 인한 화(化)는 무상을 낳아 '시간의 흐름'으로 유추됨. 위의 주 '**倒江流**'의 박인량 시 참조.

▷ **飽淸遊**(포청유) : 얽매임 없이 맑은 경치를 마음껏 즐김.

강서사에서

혼자 푸른 나귀 타고 청산을 찾아드니
산승은 응당 후세의 풍간이라
이 노승의 실없는 수다만 아니었다면
누가 권문세가의 상상인 줄 알았으랴.

[출전] : 『及庵先生詩集 · 2』『輿地勝覽 · 43』

작자 閔思平 (민사평 : 1295~1352)

　　고려 문신 · 학자. 자 탄부(坦夫). 호 급암(及庵). 충숙왕 때 문과 급제, 예문관춘추관 수찬을 거쳐 대사성 · 감찰대부를 역임. 충선왕을 따라 원나라에 들어갔던 공으로 충정왕이 즉위하자 공신의 호를 받고, 첨의참리 · 참성사 · 상의회의도감사에 이름. 시서를 즐기고, 학문에 뛰어났으며, 이제현 · 정자후(鄭子厚) 등과 문명이 높았음. 저 『及庵集』. 시호 문온(文溫).

江西寺

獨跨青驢訪碧山　　山僧應是後豊干

不因此老閑饒舌　　誰作黃扉上相看。

어구풀이

▷ 江西寺(강서사) : 황해도 백천군 운산면 강서리 운달산 소재 사찰. 견불사(見佛寺)·영운사(靈運寺)·영은사(靈隱寺)라고도 한다. 전해오기론 "도선국사(道詵國師)가 부호 양씨(梁氏)를 권고하여 집을 시주해 절로 만들었다"한다.
『여지승람』에는 강서사 사찰 제영으로 기록했으나, 작자의 문집에는 이제현의 「동국사영東國四詠」운을 차용해 「김시중 부식이 나귀를 타고 강서사 혜소 스님을 찾아가다(金侍中富軾乘騾 訪江西慧素上人)」로 기록됨.

▷ 豊干(풍간) : 천태산(天台山) 국청사(國淸寺)에 있던 스님. 태주자사 여구윤(閭丘胤)이 풍간에게 묻기를 "태주에 높은 중이 있는 가?"하니, 풍간이 "국청사에 문수보살과 보현보살이 왔으니, 부엌에서 심부름하는 한산(寒山)과 습득(拾得)이다"하였다. 여자사가 부엌에 가 그들에게 절하니, 두 중이 웃으며 "풍간이 말이 많아서 누설시켰구나."했다는 고사를 인용해 시적 화자의 신분이 산승에 의해 알려진 것을 비유한 수사상 용사법.

▷ 不因~(불인~) : ~가(이) 아니라면.

▷ 饒舌(요설) : 잘 지껄임. 말이 많음. '閑饒舌'은 '실없는 수다'.

▷ 黃扉(황비) : 누런 대문. 재상을 일컬음. 정승의 집 대문. 시적 주체가 정승의 행색을 감추고 절에 갔는데, 중들이 알았으므로 풍간에 비유함. 주문(朱門 : 지위가 높은 관리의 집). 두시에 "붉은 칠한 집에서는 술과 고기가 썩어나고, 길바닥엔 얼어 죽은 시체가 즐비하다(朱門酒肉臭 路有凍死骨)"＜杜諺·兵車行＞라는 용례가 있음.

▷ 上相(상상) : 영의정의 다른 이름. 곧 시중 김부식을 칭함.

강서사에서

외론 구름 봉우리에서 솟고 큰 강물 흐르는데
재상이 나귀 타고 드니 지경이 더욱 그윽하네
무슨 일로 오가면서 자주 만나는가
스님이 술 받아 함께 누에 오른다네.

[출전] : 『圓齋先生文稿·上』『輿地勝覽·43』

작자 鄭樞 (정추 : 1333~1382)

고려의 문신. 자 공권(公權)을 후에 이름으로 씀. 호 원재(圓齋). 공민왕 2년(1353) 문과 급제, 예문관 검열을 거쳐, 좌사의대부에 승직. 1366년 이존오(李存吾)와 함께 신돈(辛旽)을 탄핵하다 처형당할 지경에 처했으나, 이색(李穡)의 구원으로 동래현령에 좌천. 신돈 제거 후 좌간의대부로 재추대. 이후 정당문학을 제수받고, 수성익조공신에 오름. 공검 근후한 성품으로 정도를 지킴. 저 『원재집』. 시호 문간(文簡).

江西寺

孤雲出岫大江流　　相國騎騾境轉幽

何事往來多邂逅　　山僧沽酒共登樓。

▷ 위의 시 역시 익재의 「동국사영」을 차운해 '김시중이 나귀를 타고 강서사 혜소스
님을 찾아가다'이나, 『여지승람』에는 「강서사」 제영으로 기록됨.

개성사 팔척방에서

백 걸음에 아홉 번 굽어 험한 산 올라보니
우뚝 반공에 앉은 절 집 오직 두어 칸뿐
신비론 샘 맑기도 한데 시린 물 떨어지고
해묵어 침침한 벽엔 푸른 이끼 얼룩진 채
바위 머리 늙은 솔엔 한 조각달 걸려있고
하늘 끝 구름 아래 산들 점점 벌려 있네
인간 세상 시비야 이르지 못할 터이니
숨어사는 사람 한가롬 홀로 길이 누리시네.

[출전] : 『大東詩選·1』『東文選·12』『箕雅』

작자 鄭知常 (정지상 : ?~1135)

　　고려의 문신. 호 남호(南湖), 초명 원지(元之). 예종 9년(1114) 과거에 장원으로 급제. 인종 5년(1127) 좌정언으로 척준경(拓俊京)이 이자겸(李資謙)을 제거한 공을 믿고 발호하자, 이를 탄핵함. 서경 천도를 주장했으나, 유가적 보수주의자 김부식을 중심으로 한 개경 세력과 대립. 묘청 등이 난을 일으키자 적극 가담하여 금나라를 정벌하자고 주장하며 칭제건원(稱帝建元)하였다. 그러나 이에 맞선 기득권 층의 김부식이 이끄는 토벌군에게 패하여 개경에서 피살. 그는 정치인이기 전에 문인, 특히 뛰어난 시인으로 문학사에서 차지하는 비중이 더 크다.

開聖寺八尺房

百步九折登巑岏　　家在半空唯數間
靈泉澄淸寒水落　　古壁暗淡蒼苔斑
石頭松老一片月　　天末雲低千點山
紅塵萬事不可到　　幽人獨得長年閑。

어구풀이

▷ 開聖寺(개성사) : 황해도 우봉현 성거산 소재 사찰. <여지승람 · 42>『기아』『대동시선』에는 제목을「開聖寺」라 하였고,『파한집』에는「천마산 팔척방」에서 지었다고 하였음.
▷ 八尺房(팔척방) : 주지스님이 거처하는 방.
▷ 九折(구절) : 꼬불꼬불한 산길이나, 고갯길. 구절양장(九折羊腸).
▷ 巑岏(찬완) : 산이 높고 험한 모양.
▷ 靈泉(영천) : 신비스러운 샘. 샘물의 미칭. 장군조(張君祖)의 시에 "절벽에선 신비한 샘물 떨어지고, 고개에는 푸른 솔이 빽빽하구나(峭壁溜靈泉 秀嶺森靑松)."<竺法頵>라는 시구가 있다.
▷ 澄淸(징청) : 물이 맑고 깨끗한 모양.
▷ 暗淡(암담) : 색깔이 맑고 선명하지 않고 흐릿한 모양.
▷ 紅塵(홍진) : 붉은 티끌. 수레나 말이 이끄는 먼지. 불교나 도가에서 일컫는 인간세상. 속세.
▷ 幽人(유인) : 자연에 은거하는 사람.
▷ 不可到(불가도) : 이르지 못함. 김부식(金富軾)의「감로사차혜원운甘露寺次惠園韻」에 "속객이 이르지 못할 곳이라, 올라 보니 의사(意思)가 맑기도 하구나(俗客不到處 登臨意思淸)"<삼한시귀감>이라 했다.

* 서거정은『동인시화』에서 "문열공(文烈公) 김부식과 간의(諫議) 정지상은 한 때 시로써 명성을 나란히 했다."고 전제하고, 김부식의「결기궁(結綺宮)」과「燈夕(등석)」을 예시하며, "그 사의(詞意)가 엄정 전실하다"했는가 하면, 정지상은 "시어와 운율이 맑고 아름다우며, 시구의 풍격이 호방하고 빼어나니, 이는 만당(晩唐)의 시법을 깊이 체득한 것으로, 그는 더욱 요체(拗體)에 능했다."며 위 시의 경련과「제등고사」「장원정」등을 예시했다.

개운사로 석전스님을 찾다

불경과 차 화로 끼고 부처 앞에 앉으니
한 구역 절 집이 시방 열 칸쯤 넓구나
뉘엿한 석양녘 온 마실 풍경소리 번지고
바야흐로 봄물은 난간으로 굽이쳐 흐르네
매화는 고목일수록 전생에 암향을 얻었는지
등불 이슥한 밤엔 제 모습 드러내지 않나 봐
알겠구나, 중생 제도가 어려운 일 아님을
다만 사람마다 기쁨과 즐거움 주는 게지.

[출전] : 『北山散稿』『大東詩選·1』

작자 林圭 (임규 : 1867~1948)

　자 형여(亨如), 호 우정(偶丁). 전북 익산 군수 정기우(鄭基雨)의 아전. 그의 아들 만
조(萬朝)·병조(丙朝)의 어깨너머 공부로 삼경을 깨친 천재로 알려짐. 이후 일본 게이
오대학 경제과 졸업, 청년학원에 머물며, 유학생들에게 일본어 강사를 하던 중 역시 유
학 온 최남선을 만나, 1908년 4월 함께 귀국. 신문관, 광문회에서 많은 국학 관련 신간
서적을 발간하며, 해공 신익희, 고하 송진우 등 신지식인들을 가르쳤다. 말년에는 성북
동 청룡암 미륵당에 거처하며, 만해 한용운, 위창 오세창, 위당 정인보 등과 교류하며,
작시 및 평시했는가 하면, 들끓는 애국심과 조국 독립 일념으로 삶. 저『북산산고北山
散稿』.

開運寺 訪石顚上人

經卷茶爐擁佛壇	一區丈室十方寬
夕陽西下家家磬	春水方生曲曲欄
梅老疑從前世得	燈深不作此生看
也知濟度非難事	惟在人人得喜歡。

어구풀이

▷ 開運寺(개운사) : 서울 성북구 안암동 개운산 소재 사찰.

▷ 石顚(석전) : 한말 승려 박한영(朴漢永 : 1870～1948). 1926년 개운사에서 강 원을 개설하여 불교계의 영재를 많이 배출함.

▷ 丈室(장실) : 절 집. 절간.

▷ 西下(서하) : 황혼이 서쪽으로 기욺. 곧 황혼이 지고 점점 땅거미가 깔려 내림.

▷ 春水(춘수) : 봄 샘물. 봄의 상징. 도연명의 「사시四時」에 "봄물은 온 못에 그득하고(春水滿四澤)"라는 용례가 있음.

▷ 疑從～(의종～) : 아마도 ～로부터 ～했나보다. '疑'는 재역의문술어.

▷ 也知(야지) : ～(임을) 알겠다.

개원사에서

개원사는 이 시대의 큰 사찰이니
험준한 지세 웅장한 관문 고금을 진호했지
난리 겪은 성터라 오히려 살기가 감도는데
가을 오자 북과 피리소리 자못 슬피 들리는 듯
외로운 봉우리 조용해도 모두 스님 법어인데
떨어지는 잎이 쓸쓸하여 나그네 마음 울적하네
눈에 가득한 산하 풍경 눈물 나게 하니
서장대 높은 곳엘랑 오르지들 마시게나.

[출전] : 『柳下集・4』

작자 洪世泰 (홍세태 : 1653∼1725)

조선 후기의 시인. 자 도장(道長). 호 창랑(滄浪)・유하(柳下). 5세에 책을 읽을 줄 알고, 7・8세에는 글을 지을 만큼 뛰어난 재주를 타고났지만, 신분이 중인이라 제약이 많았다. 시로 이름이 나서 김창협(金昌協), 김창흡(金昌翕), 이규명(李奎明) 등 사대부들과 절친하게 지냈으며, 임준원(林俊元), 최승태(崔承太), 유찬홍(庾纘弘), 김충렬(金忠烈), 김부현(金富賢), 최대립(崔大立) 등 중인(中人)들과 시회를 함께 하며 교유하였다. 숙종 1년(1675) 을묘식년시 역과에 응시, 한역관(漢譯官)으로 뽑혀 이문학관에 제수됨. 그는 평생 가난하게 살았으며, 8남 2녀의 자녀가 모두 앞서 죽어 불행한 생애를 보냈다. 이러한 궁핍과 불행은 그의 시풍에도 영향을 끼쳐 암울한 분위기의 시를 많이 남기고 있다. 특히 중인으로서의 좌절과 사회 부조리에 대한 갈등이 시속에 우수와 울분을 담게 하였다. 위항인들의 시를 모은 『해동유주海東遺珠』라는 『위항시선집委巷詩選集』을 간행하였다. 죽기 전에 스스로 자신의 시문집을 엮어 자서를 써서 부인에게 맡겼다. 죽은 지 6년 만인 영조 7년(1731)에 사위와 문인에 의해 『유하집』 14권이 간행됨.

開元寺

開元此時大叢林　　天險雄關鎭古今

戰後城地猶殺氣　　秋來鼓角亦悲音

孤峰悄悄皆僧語　　落木蕭蕭感客心

滿目山河堪下淚　　西臺高處莫登臨。

어구풀이

▷ **開元寺**(개원사) : 경기도 광주군 남한산성 내에 있던 사찰. 남한총섭이 있던 5규정소 중의 하나. 인조 15년(1637)『대장경大藏經』을 실은 배가 서호에 닿았는데, 사람은 없고 책함만 있었다. 그 함 위에 '중원개원사개간中原開元寺開刊'이라 써 있었기 때문에 개원사로 보냈다고 한다. 현종 7년(1666)과 숙종 20년(1694) 두 차례 화재가 있었지만, 대장경은 불타지 않았다 한다.

▷ **大叢林**(대총림) : 큰 사찰.

▷ **雄關**(웅관) : 웅장한 관문.

▷ **戰後**(전후) : 난리 후. 임·병 양란을 칭함일 듯.

▷ **悄悄**(초초) : 근심하여 맥이 풀린 모양. 풀이 죽어 근심하는 모양.

▷ **蕭蕭**(소소) : 쓸쓸한 모양. 찬 바람소리. 말의 울음소리.

개천사에서

정토산 정히 아름다움은
개천사가 족히 징험하지
찾는 사람 속된 이 없고
참선하는 이 고덕대승이지
백 척 누대 물가에 임했고
천 년 고목엔 넝쿨 감겼네
그대 돌아가 한가한 짬나거든
하나하나 우릴 대신해 찾아보게나.

[출전] : 『陶隱先生詩集 · 2』 『輿地勝覽 · 14』

작자 李崇仁 (이숭인 : 1349～1392)

　　고려 · 조선 문신 · 학자. 삼은(三隱)의 한 사람. 자 자안(子安), 호 도은(陶隱). 공민왕 때 문과 급제. 성리학에 조예가 깊었고, 시문에 능해 복잡한 원 · 명간 국제관계 외교문서를 전담함. 특히 그의 문은 명 태조를 감복시켰다 함. 저『도은선생시집』.

開天寺

淨土山多好　　開天寺足徵

踵門無俗客　　面壁有高僧

百尺臺臨水　　千年木臥藤

君歸足暇日　　一一訪吾曹。

▷ 開天寺(개천사) : 충북 중원군 정토산 소재 옛 사찰. 고려의『역대실록歷代實錄』을 이 절에 두었다 함. 충주 북쪽 40리 되는 지점 천등산에 개천사비가 있다. 당나라 개원(開元) 연간에 세웠다하나, 비문이 심히 마모되어 독해 불가라 함. 본시의 원제는「권사군이 충주 임지로 감을 보내며, 주 북녘에 개천사가 있는데 내 일찍이 놀던 곳이라(送權使君之任忠州, 州北有開天寺 是僕舊遊之地)」라 했으니, 일련의 송별시인 셈이다. 그러나 시의 내용은 온전히 개천사를 제시음영한 제영시적 특질을 지녔다고 사려되기에『여지승람』의 선시 기준을 따름.

▷ 踵門(종문) : 친히 그 집에 듦. 방문함.

▷ 面壁(면벽) : 벽을 마주 앉아 참선하는 일. 참선하다. 선정(禪定)에 듦. 면벽대좌(面壁對坐)의 준말.

▷ 臥藤(와등) : 등나무 덩굴이 의지해 감음.

▷ 吾曹(오조) : 우리 무리. 우리를.

3월 24일 천호산 개태사에 묵으며

한 해에 세 번 천호산을 지났더니
천호산 가운데 흰 구름 희기도 해
두둥실 산중에 떠 한가로움 뽐내며
의례 산발치 먼 길손 보고 웃으리
이르나니 흰 구름아, 나를 웃지 말라
내 걸음 옳은 것도 옳지 않은 것도 없느니
어찌 알랴, 좋은 산수 터 잡아 짓고 살면서
돌아와 너와 더불어 수작하게 될는지를…

[출전] : 『興地勝覽·18』

작자 釋 圓鑑 (석 원감 : 1226~1292)

고려 때의 스님. 법명은 충지(沖止). 처음 이름은 법환(法桓), 호는 밀암(密庵), 속명이 위원개다. 19살 때 문과에 장원급제하여 한림학사가 되었고, 일본에 사신을 다녀옴. 뒤늦게 깨달은 바 있어 선원사의 원오(圓悟) 국사를 스승으로 불문에 귀의하여 구족계를 받음. 41세 때 김해현의 감로사에 있다가. 원오 국사가 입적하자, 그 뒤를 이어 조계 제 6세가 됨. 원나라 세조가 북경으로 불러 빈주의 예로 맞이하고, 금란가사와 백불(白拂)을 선사하였다. 고려 충렬왕 18년에 입적했으며, 나이 67세, 법랍은 39세였다. 시호는 원감국사이고, 탑호는 보명(宝明)이며, 문집으로 『원감국사가송』이 전하고 있다. 그의 글과 시는 『동문선』에 다수 실려 있음.

三月二十四日抵宿天護山開泰寺

一年三過天護山　　天護山中白雲白

白雲自負山中閑　　應笑山前遠行客

寄語白雲母笑我　　我行無可無不可

安知不卜好林壑　　歸來與子相酬酢。

어구풀이

▷ 開泰寺(개태사) : 천호산 소재 사찰로, 고려 태조의 진전이 있다. 태조 19년 백제를
 정벌하여 30여 군과 발해국 사람들이 귀순해 오자, 유사에 명하여 개태사를 창건
 했다 함. <여지승람·18>
▷ 自負(자부) : 스스로 긍허함. 자긍(自矜).
▷ 應笑(응소) : 응당 비웃음. 인간사 무상함을 알지 못하고 부귀와 명리에 바자니는
 속세의 인사(人事)와 그 무지를 비웃다.
▷ 寄語(기어) : 부탁함. 이름.
▷ 母~(무~) : ~하지 말라. 가벼운 금지형.
▷ 安知不(안지부) : 어찌 ~할지 알겠는가.
▷ 與子(여자) : 그대와 함께. 자네와 더불어.
▷ 酬酢(수작) : 주객이 서로 술잔을 주고받고 함. 곧 서로 응대함.

건봉사에 묵으며 빗소리를 듣고

시월이라, 빈산 스산히 비만 질척대
삼경에도 잠 못 이루는 나그네 회포
유난히도 이른 추위 문틈으로 스며들고
옷이며 이불 휘즐그레 습기에 눅어 있네
듣는 낙숫물 소리 빨라짐을 알겠고
장명등 불빛도 이제 곧 잦아지겠지
눈 아래 펼쳐진 동해 바다여
시름의 깊이 비교하기 쉽구나.

[출전] : 『澤堂集 · 5』

작자 李植 (이식 : 1584~1647)

조선 중기의 문신. 자 여고(汝固). 호 택당(澤堂) · 남궁외사(南宮外史). 광해군 2년 (1610) 별시문과 급제. 1618년 폐모론이 일자 경기도 지평(현 양평)으로 낙향, 남한강 변에 택풍당을 얽고 학문에만 전념함. 1628년 인조반정 후 재출사하여 요직을 거침. 문장에 뛰어나 신흠 · 이정구 · 장유 등과 전기 4대 문장가로 일컬으며, 시 역시 각체에 뛰어남. 저서 『택당집』 『찬주두시택풍당비해纂註杜詩澤風堂批解』 『야사초본野史初本』 등. 시호 문정(文靖).

宿乾鳳寺聞雨

十月空山雨　　三更遠客心
早寒侵戶牖　　微潤濕衣衾
水碓聲還數　　香燈暈欲沈
東溟却眼底　　容易較愁深。

어구풀이

▷ **乾鳳寺**(건봉사) : 강원도 고성군 거진읍 냉천리에 자리한 금강산 남쪽 소재 사찰. 신흥사 말사. 520년(신라 법흥왕 7) 아도(阿度)가 창사하여 원각사라 했다 하나 믿을 수 없고, 1357년(공민왕 7) 나옹(懶翁)화상이 중수, 건봉사로 개칭했다 하며, 1911년 조선사찰령이 시행되자, 선·교양종의 대본산이 되고, 말사로 백담사, 신흥사, 낙산사, 화암사, 명주사, 스타사, 오세암, 심곡사 등을 관할하였다. 1950년 6·25로 소실, 1957년 옛 강원 자리에 대웅전 건립, 나머지 건물들은 최근에 건립됨.
▷ **空山雨**(공산우) : 텅 빈 가을 산에 내리는 비.
▷ **三更**(삼경) : 한밤. 하룻밤을 5경으로 나눈 셋째 밤.
▷ **遠客心**(원객심) : 집을 멀리 떠나온 나그네 회포.
▷ **早寒**(조한) : 이른 추위. 초겨울 산사의 고독으로 유난히 춥게 느껴짐.
▷ **戶牖**(호유) : 지게문. 곧 방의 출입문과 들창.
▷ **微潤**(미윤) : 습기에 눅눅함.
▷ **還數**(환삭) : 도리어 잦음. 밤이 이슥해지자, 비가 더욱 세차게 내려 낙숫물 소리가 빠르고 크게 들림.
▷ **香燈**(향등) : 대문 밖 처마 끝에 달아두고 밤새도록 켜 놓는 등[長明燈]의 미칭.

☞ 자하 신위는 이식의 전두서(專杜書)『찬주두시택풍당비해 纂註杜詩澤風堂批解』의 위업과 동방에 학당(學唐)의 시풍을 일으킨 공로를 기려 다음과 같이 이시논시(以詩論詩)했다.

天下幾人學杜甫　천하에 그 몇 사람이 두시를 배웠는가
家家尸祝最東邦。　집집마다 받들긴 동방이 제일이라네
時從批解窺斑得　두시비해 보다가 소득 있으면
先數功臣李澤堂。　먼저 이식의 공로임을 헤아리소서.　　　<申紫霞·5>

가을밤에 건봉사에서 묵으며, 태백의 자극궁 시에 화운하다..

희뿌연 달은 소나무 가지에 걸렸고
우수수 바람 몰아치자 댓잎 우는데
일어나 거닐며 밤하늘 쳐다보니
은하는 양손으로 퍼 담을 듯한데
산사엔 온전히 인적조차 없으니
긴긴 밤 어떻게 홀로 버텨 낼꼬
모름지기 명색이야 고을 원님이나
제냥 늙은 선승을 의지해 자야겠지
삼신산이 바로 이 경내에 있으니
예다 오묘의 집 터 잡고 살았으면
지난 사십구 년 잘못된 생애를
어찌 하루에 되돌릴 수 없을까
몸은 틈새를 지나는 말 따르듯 하고
길에는 앞서 가다 엎어진 수레 있네
어쩌면 황명을 모조리 제거하고
단전의 추수를 볼 수 있을꼬.

[출전] : 『澤堂集·5』

■작자■ 李植 (이식 : P 82 참조)

秋夜宿乾鳳寺 和太白紫極宮詩

朧朧月掛松	槭槭風敲竹
起行視天宇	明河可手掬
祇園夐無人	永夜堪處獨
雖名小縣尉	自依老禪宿
三山卽此境	五畝從茲卜
四十九年非	那無一日復
身隨隙駟馳	路有前車覆
焉得去蝗螟	丹田看秋熟。

어구풀이

▷ **太白**(태백) : 성당(盛唐)의 시선(詩仙) 이백(李白). 시성(詩聖) 두보(杜甫)와 함께 성당 시문학의 쌍벽으로 통칭됨. 택당이 '태백의 심양자극궁시'를 화운(和韻)한 이백의 원 시제는 「尋陽紫極宮 感秋作」<李太白集·23>이다.

▷ **朧朧**(농롱) : 흐린 모양. 희뿌연 달빛이 교교히 비치는 모양.

▷ **槭槭**(축축) : 나뭇잎이 시들어 떨어지는 모양. 본시에서는 바람에 댓잎이 우수수 흔들리는 소리. 의성어.

▷ **祇園**(기원) : 인도 마갈타국(摩竭陀國)의 기타(祇陀) 태자가 소유한 동산. 수달장자(須達長者)가 이 동산을 사서 석가모니를 위해 기원정사(祇園精舍)를 세웠다 함. 전하여 절·사찰.

▷ **五畝**(오묘) : 다섯 이랑의 터 밭. 오묘지택(五畝之宅). 처사의 청빈한 삶. 탈속한 은자의 삶.

▷ **駟馳**(사치) : 네 마리 말이 끄는 수레. '隙駟馳'란 '네 마리 말이 끄는 수레가 문틈 사이를 지나 듯 빠르다'는 말. 두시 「戲爲六絶」(3)의 "龍文虎脊皆君馭歷塊過都見爾曹"<두언·16>참조.

▷ **蝗螟**(황명) : 메뚜기와 병충나방 유의 곤충. 곧 풍농(豐農)을 방해하는 곤충. 영명한 군주의 성명(聖明)을 가리는 간신 배. 혹은 일신의 이런 저런 병.

▷ **丹田**(단전) : 배꼽 아래 한 치쯤 되는 아랫배. 이곳에 힘을 주어 심신의 정기를 모아두면 건강 장수한다 함.

▷ 본 시 끝에 "이날 밤에 벼슬을 그만두고서 숨어 살 곳을 점쳐 보았는데, 길조(吉兆)를 얻었기 때문에 이렇게 말한 것이다."라는 자주(自註)가 있다.

검단사에서

산길이라, 사람도 산새조차 날아들지 않는데
외로운 마을엔 을씨년스런 구름만 쌓였구나.
산사의 스님 유리를 밟고 가서
강 위 얼음깨고 물을 길어오네.

[출전] : 『芝峯類說·文章部 6』『北窓畵帖』

작자 鄭磏 (정렴 : 1505~1549)

조선 중기 우의(儒醫). 자는 사렴(士濂), 호는 북창(北窓). 1537년 진사시에 합격. "충허(沖虛)하고 고명(高明)하며, 그 모습은 구름에 나는 학과, 바람에 우는 매미와 같다. 온갖 재주에 대해 배우지 않아도 뛰어났으니, 스승도 없고, 제자도 없었다."＜미수기언＞했다.

黔丹寺

山徑無人鳥不回　　孤村暗澹冷雲堆
院僧踏破琉璃界　　江上敲氷汲水來。

▷ 黔丹寺(검단사) : 경기도 교하군(현 파주) 검단산 소재 사찰. 전등사 말사. <사찰
전서>『북창화첩』에는 「설경산수」로 제하였다.
▷ 暗澹(암담) : 어둡고 캄캄하여 곱지 않은 모양.　희망이 없고 막연함. 산사의 황막
하고 스산한 모양.
▷ 琉璃界(유리계) : 유리처럼 맑고 깨끗한 경계. 혹은 얼어서 미끄러운 얼음판.

부여 고란사에서

패국의 산하 수십 고을을
공연히 소정방이 거둬 갔구나
아리따운 궁녀 떨어진 바위엔 흔적 남았고
백마 빠져 부질없이 머리 잘렸지
고란사 빗소리 전장의 소리로 들리니
소제의 봄빛은 풍류를 상상케 하네
어여뻐라, 저들의 가무가 있던 누대에선
오궁의 가을 풀이슬 생각나지 않는구려.

[출전] : 『夢悟齋集』 『海東詩選』

작자 沈尙鼎 (심상정 : 1680~1721)

　　조선 중기의 문신·학자. 자 성응(聖凝), 호 몽오재(夢悟齋). 1710년 증광문과 급제.
병조좌랑·정언 등 역임. 1712년 과옥사건(科獄事件)으로 사천에 유배, 해배(解配) 후
임천(林泉)에 독락정을 짓고 은거함. 많은 시를 남겼으며, 특히 조어(造語)에 능했다 함.
저 『몽오재집夢悟齋集』.

扶餘皐蘭寺

霸國山下數十州　　公然坐遣定方收
青娥墜盡岩留跡　　白馬沈來浪殺頭
蘭寺雨聲聞戰伐　　蘇堤春色想風流
憐渠歌舞樓臺地　　不念吳宮草露秋。

어구풀이

▷ 皐蘭寺(고란사) : 충남 부여읍 쌍북리 부소산 북쪽 기슭 백마강변에 위치한 대한불교 조계종 제 6교구 마곡사의 말사. 1959년 중건 때 발견된 「상량문」(1797년 작성)에 의하면 '백제의 고찰'이라 했지만, 입증 자료는 전혀 없다. 다만 고려시대의 석불이 있었던 점으로 보아 고려 시대 창건으로 유추된다. 현종 19년(1028) 백제의 멸망과 3천 궁녀의 원혼을 달래기 위해 창건되었을 것이라 한다. 이후 조선조 인조 7년(1629)과 정조 21년(1797)에 각각 중수되었고, 1900년 부여군 은산면 각대리에 있던 숭각사(崇角寺) 건물을 옮겨 중수함.

▷ 霸國(패국) : 패도(霸道)로 일으킨 나라. 조선조의 화자가 백제, 특히 패자 의자왕의 나라를 칭한 말.

▷ 定方(정방) : 당나라 고종 때의 무장 소정방(蘇定方). 이름은 열(烈). 정방은 자. 의자왕 20년(660) 3월 나당(羅唐) 연합군의 대총관으로 13만 군사를 이끌고 황해를 건너 신라군과 함께 사비성을 함락, 의자왕과 태자[隆]를 생포, 당으로 송환하고, 고구려 보장왕 20년(661) 평양성을 쳤으나, 여의치 않아 철군 함.

▷ 靑娥(청아) : 소녀. 젊은 미녀. 속칭 삼천궁녀(三千宮女)를 비유함.

▷ 浪殺頭(낭살두) : 속절없이 머리를 벰. '백마강에 호국용이 있다'고 믿는 백제인들을 조롱하기 위해, 백마의 머리를 낚싯밥 삼아 용을 낚으려 했다는 조룡대(釣龍臺)의 전설을 시화함.

▷ 蘇堤(소제) : 백마강의 고란사 옆에는 넓게 쌓은 듯한 제방이 있는데, 옛날 소정방이 쌓았다고 알려져 있음.

▷ 吳宮(오궁) : 오왕(吳王)의 궁전. 이백(李白)의 시에 "오나라 궁전의 기화요초는 묻혀 으슥한 길이 되었고, 진대의 문물은 해묵은 언덕이 되었구나(吳宮花草埋幽徑, 晉代衣冠成古丘)."<登金陵鳳凰臺>란 구절이 있음.

고란사에서

옛 백제의 터에서 소요하노라니
눈에 띠는 산하 서글프기만 함을 어쩌랴
패업은 먼 하늘 외로운 새와 함께 사라지고
번화도 잠간 낡은 절간에 스님 홀로 지내네
층암 절벽에 꽃 떨어져 봄은 흔적도 없고
옛 나루에 용은 죽고 물만 제냥 흘러가네
차마 휘영청 달 밝은 밤 강 건너로부터
바람에 불려오는 후정화곡 들을 수 없어라.

[출전] : 『大東詩選·4』『水村謾錄』

작자 柳道三 (유도삼 : ?~?)

　　조선의 문신. 자 여일(汝一), 호 경암(敬巖)·자하옹(紫霞翁). 인조 10년(1632) 알성 문과 을과 급제. 익년 지제고, 1635년 단천 군수로 선정을 베풀어 표리(表裏)를 하사 받음. 동부승지, 우승지를 역임했으며, 시에도 능했다 함.

皐蘭寺

逍遙百濟舊山河	擧目其如慷慨何
霸業長空孤鳥沒	繁華廢寺一僧過
層巖花落春無跡	古渡龍亡水自波
最是隔江明月夜	不堪風送後庭歌。

어구풀이

▷『수촌만록』에는 작자를 조선 중기의 중인으로 많은 독서량과 시재가 있었던 임도 삼이라 하였다.(任道三 多讀書, 有詩才) <水村謾錄>

▷ 霸業(패업) : 천하의 대업. 제후의 우두머리가 되는 사업. 무력으로 천하를 통일하는 일. 『사기』에 "진나라 문공이 처음으로 들어서면서 패업을 닦고자 하여, 이에 군대를 일으켜 융적을 쳐서 쫓아냈다.(晉文公 初立欲修霸業 乃興師伐逐戎翟.)<史記・匈奴傳>라 함. 『大東詩選』에는 '백업(伯業)'으로 기술됨.

▷ 繁華(번화) : 번성하던 백제의 옛 문물, 혹은 그 역사.

▷ 過(과) : '지나다[過]'의 뜻이 아닌 '지낸다[住・居]'의 개념으로 보고자 함.

▷ 龍亡(용망) : 조룡대(釣龍臺)의 용사. 앞의 시 주 '浪殺頭' 참조.

▷ 後庭歌(후정가) : 사패명(詞牌名). "진의 후주는 청악 가운데 황리류와 옥수후정화의 금차, 양빈수 등 곡조를 만들어 놓고, 행신들과 그 가사를 지었으니, 기려를 서로 숭상하여 극히 경박하게 되었다. 남녀가 서로 부르고 화답하여 그 소리가 심히 애절했다.(陳後主 於淸樂中 造黃鸝鶹 及玉樹後庭花, 金釵兩鬢垂等曲 與幸臣等 製其歌詞 綺麗相高 極於輕薄, 男女相和 其音甚哀.)"<隋書・樂志> 참조.

고석사에서

넓은 들판 막 끝나는 지경
봉우리 휘돌자 우뚝 솟은 봉
그윽하고 외진 곳 터 잡았느니
도량은 본디 고즈넉한 법인 게야.

[출전] : 『牧隱詩藁·3』『輿地勝覽·17』

작자   李穡 (이색 : 1328~1396)

고려 말의 문신. 학자·문인. 본관은 한산, 자 영숙(穎叔). 호 목은(牧隱). 충혜왕 복위 2년(1341)에 진사가 되고, 충목왕 4년(1348) 원(元)나라에 가 국자감 생원이 되어 성리학을 연구함. 충정왕 3년(1351) 아버지의 상을 당하여 귀국, 공민왕 1년(1352) 전제(田制)의 개혁과 국방계획, 교육의 진흥, 불교의 억제 등 당면한 여러 정책의 서정개혁에 관한 건의문을 올렸다. 1367년 대사성이 되어 국학의 중흥과 더불어 성균관의 학칙을 새로 제정하고 김구용, 정몽주, 이숭인 등을 학관으로 채용하여 신유학의 보급과 성리학 발전에 공헌함. 태조 4년(1395)에 한산백에 봉해지고, 이성계의 출사 종용이 있었으나, 끝내 고사하고 이듬해 여강으로 가던 도중 숨졌다. 저『목은문고牧隱文藁』『목은시고牧隱詩藁』. 시호 문정(文貞).

孤石寺

平野行將盡　　回峰望更高
一區幽僻處　　梵刹本來孤。

어구풀이

▷ **孤石寺**(고석사) : 충남 서산군 월명산 소재 사찰. 이색의 「한산팔경韓山八景」중 고석사를 노래한 작임. 그의 「한산팔경」은 「고석심동孤石深洞」외에 「숭정암송崇井巖松」「일광석벽日光石壁」「회사고봉回寺高峰」「원산수고圓山戌鼓」「진포귀범鎭浦歸帆」「압야권농鴨夜勸農」「웅진관조熊津觀釣」등이다. 그 중 회사(回寺)를 노래한 제영시를 예시하면 아래와 같다.

後嶺如三角　뒷 고개는 삼각을 이루었고
前峰入半空　앞 봉우린 반공에 치솟았네
行舟垂鐵碇　가는 배 닻줄을 내리니
逐莫有狂風。행여 광풍이나 있을런가.

▷ **將盡**(장진) : 막 다하는 곳.
▷ **梵刹**(범찰) : 사찰. 산사. 도량.

고주사에 노닐며

우연히 시골 집 나서 혼자 놀아 보고자
스님 찾아가는 마상에서 문득 가을 상정에 젖네
솔은 일산을 벌이고 길손 맞고 보내는 듯
겹겹한 산봉들 병풍인 양 펼치고 쉬어가라네
한참 앉았자니 깊은 골 저녁 어스름 일고
바람결에 낙엽은 빈 다락에 어지러운데
차를 다리며 도란도란 이야기하노라니
나도 몰래 허튼 시름 말끔 가시는구면.

[출전] : 『東文選 · 17』

작자 鄭思道 (정사도 : 1318~1379)

고려 후기 문신. 공민왕 14년(1365) 경상도순무사 재임 중 신돈이 최영 장군을 사죄로 얽어 죽이려 하자, 죽음을 무릅쓰고 반대하다 파면, 1368년에는 왕이 왕륜사 노국대장공주의 영전이 협소하다고 마암(馬巖)으로 옮겨 짓게 하자, 첨서밀직으로 백성을 괴롭히고 재물을 낭비한다는 이유로 중지할 것을 건의하다 투옥됨. 우왕 원년(1375)에는 당시의 권신 이인임을 죽이려 했다는 의심을 받고 정몽주 · 김구용 · 이숭인 · 임효선 · 염정수 · 염흥방 · 박형 · 윤호 · 조문선 등과 함께 유배됨.

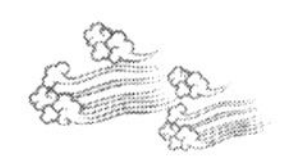

遊高住寺

偶出村廬成獨遊　　尋僧馬上更悲秋

長松偃盖如迎送　　疊峰開屏解挽留

坐久夕陰生邃壑　　風來霜葉亂虛樓

團欒煮茗同淸話　　忘却悠悠放逐愁。

어구풀이

▷ **高住寺(고주사)** : 미상. 『여지승람』 및 『사찰전서』에서도 미처 내처(來處)를 찾지 못하고, 원작은 『동문선』 17권 칠언율시조에서 인거(引據)함.

▷ **偃盖(언개)** : 성하게 덮은 모양. 기우뚱한 일산(日傘).

▷ **如迎送(여영송)** : 마치 길손을 맞고 보내는 듯함.

▷ **解挽留(해만류)** : 쉬었다 가라고 잡을 줄 앎. 곧 쉬어 갈만함.

▷ **邃壑(수학)** : 깊은 골짝.

▷ **團欒(단란)** : 한 곳에 모여 도란도란 이야기함.

▷ **淸話(청화)** : 청담(淸談). 청아한 이야기. 위진(魏晉) 시대 노장학파에 속하는 고절(高節) · 달식(達識)한 선비들이 현실 정치에 실망을 느껴 세사를 버리고 산림에 은거하여 청정무위(淸淨無爲)의 설을 담론하던 일. 죽림칠현(竹林七賢)의 청백안(淸白眼) 고사 참조.

▷ **放逐愁(방축수)** : 시름을 떨쳐냄.

▷ 서거정은 "어떤 길손이 (魯璵의) 「순흥루順興樓」시 "싸늘한 산 빛 밀어내듯 스님은 문을 닫았고, 서늘한 계곡 물소리 밟으며 길손은 누에 오르네"와, 평장 허백(許伯)의 「간성루杆城樓」시 "오경의 새벽 빛은 먼저 빈 누각에 들고, 낙엽 지는 가을 소리 작은 다락에 가득하네." 중 어느 것이 낫느냐?"고 물어, "노의 시는 크게 공교로우나 오히려 졸속함을 면할 수 없고, 허의 시는 속된 기운이 엿보이지만 아주 기발하다. 정당 정사도의 「고주사」에 "한참 앉았자니 깊은 골 저녁 어스름 일고, 바람결에 낙엽은 빈 다락에 가득하네."라고 한 것도 또한 위 두 시인의 싯구와 그 우열을 가리기 어렵다(有客問魯典書璵 順興樓詩 '寒推岳色僧扃戶 冷踏溪聲客上樓,' 許平章伯杆城樓詩 '五更曉色先虛閣 一葉秋聲滿小樓' 孰優. 予曰, 魯詩大巧而反拙, 虛詩似俗而大奇. 鄭政堂思道 高住寺詩 '坐久夕陽生邃壑 吟來霜葉滿虛樓.' 亦可伯仲二老矣.)"고 평했다. <東人詩話 · 上>

관음사에서

홀로 나무꾼 따라 산문으로 들어가니
언덕 사이 성긴 소나무 길은 절로 나뉘었네
몇 조각 채색 깃발은 석양 햇살에 빛나고
산 정상 찬 쇠북소리 가을 구름 새로 울려오네
밤 못의 흰 기운에 용은 일찍이 숨었고
소나무 달의 맑은 향기 학이 우뚝 섰구나
돌아보니 서울까지 십리 거리도 안 되니
남북으로 오가는 수레 분분하기도 하구나.

[출전] :『春亭集 · 2』

작자　卞季良 (변계량 : P 60, 覺林寺 참조)

觀音寺

獨隨樵者入山門　　夾岸疎松路自分
幾片彩幡明夕照　　一峰寒磬隔秋雲
夜潭白氣龍曾蟄　　松月淸香鶴不群
回望京都無十里　　輪遞南北正紛紛。

어구풀이

▷ **觀音寺**(관음사) : 경기도 개풍군 영북면 박연 상류에 있던 사찰. 고려 광종이 중창
하고 이성계가 중수함.
▷ **山門**(산문) : 절. 절의 바깥.
▷ **白氣**(백기) : 흰 기운.
▷ **鶴不群**(학불군) : 학은 홀로 우뚝함. 松 + 月 + 鶴.

관음굴에서

자그만 선방 흙 자리는 따뜻한데
지난날 태평 시대의 돌기둥 남았네
바위 구멍 우레 비에도 까딱없음은
응당 백의존자 모셔 있음이리라.

[출전] : 『雙梅堂集』 『輿地勝覽·4』

작자 李詹 (이첨 : 1345~1405)

고려 말 조선 초의 학자·문신. 자 중숙(中叔), 호 쌍매당(雙梅堂). 공민왕 14년 (1365) 감시에 제2인으로 합격하였으며, 1368년 문과에 급제하여 예문검열이 되고, 이듬해 우정언에 이어, 우왕 1년(1375) 우헌납에 올라 권신 이인임과 지윤을 탄핵하다 10년 간 유배됨. 태조 2년(1402) 지의정부사에 올라 하륜과 함께 등극사로 명나라 황제의 등극을 축하하기 위해 다녀왔다. 문장과 글씨에 뛰어난 하륜 등과 함께 『삼국사략』을 편찬했으며, 소설 『저생전』을 지었다. 『신증동국여지승람』에 많은 시를 남기고 있음. 저 『쌍매당집』. 시호 문안(文安).

觀音窟

禪房十肘土牀溫　　當日淸平石柱存

岩竇不因雷雨壓　　定應賴有白衣尊

어구풀이

▷ **觀音窟**(관음굴) : 경기도 개풍군 영북면 고덕리 천마산 소재 암자. 관음사라고도
한다. 광종 19년(970) 법인국사(法印國師)가 창건하였고, 우왕 9년(1383) 이성계가
중건하였다. 태조 2년(1393)에 수선 확장하였고, 1935년에 주지 근식(根植) 스님이
중수함.
『여지승람』에 의하면 "개성부 박연 상류에 있다"하고, "절 뒤에 바위 구멍이 집처
럼 된 것이 있고, 그 안에 관음불 두 석상이 있으므로 그대로 이름한 것이다. 위에
는 정자·실상·수정·보리·관불 등의 암자가 있다. 고려 광종이 처음으로 그
곁에 집을 지었는데, 우리 태조가 잠저에 계실 때 중건하였으며, 이색이 「기」를
지었다."라 했다.

▷ **十肘**(십주) : 열 팔꿈치. 매우 작거나, 가까운 거리.

▷ **土牀**(토상) : 흙 온돌 방. 牀은 사람이 앉거나 눕는 곳(人所坐臥).

▷ **淸平**(청평) : 맑고 평탄함. 곧 태평무사(太平無事)함.

▷ **因雷雨**(인뇌우) : 우레와 비로 인하여. 우레와 비 때문에.

▷ **賴有~**(뇌유~) : ~이 있음에 의뢰함. ~이 있기 때문임.

▷ **白衣尊**(백의존) : 백의관음(白衣觀音). 흰옷으로 백련 속에 앉은 33 관음의 하나.
곧 관음굴 속의 두 관음상.

관적사에서

보살의 사리를 벽돌 탑에 보관하니
부처의 진신이 돌 감실에 닫혔구나
비를 보려는 사람들이 잠시 서 있으니
꽃비가 자욱히 내리리라.

[출전] : 『警修堂全藁·5』 『申紫霞詩集·1』

작자   申緯 (신위 : 1769~1845)

　조선 후기의 문인·화가·서예가「詩書畫三絶」. 자 한수(漢叟), 호 자하(紫霞)·경수당(警修堂). 정조 23년(1799) 알성문과 급제, 초계문신에 발탁. 순조 12년(1812) 진주 겸 주청사 서장관으로 청나라에 가 그곳 문물의 실제를 접하며 아목을 넓히는 일면, 당시 청나라의 석학 옹방강(翁方綱)과의 교유로 문학에 대한 일대 혁신을 맞는다. 그의 시는 한국적 특질을 찾고자 하는 노력의 일환으로 소악부를 통해 사라져 가는 악부(樂府)를 재현하고자 「자하소악부」에 시조 40여수를 한역했는가 하면, 이시논시(以詩論詩)의 대작 「동인논시절구 35수」, 「관극시(觀劇詩) 12수」 등을 남기므로, 김택영(金澤榮)은 그를 조선조 500년 이래의 대가라 총평했다. 그의 그림 역시 산수화와 함께 묵죽에 능했으며, 서예는 당대에 풍미한 동기창체(董其昌體)의 남상이다. 저 『경수당전고』 『신자하시집』.

觀寂寺

舍利藏甀塔　　金身閉石龕
看碑人小立　　花雨落毵毵。

어구풀이

▷ 觀寂寺(관적사) : 황해도 곡산군(일명 상산 : 현 해주) 오륜산에 있었던 사찰. 관음보살이 모셔져 있다함.<여지승람·사찰전서>

▷ 舍利(사리) : sarira, 혹은 說利羅의 음역. 유골, 특히 부처님, 또는 성자(聖者)의 유골을 말함. 사리 숭배는 아시아 전역에서 행해지고 있지만, 실제는 사리를 상징하는 것이 넣어져 있다함.<불교대사전>

▷ 金身(금신) : 불상. 관음신상.

▷ 毵毵(삼삼) : 털이 긴 모양. 부슬부슬 떨어지다.

☞ 위의 「관적사」는 그의 곡산(谷山) 부사시절, 일대의 명승 40여 곳을 선정해 노래한 「상산사십영象山四十詠」 중 제 33영이다.

관촉사 미륵상

마읍 동쪽 백여 리
시진 마을 관촉사의
큰돌로 마름한 미륵보살상
'내 온다 내 온다' 며 땅에서 솟았다네
눈처럼 하얀빛으로 당당히 들판에 임해
농부들도 벼를 베어 그 앞에 보시한다오
수시로 땀 흘려 임금 신하를 놀라게 하니
입으로 전하는 말 아니라 역사에 실려 있네.

[출전] : 『牧隱集 · 24』『輿地勝覽 · 18』

작자 李穡 (이색 : P 92, 孤石寺 참조)

灌燭寺彌勒像

馬邑之東百餘里　　市津縣中灌燭寺

有大石像彌勒尊　　我出我出湧從地

巍然雪色臨大野　　農夫刈稻克檀施

時時流汗驚君臣　　不獨口傳藏國史。

어구풀이

▷ 灌燭寺(관촉사) : 충남 논산시 논산면 관촉리 반야산 소재 사찰. 미륵대석불상(국보 346호)이 있다. 고려 광종 19년(968) 반야산 서북쪽에 큰 돌이 솟아 있던 것을 조정에서 혜명(慧明) 스님으로 하여금 조성케 하였다. 970년에서 1006년까지 37년에 걸쳐 조성함. 길이 55척 5촌, 둘레는 30척, 귀의 길이는 9척, 미간 9척, 관의 높이는 8척에 이른다. 정문 법당은 우왕 12년(1386)에 처음 문을 열었고, 조선조 선조 14년(1581)에 거사 백지(白只)가 중수, 현종 15년(1674) 지능(知能) 스님이 중수함. 국보로 관음상 외에 석등(국보 361호)이 있음.<여지승람・사찰전서>

▷ 湧從地(용종지) : 땅속으로부터 용출함.

▷ 巍然(외연) : 산이 높고 큰 모양. 인물의 뛰어난 모양.

▷ 克檀施(극단시) : 기꺼이 단에 보시함. '克'은 '능히・즐겨'의 뜻.

▷ 流汗(유한) : 땀을 흘림. 국가에 위급한 일이 있게 되면 땀을 흘린다는 비석. 흔히 경남 밀양군 무산리 소재 표충비(일명 사명대사비. 경남 유형문화재 제 15호)를 칭함.

▷ 不獨~(부독~) : 비단 ~만 그런 것이 아님.

▷ 藏國史(장국사) : 역사에 기록됨.

구석사에서

돌길은 꾸불꾸불 소나무 숲으로 들어가고
짚신 신고 뜻대로 지팡이에 의지해 가네
숲 너머로 필시 절간이 있을 듯하니
절구공이 치는 듯한 저녁 종소리 들려오네.

[출전] : 『私淑齋集 · 1』『輿地勝覽 · 16』

작자 姜希孟 (강희맹 : 1424~1483)

　　조선 초기의 문신. 자 경순(景醇), 호 사숙재(私淑齋) · 국오(菊塢). 강희안(姜希顏)의 아우이자, 세종의 이질(姨姪). 세종 28년(1447) 별시문과에 장원으로 급제, 예조좌랑 · 돈녕판관을 역임하고 세조 1년(1455) 예조 · 이조참의를 거쳐 세자빈객이 됨. 성종 2년(1471) 지춘추관사로 신숙주 등과 함께 『세조실록』『예종실록』 편찬에 참여. 인품이 겸손 치밀하며, 경사(経史)와 전고(典故)에 통달한 당대의 문장가로 사대부 관인적 취향과, 섬세한 감각적 문인으로, 특히 민요와 설화에도 깊은 관심을 지녔다. 그의 「농구십사장農謳十四章」은 그 실증적 자료이다. 조부와 부친, 그리고 형 희안의 시집 『진산세고晉山世稿』를 펴냈으며, 『신찬국조보감』『경국대전』 편찬 및 『동문선』『동국여지승람』『국조오례의』 등의 편찬에 참여함. 산수화에 뛰어났을 뿐만 아니라, 서예로도 이름 높은 당대의 삼절(三絶). 저 『사숙재집』『금양잡록』『촌담해이』 등. 시호 문량(文良).

龜石寺僧

石路盤回入萬松　　芒鞋隨意懶扶筇
隔林認得招提境　　一杵舂容聞暮鐘。

▷ **龜石寺**(구석사) : 충북 청안현 좌구산에 있던 사찰. 전하는 말에 의하면, 처음 이 곳에 마을이 섰을 때 이산(離山)이 높은 것을 꺼려 이 절을 세우고, 수족(水族)의 신인 거북의 이름을 따서 구석(龜石)이라 했는데, 이는 조회(曹繪)의 「기」에 있다. <신증동국여지승람·16>

▷ **盤回**(반회) : 서리어 돌아듦.

▷ **芒鞋**(망혜) : 짚으로 만든 신발. 짚신.

▷ **隨意**(수의) : 뜻대로. 마음 내키는 대로.

▷ **扶筇**(부공) : 지팡이에 의지함.

▷ **認得**(인득) : ~을 알다. ~일 듯함을 알다.

▷ **招提**(초제) : 사찰. 산사.

▷ **舂容**(용용) : 방아 찧는 소리. 절구방아 찧는 소리. 사찰의 쇠북소리를 비유함.

구품사를 제하여 쓰다

우거진 풀 온 길을 뒤덮었고
억센 이끼 문설주까지 기어 붙었네
솔바람은 한밤 산골 울리고
산 기운 새벽 마루에 감도네
숲 속 과일은 잔나비가 흔들어 떨구고
바위 샘 물가엔 산새들 아침 목욕하네
산사의 스님은 가끔 일을 좋아해서
길손들 인도해 좋은 경치 보게 하네.

[출전] : 『東國李相國集 · 1』『東文選 · 九』『大東詩選 · 1』

작자 李奎報 (이규보 : 1168~1241)

고려 중기의 문신 · 재상. 초명은 인저(仁氐). 자 춘경(春卿), 호 백운거사(白雲居士).만년에는 술 · 거문고 · 시를 좋아하여 삼혹호선생(三酷好先生)이라 자호했다. 명종 19년(1189) 사마시, 익년 문과 급제. 1199년 전주 목사록사 겸 장서기로 출발하여 1237년 금자광록대부 · 문하시랑 평장사 · 수문전 대학사 · 판예부 한림원사 · 태자대보로 치사하기까지 한 두 차례 위기가 없지는 않았지만, 평탄한 관계 생활을 만끽했다.

금의(琴儀)를 선두로 하여 유승단 · 이인로 · 진화 · 유충기 · 민광균, 그리고 김양경 등과 문단의 성황을 구가하였다. 특히 그는 걸출한 시호로 호탕 활달한 시풍이 당대를 풍미했다. 처음엔 도연명의 영향을 받았으나, 만년엔 한유에 경도되기도 하며, 궁극적으로는 개성적 독자적 시격을 이룩했다. 특히 그의 주기적 신의론(新意論), 시유구불의체론(詩有九不宜体論) 등은 앞선 시론이었으며, 동국 제일의 주필가(走筆家)이기도 하다.

관계생활 역시 이권에 개입하지 않은 순수한 문한의 관료이며, 양심적이지만 소심한 사람이었다. 그는 최씨 정권에서 일반 문한 관료직의 한 전형이었다고 할 수 있다. 저 『동국이상국집』. 시호 문순(文順).

題 九品寺

草暗工防路　　苔頑不避門

松風夜響谷　　山氣曉蒸軒

林菓猿搖落　　巖泉鳥浴渾

居僧偏好事　　贊導閱名園。

어구풀이

▷ **九品寺**(구품사) : 미상. 퇴경당의 『한국사찰전서』에 따르면, '미상'이라 하고 "이규보가 지은 「구품사」 시가 있다."하며, 그 출전을 '『동문선』 9권 168항'라 했다.(九品寺, 未詳. 李奎報有九品寺詩. 東文選 九卷 一六八項) <사찰전서·상>

▷ **苔頑**(태완) : 이끼가 거칠게 뒤덮인 모양.

▷ **響谷**(향곡) : 골짜기에 울림.

▷ **蒸軒**(증헌) : 새벽 산 이내가 헌함(軒檻)에 서림.

▷ **名園**(명원) : 이름난 승지. 명구(名區).

구품사에서 놀다가 날이 저물다

산길 험해 말은 자주 미끄러지고
길 멀어 행인은 이내 지치는데
놀란 다람쥐 풀 속으로 숨어들고
잘 새는 하마 깃에 들었는데
산사라, 가을 빛 일찍 이르고
봉우리 높아 달덩이 뜨누나
스님네 한가롭다, 할 일 없으니
차 다리는 때를 제하고 나면….

[출전] : 『東國李相國集·14』『大東詩選·1』
『靑丘風雅·3』『三韓詩龜鑑·中』

작자　李奎報 (이규보 : P 106 참조)

遊九品寺迫晚

山險馬猶蹶　　路長人易疲
驚鼯潛入草　　宿鳥已安枝
虛閣秋來早　　危峰月上遲
僧閒無一事　　除却點茶時。

어구풀이

▷**九品寺**(구품사) : 미상. 『삼한시귀감·중』에는 「九品寺」라는 제목에 함련 '潛入'이 '時入'으로 수록됨.

▷**頻蹶**(빈궐) : 자주 미끄러짐.

▷**安枝**(안지) : 깃에 듦.

▷**虛閣**(허각) : 빈 집. 곧 산사. 절 집.

군자사에서

방랑살이 10년 동안 내 어이 견디었던가
구름 산 자취 거두자 한 바탕 단 꿈 꿨네
지는 해 높은 수라산 번쩍이는 내 비꼈고
긴 바람은 비를 몰아 용담을 지나누나
흰 구름과 푸른 학은 하릴없이 아득한데
아간과 경고를 싫도록 맛본들 무엇하랴?
오늘밤 창을 스치는 솔 계수 찬바람에
달빛이 엷은 이내 밝힌 것 누워 보겠네.

[출전] :『俞好仁詩藁』『國朝詩刪·2』『輿地勝覽·31』

작자 俞好仁 (유호인 : 1445~1494)

　　조선 전기의 문신·문장가. 자 극기(克己), 호 임계(林溪)·뇌계(雷溪). 김종직의 문인으로 문명(文名)이 높았다. 성종 5년(1474) 식년문과에 병과로 급제하고, 거창현감, 공조좌랑을 지냄. 1486년 검토관으로『동국여지승람』편찬에 가담. 1490년『유호인시고』를 편찬, 성종으로부터 표리(表裏)를 하사받음. 워낙 문치의 성주 성종으로부터 지극한 총애를 받아, 걸퇴를 주청하는 임계에게 "이시렴 브듸 갈짜. 아니가든 못홀쏜야 無端이 슬튼야 눔의 말을 드럿눈야 그려도 하 애도래라 가는 뜻을 닐러라"<해동가요>라는 단가를 받았으며, 이는 군신간의 미담으로 전해진다. 저『유호인시고』.

君子寺

十年萍梗我何堪　　收迹雲山一夢酣
落日閃霞橫鷲峀　　長風驅雨過龍潭
白雲靑鶴空迷遠　　牙簡瓊膏奈飽參
今夜拂窓松桂冷　　臥看明月印輕嵐。

어구풀이

▷ **君子寺**(군자사) : 경남 함양군 지리산에 있던 사찰.
▷ **萍梗**(평경) : 마름 풀과 산드룹나무. 곧 하찮은 나그네.
▷ **牙簡瓊膏**(아간경고) : 아간은 관청 문서, 경고는 고량진미.
▷ **拂窓**(불창) : 창에 떨치는. 윙윙 창을 울리며 지나는 바람 기.
▷ **印輕嵐**(인경람) : 가벼운 아지랑이(嵐)에 인(印)치다.

귀신사에서

북쪽 뜰에서는 산들바람이 대밭으로 불고
남녘 창으론 넓고 아득한 만 겹 산이로다
소나무 관문과 돌길 지나 시내 건너 들어와
큰 스님과 마주앉아 잠시 한가로움을 얻노라.

[출전]：『輿地勝覽·33』

작자 *尹珍* (윤진 : ?~?)

　고려의 문신. 우왕 8년(1382) 판후덕부사로 동지공거가 되어 지공거 안종원(安宗源)과 함께 유량(柳亮) 등 33명의 진사를 선발하였다. 1386년 찬성자로서 밀직부사 이희번(李希蕃)과 함께 명나라에 사신으로 파견되어 세공을 감면시켜준데 대하여 사례하였으며, 1388년 문하찬성사가 됨.

歸信寺

北院颼飀百竿竹　　　南窓縹緲萬重山
松關石路過溪入　　　偶對高僧暫得閑。

▷ 歸信寺(귀신사) : 전북 김제군 금산면 청도리 무악산 소재 사찰. 신라 문무왕 16년
(676) 의상대사가 창건. 고려조에 원명(圓明) 국사가 중건했으나, 임진왜란 때 불
탄 것을 다시 중건하였다. 고종 10년(1873) 춘봉(春峰) 스님이 고쳐 지었다. 처음
에는 국신사(國信寺)라 하다가 중간에 구순사(狗脣寺), 춘봉 스님이 고쳐 지은 뒤
부터는 귀신사라 함.

규봉사에서

기궤한 형상, 이름 붙이기 어렵더니
올라보니 온갖 만물이 공평도 한데
돌 모양은 비단을 마름해 낸 듯하고
봉우리 형세는 옥을 쪼아 이룬 듯해
명승을 찾으니 속세의 자취도 막히고
그윽히 사노라니 도심조차 부더이네
어찌하면 속세의 그물 끊어 던질까
가부좌로 앉아 무생의 이치를 배운다오.

[출전] : 『輿地勝覽·35』

작자 金克己 (김극기 : P 56 참조)

圭峰寺

詭狀苦難名　　登臨萬象平
石形裁錦出　　峯勢琢圭成
勝踐屏塵迹　　幽棲添道情
何當抛世網　　趺坐學無生。

▷ **圭峰寺**(규봉사) : 전남 화순군 이서면 영평리 무등산 소재 사찰. 일명 규봉암(圭峰庵)이라 하며, 그 유래는 다음과 같다. 무등산 절 옆에 세 개의 돌이 있는데 삼존석(三尊石)이라 한다. 또 열 개의 대가 있는데, 송하(送下)·광석(廣石)·풍혈(風穴)·장추(藏秋)·청학(靑鶴)·송광(松廣)·능엄(楞嚴)·법화(法華)·설법(說法)·은신(隱身)이 그것이다. 세상에 전하기를, 도선(道詵) 대사가 이 대에 앉아 송광에서 산세를 두루 살펴본 다음 이 절을 창건했다 한다.
▷ **裁錦**(재금) : 비단을 마름하다.
▷ **琢圭**(탁규) : 옥을 다듬다.
▷ **趺坐**(부좌) : 불가의 수도 자세인 가부좌하고 앉음.
▷ **無生**(무생) : 남[生]이 없음. 불가에서 이르는 무생무멸(無生無滅). 곧 남도 없고 멸도 없음이요(涅槃之眞理 無生滅 故云無生, 因以觀無 生之理 以破生滅之煩惱也), 『반야심경般若心經』의 "있는 것은 곧 없는 것이요, 없는 것은 곧 있는 것이다(色卽是空 空卽是色)"라는 법리로 이해할 일이다.

금강사에서

말 발길 닫는 대로 두루 하는 승지 유람
오늘은 분성 성곽 북녘 산사에 이르렀네
금관가야는 옛 나라라 하늘 땅도 오래고
임금님 수레 노닐던 세월 아득만 하구나
시조의 왕릉 그윽하고 산천은 고즈넉한데
장군 나무도 오래 묵어 잡초만 무성쿠나
가야의 옛 물건 가야금은 오히려 남았으니
미인의 종요론 가락 다시 한 번 들어나 볼까.

[출전] : 『四佳詩集補遺·3』『輿地勝覽·32』

작자 徐居正 (서거정 : 1420~1488)

　조선 중기의 학자·문인. 본관은 달성, 자는 강중(剛仲), 호는 사가정(四佳亭)이다. 세종 20년(1438) 생원·진사 두 시험에 합격하고, 1444년 식년문과에 을과로 급제하여 사재감직장에 제수. 그 뒤 집현전학자, 경연사경이 되고, 1447년 부수찬으로 지제교 겸 세자우정자로 승진하였으며, 문종 1년(1451) 부교리에 올랐다. 일찍이 조맹부(趙孟頫)의『적벽부赤壁賦』글자를 모아 칠언절구 16수를 지었는데, 매우 맑고 아름다워 세조가 이를 보고 감탄하였다 한다. 1476년 원접사가 되어 중국 사신을 맞이하였는데, 워낙 수창을 잘하여 기재라는 칭송을 들었다. 이 해 우찬성에 오르고『삼국사절요』를 공편하였다. 1477년 다시 달성군에 봉해지고 도총관을 겸하였다. 이 해『동문선』130권을 편찬하였다. 그는 방대한 저술을 남겨『동국통감』『동국여지승람』『경국대전』『연주시격언해』 등을 편찬하였고, 『역대연표』·『동인시화』·『태평한화골계전』·『필원잡기』·『동인시문』 등을 남겼다. 시호 문충(文忠).

金海金剛社

歷盡名區信馬蹄　　盆城城北訪招提

金官故國乾坤老　　玉輦曾遊歲月迷

始祖陵深山寂寂　　將軍樹老草萋萋

伽倻古物琴猶在　　要遣佳人唱更低。

어구풀이

▷ 金剛社(금강사) : 경남 김해군 북쪽 대사리에 있던 사찰. 하륜(河崙)의 「기」가 있다.

▷ 歷盡(역진) : 두루 다함.

▷ 信馬蹄(신마제) : 말발굽을 믿음. 말에 의지함. 말 가는 대로.

▷ 盆山城(분산성) : 경남 김해 북쪽 3리 지점 분산의 성 둘레 1560척, 우물 2. <여지승람>

▷ 招提(초제) : 산사(山寺)의 다른 이름.

▷ 金官故國(금관고국) : 금관 가야국. 본디 가락국, 혹은 가야(伽倻)였으나, 금관국으로 고쳤다. 시조 김수로왕으로부터 구해왕(仇亥王)까지 10대 491년 동안 왕국으로 내려오다, 신라에 항복, 법흥왕이 객으로 예대(禮待)해 읍으로 만들어 금관국이라 함.

▷ 玉輦(옥연) : 임금의 수레. 하륜의 기에 의하면 전조[고려] 충렬왕이 합포로 행차할 때 여기 와 놀았다 함.

▷ 始祖陵(시조릉) : 가야국의 시조 김수로왕의 능.

▷ 將軍樹(장군수) : 하륜의 「기」에 "(금강)사 내에 산다수(山茶樹)가 온 들을 덮었는데 충렬왕이 보련을 멈추고 장군이라 칭호를 내려 부로들이 이를 미담으로 여겼다 함 (---社有山茶樹--- 前朝忠烈王駐 輦于此 賜號將軍 父老相傳 以爲美談.)" <여지승람·하륜의 기>

▷ 琴猶在(금유재) : 가야국 가실왕이 당의 악기를 보고 만들었다는 악기. 가야국이 망하자 가야금의 명인 우륵은 신라로 망명하여 수많은 제자를 길렀다 하고, 가야금은 다시 신라금으로, 통일신라 때는 일본에 전해져, 지금도 정창원(正倉院)에 보존됨. 시의는 '나라는 망했어도 그 문화, 그 풍류는 남았다'는 뜻.

금강산에서, 2수

(1) 보덕굴

음산한 바람 바위 사이에서 불어오고
골짜기 시냇물은 깊어서 더욱 푸르네
지팡이에 기대 충충 봉우릴 보노라니
날 듯 날렵한 처마 구름 나무를 탔네.

작자 李齊賢 (이제현 1287~1367)

고려 문신·학자·시인. 자 중사(仲思), 호 익재(益齋)·역옹(櫟翁). 백이정(白頤正)의 문인. 충선왕 27년(1301) 성균시에 장원, 이어 문과에 급제. 충선왕 원년 원나라에 만권당을 세우자, 연경에 가 요수·조맹부 등과 함께 고전을 연구함. 1913년 충선왕을 수행하여 강남을 유람. 이듬해 빠이엔쿠서(伯顏禿古思)의 모함으로 유배되자, 그 부당함을 밝혀 풀려나게 함. 당대의 명문장가로 외교문서에 뛰어났고, 조맹부의 서체를 유입함. 『익재난고』소악부에 9수의 속요를 7언 소악부체로 한역해 고려가요 연구에 귀중한 자료적 가치를 제공함. 저『익재난고』『역옹패설』등, 시호 문충(文忠)

金剛山 二絶

[一] 普德窟

陰風生巖曲　　溪水深更綠
倚杖望層巔　　飛簷駕雲木。

어구풀이

▷ 普德窟(보덕굴) : 표훈사에 딸린 암자. 신라 진평왕 49년(627) 보덕 스님이 창건하고, 고려 의종 10년(1115)에 회정(懷正) 스님이 중창했으며, 중종 36년(1540) 나라에서, 순조 8년(1808) 율봉 스님이 다시 중수함. 『청구풍아』에는 「금강산보덕굴金剛山普德窟」로 제목 됨.

▷ 陰風(음풍) : 서늘한 기운. 음곡(陰谷)에서 이는 바람.

▷ 巖曲(암곡) : 바위 골. 『기아』 『대동시선』에는 '谷'으로 표기됨.

▷ 層巔(층전) : 겹겹으로 쌓인 산마루.

▷ 飛簷(비첨) : 날렵한 처마. 날듯이 날렵한 처마.

▷ 駕雲木(가운목) : 구름에 감긴 나무를 타다. 곧 날 듯이 날렵한 처마가 구름에 휘감긴 나무 위로 불쑥 솟아 있음. 『대동시선』에는 '來'로 표기됨.

☞ 서거정은 『동인시화』에서 "이 문충공의 절구·악부 등편은 정심(精深) 전아(典雅)하다"했는가 하면, 창강 김택영은 『소호당문집』에서 "이익재의 시는 공묘청준(工妙淸俊)하고, 만상이 구비함으로써 조선 3천년 문학사에서 제 1인자다. 이로써 정종으로 웅걸한 시인이다."(李益齋之詩 以工妙淸俊 萬象具備 爲朝鮮三千年之第一大家. 是以正宗而雄者也)라 했다.

(2) 마하연암에서

산중이라, 해가 한낮이 되었건만
풀 이슬 촉촉이 짚신을 적시네
옛 절이라, 머무는 스님 없어도
흰 구름은 뜨락에 가득하구나.

[출전] : 『益齋亂藁·3』『靑丘風雅·6』『大東詩選·1』

[二] 摩訶衍菴

山中日亭午　　草露濕芒屨
古寺無居僧　　白雲滿庭戶。

어구풀이

▷ **亭午**(정오) : 정오(正午). 한낮.
▷ **濕芒屨**(습망구) : 짚신을 적심. 깊은 산사라, 한낮이건만 아직도 풀잎에 맺힌 이슬이 신발을 적심.

금사사에서

열흘 동안 금사사에 묵노라니
가을 기운에 고국 그리는 마음 뿐
밤 조수는 서늘한 기운 나눠주고
돌아가는 기러기 슬픈 소리 보내오네
오랑캐 쳐들어와 자주 칼을 만지게 되고
지기가 없으니 거문고줄 끊고 싶어라
평생에 다짐해 온 출사표인데
국난에 임해 비장하게 읊조리노라.

[출전] : 『松江集原集·1』『大東詩選·2』『五山說林』

작자 鄭澈 (정철 : 1536~1593)

조선 문신·시인. 자 계함(季涵), 호 송강(松江). 유학은 기대승(奇大升)·김인후(金麟厚)·양응정(梁應鼎), 시는 임억령(林憶齡) 등에게서 배웠다. 이이(李珥)·성혼(成渾)·조헌(趙憲)·고경명(高敬命) 등과 교유했으며, 권필(權韠)·이안눌(李安訥)·백광훈(白光勳) 등 당대 문사들의 스승이었다.

좌해진문장(左海眞文章)의 「관동별곡」을 위시한 가사문학의 독보이자, 고산과 함께 시조문학의 쌍벽이며, 700여수의 한시 역시 수작(秀作)이 적지 않다. 동서분당의 정쟁(政爭) 속에 파란 많은 삶만큼 포폄(褒貶)도 많았지만, 우리문학의 상징적 존재임엔 이설이 있을 수 없다. 저 『松江歌辭』『松江全集』. 시호 문청(文淸).

金沙寺有感

十日金沙寺　　三秋故國心
夜潮分爽氣　　歸雁送哀音
虜在頻看劒　　人亡欲斷琴
平生出師表　　臨難哀長吟。

어구풀이

▷ 金沙寺(금사사) : 황해도 장연군 해안방(海安坊)에 있던 사찰. 『오산설림』 제 23화에 의하면 "임진년에 왜적들이 쳐들어오자, 선조는 서도로 가다가 개성에 위리안치 되어있는 정상국[철]을 불러 도체찰사에 임명했다. 공은 명을 받고 남으로 내려오다, 황해도 장연군 금사사에 이르러 10여일 머물다 떠났으니, 이때가 바로 7월 초가을이었다. 공은 감개한 생각이 들어 율시 1수를 짓기를---.(壬辰倭奴之充斥也 宣廟西幸 出鄭相國澈於安置中, 命以都體察使之任, 公受命而南也. 行抵黃海道長淵至金沙寺 留十餘日 而後行 乃是七月秋也. --- 본 시략---.)"라고, 그 작시 배경을 밝혔다. 한편 『국조』 및 『대동시선』에는 「金沙寺有感」으로 제목 되었음.

▷ 頻看劒(빈간검) : 자주 칼을 살핌. 우국충정에 의한 보국(報國)의 다짐.

▷ 人亡(인망) : 지기(知己)의 죽음. 구체적으로 지칭한 인물은 알 수 없으나, 임란을 당해 십만양병설을 주장했던 이이(李珥)의 유비무환 및 그의 우국충정을 애모함일까 한다.

▷ 欲斷琴(욕단금) : 거문고 줄[絃]을 끊고자 함. 백아절현(伯牙絶絃) 참조.

▷ 出師表(출사표) : 출정에 임해 임금에게 올리는 표문. 촉한(蜀漢)의 제갈량(諸葛亮)이 소열황제 유비 현덕에게 올린 「出師表」와, 2세 유선에게 올린 「후출사표」가 있음.

▷ 자하 신위는 송강 정철의 가곡과 문인 권필의 악부를 그의 「동인논시절구」 35수, 그 21)에서 다음과 같이 합평했다.

白衣妙選稱從事　　백의로 뽑혀 종사관이 되니
何異將身到鳳池　　봉지에 이른 것과 다를 게 없다
樂府至今傳絶唱　　악부로 지금까지 불리워 짐은
松江歌曲石洲詩　　송강의 가곡에다 석주의 시.　　　<申紫霞·5>

금사사에서 신기루를 보고

솔숲 새로 걷자니 한낮이건만 바람 서늘하고
금빛 모래 손으로 희롱타보니 이내 석양일레
천년의 아랑은 찾을 곳 없고
신기루 걷히자 어촌 하늘 맑아라.

[출전] : 『栗谷先生全集 · 2』『大東詩選 · 3』

작자 李珥 (이이 : 1536~1584)

　조산 중기의 학자 · 정치가. 자 숙헌(叔獻), 호 율곡(栗谷) · 석담(石潭). 모친 신사임당에게서 학문을 배워 13세에 진사. 19세에 성혼(成渾)과 도의교분을 맺고, 금강산에 들어가 불교를 공부, 20세에 하산, 23세에 「천도책天道策」으로 장원급제. 전후 9차례 과거에 장원하여 구도장원공(九度壯元公)으로 호칭. 십만양병설로 유명하며, 『격몽요결』 『성학집요』 『학교모범』 『정언묘선』 등 저술. 이황과 함께 동방 이학의 쌍벽으로 일컫는다. 시호 문성(文成).

題金沙寺見海市

松間引步午風凉　　手弄金沙到夕陽
千載阿郎無處覓　　蜃樓消盡海天長。

어구풀이

▷ **海市**(해시) : 신기루(蜃氣樓). 해시신루(海市蜃樓). '공허한 환상'
▷ **引步**(인보) : 발걸음을 옮기다.
▷ **阿郎**(아랑) : 협주에 "아랑은 옛 선인의 호(阿郎古仙人號)"라 함.

금산사에 묵으며

구름 기운 망망하고 골짜기는 트였는데
엉긴 수풀 깔린 돌엔 여울물 소리 울리네
중천의 북두성 금빛 사찰을 밝히고
밤중에 바람 우뢰 돌 제단을 감돈다
오랜 당간 이끼 끼어 글자도 희미한데
마른 나무에 바람 거세니 저녁 추위 이네
산사에서 홀연히 하룻밤 자고 나니
안개 속 성긴 종소리 여운 한가롭지 않구나.

[출전] : 『梅月堂詩集·11』『輿地勝覽·34』

작자 金時習 (김시습 : 1435~1493)

　　조선 전기의 문신·학자. 생육신의 한 사람. 자 열경(悅卿), 호 매월당(梅月堂)·청한자(清寒子)·동봉(東峯) 등. 법호는 설잠(雪岑). 어려서부터 재능을 드러내 천재라는 칭송을 들었지만, 21세 때 수양대군이 왕위를 찬탈했다는 소식을 듣고, 보던 책을 불태운 뒤 스스로 머리를 깎고 산사를 찾아다니며, 전국 각지를 유랑함. 효령대군의 권유로 내불당에서 불경 언해 사업에 참여했지만, 정치 현실에 실망하여 1465년 봄에 경주로 내려와 금오산에 칩거. 그가 머물렀던 금오산실이 바로 용장사이며, 그 집의 당호가 매월당이다. 이곳에서 그는 37세 때까지 살면서 한문소설 『금오신화』를 썼다. 1481년 잠시 환속했지만, 폐비윤씨 사건이 일어나자, 다시 관동지방 등지로 유랑의 길을 떠났다. 저서 『매월당집』『역대연기』『금오신화』.

宿金山寺

雲氣微茫洞府寬　　縈林絡石響鳴湍

中天星斗明金刹　　夜半風雷繞石壇

苔蝕古幢微有字　　風摧枯樹晩生寒

脩然一宿招提境　　烟裏疎鐘韻未閑。

어구풀이

▷ **金山寺**(금산사) : 전북 김제군 수류면 무악산 소재 사찰. 신라 혜공왕 2년(766) 진표 율사가 미륵불의 수기를 받고 중창했으며, 935년 후백제의 신검(神劍)이 그 아버지 견훤을 가둔 곳이기도 하다. 임진왜란 때 불탄 것을 인조 4년(1626) 수문 스님이 재건. 노주(露柱)(국보 35호)와 석련대(국보 36호), 혜덕왕사진응탑비(국보 37호), 5층 석탑(국보 38호), 석종(국보 39호), 6각 다층석탑(국보 40호), 당간지주(국보 41호), 심원암북강 3층 석탑(국보 42호), 미륵전(국보337호) 등이 있고, 이밖에 소요대사의 비가 있다. 한편 중국 강소성 진강현 금산에도 금산사가 있다. 『현호쇄담玄湖瑣談』에 예로부터 시인이 '누대에 붙이는 시는 짓기 어렵다'했다. 그것은 글귀 만들기가 어렵다는 것이 아니라, 그 누대에 꼭 맞게 짓기가 어렵다는 뜻이라며, "나무 그림자는 물 가운데서 보겠고, 종소리는 양 언덕에서 들려온다"를 금산사의 명구로 여겨왔다 했다---(自古詩家 以題詠爲難, 非作句難 難其相稱也. '樹影中流見 鐘聲兩岸聞' 爲金山寺之名句---)'며, 이어 영은사와 김황원의 대동강 연구로 제영시의 작시상 어려움을 대변해 주고 있다.

▷ **絡石**(낙석) : 돌이 얽히고 서림.

▷ **金刹**(금찰) : 산사[黃金寺刹]의 별칭.

▷ **幢**(당) : 당간지주(幢竿支柱). 간주(竿柱 : 장대) 끝에 용머리 모양을 만든 깃발을 달아 드린 것. 부처님과 보살의 위신과 공덕을 표시하는 장엄구의 하나. 불전이나 불당 앞에 세우며, 혹은 중생을 지휘하고 마군(魔軍)을 굴복시키는 표지로도 쓰인다.

▷ **脩然**(소연) : 융통자재한 모양. 사물에 얽매이지 아니한 모양.

▷ **招提**(초제) : 여러 곳에서 모여든 스님들이 쉬어가게 마련한 집.

금산사에서

봄이 청구에 오니 해는 중천에 이르렀는데
명승지 유람은 농사일 끝난 때가 알맞네
바다 위 봉래산 지경을 찾기 위하여
짐짓 인간 세상 도솔궁부터 찾았노라
높다란 처마 끝은 북두성에 닿을 듯하고
법음을 전하는 목탁소리 동풍에 속삭이네
다시 길 떠날 행장 꾸려 그윽한 곳 다다르니
안개 노을 가득한 골짜기 길이 그만 끊겼구나.

[출전] : 『稼亭集·20』『輿地勝覽·34』

작자 李穀 (이곡 : 1298~1351)

　　고려 후기의 학자. 자는 중보(仲父), 호는 가정(稼亭). 충숙왕 4년(1317) 거자과(擧子科)에 합격한 뒤 예문관검열이 되고, 원(元)나라에 들어가 충숙왕 복위 1년(1332) 정동성 향시에 수석, 다시 전시에 차석으로 급제함. 귀국하여 이제현 등과 함께 『편년강목』을 중수하고, 충렬·충선·충숙 3조의 실록을 편수함. 그는 일찍이 원나라에서 문명을 떨쳤고 원나라 조정에 고려로부터 동녀를 징발하지 말 것을 건의하기도 하였다. 『동문선』에는 100여 편 가까운 작품들이 수록되어 있으며, 특히 대나무를 의인화한 가전체 『죽부인전』을 지음. 저서 『가정집』 4권 20 책. 시호는 문효(文孝).

次金山寺壁上韻

春到青丘日欲中　　勝遊要及未農功
爲尋海上蓬萊境　　因訪人間兜率宮
危構簷牙磨北斗　　法音鐸舌語東風
更思杖履窮幽絶　　滿壑烟霞路易窮。

어구풀이

▷ 青丘(청구) : 푸른 언덕. 곧 우리나라. 동국(東國).

▷ 要及~(요급~) : ~에 이름이 요긴하다.

▷ 鐸舌(탁설) : 목탁 소리.

▷ 兜率宮(도솔궁) : 도가에서 이르는 말에, 33층 하늘 중 가장 높은 궁으로, 도가의
교조 태상노군(太上老君 : 老子)이 머물고 있다 함. 한편, 불교에서는 '미륵보살의
청토'라 하고, 혹은 욕계(欲界)의 6천 중 제 4천으로, 통속적 의미로는 '만족시키
다'의 뜻이며, 묘족(妙足)이라고 한역됨. 이 하늘의 내원(內院)은 장래 부처가 될
보살의 주거지로, 석존도 예전에 여기에서 수양하고, 현재 미륵보살도 이곳에서
설법하고 있다함. 이곳 천인(天人)의 수명은 사 천년, 하루 밤낮은 인간세계의 사
백년에 해당된다 함. 『가정집』 권29에는 '觀史宮'으로 표기 됨.

금산사에서

해묵은 절 산기슭에 자리했는데
높은 용마루 물가를 눌러 있네
골짜기 차니 잔나비 달빛 속에 우짖고
솔숲 어두우니 학은 가지에 깃들인다
바람은 종소리를 끌어 멀리 울려 퍼지고
물결은 탑 그림자를 흔들어 옮겨놓네
한가함을 사랑하는 내 성벽 있어
다시 노스님과 훗날을 기약하노라.

[출전] : 『輿地勝覽·34』

작자 許伯 (허백 : ?~?)

　고려의 문신. 충숙왕 4년(1317) 병과로 급제, 충목왕 원년(1344) 판전민 도감사가 되고, 이어 동지밀직사사에 올라 이제현(李齊賢)과 더불어 서연에서 시독하였으며, 같은 해 밀직사사로 승진. 1347년에 지공거가 되어 이곡(李穀)과 더불어 진사를 취하고 김인관(金仁琯) 등 33인을 급제시켰다. 충정왕 1년(1349) 찬성사가 되고, 공민왕 5년(1356) 중서시랑동평장사가 되어 양천군에 봉해짐. 시호 문정(文正).

金山寺

古寺依山麓　　高甍壓水涯
谷寒猿叫月　　松暝鶴巢枝
風引鐘聲遠　　波搖塔影移
愛閑吾有癖　　更與老僧期。

어구풀이

▷ 高甍(고맹) : 높은 용마루. 높은 기와 골.
▷ 猿叫月(원규월) : 잔나비가 달밤에 울다.
▷ 松暝(송명) : 소나무 숲이 고요하고 어두움.
▷ 風引~(풍인~) : 바람이 ~을 땅김. 바람이 종소리를 땅겨 멀리 퍼져나가게 함. '引'은 곧 '因'과 통하여 '鐘聲遠'이라는 결과의 원인이 되므로, 결국 '인과(因果)'의 응보「應報」라는 묘한 불가의 원리를 내재함.
▷ 波搖~(파요~) : 물이랑이 ~을(를) 흔듦. 역시 인과론적 비유.
▷ 塔影移(탑영이) : 탑 그림자가 흔들림.
▷ 愛閑(애한) : 한가함을 즐기다. 한가로움을 사랑함.
▷ 吾有癖(오유벽) : 내게 ~한 성벽이 있음.
▷ 期(기) : 다시 만날 것을 기약함.

금석암에서

지경이 궁벽하니 인적도 끊겼는데
숲과 봉우린 천만 겹으로 둘렀구나
길은 시내에 내린 비에 씻겨 깨끗하고
문은 언덕에 낀 구름으로 둘러싸였는데
삽상한 소리는 바람 부는 대에서 울리고
맑은 그늘 달이 걸린 솔가지 따라 도네
도인은 워낙 괘념도 아니하고
늘 자금색 불상에 예만 올리누나.

[출전] : 『輿地勝覽 · 35』

작자 金克己 (김극기 : P 56 참조)

錦石庵

境僻斷人迹　　林巒千萬重
徑憑溪雨灑　　門仗嶺雲封
爽籟隨風竹　　清陰轉月松
道人元不管　　長禮紫金容。

■ 어구풀이

▷ 錦石庵(금석암) : 광주시 무등산에 있던 사찰.
▷ 爽籟(상뢰) : 삽상한 소리. 상쾌한 자연의 소리.
▷ 月松(월송) : 달이 걸린 소나무 가지.
▷ 紫金容(자금용) : 자금 색 부처.

성거산 금신사에 올라

넝쿨 잡고 절정에 올라 보니
푸른 전각 찬 하늘을 받들었는데
부처 묵어 존자라 일컬어지고
산 신령해 성거라 불리누나
종소리는 구름 저 밖 울려 흩어지고
솔 그림자는 달빛 속에 성글구나
제일 아낄 참선에 푹 빠진 이
그 마음 정히 제냥 여여하여라.

[출전] : 『春亭先生詩集·1』『東文選·10』『大東詩選·1』

작자 卞季良 (변계량 : P 60, 覺林寺 참조)

登聖居山金神寺

攀蘿登絶頂　　碧殿拱寒虛。
佛古稱尊者　　山靈號聖居。
鐘聲雲外落　　松影月中疎。
最愛安禪子　　渠心政自知。

▷ **碧殿**(벽전) : 푸른 전각. 대웅전. 약사전 등.
▷ **控**(공) : 『대동시선』에는 '**控**(버티다)'으로 표기되었으나, 본집의 '**拱**(받들다)' 을
　　취함. 『대동시선』에는 제목도 「金紳寺」로 표기됨.
▷ **佛古**(불고) : 불상이 오래됨.
▷ 『춘정집』에는 '**子・政**', 『대동시선』에는 '**老・正**'으로 기록됨.

금천사 주지스님에게

흰 구름 낀 시냇가에 절 한 채 지어놓고
삼십 년 간 이곳에서 쭉 주지로 지내면서
문 앞의 한 줄 길 웃으며 가리키기를
이 산문 벗어나면 천 갈래 길 있다 하네.

[출전] : 『東文選·19』『靑丘風雅·6』『大東詩選·1』

작자 崔致遠 (최치원 : 854~?)

　신라 말 학자·문장가. 자 고운(孤雲)·해운(海雲). 경문왕 6년(868) 12세의 어린 나이로 당나라 유학길에 오를 때, 부친 견일(肩逸)은 그에게 "10년 내에 과거에 급제하지 못하면 내 아들이 아니다."라고 격려했다 한다. 유학한 지 7년만인 874년 18세의 나이로 빈공과에 급제. 그 뒤 중국에서 여러 관직을 역임하던 중 고병(高騈)의 막하로 황소(黃巢)에게 보낸 「격황소서」는 그의 발신(發身)의 문(文)이 되어 천하에 문명을 떨치게 됐다. 이래 28세(885)에 귀국하였지만, 돌아온 고국 신라는 정작 국운이 쇠미해 있었고, 그는 여러 차례 시무책을 올렸지만 뜻대로 되지 않자, 결국 가야산으로 은거하였다. 생전에 많은 저술을 남겼지만, 현재 전하는 것은 『계원필경』과 『법장화상전』 『사산비명』 뿐이다. 쌍계사의 「진감선사비문」은 그의 서예의 경지를 전하는 유명한 작품이다. 현종 11년(1020)에 문창후에 추증됨.

贈金川寺主

白雲溪畔刱仁祠　　三十年來此住持

笑指門前一條路　　纔離山下有千歧。

▷金川寺(금천사) : 미상.『사찰전서』에 금천사(金泉寺)는 있으나, 금천사(金川寺)는
　『여지승람』에도,『伽藍考』에서도 찾을 수 없음.

▷『동문선』에는 최치원의「증금천사주」로,『청구풍아』에는「증금천사주인」으로 기
　술되어 있어 인거(引據)함.

▷仁祠(인사) : 사찰. 절. 산사의 다른 이름.

▷一條(일조) : 한 가닥. 몹시 좁은 한 가닥 샛길.

▷纔離(재리) : 막 떠나다. 벗어나자마자.

▷千歧(천기) : 일 천 가닥. 수많은 갈래. 영욕과 탐착의 숱한 세속적 삶의 길.

☞ 자하 신위는 그의 이시논시(以詩論詩)의 대작「동인논시절구」35수, 그 1)에서 최
　고운을 견당(遣唐) 유학생으로 대당(大唐) 빈공과에 급제하고, 관직생활은 물론, 그
　곳 문물을 두루 보았음과, 우리 한시문학의 개산시조임을 높이 평가하고 있다. 그
　의 문학사적 위상을 가늠하기 위해 예시하면 다음과 같다.

放眼威儀觀漢官　　눈 크게 떠 중국의 문물을 두루 보아

功高初祖始開山　　공도 높아라, 개산의 시조시다

顧雲一部方輿地　　고운이 '一部方輿地'란 시구와

爭及僧碁白日閑。　'僧碁白日閑'이란 시구는 막상막할세.

<申紫霞·5>

낙산사에서

다행히 묘경 찾아 떠돌던 자취를 멈추니
맑은 사려 그윽한 안목 갖은 상념 무늬네
물이랑 밑 달을 누가 위 아래로 나눴는가
봉우리 가의 구름 제냥 이리저리 오가네
금당 안 거짓 상을 잠깐 보았으니
석굴 속 참된 몸은 진작 보았노라
스님을 도와 7일재 기다리지 않아도
그 마음 서원에 응해 먼저 통했으리.

[출전] : 『輿地勝覽・44』

작자 金克己 (김극기 : P 56, 伽智寺 참조)

洛山寺

幸尋妙境住萍蹤　　澄慮冥觀萬想空
浪底月誰分上下　　峰端雲自占西東
俄瞻仮像金堂裏　　已見眞身石窟中
不待相師齋七日　　它心應願定先通。

어구풀이

▷ 洛山寺(낙산사) : 강원도 양양군 강현면 낙산 소재 사찰. 신라 문무왕 16년(676) 의상 대사가 창건. 그 뒤 절이 불타자, 헌안왕 2년(858) 범일(梵日) 대사가 중창했으며, 1950년 한국전쟁 때 불탄 것을 1953년에 재건축했다. 창건 당시 3층인 것을 조선 세조 때 개조한 9층 석탑이 있고, 숙종 9년(1638) 석겸(釋謙) 스님이 공중에서 얻은 보주(寶珠)를 넣었다는 공중사리탑과 그 비가 있다. 고려 승 익장(益莊)의 「기기」에 의하면 "---절 동쪽 두어 마장쯤 바닷가에 굴이 있는데, 높이는 1백 자 가량이고, 크기는 곡식 1만 섬을 실을 배라도 용납할 만하다. 그 밑에는 바닷물이 항상 드나들어 측량할 수 없는 구렁이 되었는데, 세상에서는 관음대사가 머물던 곳이라 한다. 굴 앞에서 50보쯤 되는 바다 복판에 돌이 있고, 돌 위는 자리 한 닢 펼 만한데 수면에 나왔다 잠겼다 한다. 신라 의상법사가 친히 불성의 모습을 친견하고자 하여 돌 위에서 전좌배례하였으나 볼 수 없으므로, 바다에 몸을 던졌더니 --- 대성이 곧바로 속에서 팔을 내밀어 수정염주를 주면서 '내 몸은 직접 볼 수 없다. 다만 굴 위에 두 대나무가 난 곳에 가면. 그 곳이 나의 머리 위다. 거기다 불전을 짓고 상설을 안배하라. 용도 역시 여의주와 옥을 바쳤다' <신증동국 여지승람> 44,"라는 창사연기설화가 있다.
▷ 萍蹤(평종) : 말풀과 같이 사방으로 흩어져서 일정한 장소에 정주(定住)하지 않음. 평종미정(萍蹤靡定)의 준말.
▷ 澄慮(징려) : 맑은 사념. 세속의 부귀영달을 떨쳐버린 평정심.
▷ 冥觀(명관) : 그윽한 안목. 조요로운 식견.
▷ 萬想空(만상공) : 일체의 상념이 공임을 깨닫다.『마하반야바라밀다심경』에 '오온(五蘊 : 色·受·想·行·識) 일체를 모두 공[皆空]'이라 전제하고, 그러므로 "있는 것은 없는 것과 다르지 않고, 없는 것은 있는 것과 다르지 않다(色不異空 空不異色)"며, "있는 것은 곧 없는 것이요, 없는 것은 곧 있는 것(色卽是空 空卽是色)"이라 했다.
▷ 浪底月(낭저월) : 물이랑 밑의 달. 곧 동해에 잠긴 달.
▷ 俄瞻(아첨) : 잠깐 보다.
▷ 仮像(가상) : 가상(假像). '仮'는 '假'의 약자.
▷ 眞身(진신) : 참 몸. 금당에 모셔진 관음상이 아닌 석굴 속에서 친견한 관음상.
▷ 它心(타심) : 그 마음. 딴 마음.

낙산사에서

한 번 바닷가 높은 언덕에 올라 굽어보고
머리 돌리니 세속의 시름일랑 씻은 듯한데
크신 성인의 원통한 이치 알고자 한다면
산 밑에서 부딪는 물결 소릴 들을 일이야.

[출전] : 『東文選 · 19』『輿地勝覽 · 44』

작자 金富儀 (김부의 : 1079~1136)

고려 중기의 문신. 자는 자유(子由), 초명은 부철(富轍). 김부식의 아우. 숙종 2년 (1097) 문과에 급제, 예종 6년(1111) 서장관으로 송나라에 가서 문명을 떨치고, 귀국하여 감찰어사가 됨. 대사성과 이부·호부·예부 3부 상서를 거쳐 한림학사 승지 역임. 1134년 묘청이 서경천도와 신궁 건립을 주장하자 형 김부식과 함께 강력하게 반대하였고, 이듬 해 묘청이 난을 일으키자, 좌군수에 이어 지추밀원사가 되어 출정해 난을 평정, 돌아와 인종으로부터 금대를 하사받음. 시호 문의(文懿).

洛山寺

一自登臨海岸高。　　廻頭無復舊塵勞。

欲知大聖圓通理　　聽取山根激怒濤。

어구풀이

▷ 塵勞(진로) : 세속의 수고로움. 번잡한 속세의 시름.

▷ 欲知~(욕지~) : ~을(를) 알고자 한다면.

▷ 大聖(대성) : 크신 성인. 곧 관음대사.

낙산사에서

바다 벼랑 깎아지른 곳
그 가운데 낙가봉 있네
대성은 머문 듯 머묾이 없고
보문은 닫힌 듯 닫히지 않았네
명주는 내 바라는 바 아니요
푸른 새는 곧 그 분을 만남이니
다만 원하기는 넓은 물결 위에서
만월 같은 용자 친히 뵈옵과저.

[출전] : 『東文選·9』『東人詩話·上』

작자 釋 益莊 (석 익장 : ?~?)

　고려의 승려. 행장을 미처 접하지 못해 상고할 수는 없으나, 선시집 및 시화에 산견되는 바 시승(詩僧)으로 이를 만하다.

洛山寺

海岸高絕處　　中有洛迦峰
大聖住無住　　普門封不封
明珠非我欲　　青鳥是人逢
但願洪波上　　親瞻滿月容

어구풀이

▷ 익장의 「낙산사기」에 따르면, "명종(明宗) 정사년에 유자량(庚資諒)이 병마사가 되어, 굴 앞에 와 분향 배례하였더니, 청조가 꽃을 물고 날아 와 복두(幞頭)에 떨어뜨렸다" 하고, 위의 시를 유자량의 작품으로 기록해 놓았다.

▷ 大聖(대성) : 관음상. 전단관음상(栴檀觀音像).

▷ 住無住(주무주) : 머물러도 머문 것이 아님. '낙산사 바닷가의 굴은 관음대사가 머무는 곳'이라 하였으나, 불법(佛法)에는 '머뭄(住)이 없다 하였으니, 머물러도 머문 상이 없다'는 뜻.

▷ 普門(보문) : 넓은 문. 불법을 깨닫도록 열어 놓은 문.

▷ 封不封(봉불봉) : 봉(닫아도)해도 봉한 것이 아님.

▷ 是人(시인) : 이 사람. 곧 관음대사.

☞ 서거정(徐居正)은 최치원의 "정을 머금은 아침 비 가늘다가늘고/ 교태로운 꽃 필 듯 말 듯"이라 한 이래 --- 승 익장의 낙산사 시에 "대성은 머물러도 머문 상이 없고/ 보문은 닫힌 듯 닫힌 것 아니로세" 등은 필경 아름다운 시어들이 아니다(崔文昌詩 '含情朝雨細復細 弄艶閑花開未開' --- 僧益莊落山寺詩 '大聖住無住 普門封不封' 畢竟定非佳語) ＜東人詩話・上＞라 했다.

낙산사에서

대성께선 원통한 경지를
일찍이 바다 위 봉우리에서 들었네
불은은 감로수와 같이 젖어들고
향은 임금께서 조서로 내리셨다네
유에 따라 몸은 항상 나타났으나
미혹에 감겨 눈으로 만나지 못한 것
참인가 거짓인가는 말하지 말자
다만 자애스런 모습에 배례할 뿐.

[출전] : 『謹齋集 · 1』 『輿地勝覽 · 44』

작자 安軸 (안축 : 1287~1348)

고려 말 문신. 자 당지(當之), 호 근재(謹齋). 고향 순흥 죽계(竹溪: 현 풍기)에서 중앙으로 진출한 신흥유학 층으로 탁월한 재주와 면학으로 글에 능했으며, 문과 급제는 물론, 원나라 과거에도 급제. 강원도존무사 시절 충군애민(忠君愛民)의 뜻을 담은 『관동와주關東瓦注』를 지었으며, 위의 시 역시 충숙왕 5년(1328) 존무사 시절(유자량 庾資諒)의 시에 차운한 시임. 이제현과 함께 민지(閔漬)의 『편년강목編年綱目』을 개수 편찬함, 충렬·충선·충숙 3조의 실록편찬에 참여했으며, 경기체가 「관동별곡關東別曲」·「죽계별곡竹溪別曲」을 지었다. 문집 『근재집』. 시호 문정(文貞).

洛山寺

大聖圓通境　　曾聞海上峰

恩同甘露潤　　香有紫泥封

隨類身常現　　纏迷眼不逢

莫論眞與假　　但自禮慈容。

어구풀이

▷ **大聖**(대성) : 큰 성인. 역시 관음대사를 뜻함.

▷ **圓通**(원통) : 절대의 진리는 모든 것에 보편적으로 걸쳐져 있다는 뜻. 주원융통(周 **圓融通**)의 준 말. 불(佛)·보살(菩薩)의 깨달음의 경지. 관음(觀音)의 덕을 칭송해 이르는 말.

▷ **海上峰**(해상봉) : 바다 위 산봉우리. 곧 승 익장의 「기」에서 이른바 '굴 위 두 그루 의 대나무가 있는 봉우리. 곧 낙산사 자리.

▷ **甘露**(감로) : 범어(梵語) amrta. amata의 한역(漢譯). 신들「諸天」이 상용하는 음료 로 이 물을 마시면 불노불사(不老不死)한다고 함. 그 맛이 꿀 같이 달다하여 이르 는 말. 신들이 마시는 술. 천상의 불사 영약. 불교에 수용되면서 도리천(忉利天)의 단 영액(靈液). 고뇌를 싫어하고, 장수하고, 죽은 이를 환생시킨다 함.

▷ **紫泥**(자니) : 붉은 진흙. 옛날 서신, 혹은 물건을 보낼 때 중간에서 떼어보지 못하게 하기 위해 봉한 곳에 진흙을 붙이고, 그 위에 인을 찍었다 함. 봉니(封泥).

▷ **身常現**(신상현) : 몸을 언제나 드러냄. 『관음경』은 다른 어떤 경전보다도 '관 세음 보살'을 송하는 사람에게 이익을 주는 것이 많아서 이 경을 외우고 생각하면 7가 지의 난(水·火·風·那刹·盜賊·龍魚·猛獸의 난)을 면하고, 3가 지독한 것 (貪·瞋·痴)을 없애주고, 두 가지의 소원(求子·求女)을 들어준다함. 그러기 위 해 관음은 원하는 자의 소념(所念)에 따라 32상(相)으로 현현(顯現)한다 함.

▷ **纏迷**(전미) : 미혹, 혹은 미망에 얽매임.

낙산사에서

돌길 따라가니 구름은 소매에서 일고
소나무 언덕에선 달이 품으로 들어오네
우주 세계의 넓은 실상을 보고자 한다면
모름지기 보배로운 정병대에 올라야 하지.

[출전] : 『圓齋先生文藁·中』『輿地勝覽·12』

■작자■ 鄭樞 (정추 : P 70, 강서사 참조)

洛山寺

石磴雲生胸　　松窓月入懷
要看空界闊　　須上寶瓶臺。

▷ 洛山寺(낙산사) : 경기도 장단군 용암산 아래 있던 사찰. '절벽이 높이 서서 삼 면
이 깎아지른 듯하고, 절은 바위 사이에 있다. 오직 남쪽만 탁 트여 자못 하늘이 만
든 듯하다.' 했다. -- 중략-- 절에 의상대사가 만들었다고 전해오는 관음불상이
있는데, 매우 영험하여 나라 및 개인의 기도처로 향화가 끊이지 않았다고 함.(在
湧巖 山下. 絶壁峭立. --- 寺東有一獨峰, 高插霄漢上 戴盤石 曰 正瓶臺, 寺南又有
一峰曰 香爐峰. 寺有觀音塑像 人言義湘所造, 頗靈驗 國之祈禱 都人士女香火不絶)
<여지승람> 권 12, 참조.
▷ 雲生胸(운생흉) :『여지승람』에는 '雲生袖'로 표기됨.
▷ 松窓(송창) :『여지승람』에는 '松巒'으로 표기됨.

남태사에서

말머리를 산수로 돌려 거듭거듭 지나다가
황혼에야 비로소 사찰에 다다랐네
반공에 튀는 방울 물 봉우리마다 흰 눈으로 덮혔고
평지엔 일만 골 이는 바람 놀란 우레처럼 윙윙되네
시름겨워 찢어진 부들자리에 앉으니 몸에선 소름 돋고
마른 나무를 활활 태우니 다리는 활처럼 휜다
그대를 불러 술을 청해 함께 술잔을 기울이니
얼었던 뺨이 금방 난만하게 붉어온다.

[출전] : 『興地勝覽·27』

작자 金克己 (김극기 : P 56, 伽智寺 참조)

南泰寺

馬首溪山歷百重　　黃昏始到梵王宮
半天怒浪千峰雪　　平地驚雷萬竅風
愁坐敗蒲身起粟　　快燒姑樹脚彎弓
煩公喚酒同傾倒　　凍臉還成爛熳紅。

어구풀이

▷ 南泰寺(남태사) : 경북 경산군 시산(匙山)에 있던 사찰.
▷ 梵王宮(범왕궁) : 범궁(梵宮). 사원(寺院. 곧 남태사를 이름)
▷ 怒浪(노랑) : 성난 물이랑. 바위 등에 부딪혀 튀는 물방울.
▷ 起粟(기속) : 기속부(起粟膚). 추의로 살갗이 까슬까슬해 짐.
▷ 脚彎弓(각만궁) : 더운 기운에 몸이 녹아서 전신이 노곤해진다는 뜻.

내원당 대선사 구곡운공이 어필 보현·달마 초상 두 권과, 구곡각
운이란 4자 휘호를 받았기에 시로 축하하다. 3수

[1]
머리 조아리는 선남자는
하얀 육아의 코끼리를 탔구요
여보시오, 갈대 잎 탄 달마님
취미는 아마도 마찬가지시겠지.
(위 두 초상은 코끼리를 타신 보현보살과 갈대잎을
타신 달마대사도다.)

작자 李崇仁 (이승인 : P 78 참조)

內願堂 大禪師龜谷雲公 蒙賜御筆普賢達磨肖像二卷
龜谷覺雲四大字 以詩爲賀 三首

[一]

稽首善男子　　粲然騎六牙

問他蘆葉上　　趣味亦同耶。

(右二肖像 普賢騎像 達磨乘蘆.)

어구풀이

▷ 內願堂(내원당) :『槿域書畵徵』에는 '願'으로 되어 있으나,『陶隱集』에는 '願'으로 기록됨. 내원당은 왕실에서 부처에게 공양하고, 佛道를 수양하기 위하여 궁궐 내에 마련한 불당.

▷ 龜谷雲公(구곡운공) : 고려 말의 고승 각운(覺雲). 속성은 유(柳). 호는 구곡(龜谷), 태고(太古) 보우(普雨)의 법통을 이었고, 제자로는 만우(卍雨)가 있다.

▷ 普賢(보현) : 보현보살(普賢菩薩)의 약칭. 자비를 담당하는 보살.

▷ 達磨(달마) : 보리달마(菩提達磨)의 약어. 중국 남북조시대의 선승(禪僧)으로 중국 禪僧의 시조. 남인도 향지국(香至國)의 셋째 왕자로 성장하여 대승불교의 승려가 되어 선(禪)을 통달하여 반야다라(般若多羅) 존자의 법통을 이은 뒤 뱅골만에서 배로 떠나 중국에 이르러 선종의 시초가 됨.

▷ 善男子(선남자) : 부처가 재가(在家)・출가(出家)의 남녀를 일컬어 선남자(善男子)・선여자(善女子)이라 함. 善은 불을 믿고, 法을 들음을 아름답게 여김의 뜻

▷ 粲然(찬연) : 곱고 선명한 모양. 흰 상아의 미화.

▷ 六牙(육아) : 육아백상(六牙白象)의 준말. '六牙'는 신통력의 상징.

▷ 蘆葉上(노엽상) : 갈대 잎을 타다. 달마가 중국 금릉(金陵)에 이르러 당시의 임금과 뜻이 맞지 않을 것을 알고, 갈대 잎을 꺾어 타고 북으로 魏나라로 갔다. ＜釋氏通鑑＞

[2]

구름은 무심히 걷혔다 펴졌다 하고
거북은 가만히 숨을 내쉬었다 들이마셨다 하네
어째서 이것으로 이름 붙였지
스님의 도가 본래 그래서라오.
(위 4 대자는 선사의 법호시다.)

[二]

卷舒自無心　　吐納安汝止
何須此爲名　　師道固應爾。

(右四大字　師號也).

▷ 龜·雲(구·운) : 이 시에서 언급한 '거북·구름'은 공민왕이 하사한 '龜谷·覺雲'
네 글자에서 연유한 것임.

[3]

경연에 한가한 날이 많아
우리님 붓에 맑은 기운 서렸구나
네 족자의 묘한 그림과 족자
병석에 일생의 영화가 흐뭇하다.

[三]

經筵足暇日　　宸翰灑餘淸
圖書四軸妙　　缾錫一生榮。

[출전]:『陶隱先生詩藁·3』『槿域書畵徵·高麗時代』

▷經筵(경연) : 임금이 학문을 닦기 위하여 신하들 중에서 학식과 덕망이 높은 사람
을 궁중에 불러 경전과 사서 등을 강론케 하는 일.
▷宸翰(신한) : 천자의 친필. 공민왕의 어필, 곧 '龜谷覺雲'
▷圖書(도서) : 그림과 4자의 큰 휘호 족자.
▷缾錫(병석) : 甁錫. 甁은 음료수 그릇, 錫은 行脚 때 쓰는 錫杖. 비구십팔물(比丘十
八物)의 대표.

조계종 구곡각운 선사의 어서화를 제하여 쓰다

규성의 문채가 선림을 환히 비추니
새로 내리신 그림과 글씨 고금의 으뜸이로다
팔법이 골고루 나타나 참 법을 얻었고
이사와 꼭 닮았으니 마음을 전할 만하네
그림의 천기가 이리도 묘하니 고·육은 쭉정이요
글씨의 조화가 이리도 깊으니 종·왕은 신하로다
이 서화 산문에 걸면 이런 영광은 다시없을 것이니
상감의 은혜가 어찌 천금으로 비길쏜가.

[출전] : 『東文選 15』

작가 李仁復 (이인복 : 1308~1374)

고려 문신. 자 극례(克禮), 호 초은(樵隱). 백이정(白頤正)에 수학하고 주자학에 밝음.
충숙왕 13년(1326) 문과 급제. 1342년 원나라 제과 급제. 시호 문충(文忠).

題曹溪龜谷覺雲禪師御書畫詩卷

仰看奎畫照禪林	新賜圖書冠古今
八法旣均眞得體	二師猶肖可傳心
粃糠顧陸天機妙	臣僕鍾王筆意深
留鎭山門有榮耀	上恩奚啻重千金。

어구풀이

▷ **龜谷覺雲**(구곡각운) : 공민왕대 궐내에 있던 왕실 원찰 내원당의 주지.

▷ **奎畫**(규화) : 천자, 혹은 임금이 직접 그린 그림. 곧 공민왕께서 궁궐의 원찰인 내원당 주지 구곡 운각선사에게 친히 그리고 써서 하사하신 그림과 휘호.

▷ **冠古今**(관고금) : 고금에 걸쳐 으뜸임. '冠'은 첫째, 우두머리.

▷ **八法**(팔법) : 永字八法. 곧 한자 '永'자를 쓰는 '側·勒·努·趯·策·掠·啄·磔' 등 8가지 필법. 전통 시대 사가들이 귀납한 점획용필 방법의 하나. 張旭, 智永, 蔡邕 등이 만들었다 함. 서법을 통칭하는 말로도 쓰임.

▷ **二師**(이사) : 초상화의 주체인 보현보살과 달마대사.

▷ **顧陸**(고육) : 중국 고대의 명화가인 고개지(顧愷之 : 약 345~406, 혹은 348~409) 와 육탐미(陸探微 : ?~약 485). 고개지는 동진의 화가. 자는 장강(長康)이며, 박학 하고 시부에는 물론, 그림과 글씨에 능해 '才絶·畫絶·癡絶'의 평이 있으며, 특히 인물화에 뛰어남. 남공의 화가 육탐미는 초상파 인물, 특히 고사도를 잘 그렸다 함. 고개지 장승요(張僧繇)와 함께 육조시대의 삼대가(三大家)로 불림.

▷ **鍾王**(종왕) : 중국의 명필 종요(鍾繇)와 왕희지(王羲之).

다보사에서

땅이 그윽해 시든 풀 아직도 널려있는데
해묵은 소나무 무성해 옥 당간처럼 푸르구나
선탑에서 본 산수 경치 뛰어난 자취 오래고
오랜 세월 사룬 향불 이 나라를 복되게 하리
빈 뜰에 비친 달빛 눈이 하얗게 깔린 듯하고
먼 골에서 부는 바람 밤 강물이 울부짖는다
기운 홑이불 맨 머리에 추워서 잠 못 드는데
벽에 걸린 호롱불 그윽한 불꽃이 피어오른다.

[출전] : 『輿地勝覽 · 37』

작자 釋 圓鑑 (석 원감 : P 80 참조)

多寶寺

地幽衰草尚蒙茸　　松檜童童碧玉幢
一榻煙霞留勝迹　　百年馨火福吾邦
空庭得月鋪晴雪　　遠壑來風吼夜江
衲帔蒙頭寒不寐　　壁間蘭焰吐殘缸。

어구풀이

▷ 多寶寺(다보사) : 전남 해남현 금강산에 있던 절.
▷ 童童(동동) : 가지와 잎이 무성한 모양.
▷ 玉幢(옥당) : 옥으로 만든 당간지주. 잘 자란 소나무의 비유.
▷ 煙霞(연하) : 내와 노을. 곧 자연스런 산수 풍광.
▷ 勝迹(승적) : 아름다운 흔적. 자연의 풍광을 지님.
▷ 馨火(형화) : 향화. 향불.
▷ 得月(득월) : 달이 비취다.
▷ 鋪晴雪(포청설) : 순은의 깨끗한 눈을 뿌린 듯함.
▷ 遠壑(원학) : 먼 산골짜기.
▷ 衲帔(납피) : 여기 저기 천을 대고 기운 이불. 낡은 이불.
▷ 蒙頭(몽두) : 죄인을 잡아 올 때 앞을 못 보도록 가리는 천. 본 시에서는 '맨머리'란
　뜻으로 쓰임.
▷ 蘭焰(난염) : 난초 불꽃. 곧 향기로운 불꽃.

17일에 대곡사에 들어가다

울퉁불퉁 돌길은 평탄한 듯 가파른 듯
한가롭게 조랑말 타고 채찍하며 가노라
가벼운 바람은 조용히 연기 빛을 쓸어가고
지는 달은 때로 새벽빛과 어울려 밝구나
낮은 산기슭 앞머리에서 절의 현판을 보고
옆 언덕에 배를 대고 여울 이름을 묻노라
외로운 마을 어디에서 찬 피리 소리 들리니
타향에서 병든 사람 쉬 애를 끊겠구나.

[출전] : 『東國李相國集·6』『輿地勝覽·24』

작자 李奎報 (이규보 : P 106, 題九品寺 참조)

十七日 入大谷寺

石路高低平不平　　閑騎果下彈鞭行
輕風靜掃烟光去　　落月時兼曉色明
短麓前頭看寺榜　　橫舟側畔問灘名
孤村何處吹寒笛　　抱疾他鄉易惱情。

어구풀이

▷ **大谷寺**(대곡사) : 경북 예천군 비봉산에 있던 사찰.
▷ **平不平**(평불평) : 평평한 듯 평평하지 않음.
▷ **果下**(과하) : 조랑말. '나지막한 과일 나무 아래에도 타고 갈 수 있음'에서 유래한
　말.
▷ **短麓**(단록) : 나지막한 산기슭. 높지 않은 언덕.

대광사에서

아침 햇살 언덕에 솟자 숲 속 안개 걷히고
내키는 대로 그윽한 곳 앉아 일체를 잊었네
어지럽게 깔린 돌 틈새론 맑은 샘물 솟구치고
쏟아지는 한 줄기 폭포수 옥무지개 흩날리네
숲 사이 비 맞은 꽃 타래 제풀에 머리 숙였고
시냇바람 휘몰아치자 버들가지 이냥 흔들리네
우스워라, 범부의 발길로 맑은 지경을 더럽히니
지천인 바위와 골짜기들 정녕 서로 비웃으리라.

[출전] : 『輿地勝覽 · 40』

작자 金克己 (김극기 : P 56, 伽智寺 참조)

大光寺

紅暾出嶺卷林霏　　信步尋幽坐息機
亂石千株雲浪湧　　懸流一帶玉虹飛
林間雨過花頭重　　澗底風廻柳力微
自笑凡蹤塵淨境　　千巖萬壑定相譏。

어구풀이

▷ 大光寺(대광사) : 전남 승주군 주암면 대광리 모후산에 있던 사찰. 지금도 사동(寺洞)에 부도 2기가 있음. ＜한국사찰전서＞
▷ 紅暾(홍돈) : 붉은 아침 햇살.
▷ 卷林霏(권림비) : 숲 사이에 드리운 내. 권림비(捲林霏).
▷ 信步(신보) : 발걸음 내키는 대로.
▷ 息機(식기) : 기미를 잊다. 일체를 망기(忘機)하다.
▷ 雲浪(운랑) : 구름 물결. 곧 세차게 솟아오르는 물줄기.
▷ 懸流(현류) : 폭포수. 현하(懸河).
▷ 一帶(일대) : 한 띠. 곧 쏟아지는 한 줄기 폭포의 비유.
▷ 玉虹(옥홍) : 아름다운 무지개.
▷ 雨過(우과) : 비 맞다. '過'는 '迎·逢'
▷ 花頭重(화두중) : 비를 함빡 머금은 꽃송이가 축 늘어진 모양.
▷ 澗底(간저) : 산협을 흘러내리는 물 가.
▷ 柳力微(유력미) : 버들은 힘이 없다. 곧 연약한 가지가 바람에 마구 흔들림.
▷ 凡蹤(범종) : 범부의 자취. 속인의 때묻은 발길.
▷ 淨境(정경) : 맑은 지경. 곧 도량인 산사.
▷ 定相譏(정상기) : 정히 기롱하다. 정녕 비웃다. '定'은 '正'.

대광사 주지스님께

물에 빠지고 텀벙대며 산문에 들어서니
동구 안 느긋하고 깊어 세속 기미 끊기네
사방 이끼 낀 바위 푸른 봉우리와 어울리고
한 가닥 폭포 물속에선 백룡이 나는 듯한데
생황소리 아스라하고 멀리 맑은 바람 부는데
내 낀 달 하늘은 몽롱한데 새벽빛 희미하네
온 종일 티끌세상 밖에서 노닐었으니
세상의 조롱에서 일찍 벗어남 기뻐하네.

[출전] : 『海東詩選』『東文選 · 13』

작자 吳廷碩 (오정석 : ?~?) : 未詳

贈大光寺堂頭

沈涯踏澗入雲扉　　洞裏寬深絶世機
四面苔巖青嶂合　　一條溪溜白龍飛
笙簫縹緲清風遠　　烟月空濛晚色微
盡日逍遙塵垢外　　喜吾早得脱讒譏。

어구풀이

▷ **大光寺**(대광사) : 전남 순천 모후산에 있던 사찰.
▷ **堂頭**(당두) : 선원의 주지. 방장. 주지의 거처.
▷ **世機**(세기) : 세속 기미. 속세의 기심(機心).
▷ **溪溜**(계류) : 폭포수가 떨어져 파인 소.
▷ **雲扉**(운비) : 구름 문. 산문(山門). 산사.

대굴사에서

서호의 흥취에 젖어 오다가
멀리 백련 스님을 찾아 왔네
대숲 사찰 가을을 일찍 맞았는데
소나무 창은 새벽 빛 더디 보내네
푸른 이끼 다투어 깨끗한 길에 자랐고
푸른 덩굴은 성긴 울타리를 기웠구나
돌아가는 말고삐 재촉해서 무엇하랴
인간 세상의 길은 평탄하지 않은 것을.

[출전] :『輿地勝覽 · 36』

작자 金克己 (김극기 : P 56, 伽智寺 참조)

大堀寺

西湖乘逸興　　遠訪白蓮師
竹院迎秋早　　松窓送曙遲
蒼苔爭淨逕　　綠蔓補疎籬
不用催回轡　　人間路未夷。

▷ 大堀寺(대굴사) : 전남 무안군 대굴산에 있던 사찰.
▷ 白蓮師(백련사) : 백련 선사. 고려 승려.
▷ 不用~(불용~) : ~할 필요가 없음.
▷ 未夷(미이) : 평탄치 아니함.

대원사에서

관리 생활 삼 년 만에 온갖 병든 몸
물러나 내키는 대로 정든 벗 찾노라
올망졸망 빽빽한 숲 길 없나 의심스럽고
철철이 꽃이 피니 별천지 봄 따로 있구나
골짜기는 어두웠다 맑아져 볼 때마다 다르고
연기 노을은 자주색 푸른색 조석으로 새롭네
원공은 부디 시냇물을 건너지 마시오
산인들이 절로 있어 보내고 맞이한다네.

[출전] : 『東文選 · 12』『輿地勝覽 · 33』『大東詩選』

작자 朴椿齡 (박춘령 : ?~?)

　고려 인종 · 의종 때의 문신. 관직은 시랑에 이르렀다. 일찍이 완산 군수를 지냈는데, 연구(聯句)로 인재를 뽑아 최척경(崔陟卿) · 최균(崔均) · 최송년(崔松年)을 얻었다. 임기를 마치고 돌아와서 그들과 함께 학문에 정진했는데, 나중에 세 사람이 모두 명사가 되었다. 이들을 일러 '완산삼최(完山三崔)'라 칭했다.

大原寺

薄領三年百病身　　退公時訪舊情親

高低樹密疑無路　　次第花開別有春

洞壑陰晴俯仰異　　烟霞紫翠暮朝新

遠公不用過溪水　　自有山人迎送人。

어구풀이

▷ **大原寺**(대원사) : 전북 전주 서남쪽 30리 되는 무악산에 있던 사찰. 일승, 심정, 대원 등이 창건하였다. 대원사(**大圓寺**), 또는 대원사(**大元寺**)라고도 부른다.

▷ **薄領**(박령) : 낮은 벼슬자리. '領'은 비교적 낮은 직무를 말함.

▷ **退公**(퇴공) : 공부에서 물러남.

▷ **次第**(차제) : 차례. 절서의 차례에 따라.

▷ **洞壑**(동학) : 고을. 마을.

▷ **陰晴**(음청) : 그늘짐과 맑음. 곧 자연의 천태만상함의 비유.

▷ **暮朝新**(모조신) : 아침저녁으로 변하는 경관이 볼 때마다 새로움.

▷ **遠公**(원공) : 상산사호(**象山四皓**) 중 한 사람인 동원공(**東園公**). 동진(**東晉**)의 스님 혜원(**慧遠**)이 여산에 있으면서 손님을 전송할 때 호계(**虎溪**)를 건너지 않았는데, 한번은 동원공과 도연명 육수정(**陸修靜**), 기리계(**紀里季**)을 전송하면서 이야기를 하다가, 자신도 모르게 개울을 건너고 말았다는 고사의 원용.

대자암에서

산 속에서 여윈 말 채찍질하며
절 안에서 큰스님과 헤어졌지
울창한 밀림 구름까지 끼어 어둡고
모래사장 밝으니 물빛 제냥 맑구나
거친 언덕에서 묵은 비석을 살피고
저문 해 맞으며 지난 왕조의 능에 조상하네
가을을 슬퍼하는 나그네라 괴이하게 여기지 말게
다락에 오르니 한을 풀만 하구만.

[출전] : 『四佳亭集·2』『輿地勝覽·11』

작자 徐居正 (서거정 : P 116 참조.)

大慈菴

山中策羸馬	寺裏別高僧
樹密雲俱暗	沙明水自澄
荒陂尋古碣	斜日弔前陵
莫怪悲秋客	登樓恨可憑。

어구풀이

▷ **大慈庵**(대자암) : 경기도 고양군 벽제면 대자산 소재 사찰. 태종 18년(1418) 소경공의 묘를 위해 절을 짓고 대자암이라 함. 문종 1년(1451) 중건, 임진왜란 때 소실.

▷ **羸馬**(이마) : 파리한 말. 야윈 말.

대혈사에서

푸른 대나무 세월 가도 절의가 굳고
시냇물은 밤낮으로 탐욕을 씻어내네
마음 근원이 밝고 맑아 속된 일 없으니
이로부터 도의 맛 단 것을 깊이 알겠네.

[출전] : 『冶隱先生言行拾遺 · 上』 『寺刹全書 · 上』
『輿地勝覽 · 29』

작자 吉再 (길재 : 1353~1419)

　고려 말 조선 초의 학자. 자는 재보(再父), 호는 야은(冶隱) · 금오산인(金烏山人). 11세에 처음으로 냉산의 도리사에서 글을 배웠고, 18세에 상산사록 박분(朴賁)의 문하에 나아가 『논어』와 『맹자』 등을 읽고 비로소 성리학에 눈을 떴다. 이후 이색, 정몽주, 권근 등 여러 선생의 문하를 종유하며 학문의 본령을 접하게 되었으며, 우왕 9년(1364)에 사마감시에 합격하였다. 그가 공직에 있을 때에는 태학의 생도들이, 집에서는 양반 자제들이 모두 그에게 배우기를 청하였다. 집에 들어서는 효도하고, 밖에 나가서는 공손하며, 항상 즐거움으로 근심을 잊고 영달에 뜻을 두지 않았다. 그의 문하에서는 김숙자 등 많은 학자들이 배출되어 김종직 · 정여창 · 조광조로 그 학통이 이어졌다. 저서 『야은집』. 시호 충절(忠節).

大穴寺

竹色春秋堅節義　　溪流日夜洗貪婪
心源瑩淨無塵事　　自此深知道味甘。

어구풀이

▷ **大穴寺**(대혈사) : 경상북도 선산군 금오산 북쪽에 있던 사찰. 위의 시는 독자, 혹은
시를 평하는 사람의 관점에 따라 예사롭지 않은 뉴앙스를 갖는, 유가의 명작이다.
『야은선생언행습유』 상권에는 「偶吟 二首 : 느낀 대로」라 했고, 『한국사찰전서』
<上>과 『동국여지승람』 <29>에서는 대혈사 사찰제영으로 분류했음이 그것이다.
"오백년 도읍지를 필마로 돌아드니, 산천은 의구하되 인걸은 간 데 없네. 어즈버
태평연월이 꿈이런가 하노라"는 망국의 한을 무상심으로 읊조리며, 선산에 은거해
불사이군(不事二君)의 충절로 보옥 같은 심성을 갈무리며, 후학 양성에만 전념한
야은의 도학적 기풍을 읽기에 족하다. 그러나 금오산 대혈사를 은거의 무대로 삼
았으니 불가적 공계와 무관할 수 없으며, 공(空)이 곧 탐람(貪婪)을 망기하는 인
(因)이자, 마음 밭[心源]을 맑게 씻어주는 근본이다. 그러니 오상고절의 대빛은[竹
色]은 500년 왕조를 지켜온 자신의 절의요, 주야로 긋지 않는 계류는 발심의 계기
다. 깊이 깨친 도의 맛[道味]이야 유불이 별개일 필요가 없다. 그 2는 다음과 같다.

五更殘月窓前白　새벽 이지러진 달 창 앞에 밝은데
十里松風枕上淸　먼 데 솔바람 소리 베개 모에 맑구나
富貴多勞貧賤苦　부귀야 수고롭고 빈천이사 곤고로우니
隱居滋味與誰評。숨어사는 이 재미 뉘와 함께 나눈다지.
<야은선생언행습유 · 상, 又>

▷ **竹色**(죽색) : 『여지승람』에는 '綠竹'으로 표기됨.

대흥룡사에서

어구에 흐르는 물 넘실넘실 푸른데
말에 의지해 서쪽 범궁에 이르렀다
사면의 금방울 떨어지는 해에 울고
드높은 보배 탑 가뭇 하늘에 솟았네
스님네들 절집마다 경게를 뒤적이고
향불은 사람마다 대웅전에 예배한다
오래 앉아 제냥 선탑의 고요함을 사랑할 제
흰 살쩍 떨어지는 꽃바람에 가벼이 나부낀다.

[출전] : 『虛白堂集 · 3』 『大東詩選 · 2』 『國朝詩刪 · 5』

작자 成俔 (성현 : 1439~1504)

조선 전기의 문신. 호 용재(慵齋) · 부휴자(浮休子) · 허백당(虛白堂). 1462년(세조 8) 식년문과에, 1466년 발영시에 각각 3등으로 급제하여 박사로 등용된 뒤 홍문관정자를 역임, 대교 등을 거쳐 사록에 올랐다. 1468년(예종 원년) 경연관이 되고, 예문관수찬과 승문원교검을 겸하였다. 형 성임을 따라 북경에 갔는데, 가는 길에 지은 기행시를 엮어 『관광록』이라 하였다. 1474년(성종 5)에 지평을 거쳐 성균직강이 되고, 1476년 문과중시에 병과로 급제, 부제학과 대사간 등을 지냄. 1493년 예조판서로 있으며 유자광(柳子光) 등과 함께 『악학궤범』을 편찬, 1504년(연산군 10)에는 『용재총화』를 저술함. 죽은 뒤 수 개월 만에 갑자사화가 일어나 부관참시 당했지만, 뒤에 신원되었고, 청백리에 녹선됨. 저서 『허백당집』을 비롯해 『악학궤범』 『용재총화』 『부휴자담론』 등. 시호 문재(文載).

大興隆寺

御溝流水綠溶溶　　信馬街西到梵宮
四面金鈴鳴落日　　千尋寶塔出層空
袈裟院院翻經偈　　香火人人拜大雄
坐久自憐禪榻靜　　鬢絲輕颺落花風。

어구풀이

▷御溝(어구) : 대궐 안 도랑. 해자.

▷綠溶溶(녹용용) : 『국조시산』에는 '碧溶溶'으로 기록됨.

▷金鈴(금령) : 금방울. 석경(石磬). 풍경(風磬).

▷出層空(출층공) : 『국조시산』에는 '立層空'으로 기록됨.

▷袈裟(가사) : 스님. 납의를 입은 스님.

▷經偈(경게) : 부처님의 말씀을 기록한 경과 게송.

▷大雄(대웅) : 위대한 영웅의 뜻. 부처님을 이르는 말. 부처님은 위대한 힘으로 악마를 굴복시키기 때문. 그러므로 대웅전은 석가모니불을 본존불로 모시는 본당이다.

도리사에서

도리산 앞에 도리 꽃이 만개하니
묵호자는 이미 갔어도 아도 화상 오셨네
누가 알겠는가, 빛나는 신라의 왕업이
끝내 모례의 움집 안 재로 남았음을.

[출전] : 『佔畢齋集 · 13』『輿地勝覽 · 29』

작자　金宗直 (김종직 : 1431~1492)

　　조선 전기의 문신, 자 효관(孝盥) · 계온(季溫), 호 점필재(佔畢齋). 단종 1년(1453)에 진사가 되고, 세조 5년(1459) 식년문과에 정과로 급제, 사가독서하고, 1462년 승문원 박사로 예문관봉교를 겸함. 이듬해 감찰이 된 뒤 경상도병마평사 · 이조좌랑 · 수찬 · 함양 군수 등을 거쳐, 1476년 선산부사. 1486년에는 신종호와 함께 『동국여지승람』을 편찬. 그의 학문에 대해서는 후세에 두고두고 칭송하는 바 크지만, 무오사화 때 많은 저술들이 소실되어 진정한 모습을 알 수 없다. 정몽주와 길재 및 아버지로부터 이어받은 도학 사상은 그의 제자인 김굉필과 정여창 · 김일손 · 유호인 · 남효온 · 조위 · 이맹전 · 이종준 등에 지대한 영향을 끼침. 광해군 4년(1498) 무오사화가 일어나자, 많은 선비들이 죽거나 귀양을 갔는데, 생전에 써둔 『조의제문』이 발단이 된 탓에 그도 부관참시의 형을 당하였다. 저서 『점필재집』 · 『유두류록』 · 『청구풍아』 · 『당후일기』 등.

桃李寺

桃李山前桃李開　　墨胡已去道師來
誰知赫赫新羅業　　終是毛郎窖裏灰。

어구풀이

▷ **桃李寺**(도리사) : 경북 선산군 해평면 송곡리 태조산 소재 사찰. 신라 아도(阿道) 화상이 있던 곳이라 하며, 혹은 아도 화상이 창건했다고도 한다. 이 사찰의 유래는 이러하다. 곧 눌지왕 때에 묵호자라는 사람이 고구려에서 와 이 부 모례(毛禮)의 집에 머물렀다. 모례가 움집을 만들어 거처하게 했는데, 그가 물러간 뒤에 아도라는 이가 시종과 더불어 세 명이 또 모례의 집에 왔다. 그 모습이 묵호자와 닮았으며, 몇 년 동안 살았는데, 그 동안에는 질병이 없었다. 나중에 시중에 머물러 있으면서 경률(經律)을 강술하였더니 더러 믿는 사람이 있었다. 이것이 신라 불교의 시초다. 세상에 전하기를 '아도가 신라 서울로 갔다가 돌아와 이 산밑에 이르니, 때는 겨울이 한창인데 산허리에는 복사꽃이며, 오얏 꽃이 만발해 있는 것을 보고 드디어 이 절을 세우고, 도리사라고 이름을 지었다.'고 한다. 아도 화상의 사적비가 있다.
위의 시는 김종직의 선산도호부 제영 십절 중 제 3「도리사」를 제영한 시임(允了作善山地理圖, 題十絶其上).<竝書>
▷ **墨胡**(묵호) : 고구려 승려. 한국인으로는 처음으로 불교 경전을 배워 온 아도와 동일인이라는 설도 있고, 신라 눌지왕, 또는 미추왕 때 신라 땅 일선군(一善郡), 지금의 선산군으로 들어가 모례의 집에 굴을 파고 숨어살았다. 양(梁)나라 사신이 가져온 향의 용법을 신라인에게 가르치고, 그 때 마침 앓고 있던 공주의 병을 고친 공으로 왕으로부터 불법을 펼치도록 허락 받았다 함.
▷ **道師**(도사) : 아도 선사를 칭한 말.
▷ **窖裏**(음리) : 움집 속.
▷ **毛郎**(모랑) : 신라 눌지왕 때의 인물 모례(毛禮). 신라에 불교를 전한 고구려인 묵호자 및 아도의 무리에게 편의를 제공함.

도선굴에서

나무는 늙고 산색도 창연한데
떠도는 구름 동굴은 깊기도 해라
난간에 기댔노라니 가없는 생각
세상 공명 바라는 마음 아니라오.

[출전]:『輿地勝覽・29』

작자 宋乙開 (송을개 : ?~?)

　　고려 말 조선 초의 문인. 소감을 지낸 송유(宋瑜)의 아들. 조선 태종 5년(1405)에 문과에 급제하여 정언과 병조좌랑을 역임하고, 박습(朴習)의 옥사 사건에 연좌되어 관직을 삭탈 당함.

道詵窟

木老山顔古　　　歸雲洞穴深
倚欄何限意　　　不是利名心。

어구풀이

▷ 道詵窟(도선굴) : 경북 선산군 금오산에 있던 바위굴. 넓이는 16자, 깊이 24자, 높이 15자인데, 방 두 칸을 지었다.
▷ 倚欄(의란) : 난간에 의지해 기댐. 빙헌(憑軒).
▷ 何限(하한) : 어찌 다함이 있으랴. 끝이 없음.
▷ 不是~(불시~) : ~이 아니다.
▷ 利名心(이명심) : 현실적 이기와 허명에 이끌린 마음.

도솔사에서

산 찾음 본디 신선 되자는 것 아니지만
천리 길 떠도는 유랑 어이 우연만이랴
호겁의 긴 인연으로 내원에 돌아왔으니
상방 세계를 우러르며 모든 하늘에 복을 비네
학이 와서 일찍이 바위 위에 누각을 지었고
용은 갔어도 돌구멍 샘물 아직도 남아 있네
참으로 부끄러워라, 향산의 백거사처럼
수양 길도 못 닦았는데 머리는 진작 허옇구나.

[출전] : 『稼亭集 · 20』『輿地勝覽 · 34』

작자 李穀 (이곡 : P 128, 金山寺 참조)

兜率寺

尋山本不爲尋仙。　　千里遊觀豈偶然。

浩劫因緣歸內院　　上方世界控諸天。

鶴來曾構岩頭閣　　龍去猶存石眼泉。

深愧香山白居士　　未能結社已華頭。

어구풀이

▷ 兜率寺(도솔사) : 전북 부안군 변산에 있던 사찰.

▷ 不爲~(불위~) : ~하고자 함이 아님.

▷ 浩劫(호겁) : 불교에서 말하는 인간의 큰 재앙. 영겁의 세월을 살면서 해탈하지 못하고, 차안의 세계를 떠도는 재앙.

▷ 內院(내원) : 도솔천의 내부인데, 곧 미륵보살의 처소를 이름.

▷ 諸天(제천) : 불교에서 나누는 여덟 하늘. 그 여러 하늘은 마음을 수양하는 경계에 따라 나뉘어 지는데, 그 여덟 모든 하늘을 이름.

▷ 白居士(백거사) : 중국 당나라 때의 시인인 백거이(白居易)를 이름.

▷ 未能結社(미능결사) : 능히 결사를 이루지 못함. 결사란 '뜻을 같이 하는 집단, 혹은 그 무리'로 백거이가 일찍이 '상치회(相齒會)'를 결사한 바 있음. 고려 무신 집권 이후 등장한 '기노회(耆老會)・기영회(耆英會)・해좌칠현(海左七賢)' 등은 이와 무관하지 않음.

도홍사에서

소슬한 절이나 일찍이 상방을 찾았더니
대나무 궁전, 오동 전각 더욱 처량한데
구름에 잠기고 물길 막혀 머무는 이 없고
오직 물 저 편 그윽한 꽃만 향기 날려 보내네.

[출전] : 『百家衣集』『輿地勝覽·35』

작자 林惟正 (임유정 : ?~?)

　　과거에 급제하여 좨주를 지냈다. 옛 사람들의 글귀를 모아서 새로운 작품을 짓는 일
에 뛰어났다. 저서 『백가의집百家衣集』.

道弘寺

蕭寺曾過最上房　　竹宮梧殿更凄凉
雲埋水隔無人處　　只有幽花渡水香。

어구풀이

▷ 道弘寺(도홍사) : 전남 나주군 금성산 월정봉에 있던 사찰. 이 시는 『여지승람』에 의하면 집구시(集句詩)라 했다. 집구시란 다른 사람들의 작품에서 좋은 구절을 따다 한 작품으로 엮은 시다.

▷ 曾過(증과) : 일찍이 찾다. 방문하다.

▷ 上房(상방) : 주지 스님이 거처하는 방.

▷ 渡水(도수) : 물 건너 저편.

▷ 百家衣集(백가의집) : 여러 사람의 시구[百家衣]를 집구해 지은 시 모음집.

동석사에서

월출산 서쪽 고개 마루에
기이한 바위 하나 있는데
지나는 길손 모두 길을 휘돌아
급히 올라서 구름 자취를 찾네
내 지금 만약 못보고 지나치면
땅의 신령은 응당 책망하리라
산 아래 이르러 말을 멈추자니
나뭇가지에 바쁜 발길 멎은 듯
과연 천 길 바위를 만나니
우뚝 높은 바위 허공에 의지했네
여와씨가 일찍 하늘을 기울 때
미처 금빛 진액 굳히지 못한 듯
날려 흰 구름 끝에 떨어지니
하늘과의 거리 고작 지척일세
진실로 그는 낙곡의 사신이라
명승을 사랑해 멀리 가는 것 잊었구나
어느 사람이 금빛을 깐 곁에다
처음으로 가람을 창건했을까?
실로 형·악산의 절경 창고를 사랑하여
난간에 다다라 올라보고자 하나
행여 귀신의 지킴이 있을까 두려워
놀라 바라보며 매무새를 바로잡았지
손길이 닿는 대로 움직이고 흔들리니
마치 호박에 먼지가 붙는 것 같구나

動石寺

月出西嶺頭
過客皆枉道
今我若虛經
山根來駐馬
果逢千丈巖
蝸皇曾補天
飛墮白雲端
眞他駱原使
何人側布金
定憐衡岳廩
恐有神物護
隨手方搖振

奇特一株石
荒升訪雲迹
地靈應見責
樹秒住飛屐
嶢兀倚空碧
尚未錮金液
去天纔咫尺
愛勝忘遠適
始創空王宅
臨檻欲騰擲
驚瞻整巾幘
應如拾芥珀

이름만 듣고 오래도록 의아해 하다가
한 번 와 보니 얼음 녹듯 풀리는구나
흥이 다한 뒤 깨끗한 방을 찾아
부들방석 펴고 비고 밝은 곳에 앉노라
잠시 앉았더니 감로반을 가져왔는데
한 사발 가득 향기로 그윽하네
도연명이 술잔 잡고 마시듯 하니
해가 서산에 기우는 것도 몰랐네
달빛이 와 사람을 비추어주니
맑은 경치가 더욱 아깝구나
고요한 가운데 누가 반려가 될 것인가
소나무와 돌까지 좋은 세 벗이 되었네.

[출전] : 『輿地勝覽 · 35』

작자　金克己 (김극기 : P 56, 가지사 참조)

聞名久蓄疑	一見成冰釋
興盡尋淨室	蒲團坐虛白
須臾甘露飯	一鉢取香積
因把陶令盃	不知日西迫
月華炤人來	清景尤可惜
靜中誰伴侶	松石是三益。

어구풀이

▷ **動石寺**(동석사) : 전남 영암군 월출산에 있던 사찰.

▷ **飛屐**(비극) : 바쁜 발길. 고개가 워낙 높아 앞서 가는 사람의 신발이 마치 나무 끝에 있는 것 같음.

▷ **蝸皇**(와황) : 여와씨(女媧氏). 상고의 제왕. 김극기(金克己)의 「취시가醉時歌」에 "돌을 달구어 동남의 이지러진 하늘 깁고, 산을 뚫어 서북에의 바른 길 통 하렸드니, 혜욤은 컷으나, 이룬 일 없고, 반평생 썩은 선비로 떠돌았구나(鍊石欲補東南缺 鑿石將通西北迂 嗟哉計大未易報 半世飄零爲腐儒)" <三韓詩龜鑑·下>라 했다.

▷ **駱原使**(낙원사) : 낙곡사(駱谷使)일까 함. 중원이 삼분된 삼국시대 위(魏) 조상(曹爽)이 장안에서 6-7만 군사를 이끌고 낙곡을 향해 수 백리 진군해 가니, 적들이 산협의 견고함에 의지해 수비하므로 더 나가지 못했다 함. <三國志 魏志·曹爽傳>

▷ **空王宅**(공왕댁) : 부처의 집. 곧 불찰. 사찰.

▷ **衡岳廩**(형악름) : 형산과 태산이 온갖 비경을 감춘 듯함.

▷ **拾芥珀**(습개박) : 호박을 뜨겁게 문질렀다 먼지에 대면 전기가 일어 호박으로 달라붙음. 아주 쉽게 취함의 비유.

▷ **益友**(익우) : 도를 함양하기에 유익한 친구. 『논어』계씨 편에 "이로운 세 친구가 있다.(益者三友)"는 말이 나온다.

동화사에서 스님을 찾다

멀리 와 사찰로 오르는 층층한 돌길에는
푸른 등나무, 흰 버선 또 검은 지팡이로다
이 때의 흥겨움 아는 이 없으나
흥이야 청산에 있지 스님께 있진 않다네.

[출전] : 『四佳詩集補遺 · 3』 『輿地勝覽 · 25』

작자 徐居正 (서거정 : P 116, 金剛寺 참조)

桐華寺尋僧

遠上招提石徑層　　青藤白襪又烏藤

此時有興無人識　　興在靑山不在僧。

어구풀이

▷ 桐華寺(동화사) : 경북 대구시 도학동 팔공산 소재 사찰. 신라 소지왕 15년(493) 극달(極達) 스님이 창건하여 유가사(瑜伽寺)라 불렀다. 흥덕왕 7년(832) 심지(心地) 왕사가 재창하고, 공산(公山)을 팔공산(八公山)으로, 유가사를 동화사라 개칭함. 지금 건물은 영조 8년(1732)에 중창한 것. 마애불좌상(국보 382호)과 비로암 석조비로자나불좌상(국보 383호), 비로암 3층석탑(국보 386호), 금당 3층 석탑(국보 387호), 당간지주(국보 393호) 등이 있음. 위의 시는 대구도호부 제영 십영 중 「桐寺尋僧」임.

▷ 烏藤(오등) : 검은 등나무 지팡이. 지팡이.

▷ 不在僧(부재승) : 승려에 있지 아니함. 곧 불심(佛心)이나, 불승 때문이 아니라, 푸른 산 때문이라 하므로 성리(性理) 시대의 불가에 대한 인식을 읽게 한다.

두륜사에서

냇물 소린 졸졸 바위틈에서 울려나고
법당엔 손님 없어 늙은 스님 한가로운데
해 저물자 흰 구름만 산 봉 뒤로 지나가고
수만 그루 낙엽들만 늦가을 산에 져 내리네.

[출전] : 『玉峰集 · 上』

작자 白光勳 (백광훈 : 1537～1582)

　조선 시인. 자 창경(彰卿), 호 옥봉(玉峰). 박순(朴淳)의 문인. 어려서부터 시재가 있어, 양응남(梁應南), 노수신(盧守愼)에게서 사사. 1564년(명종 19) 진사가 되었으나, 벼슬에 뜻이 없어 산수와 시서에 전념, 1572년 명나라 사신이 오자 백의로 제술관이 되어 명성을 떨침. 최경창 · 이달과 함께 삼당(三唐)의 칭을 받음. 서예는 영화체(永和體)에 능했다 함. 저 『옥봉집』.

頭輪寺

澗響潺溪出石間　　法堂無客老僧閑

日暮白雲峰後過　　萬株紅葉下寒山。

어구풀이

▷ 頭輪寺(두륜사) : 해남 대흥사의 다른 이름.

▷ 澗響(간향) : 산골 물이 흐르는 소리. 간뢰(澗籟).

▷ 潺溪(잔계) : 산협을 흘러내리는 물.

▷ 寒山(한산) : 싸늘한 산. 늦은 가을 산. 낙엽이 다 진 스산한 산 기운.

두륜사 신견스님의 시축에 쓰다

온 시내가 소나무 참나무인데 사이사이 붉은 등나무
비 자욱한 가을 산 속 벽 반쯤 석등 밝혔을 뿐
글 칼 못 이뤘다만 이뤘던들 무엇 했으랴
십 년 동안 오갔다만 여기 머문 스님께 부끄러울 뿐.

[출전] : 『玉峰集·上』

작자 白光勳 (백광훈 : P 188, 頭輪寺 참조)

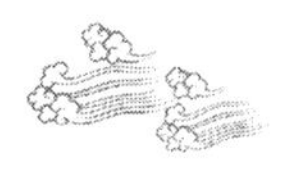

頭輪寺題信堅軸

一溪松櫟間朱藤　　雨暗秋山半壁燈
書劍無成成底用　　十年來往愧居僧。

▷ **信堅軸**(신견축) : 조선조의 승려 신견의 시축. 신견에 대한 생몰연대 및 불교사적
위상은 미상.

▷ **書劍**(서검) : 책과 칼. 문무(**文武**), 곧 문사로도 무사로도.

▷ **底用**(저용) : **何用**. 무엇에 쓸 것인가. 어디에 쓸 것인가? 그러므로 '**成底用**'은 '이
루었다 한들 무엇에 쓸 것인가?'라는 불가적 무상념, 이른바 찰나와 같이 무상한
현세의 '쓰잘 데 없는 허영.'이라는 뜻.

▷ **愧居僧**(괴거승) : 여기에 거주하는 스님께 부끄러움.

두타사에서, 2수

[1]

일부러 두타의 옛 절 찾았더니
자연에 매료되어 돌아갈 줄 모를레라
층층한 바위엔 학 떠난 지 오래고
오로지 벽도화만 제냥 피었네.

[출전] : 『栢谷集 · 2』

작자 金得臣 (김득신 : 1604~1684)

조선 시인. 자 자공(子公), 호 백곡(栢谷). 현종 3년(1662) 증광문과 급제. 가성대부에 올라 안풍군을 습봉함. 시명이 있었으며, 시화 비평집 『종남총지終南叢志』 외에 문집 『백곡집』이 있음.

頭陀寺

[一]

爲訪頭陀古寺來　　耽看泉石不知廻
層崖鶴去已多歲　　唯有碧桃花自開。

▷ **頭陀寺**(두타사) : 『여지승람』에 두타사는 평양부 대성산과, 강원도 양구에 각각 있
　으나, 본 작품의 배경지는 어느 사찰에서의 작품인지 확인할 수 없다.
▷ **爲訪**(위방) : 찾다. 방문하다.

[2]
지친 눈 비비며 홀로 높은 바위에 앉았자니
정녕 이 맑은 가을 송옥의 슬픔 이누나
한 낮의 협곡은 천둥치고 비 내려 캄캄하니
신령스런 계곡 못물 속엔 악용이 있나봐.

[二]

摩挲倦眼獨憑危　　政是淸秋宋玉悲

白日峽中雷雨黑　　靈湫應有毒龍移。

어구풀이

▷ 摩挲(마사) : 손으로 문지름.

▷ 政是(정시) : 정시(正是). 정사(政似). '정히 ~와 같음. 진실로 ~와 같음' 이제현의 소악부 「정과정」에 "님 그려 옷깃 젖지 않는 날 없음이여, 정히 봄 동산 두견새다 워라.(憶君無日不霑衣 政似春山蜀子規 爲是爲非人莫問 只應殘月曉星知)" <익재소악부>의 용례가 있다.

▷ 宋玉悲(송옥비) : 전국시대 초(楚)나라 시인 송옥의 가을을 슬퍼한 시. 굴원(屈原)의 제자로 스승의 방축(放逐)을 가련히 여겨 지은 「구변九辯」에 "슬프다 가을 기운이여, 소슬해라, 초목이 떨어져서 쇠하누나."라 하였다. 그 밖에도 「추성부秋聲賦」가 있다.

▷ 靈湫(영추) : 신령한 물웅덩이. 못물.

☞자하 신위는 작시와 '다독 「讀書破萬卷」'의 권면, 혹은 그 상징으로 김득신과 김수온을 이시논시(以詩論詩)했다.

書屋自名億萬齋　　서재를 스스로 억만재라 이름한 이
前於栢谷有乖崖　　김득신보다 먼저 김수온이 있었지
空疎自命詩人者　　속 비고 성근 자 스스로 시인이랬자
容易那能到得佳。　　쉬이 어찌 가작을 짓기 바란다냐?　　<申紫霞·5>

등고사에 올라

돌길은 울퉁불퉁 비단인 양 이끼 아롱졌고
이끼 낀 길 다 지나 절 문으로 들어서니
지경은 하늘과 거의 맞닿은 듯 그리 멀지 않고
스님은 흰 구름 더불어 한가히 마주 앉았구나
햇살 따스하여 제비들만 별전에 날아들고
달 밝자 원숭이 파람 빈 산에 올려온다마는
대장부 본디 천하에 큰 뜻을 품었거니
내 어찌 박처럼 이 곳에만 매여있으랴.

[출전] : 『箕雅東文選 · 12』『大東詩選 · 1』

작자 鄭知常 (정지상 : P 72, 開聖寺八尺房 참조)

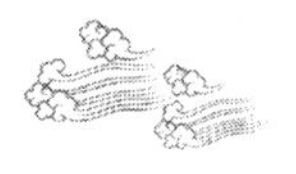

題登高寺

石逕崎嶇苔錦斑　　錦苔行盡入禪關
地應碧落不多遠　　僧與白雲相對閑
日暖燕飛來別殿　　月明猿嘯響空山
丈夫本有四方志　　吾豈匏瓜繫此間。

어구풀이

▷ 登高寺(등고사) : 평안도 강서 무악산 소재 사찰. 수 천 길의 층암이 위에 있다 함.
　 ＜여지승람＞

▷ 崎嶇(기구) : 길이 험하고 평탄치 아니함.

▷ 錦斑(금반) : 비단 무늬. 아름다운 무늬.

▷ 禪關(선관) : 절의 문. 산문(山門). 선문(禪門). 총림(叢林). 흔히 승려들이 모여 사는
　 집, 곧 사찰을 이르는 말.

▷ 碧落(벽락) : 푸른 하늘.

▷ 不多遠(부다원) : 과히 멀지 아니함. 그리 멀지 아니함.

▷ 本有~(본유~) : 본디(원래) ~이 있음. 『기아』·『대동시선』에는 '大有'로 표기됨.

▷ 四方志(사방지) : 천하를 경륜할 뜻. 진(晉)의 중이(重耳)가 제(齊)를 떠나려 하는 것을
　 누에치는 이가 엿듣고 부인 처대(妻代)에게 알리자, 부인이 이를 잡으며[捫蝨] 했다는
　 말. ＜左傳·僖公＞

▷ 匏瓜(호과) : 박. 옛날 박은 단 것과 쓴 것 2 종류가 있었는데, 쓴 박은 먹지 못하고,
　 다만 물보다 가볍기 때문에 물을 건널 때 허리에 차고 건너는 데 썼다 함. 호과계(匏瓜
　 繫)는 '한 곳에 머물러 있다'는 뜻. 『논어』 「양화(陽貨)」에 "내 어찌 박이겠느냐? 어찌
　 걸려만 있고 먹이지 않겠느냐?(吾豈匏瓜也哉. 焉能繫而不食)라 했다.

☞ 서거정(徐居正)은 "정지상의 시어와 운율이 맑고 아름다우며, 시구의 품격이 호방하
고 빼어나, 만당(晚唐)의 시법을 깊이 체득하였다 했다. 더욱 요체에 능하다"며(鄭詩
詩語淸華 句格豪逸 深得晚唐法. 尤長於拗體), 「개성사 팔척방」경련(頸聯 : 石頭松老一
片月 天末雲底千點山)과, 「등고사」의 함련(領聯 : 地應碧落不多遠 僧與白雲相對閑)
및 「장원정(長源亭)」의 경련(綠楊閉戶八九屋 明月捲簾三兩人)을 들어 김부식과의 다
른 기상을 논거했다. ＜東人詩話·上＞

등귀사에서

두류산 첩첩한 봉우리 실로 의연한데
잠시 여가를 빌어 이곳에 올랐노라
옛 언약 지켜 금당 옥실 찾으니
푸른 언덕 붉은 벼랑 옛 모습 그대론데
한 해도 아득히 다해 기러기 북으로 날고
노란 국화 질 때 객은 남녘에서 돌아오네
홍문관 관아가 멀리 구름숲과 떨어졌는데
두 곳서 돌아와 보니 귀밑 털 반백이로다.

[출전] : 『潘溪集 · 6』 『輿地勝覽 · 31』

작자 俞好仁 (유호인 : P 110, 君子寺 참조)

登龜寺

好在頭流萬疊山　　暫偸休暇此登攀

金堂玉室尋前約　　碧嶺丹崖摠舊顔

歲律滄茫鴻北去　　黃花搖落客南還

鸞坡遠與雲林隔　　兩地歸來鬢已斑。

▷ **登龜寺**(등귀사) : 경남 함양군 오도봉에 있던 사찰.

▷ **玉室**(옥실) : 금당 옥실이라 한 것은 부처님 계신 곳의 미화.

▷ **鸞坡**(난파) : 한림학사가 공무를 보는 곳. 우리나라에서는 홍문관의 관원들 있는 곳을 이름.

등명사에서

푸른 바다를 누르고 선 절이 멀리 아득한데
올라보니 마치 바다 한 가운데 있는 듯하네
발을 걷으니 대 그림자는 성긴 듯 조밀하고
베개에 기댔자니 파도소리 낮았단 또 높아지네
경전 누대에 밤 고요한데 향불은 싸늘하고
손님 자리엔 달 밝은데 갈건은 차구나
좋은 경치에 머물 인연 없음이 못내 슬프나
날이 다해 어둡자 공양하기에 급급하구려.

[출전] : 『東文選·12』『大東詩選·1』

작자 金敦時 (김돈시 : ?~1170)

고려 중기의 문신. 아버지는 중서령 김부식이며, 김돈중의 동생. 의종 때에 시랑이 되었으며, 그 뒤 상서우승에 올랐지만, 1170년에 정중부 등이 일으킨 무신난 때 돈중과 함께 살해당함.

燈明寺

寺壓滄波遠淼茫　　登臨如在海中央
卷簾竹影疎還密　　欹枕灘聲抑更揚
夜靜經樓香炧冷　　月明賓榻葛巾凉
堪嗟好景無緣住　　終日昏昏爲口忙。

어구풀이

▷燈明寺(등명사) : 강원도 강릉시 자가면 정동진리 괘방산 소재 사찰.
▷爲口(위구) : 식생활. 당시 사찰의 어려운 경제 상황을 알 수 있음.

만경사에서 집구로 쓰다

하늘이 시인을 위해 천기를 맑게 하니
부처의 광명 산의 푸르름 맑은 하늘 반기네
낡은 암자 외로운 스님 머무르기 적의해
거친 바윗길도 먼 길손의 통로가 되누나
천리 산하를 해질 무렵에 돌아가노라니
한마을 성안 저문 연기 속에 평온하구나
멀리 그대들 가고 나면 찾을 곳 없으리니
머물러 풍류 함께 즐길 이 국생뿐이라네.

[출전] : 『海東詩選』

작자 李建初 (이건초 : ?~?, 未詳)

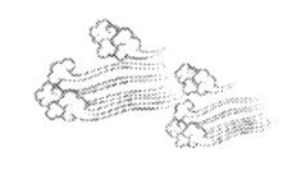

萬景寺雅集

天爲詩人雨解晴　　　佛光山翠弄空明
廢庵只合孤僧住　　　荒逕猶通遠客行
千里山河殘照返　　　萬家城郭暮烟平
遠公一去無尋處　　　留與風流在麴生。

어구풀이

▷ **萬景寺**(만경사) : 본명 용임사(龍巖寺). 경북 상주 만악산(일명 천등산)에 있던 절.
  <사찰전서·천등산 만경사 사적기>참조.
▷ **空明**(공명) : 맑은 하늘.
▷ **麴生**(국생) : 술의 의인화.

만복사에서

소나무 계수나무 짙은 그늘 고을을 감쌌고
가람에서 울린 풍경 소리 달빛 속에 요란한데
눈부신 내와 덩굴로 덮인 길 문득 찾았으니
인간의 비단옷 치장이야 물어 무엇 할 것인가.

[출전] : 『私淑齋集·1』『輿地勝覽·39』

작자 姜希孟 (강희맹 : P 104, 龜石寺 참조)

萬福寺

松桂陰濃接郡家　　寶坊鐘磬月中多
眼明忽覺煙蘿徑　　懶向人間問綺羅。

▷ **萬福寺**(만복사) : 전북 남원군 남원읍 옥정리 소재 사찰. 신라 말기에 도선 국사가
  창건. 오층석탑(국보 43호)과 석좌(국보 44호), 당간지주(국보 45호), 석불입상(국
  보 57호) 등이 있다. 기린사(麒麟寺)동쪽에 5층 전당이 있고, 서쪽에 2층의 보전이
  있는데, 그 안에는 고려 문종 때 주조한 길이 53자의 금동불상이 있다. 위의 작품
  은 사숙재의 「호남형승 11수」중 5수로 만복사를 제영한 사찰 제영시다.
▷ **陰濃**(음농) : 그늘이 짙음.
▷ **接郡家**(접군가) : 고을에 접하다. 『여지승람』엔 '護'로 기술됨.
▷ **寶坊**(보방) : 보배로운 방. 사찰. 도량. 곧 만복사.
▷ **煙蘿**(연라) : 내와 덩굴.

만경암에서

바위 위 신선집이 공중에 의지해
기묘하고 좋은 경치 우리 동방에서 으뜸.
발해에 다다른 문 앞 물결 소리 굉장하고
층층한 바위를 누지른 돌기둥 웅걸하구나.
말쑥한 기상 멀리 구름 그림자에 이었고
훤한 빛은 아스라이 햇빛에 닿아 짙구나.
흥에 겨워 머리 돌려 푸른 끝 바라보면
온갖 저 대륙의 호수들도 손끝에 있는 듯.

[출전] : 『枕肱集』

작자 枕肱 (침굉 : 1616~1684)

　조선 중기의 승려. 자는 이눌(而訥), 침굉은 호며, 속명은 나주 윤현변(尹懸辯)이다. 인조 2년(1624) 9세에 천풍산(天風山)의 보광 처우(葆光 處愚)에게 출가함. 19세에 윤선도(尹善道)가 양자로 삼아 환속시키고자 하였으나, 끝까지 사양함. 그 뒤 윤선도가 을사사화로 광양에 유배되자, 찾아가 「창랑가」를 지어 위로했다 함. 뒤에 방장산 소요 태능(逍遙 太能)의 법을 이어받고, 선암사(仙巖寺)의 주지가 됨. 송광사·선암사·연곡사 등 호남의 큰 절에 있다가 숙종 10년(1684) 세수 69세, 법랍 60년으로 입적함. 저서 『침굉집』.

萬景庵

岩畔仙扉倚半空　　奇觀勝趣甲吾東

門臨渤海波聲壯　　棟壓層岑石勢雄

淑氣迴連雲影合　　晴光遙接日華濃

興餘擧首蒼茫外　　七澤三湘脂顧中。

어구풀이

▷ **仙扉**(선비) : 신선 집. 곧 선승의 거처. 산사.

▷ **甲吾東**(갑오동) : 우리 동국에서 제일이다. '甲'은 '첫째 · 제 1'의 뜻.

▷ **迴連**(형원) : 멀리 ~에 잇닿다.

▷ **蒼茫外**(창망외) : 푸르름이 아득히 펼쳐진 밖. 곧 아득히 펼쳐진 발해 밖 저 멀리.

▷ **七澤三湘**(칠택삼상) : 육지의 온갖 못과 호수.

만의사에 올라서

옛 절이라, 남은 승 몇 없고
숲 끝엔 저녁 풍경 소리 맑구나.
창은 탁 트여 천리가 다 들어오고
높은 담장 눌러 뭇 산이 낮구나.
나무는 몇 해나 늙었는고
나무 끝 산새들 별나게 우짖네.
험난한 세상 모함이 두려우니
한스러워라, 난세에 처신하기란.

[출전] : 『학산초담』

작자 崔壽峸 (최수성 : 1487∼1521)

조선의 학자·처사. 자는 가진(可鎭), 호 원정(猿亭)·북해거사(北海居士)·경포산인
(鏡浦山人) 강릉인. 김굉필(金宏弼)의 문인. 조광조·김정 등과 교유하며 학문을 궁구하
여 사림(士林) 간에 명망이 높음. 시문·서화·음율·수학에 두루 능통했으나, 기묘사
화(1519)로 동지들이 처형되자 벼슬을 단념, 명산을 유람하다가, 신사무옥(辛巳誣獄)에
관련되어 처형됨. 후에 신원되어 영의정에 추증됨. 시호 문정(文正).

登萬義浮屠

古殿殘僧在　　林梢暮磬淸

窓通千里盡　　墻壓衆山平

木老知何歲　　禽呼自別聲

艱難憂世網　　今日恨吾生。

어구풀이

▷ 萬義浮屠(만의부도) : 경기도 수원시 동탄면 무봉산 소재 사찰로 대본산 용주사 말사. 『태고사사법』에는 '만의사(萬儀寺)'로 표기되었으나, 『사찰전서』에서 "안찰컨대 만의사다(按卽萬義寺)"라고 명기해 있다.
▷ 千里盡(천리진) : 탁 트인 천리 전경이 다 바라보임.
▷ 艱難(간난) : 온갖 어려움, 간난고초. 艱難 → 가난.
▷ 憂世網(우세망) : 무고히 죄의 그물망에 걸려들까 근심함.

☞ 허균은 그의 『성수시화』에서 "원정[壽城]이란 자가 있었는데 세상사를 가벼히 여기며 벼슬하지 아니하고, 그저 억울하게 누명을 쓰고 죄망에 끌려드는 일이나 없기를 바라는 처사였다.(有猿亭 玩世不仕, 冀以免禍.)"하며, 위의 시를 예시하고, "결구에 뜻이 있다. 아마도 스스로 화(禍) 입을 것을 알았던가. 애석한 일이다.(結句有意. 抑自知其罹禍耶. 惜哉)"라 하며, "원정은 자신의 숙부 호조판서 김세절(金世節: 자 介之)의 참소로 사형을 받았다." 했다. <성수시화>

망해암에서 3수

[2]

바닷가 높은 봉 파란 하늘에 의지했고
서녘 숲 속 절 맑은 밤 더욱 아름답네
옥토끼는 한밤 달 속에 걸려 있고
백마는 만리 조수에서 뛰어오르네
흩트린 바둑돌처럼 마냥 떠 있는 작은 섬
병영 떠나 깃발처럼 가는 돛은 멀다
머리 한번 끄덕이며 궁벽한 인생사 깨닫자
한 가닥 향내음에 온갖 시름 사라지네.

[출전] : 『西溪集 · 1』『海東詩選』

작자 朴世堂 (박세당 : 1629~1703)

　　조선 후기의 학자 · 문신. 자 계긍(季肯), 호 잠수(潛叟) · 서계초수(西溪樵叟). 4세에 부상(父喪)으로 편모슬하에서 각지를 전전하다가 13세에 비로소 고모부 정사무(鄭思武) 문하에서 수학. 현종 원년(1660) 증광문과에 장원하여 성균관전적, 예조 · 병조좌랑, 홍문관교리 · 함경북도병마평사 등 내외직을 두루 역임하고, 1668년 서장관으로 청나라를 다녀왔지만, 붕당정치 속에서 두 아들(태유 · 태보)를 잃은 후 석천동에 은거 농사만 지었다. 그의 학문과 사상은 성장기의 고난과 청 · 장년기의 관리생활을 통한 개혁의식, 그리고 붕당정치의 와중에서 겪은 가족의 수난과, 어려운 농촌생활에서 형성된 사회현실 반영으로 나타난다. 저『서계선생집 · 사변록 · 신주도덕경 · 색경穡経』등. 시호 문절(文節)

望海菴 三首

[二]

海畔尖峰倚碧霄　　西林蘭若好淸宵
銀蟾倒掛三更月　　白馬橫騰萬里潮
散局殘碁浮島小　　離營高旆去帆遙
點頭已悟人間陋　　一炷香熏百慮銷。

■ 어구풀이

▷ **望海菴**(망해암) : 『사찰전서』에 의하면 경기도 과천 소재 대본산 봉은사말사를 위
  시해 김포 검단면 가현산 외 5곳에 더 있다. 그러나 『사탑고적고』에 따르면 검단
  면 가현산 소재 망해암이 "남으로 창해를 임하여 경치가 기내에서 가장 아름답
  다." 한 기록이 시의와 가장 부합하므로 이를 따름. 본 작품은 총 3수나 그 2를 가
  렸다.
▷ **尖峰**(첨봉) : 『해동시선』에는 '靑松'으로 기록되었으나, 원집의 '尖峰'을 따름.
▷ **蘭若**(난야) : 절의 다른 이름.
▷ **銀蟾**(은섬) : 달의 다른 이름. 달 속에 두꺼비가 있다는 전설에서 유래함.
▷ **點頭**(점두) : 응낙하거나, 옳다는 뜻으로 고개를 끄덕거림.

백련사 명원루에서

명원루 우뚝하여 눈앞이 새로운데
아득한 푸른 바다 티끌 없는 거울이라
담장에 우뚝 자란 대 바람 소리 맑아하고
난간에 이어진 그윽한 꽃 눈 속에 피었네
나그네 이 흥을 시편에 옮겨내고자 하니
스님은 속뜻을 알고 다과를 내며 잡누나
한나절 동안 올랐다가 저물어 돌아오니
이후로 구름 안개 꿈에 자주 나타나리라.

[출전] : 『輿地勝覽 · 37』

작자 金紐 (김유 : 1420~?)

　　조선 전기의 문신. 자 자고(子固), 호 금헌(琴軒)·취헌(翠軒)·쌍계재(雙溪齋)·관
후암(觀後庵)·상락거사(上洛居士) 등. 세조 10년(1464) 녹사로 별시문과에 급제하고,
황해도와 평안도의 땅을 개간한 공으로 벼슬에 나아가 성균학유가 되었다. 재주가 있고
학문을 좋아했으며, 시·서(행, 초)·그림에 능해 삼절(三絶)로 불리었고, 거문고에도
능했다 함.

白蓮社 明遠樓

明遠樓高眼界新	遙看滄海鏡無塵
倚墻脩竹風前響	延檻幽花雪裏春
客子詩篇堪遣興	山僧茶菓解留人
登臨半日還歸去	從此雲嵐入夢頻。

어구풀이

▷ **明遠樓**(명원루) : 백련사 경내에 있는 누대.

▷ **鏡無塵**(경무진) : 거울이 티끌 없음. 티 없이 맑은 거울.

▷ **脩竹**(수죽) : 밋밋하게 잘 자란 대.

▷ **風前響**(풍전향) : 바람 앞에서 울리다. 곧 바람에 댓잎 갈리는 소리.

▷ **雪裏春**(설리춘) : 눈 속의 봄. 곧 눈 속에 핌.

▷ **堪遣興**(감견흥) : 능히 흥을 감내하다. 아름다운 자연의 경관을 적실히 표현해 내다.

▷ **解留人**(해류인) : 은근히 나를 서두르지 말고, 머물러 좋은 시구를 쓰도록 만류해
  잡을 줄 앎.

▷ **雲嵐**(운람) : 구름과 아지랑이 낀 산.

▷ **入夢頻**(입몽빈) : '빈입몽(頻入夢 : 자주 꿈에 들리라)'의 압운상 도치.

몽천사에서

푸른 바다 서쪽 해안 호수는 앞에 펼쳤는데
일주문 앞에까지 거센 파도가 서로 닿았네
사찰의 범종소리는 삼계로 울려 퍼지고
별동에서의 피리 소리 구천까지 내렸네
돌 위의 붉은 글씨 어제 쓴 듯 선명한데
바위 위 흰 발자국은 흐르는 세월에 맡겼네
난간에 기대어 동으로 가는 달에게 묻노니
정녕 물 밑 비추며 몇 번이나 둥글었는가?

[출전] : 『通亭集』『輿地勝覽·45』

작자 姜淮伯 (강회백 : 1357~1402)

고려 말 조선 초의 문신. 자는 백보(伯父), 호는 통정(通亭). 우왕 2년(1376) 문과에 급제하여 성균좨주가 되었으며, 밀직사의 제학, 부사, 첨서사사를 역임. 1385년에는 밀직부사로 사신이 되어 명나라에 다녀왔으며 1388년 창왕이 즉위하자 밀직사로 부사 이방우(李芳雨)와 함께 명나라에 다녀왔다. 1392년 정몽주가 살해당하자 처음에는 형인 강회계(姜淮季)가 공양왕의 사위였기 때문에 탄핵을 면했지만, 곧 진양으로 유배되었다. 조선이 건국된 뒤 태조 7년(1398) 동북면도순문사 역임. 저『통정집』.

夢泉寺

滄海西涯湖水前　　寺門鯨浪勢相連
上方鐘梵飄三界　　別洞笙簫下九天
石上丹書如昨日　　嵒頭白足任流年
靠欄問訊東來月　　曾照波心幾度圓。

어구풀이

▷ 夢泉寺(몽천사) : 강원도 고성군 삼일포 북쪽 언덕에 있던 사찰.
▷ 鯨浪(경랑) : 거센 파도.
▷ 三界(삼계) : 생사의 유전이 끊임없는 어지러운 세상을 셋으로 나눈 것. 곧 욕계
　(欲界)·색계(色界)·무색계(無色界).
▷ 九天(구천) : 하늘을 중앙, 사정(四正)·사우(四隅)의 아홉 부분으로 나눈 것.
　구야(九野)라고도 함.
▷ 丹書(단서) : 붉은 글씨. 곧 신라 4선이 썼다는 글씨.
▷ 白足(백족) : 흰 자국.

묘적사에서

생대 위에 편안히 앉아 있자니
사찰에 밤이 들어 고즈넉하구나
매화를 보면 시격 절로 수척하고
차 다리면 술기운 다소 가시네
깊은 가람 스님네 바둑돌 쟁쟁 울리고
성긴 주렴엔 촛불 그림자 까불거리네
내일 아침 한양으로 돌아가야 하는데
아득키만 하여라, 다시 가야할 그 길.

[출전] : 『三魁堂集』 『輿地勝覽·11』

작자 申從護 (신종호 : 1456~1479)

조선 초기 문신. 자 차소(次韶), 호 삼괴당(三魁堂). 조선조 최초로 진사시와 문과시, 중시에 장원 급제함. 천추사 홍귀달(洪貴達)의 서장관이 되어 명나라를 다녀옴. 1486년 부응교로 있을 때 또 다시 문과중시에 장원함으로써 과거제도가 생긴 이래 처음으로 세 번이나 장원하므로 칭송이 자자했다. 이 해에 예빈시부정으로 초배되었고, 『여지승람』을 정정하여 『동국여지승람』으로 다시 찬술하는 데 참여. 1494년 경기도 관찰사, 이듬해 예조참판 겸 동지춘추관사로 『성종실록』편찬. 관후한 장자의 풍모를 지녔다 하며, 문장과 시, 글씨에 뛰어남. 저 『삼괴당집』.

妙寂寺

燕座生臺上　　琳宮夜寂寥

看梅詩自瘦　　煮茗酒微銷

深院棋聲急　　珠簾燭影搖

明朝向京洛　　歸路亦迢迢。

어구풀이

▷ **燕座**(연좌) : 편안히 앉다.

▷ **生臺**(생대) : 생반(生盤). 산사에서 여러 스님들의 먹다 남긴 음식물을 모아 새나 짐승에게 주는 대.

▷ **琳宮**(임궁) : 구슬로 만든 궁궐. 사찰을 달리 부르는 말. 이규보의 『백운소설』에 "시중 김부식과 학사 정지상은 문장으로 당대에 이름이 가지런했는데, 둘은 서로 자기만 못하다고 다투었다. 세상에 전하기로는 지상이 지은 '법당의 독경소리 그 치자, 하늘빛은 유리마냥 푸르네'라는 시구가 있었는데, 부식이 보고 기뻐하며 달라고 하여 자기 시로 만들고자 했으나, 끝내 허락하지 않았다.(世傳知常有 '琳 宮梵語罷 天色淨琉 璃' 之句.)"<白雲小說 · 七話>라는 용례가 있다.

▷ **詩自瘦**(시자수) : 시격이 절로 야윔.

▷ **棋聲急**(기성급) : 바둑알 놓는 소리가 쟁쟁 울림. 박인량의 시에 "산문 앞 길손의 노 큰 물살에 급하고, 대나무 숲 그늘 아래 스님네 바둑 한낮에 한가롭구나(門前 客棹洪濤疾 竹下僧碁白日閑)<宋使過泗州龜山寺>라 했다.

▷ **京洛**(경락) : 서울. 임금이 살고 있는 도읍. 경도(京都). 경사(京師).

▷ **迢迢**(초초) : 높은 모양. 까마득한 모양.

☞ 자하 신위는 진신(縉紳)들과 수창자로서의 기녀나 천부들도 후세에 그 명성을 남길 수 있음을 시사하기 위해, 신종호가 금기(琴妓) 상림춘에게 준 「무제無題」시로 이시논시했다.

第五橋頭楊柳斜　　'다섯 번째 다리 머리 버들은 빗겼는데'

瑤琴一曲玉人家　　거문고 한 가락 미인의 집일레라

細簾裴几和風日　　'비단 주렴 비자 책상' 화창한 날에

青瑣詞臣落墨華　　'청쇄문 사신'이 빛난 먹 휘둘렀네.　　<申紫霞 : 5>

문수사에서

스산한 절집 저녁 종소리 도량을 감도는데
굽어보니 온 누리 자못 아득만 하구나
별은 산마루 다락 그림자를 흔들고
바람은 뭇 하늘에 화초 향 흩날리네
가는 곳마다 산자락 구름은 신발 끝에서 피어나고
앉았자니 강 물빛 선탑 아래로 흘러드네
옛날의 이름난 스님 이제는 간 곳 없으니
창옹의 백발이 길어졌다 괴이타 말라.

[출전] : 『柳下集 · 2』

작자　洪世泰 (홍세태 : P 76, 開元寺 참조)

文殊寺

蕭寺昏鐘度上方　　俯看天界一微茫

星搖絶頂樓臺影　　風散諸天草木香

行處嶽雲生蠟履　　坐來江色到禪床

當時老宿今無在　　不怪滄翁白髮長。

어구풀이

▷ 文殊寺(문수사) : 서울시 서대문구 구기동 삼각산에 있는 절. 문수암이라고도 부른다. 고려 예종 4년(1109) 탄연(坦然) 스님이 창건함. 조선 문종 1년(1451년) 연창공주가 중창했고, 1950년 한국 전쟁으로 불타 없어짐. 1957년 주지 신수(信洙) 스님이 중창하여 현재에 이르고 있다.

▷ 蕭寺(소사) : 쓸쓸한 절. 한적하고 조요로운 사찰의 묘사.

▷ 上方(상방) : 산사. 산 위의 절. 고덕대승이 머무는 곳.

▷ 微茫(미망) : 흐릿하고 모호한 모양.

▷ 草木香(초목향) : 초목의 향. 계절적 배경 암시. 두시(杜詩)「絶句二首」1에 "봄바람은 화초 향(春風花草香)"이라 함.

▷ 蠟履(납리) : 신발. 옛사람들은 산행할 때 미끄럼 방지를 위해 신바닥에 밀납을 바르고 신음.

▷ 禪床(선상) : 좌선하는 탑상.

▷ 老宿(노숙) : 불도의 수행을 마친 승려. 고덕대승의 이칭.

▷ 滄翁(창옹) : 한수(漢水) 아래의 늙은이[滄浪翁]. 창랑(滄浪)은 한 수 아래를 이름. 곧 시적 주체를 이름.

문수사 스님 시권 운을 따라 짓다

십 년 전 문수사 길 아득하기만 한데
꿈에선 아직도 북곽 서쪽으로 찾아가네
지팡이에 의지한 일만 골짝 떼구름 몰려 오가고
지게문 열자 즈믄 뫼 봉마다 달이 뜨고 지누나
풍경소리 잦아들자 새벽 바위샘물 소리 듣뜨고
등심지 자를 때 솔바람에 사슴 울음 실려 오네
이 같은 정경 스님과 언제 다시 누리려나
벼슬길 칠월이라, 진흙 길 괴롭기만 하다네.

[출전] : 『簡易集·6』『小華詩評·下』

작자　崔岦 (최립 : 1539~1612)
　　조선 중기의 문인. 자 입지(효之), 호 간이(簡易)·동고(東皐). 명종 10년(1555) 17세의 나이로 진사가 되고, 1561년 식년문과 급제. 1577, 1581년 주청사 질정관으로, 1594년 주청부사로 명나라를 다녀옴. 당대 제일 문사로 대 중국 외교문서, 특히 임진왜란 때는 문장보국함. 그의 문과 차천로의 시, 한호의 서로 송도삼절의 칭을 받음. 흔히 시보다 문이 승하다 하나, 시 역시 소동파·황산곡을 배워 풍격이 호횡(豪橫), 질치심후(質致深厚)하고, 성향(聲響)은 굳세다 함. 문 역시 고아간결(古雅簡潔)하며 법도에 맞는 글로 칭예되었으며, 송설체에 일가를 이룸. 저『간이집』『십가근체시집』『한사열전초』등.

次文殊寺僧詩卷韻

文殊路已十年迷　　有夢猶尋北郭西
萬壑依筇雲遠近　　千峰開戶月高低
磬殘石竇晨泉滴　　燈剪松風夜鹿啼
此況共僧那再得　　官街七月困泥蹄。

어구풀이

▷ **文殊僧卷**(문수승권) : 문수사 스님의 시축. 본시의 문수사는 양주 삼각산에 있던 사찰.
▷ 迷(미) : 『소화시평』에는 '微'로 표기되었으나, 원전을 따름.
▷ 開戶(개호) : 『소화시평』에는 '閉戶'로 표기, 의미상 원전이 적실함.
▷ 燈剪(등전) : 등불 심지의 탄 부분을 제거함.
▷ 泥蹄(이제) : 진흙 묻은 발. 곧 환로(宦路)의 어려움.

☞ 홍만종은 간이 시의 기이하고 기건함을 말하고, 간이의 시가 문보다 승(勝)함을 허균의 『성소부부고』를 인용해 설명하고 있다.

　　동고의 다른 호는 간이다. 「문수사 스님 시권에 차운하다」라는 시는 --- 위의 시 생략 --- 이 시는 동고의 시 중 다소 평온한 것이지만, 다른 사람에 비하면 그래도 기건한 기미가 있음을 알 수 있다. 허균은 "간이는 시에 있어서 본디 스승으로부터 배우지 않고, 스스로 풍격을 창조하였으나, 뜻은 깊고 시어는 웅걸차다. 성률을 갈고 닦으며, 풀과 꽃을 주워 엮은 자들이 따라가기 어렵다. 나는 간이의 시가 문보다 낫다고 생각한다.(崔東皐笠 一號簡易. 次文殊僧卷韻曰, '文殊路已十年微 有今猶尋北郭西. 萬壑依筇雲遠近 千峰閉戶月高低. 磬殘石竇晨泉滴. 此況共僧難再得 官街七月困泥蹄. 此在東皐詩中 稍似平穩 諸公詩猶覺有奇健氣味. 許筠以爲簡易詩 平無師承, 自刱爲格. 意淵語傑, 非切磨聲律 採挼花艸者 所可企及. 吾以簡易詩 爲勝於文.)" <小華詩評·下>라고 합평했다.

문수암에서

자그만 산사 어이 이리 적요한가
온갖 인연 다 끊긴 듯 쓸쓸하여라
샛길은 돌 틈 새로 겨우 통하고
샘물은 바위틈을 통해 쏟아지네
밝은 달은 추녀 끝에 걸렸는데
서늘한 바람 숲 골짝을 흔드네
누구라 저 고덕대승 따라
조히 앉아 참된 낙 배우랴.

[출전] : 『東文選·4』『輿地勝覽·42』

작자 釋 坦然 (석 탄연 : 1070~1159)

　고려 중기의 고승. 호 묵암(黙庵). 속성은 손씨(孫氏). 13세에 육경(六經)의 대의에 통달, 선종 2년(1085) 명경과 합격. 1088년 경북 안적사(安寂寺)로 출가, 그 뒤 광명사(廣明寺) 혜소국사(慧炤國師)의 문하에서 수도, 1115년 삼중대사(三重大師)에 오름. 1132년 대선사가 된 후로부터 나라에 큰 일이 있을 때마다 왕의 자문에 응했으며, 1146년 왕사(王師)가 됨. 1148년 단속사로 돌아가 은퇴한 뒤 많은 제자 양성 및 한국선종 발전에 기여함. 한 때 「사위의송四威儀頌」과 「상당어구上堂語句」를 지어 중국 광리사 개심(介諶)에게 보내 지극한 찬탄과 함께, 가사와 의발을 법의 신표로 받기도 함. 임종에 임해 "내가 가는 곳은 내가 벌써 잘 알고 있으니, 너희들은 세속의 본을 떠서 소기(小忌)니, 대기제(大忌祭)를 지내지 말고, 사십구제, 백일제 등의 명제를 지내지 말고, 오직 부지런히 정진하라"는 훈계를 남긴 뒤 합장하고 입적했다 함. 서예는 왕휘지 필체에 뛰어나, 춘천 청평사 문수원 중수비를 남김. 서거정에 의하면 동국의 필법은 김생이 제일이고, 요극일(姚克一)·탄연·영업(靈業)으로 꼽을 수 있다 함. 국사로 추증. 시호 대감(大鑑).

文殊菴

一室何寥廓　　萬緣俱寂寞
路穿石罅通　　泉透雲根落
皓月掛簷楹　　凉風動林壑
誰從彼上人　　淸坐學眞樂。

▷ 文殊菴(문수암) : 황해도 토산현(현 금천군) 학봉산에 있었던 사찰. <사찰전서·
여지승람>

▷ 寥廓(요곽) : 텅 비고 넓음. 하늘이 넓고 큰 모양. 허허로운 모양.

▷ 石罅(석하) : 돌의 틈.

▷ 雲根(운근) : 구름이 일어나는 근본. '구름은 산중에서 생긴다' 하여 산의 다른이름으
로 쓰임. 돌의 다른 이름. '구름은 수증기가 돌에 닿아서 일어난다' 하여 생긴 이름.

▷ 簷楹(첨영) : 처마.

▷ 淸坐(청좌) : 세속 번뇌를 떨친 청원(淸遠)한 심원(心源).

▷ 眞樂(진락) : 진실한 락. 불가의 진리를 터득한 즐거움.

동진산 문주사 벽의 시운을 따라 짓다

가없는 강산 싫도록 보고 나니
놀기에 지친 회포 도리어 스산쿠나
지는 해에 나는 물새 금빛이 번득이고
숲에 앉은 까마귀 먹 점 마르지 않았네
지팡이 끝 조각구름 만 리나 펼쳐 있고
난간에 비친 밝은 달 일천 여울로 드네
번화한 거리에 거들먹대는 내로란 이들
포단의 이 단잠 맛을 제 어이 알까보냐.

[출전] : 『東文選·14』

작자 金之岱 (김지대 : 1190~1266)

고려 고종 때의 문신. 청도 김씨의 시조, 초명은 중룡(仲龍). 고종 4년(1217) 3만 명의 거란병이 침입했을 때 아버지를 대신해 출전하여 큰 공을 세움. 1218년 조충(趙沖)이 지공거가 되어 그를 일등으로 발탁하고 전주사록에 임명하였으며, 직에서는 청렴하고 강직한 모습을 잃지 않았다. 1255년에는 판사재사가 되어 동지공거로서 진사를 뽑았고, 1258년 몽고병이 북쪽 변방에 침입하자, 조정에서 홍희(洪熙)를 교체하여 그가 파견되어 서북 40여 성의 안정을 되찾았다. 시호 영헌(英憲).

題童津山文珠寺次韻

無限江山爛慢看	倦遊襟抱反悽酸
鵝翻落照金猶閃	鴉點平林墨未乾
杖底片雲舒萬里	檻中明月入千灘
綺街袞袞馳名客	爭識蒲團睡未殘。

어구풀이

▷ **童津山**(동진산) : 경기도 강화읍 소재 산 이름(현 통진산).

▷ **文珠寺**(문주사) : 문주보살을 모신 문주사는 워낙 여러 곳에 산재해 있다. 본시는
동진산 문주사라고 밝힌 바 강화도 문주사 작으로 유추됨.

▷ **悽酸**(처산) : 마음이 쓸쓸하고 쓰라림. 허탈함.

▷ **袞袞**(곤곤) : 바쁜 모양. 연이은 모양. 성(盛)하게 떠오르는 모양. 본시에서는 '잘난
체하며 거들먹거림'.

▷ **爭識**(쟁식) : 알기를 다툼. 알까보냐.

미륵사 주지 노장에게

숲 끝으로 아스라이 꼬불꼬불 돌아난 길
궁벽한 경지 어찌 속세 사람 알게 하랴?
다만 흰 옷 입은 소나무 위의 학만
그대 처음 와 이 절 짓는 걸 보았지.

[출전] : 『靑丘風雅·6』『東文選·19』『三韓詩龜鑑·中』

작자 金克己 (김극기 : P 56, 伽智寺 참조)

彌勒寺住老

林端窈渺路逶迤　　境僻寧敎俗士知
唯有雪衣松上鶴　　見公初到結廬時。

▷ **彌勒寺**(미륵사) : 『삼한시귀감』에는 「彌力寺」로, 『청구풍아』·『대동시선』에는 「贈彌勒寺住老」로, 『동문선』에는 「贈彌勒住」로 기술됨. 미륵사는 여러 곳에 있으나, 이 작품의 창작 배경지는 의주 목송산 소재 미륵사인 듯.

▷ **窈渺**(요묘) : 고요하고 아득하여 그윽한 상태. 『대동시선』에는 '窈眇'로 기술됨.

▷ **逶迤**(위지) : 길이 꾸불꾸불 이어진 모양. 비틀거리며 걷는 모양.

▷ **寧敎~知**(영교~지) : 오히려 ~로 하여금 알게 하랴.

▷ **雪衣**(설의) : 눈 옷. 흰 옷. 백학(白鶴)의 의태. 호의현상(縞衣玄裳).

▷ **公**(공) : 그대. 학의 인격화.

▷ **結廬**(결려) : 초막을 얽음. 절을 지음. 창사(刱寺).

미륵사에서

창 밖 푸른 산은 깎아 만든 듯한데
시름겨워 바라보니 더욱 선명하구나
가을바람 나날이 두건과 지팡이에 불어오니
높은 봉우리에 올라 서울을 바라볼까 하노라.

[출전] : 『陽村集 · 7』『輿地勝覽 · 33』

작자　權近 (권근 : 1352~1409)

　　고려 말 조선 초 문신 · 학자. 자 가원(可遠), 호 양촌(陽村). 공민왕 17년(1368) 성균시에 합격하고, 이듬해 과거에 급제하여 춘추관검열, 성균관직장, 예문관 응교 등을 역임. 공민왕이 죽자 정몽주 · 정도전 등과 함께 위험을 무릅쓰고 배원친명(排元親明)을 주장하였으며, 공양왕 2년(1390) 윤이(尹彝) · 이초(李初)의 옥사에 연루되어 청주 옥에 구금, 뒤에 익주에 유배되어 있던 중 조선 개국을 맞아, 태조 2년(1393) 왕의 특별한 부름으로 계룡산 행재소에 달려가 새 왕조의 창업을 찬양하는 노래를 지음. 이후 새 왕조의 예문관대학사 · 중추원사 등을 지냈고, 1396년 표전문제(表箋問題)로 명나라를 다녀오는 등 외교적 사명은 물론, 명 태조의 명에 따른 응제시 24수를 지어 바쳐 문명을 떨치기도 했다. 그는 성리학자이면서 사장을 중시하였고, 경학과 문학을 아울러 연마하며 이색의 문하에서 고려 말 학풍을 일신하고, 이를 새 왕조의 유학계에 계승시키는 데 일조했다. 그의 학문적 업적은 주로 『입학도설』과 『오경천견록』으로 대표되는데, 『입학도설』은 뒷날 이황 등 여러 학자들에게 큰 영향을 미쳤다. 시문집 『양촌집』 40권. 시호 문충(文忠).

彌勒寺

窓外青山似削成　　愁時擧目轉分明

秋風日日移巾杖　　欲上高岑望玉京。

▷ 彌勒寺(미륵사) : 전북 익산시 금마면 기양리 용화산에 있던 사찰. 창사 연기 설화에 의하면 "무강왕(武康王)이 선화부인(善花夫人)과 함께 사자사(獅子寺)에 행차하고자 산 아래 큰 연못가에 이르렀는데, 세 미륵불이 연못 속에서 나 왔다. 부인이 임금께 아뢰어 이곳에 절을 짓기를 원하였다. 임금이 허락하고 지명법사(知命法師)에게 못을 메울 방법을 물었더니, 법사가 신력으로 하룻밤 사이에 산으로 못을 메워 이에 불전을 창건하고, 또 세 미륵상을 봉안하였 다." 한다. 석탑(국보 59호)과 당간지주(국보 365호)가 있다.

▷ 擧目(거목) : 눈을 들어 바라봄.

▷ 高岑(고잠) : 높은 산봉우리.

▷ 玉京(옥경) : 서울. 임금님 계신 곳.

반룡사에서

가야산 우뚝 솟아 하늘을 받치는데
그 아래 보배로운 사찰 이름하여 반룡사라.
고덕 스님의 반은 세속부터 알던 이들이고
누각과 전당엔 푸른 구슬 엉기어 영롱하리.
신령한 땅 늙은 소나무 내와 놀을 머금고
흐르는 물에 돌 씻기는 소리 쟁쟁 울려나리.
일천 봉우리 일만 계곡 승지도 많아
계절마다 장관이요 철철이 다른 그 경개.
비루한 내가 들은 지 어느덧 20년인데
돌아가자 하나 못 가고 내 머물렀다니.

[출전] : 『泰齋集·1』 『與地勝覽·29』

작자 柳方善 (유방선 : 1388~1443 참조)

조선 초기의 학자. 자 자계(子継), 호 태재(泰齋). 태종 5년(1405) 국자사마시(國子司馬試)에 합격. 1409년 부친이 민무구 옥사 사건과 관련된 것에 연좌되어 청주로 유배되었다가, 이듬해에 영천으로 이배된 뒤 1415년 풀려나, 원주에서 지내던 중 참소로 인하여 다시 영천에 유배, 세종 9년(1427) 해배됨. 유배 생활 중의 학행이 높이 드러나 유일(遺逸)로 천거되어 주부(主簿)에 천거되었지만 사양함. 12살 무렵부터 변계량(卞季良)과 권근(權近) 등에게 수학하여 일찍부터 문명이 높았다. 원주에서 생활하는 동안 서거정(徐居正) 한명회(韓明澮) 권람(權覽) 강효문(姜孝文) 등 문하생을 길러냈으며, 특히 시학에 뛰어났다. 저서 『태재집』

盤龍寺

倻山突兀撐蒼窮　　下有寶刹名盤龍

巨僧半是結髮知　　樓殿珠翠凝玲瓏

地靈松檜含煙嵐　　流泉漱石鳴丁東

千峰萬壑多勝形　　四時壯觀殊無窮

鄙夫聞之二十載　　欲歸未歸常懃中。

어구풀이

▷ **倻山**(야산) : 가야산(伽倻山)의 준말.

▷ **突兀**(돌올) : 높이 우뚝 솟은 모양.

▷ **寶刹**(보찰) : 보배로운 사찰. 워낙 삼보사찰(三寶寺刹)이라 함은 불보(佛寶)[통도사] · 법보(法寶)[해인사] · 승보(僧寶)[송광사]사찰을 이르나, 이 시에서는 해인사가 있는 가야산 소재 말사인 반룡사이므로 이른 말.

▷ **巨僧**(거승) : 학덕이 높고 인품이 고매한 스님[高德大僧].

▷ **結髮**(결발) : 머리를 묶음. 곧 출가(出家)하기 전, 남자의 경우는 '상투 틀다', 여자의 경우 '머리 얹음'이다.

▷ **漱石**(수석) : 돌을 씻음. 곧 흐르는 물에 돌이 씻김.

▷ **丁東**(정동) : 옥 같은 것이 서로 부딪혀 나는 소리. 풍경(風磬) 같은 것이 울리는 소리.

▷ **鄙夫**(비부) : 비루한 지아비. 하찮은 이 몸.

▷ **常**(상) : 항상. 늘. 내내. 언제나.

반룡사에서

봄은 갔건만 꽃은 이제사 피었고
날은 갰는데도 산골이라 되려 으슥해.
한낮이건만 두견새 슬피 울기에
비로소 알았네, 심심 계곡에 살고 있음을.

[출전] : 『東文選·19』『三韓詩龜鑑·上』『與地勝覽·29』

작자 李仁老 (이인로 : 1152~1220)

　　고려 중기의 문인. 자는 미수(眉叟), 호는 쌍명재(双明齋). 초명은 득옥(得玉). 가문은 무신난 이전 고려 전기의 3대 가문이었던 경원 이씨로, 누대에 걸친 왕가의 외척으로 부동의 문벌을 형성해왔다. 일찍 부모를 여의고 의지할 데 없는 고아가 되었는데, 화엄 승통 요일(寥一)이 거두어 양육하고 공부를 시켜, 유교 전적과 제자백가를 두루 섭렵했다. 어려서부터 총명하여 글씨와 시문에 뛰어났지만, 의종 24년(1170) 그의 나이 19세 때 정중부(鄭仲夫)가 무신난을 일으키며 횡행하자 피신하여 불문(佛門)에 귀의하였다. 명종 10년(1180) 29세 때에는 진사과에 장원급제함으로써 명성을 사림에 떨쳤다. 저서로 『은대집』과 『쌍명재집』 『파한집』 등을 남겼지만, 『파한집』만 현전한다.

盤龍寺

春去花猶在　　天晴谷自陰
杜鵑啼白晝　　始覺卜居深。

어구풀이

▷ **盤龍寺**(반룡사) : 경북 고령군 쌍림면 용동 미숭산 소재 사찰. 『동문선』 및 『삼한시귀감』에는 「산에 사노라니山居」로 기록되었고, 『여지승람』에는 반룡사 제영시로 수록됨.

▷ **猶在**(유재) : 오히려 남음. '卜居深'하므로. 이규보의 「여름날 느낀대로夏日卽事」 3·4구에 "뵌 잎에 가리운 꽃 봄 다 간 이제사 피었고, 엷은 구름 사이로비치는 햇살 빗속에 밝구나.(密葉翳花春後在　薄雲漏日雨中明)" <三韓詩龜鑑·上>의 시상과 맥을 같이함.

▷ **谷自陰**(곡자음) : 계곡은 제냥 그늘져 어두움.

▷ **白晝**(백주) : 대낮. 한낮.

▷ **始覺**(시각) : 비로소 깨달음.

▷ **卜居深**(복거심) : 터 잡아 사는 곳이 깊고 깊은 계곡[深深窮谷].

배방사에서

작디작은 뱀 새끼가 약포 난간을 도는데
온 몸에 붉은 무늬가 절로 아롱졌구나.
언제나 숲 속에만 있다고 말하지 말라
하루아침에 용 되는 것도 어렵지 않으리니.

[출전] : 『輿地勝覽·31』

작자　顯宗 (현종 : 992~1031)

　　고려 제8대 임금(재위 1010-1031). 이름은 순(詢), 태조의 여덟 번째 아들 안종(安宗) 욱(郁)의 아들. 12살 때 강조의 추대로 왕위에 올랐다. 거란의 성종이 쳐들어와 남쪽으로 피난하는 어려움을 겪었지만, 다시 침입했을 때 강감찬 장군이 섬멸, 결국 거란과 화친을 맺음. 사치하고 호화스런 의식과 제도를 없애고, 연등회와 팔관회를 부활시키는 일면, 유교를 진흥했으며, 특히 대각국사 의천으로 하여금 대장경을 간행케 함.

排房寺

小小蛇兒繞藥欄　　滿身紅錦自斑爛
莫言長在花林下　　一日成龍也不難。

어구풀이

▷排房寺(배방사) : 경남 와룡산에 있던 사찰. 현종이 즉위 전 이 절에 머물렀다. 위
　의 시는 그가 이 절에 머물면서 뱀을 보고 지었다 한다. 옛 이름은 노곡사(蘆谷
　寺).
▷藥欄(약란) : 약포(藥圃) 난간.
▷紅錦(홍금) : 붉은 비단. 곧 뱀의 화사한 무늬.
▷斑爛(반란) : 여러 가지 빛깔이 섞여서 알록달록하게 빛남.

백련사에서

사찰로 통하는 오솔길 찾을 수 없고
차운 날 온 산 순은으로 변했구나
문득 연기 피어오르는 곳 바라보니
멋대로 자란 솔숲 사이 바로 거기로군.

[출전] : 『石洲集·6』『海東詩選』

작자 權韠 (권필 : 1569~1612)

　　조선 중기의 문인. 자 여장(汝章), 호 석주(石洲). 동악(東岳) 이안눌(李安訥)과 함께 이재(二才)로 통칭. 정철(鄭澈)의 문인으로, 성격이 자유분방하여 벼슬하지 않은 채 전문시인임을 자처. 동료문인들의 추천으로 제술관 및 동몽교관(童蒙敎官)에 임명되었으나 나아가지 않고, 강화에서 많은 유생을 가르쳤다.

　　유희분(柳希奮) 등의 방종을 「궁류시宮柳詩」로 풍자 비방하다, 광해군의 노염을 사 해남 유배 길에 44세로 죽음. 시재가 뛰어나 자기성찰을 통한 울분과 갈등을 토로하고, 잘못된 사회상을 비판, 풍자하는 데 주목할 만한 성과를 거두었다. 저서로 『석주집』 한문소설 「주생전」이 전함.

白蓮寺

不識招提路　　天寒雪滿山
忽看煙起處　　知在亂松間。

어구풀이

▷ **招提**(초제) : 절. 사원. 사방의 중들이 모여 사는 곳.
▷ **天寒**(천한) : 날씨가 차가움. '天'은 날씨.

백련사에서

지난 날 10년 동안 글 읽던 곳을
이제 백면서생으로 다시 찾아오니.
우쩍 자란 소나무 옛 길 그늘 지웠고
숱한 바윗돌 차운 시냇물에 씻기우네.
한낮이건만 산촌이라 해 먼저 저물어
푸른 봄 온 마을 그윽하기만 하구나.
어느 때쯤 일 천의 기마병 거느리고
크게 웃으며 강 다락에 오를 것인가?

[출전] : 『一齋集』 『東文選·10』 『輿地勝覽·24』

작자 　權漢功 (권한공 : ?-1349)

　　고려 말의 문신. 호는 일재(一齋). 충렬왕 때 과거에 급제하여 1249년(충렬왕 20) 직사관에 임명되고, 성절사로 원나라를 다녀왔다. 뒤에 충선왕을 따라 원나라에 있으면서 총애를 받았다. 충숙왕 1년(1314) 권보(權溥), 이진(李瑱) 등과 함께 성균관에 모여 강남에서 새로 구입한 서적들을 교열하였으며, 1324년 예천군으로 봉해졌다. 충혜왕이 원나라에 볼모잡혀 갔을 때 재상과 원로들이 모여 왕의 죄를 용서해주도록 청할 것을 논했으나 이를 반대하였다. 저서 『일재집』. 시호 문탄(文坦).

白蓮社

十載讀書處　　布衣今再遊
長松蔭古道　　亂石漱寒流
白日山村晚　　青春洞府幽
何時擁千騎　　一笑上江樓。

어구풀이

▷ 白蓮社(백련사) : 경북 안동 노산(盧山)에 있던 사찰. 유명한 침벽루(枕碧樓)가 있어 수많은 제영시를 남겼다.

▷ 十載(십재) : 십 년. '載'는 '歲·年'.

▷ 布衣(포의) : 베옷. 벼슬하지 않는 사람이 입는 옷. 백의(白衣).

▷ 長松(장송) : 잘 자란 소나무. 곧 10여 년 사이 '부쩍 몰라보게 자란 소나무'라는 시적 주체의 전달 심상.

▷ 蔭古道(음고도) : 십 년 전 거닐던 그 길을 잔뜩 그늘 지우고.

▷ 亂石(난석) : 어지러운 바위. 곧 시내에 함부로 널부러진 수많은 돌.

▷ 漱寒流(수한류) : 차가운 물에 씻김. 시린 듯 맑은 물에 씻기며 엉버티고 서있는 수많은 돌.

▷ 白日(백일) : 한낮. 백주(白晝).

▷ 山村晚(산촌만) : 산촌이라 해가 일찍 서산을 넘어 가고, 땅거미가 깔린 상태.

▷ 千騎(천기) : 많은 기마병.

백련사 서쪽 요채에 묵으며

스님 선정에 들고 종 한가해 별채 조용한데
깊은 밤 텅 빈 휘장 가을 기운 스며들어
잠 못 든 채 저 산 비 가만 헤아려보니
비바람 성근 대숲에 들어   잎마다 시름이리.

[출전] : 『玉峰集 · 上』

작자 白光勳 (백광훈 : P 188, 頭輪寺 참조)

白蓮社西寮

僧定鐘閒別殿幽　　深夜虛幌一溪秋

不眠暗記西山雨　　風入疎篁葉葉愁。

어구풀이

▷ **白蓮寺**(백련사) : 경기도 강화군 강첩면 부근리 고려산에 있는 사찰. 고구려장수왕 4년(416)에 천축 조사가 창건하였고, 광무 9년(1905)에 인암 스님이 중건하였다. 순조 6년(1806)에 세운 의해 스님의 사리부도와 비명이 있다.

▷ **僧定**(승정) : 스님이 선정(禪定)에 들다.

▷ **鐘閒**(종한) : 석종이나, 풍경이 울리지 아니함.

▷ **虛幌**(허황) : 빈 휘장.

▷ **暗記**(암기) : 곰곰이 따져봄. 혼자 헤아려 봄.

▷ **西山雨**(서산우) : 저 산 비. '西'는 '저'로 풀이함.

▷ **葉葉愁**(엽엽수) : 댓잎마다 비바람에 우수수 소리냄.

백련사에서

찬바람 불고 눈 내릴 때 꽃이 피고
절 문 동편은 나무들마다 검붉구나
네 계절 봄빛을 홀로 차지했으니
어저, 조물주도 공평치 못하구만.

[출전]：『安齋集‧』『輿地勝覽‧24』

작자　成任 (성임 : 1421~1484)

　　조선 전기의 문신. 자는 중경(重卿), 호는 일재(逸齋)‧안재(安齋). 단종 1년(1438) 계유정난 때 세조를 도와 원종공신 2등에 책록되었다. 성품이 활달하고 식견이 풍부하며 글씨와 시문에 뛰어났다. 송설체(松雪体)의 대가로 해서와 행서에 특히 능했으며, 원각사비‧한계미묘비‧최항신도비 등을 썼고, 경복궁 전문의 편액과 왕실의 사경(寫経) 등 국가적 서사를 많이 하였다. 시문에도 능하여 율시에서 일가를 이루었다. 일찍이 『태평통재』를 간행했으며, 문집으로는 『안재집』이 있다. 시호 문안(文安).

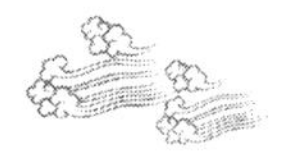

白蓮社

花發嚴風朔雪中　　深紅萬樹寺門東
四時獨占三春色　　造物於今却未分。

▷ 白蓮社(백련사) : 전남 강진군 만덕산 소재 사찰. 신라 문성왕 1년(839) 무염국사
가 창건. 고려조 원묘(圓妙) 스님이 중수하고, 조선조 때 행호(行乎) 스님이 중수
하였다. 동백나무(천연기념물 151호)가 있어 사찰의 풍치를 한층 돋구어 준다. 만
경루와 명경루가 있어 수많은 제영시를 남기기도 했다. 앞 사람의 시에 "백련사
경치도 좋고, 만덕산 맑기도 하여라. 문은 소나무 그늘에 고요히 닫혔는데, 객이
와서 풍경소리 듣는구나. 돛은 바다를 따라가고, 새는 꽃 사이에서 지저귀네.(白蓮
名社勝 萬德一山淸. 門靜鎖松影, 客來聞磬聲. 帆從海上去, 鳥向花間鳴.)" <신증동
국여지승람>라 했다.
▷ 嚴風(엄풍) : 찬바람. 삭풍(朔風).
▷ 朔雪(삭설) : 찬 눈. 한설(寒雪).
▷ 深紅(심홍) : 검붉음. 짙게 붉은 꽃.
▷ 三春(삼춘) : 맹·중·계춘. 90춘광. 봄 내내.
▷ 造物(조물) : 조물주. 천지조화의 신.
▷ 却未分(각미분) : 도리여 분명치 못함. 불공평함.

백운암에서

깊은 산사라, 세속 번뇌와 격한데
늦게 개인 풍광 사람 어지럽게 하네.
꾀꼬리 나비 쫓자 꽃빛 더욱 예쁘고
청제비 잠자리 낚아채자 물낯 찡그리네.
선정에 정진코자 오래 시 짓길 잊었다가
흥에 겨워 붓 드니 글귀 오히려 새로워
봄 온 뒤의 기이한 경관 가장 좋아
산 색 물 빛 온 천지가 풍요롭구나.

[출전]：『無竟集』

작자　釋無竟 (석무경 : 1664~1737)

　　조선 중·후기 승려 자 고송(孤松), 무경은 법호(法號)다. 속성은 홍씨(洪氏)이며 진주 사람이다. 12세에 문식(文式)에게 승려가 되고, 운문의 추계유문(秋季有文)을 찾아 법을 전해 받고, 70세에 입적함. 저서『무경집』.

白雲庵

洞府深深隔世塵　　　晚晴風物亂撩人
鶯捎蝶蛺花顔美　　　燕掠蜻蜓水面嚬
定裡觀心詩久廢　　　興中揮筆句還新
奇觀最好春歸後　　　岳色溪光富四隣。

어구풀이

▷ **白雲庵**(백운암) : 경기도 양주군 소요산 소재 사찰.
▷ **洞府**(동부) : 깊고 그윽한 집. 곧 백운암을 칭한 말..
▷ **亂撩**(난료) : 현란하고 어지러움.
▷ **鶯捎~**(앵소~) : 꾀꼬리가 ~을(를) 낚아 채다. '燕掠'의 대.
▷ **水面嚬**(수면빈) : 물 위에 파문이 일다. 곧 물 위에 노니는 미생물을 잡으려고 낮게
　나는 잠자리를 제비가 낚아채자 수면에 파문이 생기는 모양. '花顔美' 의대.
▷ **定裡**(정리) : 선정(禪定)에 잠심함.
▷ **揮筆**(휘필) : 붓을 휘두름. 일필휘지(一筆揮之)함. 곧 시흥을 곧 바로 써냄. 한 편
　의 시를 써냄.
▷ **四隣**(사린) : 온갖 물색.

백율사에서

새벽에 작은 다락 머리에서 일어나
주렴 걷고 하늘을 쳐다보니
다락 아래는 바로 계림이라
기괴함 이루 헤아릴 수 없구나
해묵은 나무에 아슴푸레 드리운 내
일만 호 집집마다 사브르 비껴 나네
흰 구름은 동쪽 산으로 날아 넘고
푸른 물은 서쪽 포구로 흘러 드네
우뚝 솟은 황금 빛 사찰들
서로 마주해 아침 햇살 따사로운데
반월성 가운데 우거진 숲
꽃과 대나무 이젠 주인도 없고
헛되이 옛 풍류만 남아 있어
한 곡조 높이 노래하며 춤춘다
돌이켜 고운 선생 생각하노니
문장으로 중국 땅을 움직였지
포의로 갔다 비단옷 입고 돌아오니
그 때 나이 스물아홉 전 이었다오
흰 옥에 파리가 흠집을 남기니
당시 세상에서 쓰여지지 못했네
지금 남산 속 한 자락에
오직 하나 남겨둔 채소밭 있어
아득한 세월 지나 9세 자손이
어린 나이로 군사가 되어 있다네
불러다 그에게 선비의 관을 씌우니
사람들 현자의 후손임을 비로소 아는구나
또한 설총 선생이 있었으니
왕성한 그 기상 용 같고 범 같았네
우리말로 오경을 강의하니
학자들이 동방의 노나라에 비기는구나

栢栗寺

晨興小樓頭　　捲箔觀天宇
樓下卽鷄林　　奇怪不可數
老樹烟濛濛　　橫斜一萬戶
白雲飛東山　　綠水走西浦
突兀黃金刹　　想望朝欲煦
有森月城中　　花竹今無主
空餘古風流　　一曲高歌舞
記憶崔儒仙　　文章動中土
絲往錦還鄉　　年未二十九
白玉點蒼蠅　　不爲時所取
至今南山中　　唯有一遺圖
邈哉九歲孫　　結髮混卒伍
喚來戴其冠　　人識賢者後
亦有薛先生　　蔚然龍與虎
方言講五經　　學者比東魯

세상에서 이 두 군자 부르기를
명성 가지런 하기사 이백과 두보라네
맑은 바람 속에 읊조리고 노래하니
해묵은 병조차도 털어 낼 듯하구나
숨가쁘게 달려와 부처님을 뵈오니
빈 불당에 향불만 한 가닥 타오르는데
머리 조아리며 우리 임금 축수컨대
만년토록 하늘의 도우심 받으소서
생각컨대 부처님의 묘하고 밝은 거울
나의 이 마음 어찌 모르시리까
차를 달여 민자천에서 마시니
차 그릇에서는 하얀 우유 빛 펴나네
수옹 최해의 시를 세 번 거듭 외우니
벽에 가득한 글귀가 구슬을 토하는 듯
즐거워라, 걱정할 일이 없으니
이 즐거움이 얼마나 오래였던가?
일산을 날리며 소나무 문을 내려오니
소나무 문에 걸린 해 한낮이로구나.

[출전] :『輿地勝覽·21』

작자 鄭知常 (정지상 : P 72, 開聖寺八尺房 참조)

俗呼二君子　　齊名同李杜

嘯詠臨淸風　　宿疾猶可瘳

竭來謁金仙　　虛臺香一炷

稽首祝吾君　　萬年受天佑

想像妙明鏡　　知予此心否

試茶閔子泉　　甌面發雲乳

三復壽翁詩　　滿壁珠璣吐

樂哉無所憂　　此樂何太古

飛蓋下松門　　松門日卓午。

어구풀이

▷栢栗寺(백률사) : 경북 경주시 동천리 소금강산에 있는 사찰. 신라 법흥왕 15년 이차돈 (異次頓), 일명 염촉(厭觸)의 순교를 기념하기 위하여 창건한 자추사(刺秋寺). 신라 한덕왕 9년(817) 이차돈의 순교를 추모하여 석당(石幢)을 세웠고, 고려 우왕 3년(1377) 에 경주의 윤승순이 계림판관 심우경과 주지 견해와 더불어 서루를 중건하였다. 조선 조 때 재건한 대웅전이 현존하고 있으며, 경주박물관에 진열된 백률사 금동약사여래 입상은 국보 98호로 지정되어 있는데, 신라 불상의 걸작으로 손꼽힌다. 사면석불상(국 보 119호)이 있다.

▷濛濛(몽몽) : 흐리고 어두운 모양.

▷崔儒仙(최유선) : 최치원을 일컫는 말.

▷動中土(동중토) : 중국 천지를 명동(鳴動)시킴.

▷錦還鄕(금환향) : 금의환향. 최치원이 귀국 시 당나라 고운(顧雲)과의 전별시에 "열 두 살에 삼베옷 차림으로 중국에 들어와, 스물여덟살에 바단옷 입고 돌아간다(巫山 重峯之歲絲入中國 銀河列宿之 年錦還東國)"이라 한데서 유래한 말.

▷蒼蠅(창승) : 파리는 백옥 같이 좋은 보물을 알지 못한다. 때문에 함부로 그 위에 배설한다. 그처럼 소인은 성현을 몰라보고 함부로 헐뜯음을 비유한 말.

▷薛先生(설선생) : 설총(설총). 원효대사의 아들로 향찰을 정리했다 함.

▷蔚然(울연) : 초목이 무성하게 우거진 모양. 사물이 왕성한 모양

▷東魯(동노) : 동방의 노(魯)나라. 노나라는 공자와 맹자가 태어난 곳으로, 이곳에서 최 치원·설총과 같은 뛰어난 학자가 많이 배출되었음을 비유해 한 말.

▷李杜(이두) : 성당 시문학의 쌍벽인 이백(李白)과 두보(杜甫).

▷金仙(금선) : 황금 신선, 곧 부처님.

▷壽翁(수옹) : 최해(崔瀣)의 자. '수옹' 외에 언명보(彦明父)라고도 하고, 호는 졸옹(拙 翁)·예산농은(猊山農隱)이라 함.

백장사에서

비둘기와 제비 다투어 재잘거리니
천하는 바야흐로 곧 삼짓날이로세
봄 물은 윤기 돌아 푸르고도 맑은데
바위 틈샌 꽃떨기 취하도록 붉구나
한가히 읊으며 질펀히 노니니 술보다 흥겹고
향기로운 풀밭을 거니니 쪽빛보다 푸르구나
봄날 아흔 날의 풍류 빛을 한 번 훑으니
일산이 성 남쪽에 가득한들 어떠하겠는가.

[출전] : 『濡溪集·6』『輿地勝覽·25』

작자 俞好仁 (유호인 : P 110, 君子寺 참조)

白丈寺

鳴鳩乳鷰競喃喃　　政值天涯三月三

春水潑油方綠淨　　巖花綴糝政紅酣

閑吟駘蕩濃於酒　　穩步芳翡翠似藍

九十韶光眞一瞥　　不妨皂盖遍城南。

어구풀이

▷ **白丈寺**(백장사) : 경북 의성군 비봉산에 있던 사찰.

▷ **競喃喃**(경남남) : 서로 질세라 다투어 재잘거림. 본디 '喃喃'은 제비의 울음을 의성한 소리나, 본시에서는 비둘기의 소리까지를 함께 의성화 함.

▷ **政值**~(정치~) : 정치(正置). 바로 ~을 맞다.

▷ **天涯**(천애) : 하늘 끝까지. 곧 온 천하.

▷ **潑油**(발유) : 기름기 흐름. 무르녹은 봄기운으로 삼라만상이 반지르르 윤기가 흐르는 모양.

▷ **綴糝**(철삼) : 연이어 쭉 펼쳐진 모양.

▷ **駘蕩**(태탕) : 광대한 모양. 봄날에 느끼는 나른한 모양.

▷ **芳翡**(방비) : 화초가 향기롭고 꽃다움.

▷ **九十韶光**(구십소광) : 화창한 봄기운. 구십춘광(九十春光).

▷ **皂盖**(조개) : 일산.

백중사에서

사찰이 푸른 벼랑에 걸려 있으니
어느 날 금을 펼쳐 저렇게 지었나
낙엽이야 쓰는 사람 없어도
빈 절집에 찾아오는 손 있네
산 형세는 물에 이르러 끊겼고
물 구비는 산에 부딪쳐 돌아 흐른다
앉아서 고승과 같이 말을 주고받으니
마음속엔 절로 세상 티끌이 없어지네.

[출전] : 『四佳詩集補遺·3』『輿地勝覽·6』

작자 徐居正 (서거정 : P 116, 金剛寺 참조)

伯仲寺

招提架蒼巘　　何日側金開
落葉無人掃　　空堂有客來
山形臨水斷　　水勢觸山迴
坐共高僧話　　胸襟自不埃。

어구풀이

▷ 伯仲寺(백중사) : 경기도 광주군 구천면 암사리 한강 연안에 있던 사찰. 일명 암사
　(岩寺), 또는 암회사(岩回寺)라고도 이른다.
▷ 招提(초제) : 절. 사찰. 공당(空堂).
▷ 蒼巘(창헌) : 푸른 벼랑. 푸른 산봉우리.

백지사에 머무르며

병을 피해 산사에 몸 맡기니
산사라, 일마다 기이하여라
들나물 부드러워 쌈 싸먹기 제격이고
냇가의 고사리는 국거리로 적격이구나
방안이 따사로우니 아침잠이 안온하고
등불이 밝으니 한밤 청담으로 지새네
스님과 함께 유하니 마음 속되지 않아
보름을 머물고도 돌아갈 뜻을 잊었네.

[출전] : 『泰齋集 · 1』『輿地勝覽 · 22』

작자 柳方善 (유방선 : P 230, 盤龍寺 참조)

寓栢旨寺

避病投山寺　　山中事事奇

野蔬包飯軟　　溪蕨入羹肥

房暖朝眠穩　　燈明夜話遲

居僧心不俗　　半月爲望歸。

어구풀이

▷ 栢旨寺(백지사) : 경북 영천군 팔공산에 있던 사찰. <사찰전서>

▷ 羹肥(갱비) : 국이 살찌다. 곧 국이 푸짐하고 맛남.

▷ 眠穩(면온) : 잠이 편안함. 늦잠자기 안성맞춤.

▷ 望歸(망귀) : 돌아감을 잊다. 돌아갈 생각을 잊음.

백화사에서

명찰이 있는 줄 알고도 와보지 못했다가
시를 읽고 호수와 산이 좋은 것 알았다오
산문에 열쇠 없어도 속인들 오기 어렵고
다락 위에 주렴 걷으니 스님 절로 한가롭네
천고의 산하 자연은 세상 흥망을 벗어낫고
여섯때마다 산자락 사이에선 종과 북 울리네
노인이 선사의 명을 어기지 못하고
써낸 글 거칠어 못내 얼굴 붉어지네.

[출전] : 『輿地勝覽·25』

작자 權思復 (권사복 : ?~?) : 未詳

白華寺

聞有名藍未一攀　　見詩方覺好湖山
洞門無鏁俗難到　　樓上捲簾僧自閑
千古烟霞興廢外　　六時鐘鼓翠微間
老人不拒禪師命　　寫出荒蕪有忸顔。

어구풀이

▷白華寺(백화사) : 경북 예천군 용궁면 천덕산에 있던 사찰.
▷六時(육시) : 여섯 때. 일주야(一晝夜)를 여섯 때로 나눈 신조(晨朝)·일중(日中)·
　일몰(日沒)·초야(初夜)·중야·후야를 이름, 본시에서는 무상성에 대한 영원성의
　개념인 '수시로·항상'의 뜻으로 읽힘.
▷忸顔(육안) : 부끄러운 얼굴. 얼굴에 부끄러운 색을 띰.

백화사에서

절 집에 일찍이 속된 선비 오지 않더니
나그네살이 이곳에서 오래 배회하네
해묵은 검푸른 잣나무 창 앞에 곧게 섰고
희고 흰 갠 구름 산허리에 뭉게뭉게 걸쳤네
한 줄기 묘한 향 속에 스님은 참선에 들고
반 처마 비낀 햇살에 학은 굽이쳐 날아든다
살고 계신 스님이야 본디 정회가 게을러
이끼 낀 사립문 한낮에도 열지 않았구나.

[출전]:『春亭集·1』『輿地勝覽·8』

작자 卞季良 (변계량 : P 60, 覺林寺 참조)

百華寺

方丈曾無俗士來　　客中聊此久徘徊
青青古栢窓前直　　白白晴雲岳面退
一炷妙香人在定　　半簷斜日鶴飛回
居僧本自情懷懶　　苔合雙扉晝不開。

어구풀이

▷ **百華寺**(백화사) : 경기도 시흥군 신동면 막계리 청계산에 있던 사찰. 일명 백학사 (**白鶴寺**)라고도 이름. 지금은 주춧돌과 높이 2척 5촌의 석불이 남아 있는데, 머리 부분은 없어졌다.

▷ **方丈**(방장) : 유마거사(維摩居士)의 거실이 일장사방(一丈四方)이었던 데서 화상 (和尙)・국사(國師) 등 높은 스님의 처소. 사찰.

▷ **聊此**(요차) : 애오라지 이곳에서.

▷ **青青**(청청) : 푸르고 푸른. 검푸른.

▷ **岳面退**(악면퇴) : 산 얼굴에 답쌓이다. 산허리에 뭉실뭉실 떠 있음.

▷ **在定**(재정) : 선정(禪定)에 몰두해 있음. 곧 참선 중.

▷ **苔合**(태합) : 이끼 낀 채 닫혀있음.

백화사에서

경치 좋은 곳은 대개 더위잡고 올라야 하는데
가람이 낮은 산에 자리해 더욱 좋구나
물길은 비단 펼친 듯 드넓게 뻗쳤고
두 봉우리는 옷깃 여민 듯 그윽함을 지킨다
부처 밖 마음 밖에서 무엇을 구하려 말라
인간 세상은 바로 꿈 속에 있는 것이라네
들어만 봐도 누대 이름 이치에 맞음을 알겠거니
어찌 구차히 가서 주인 얼굴을 대면할까나?

[출전]:『輿地勝覽·8』

작자 未詳 (?~?)

白華寺

勝遊多是費躋攀　　最愛蓮宮住淺山
一水練鋪延曠遠　　兩巒襟合護幽閑
莫求佛外兼心外　　要信人間卽夢間
聽得樓名諳得理　　何須去對主人顏。

▷ **躋攀**(제반) : 더위잡고 오름. 기어오름. **躋升**(제승).
▷ **蓮宮**(연궁) : **蓮華藏世界**(연화장세계)와 같은 뜻. **蓮**(연)의 궁전, 곧 **佛堂**(불당), 가람.
▷ **曠遠**(광원) : 인가도 수목도 없는 허허벌판.
▷ **襟合**(금합) : 옷깃을 여밈. 옷깃 여민 듯함.
▷ **要信**(요신) : 요컨대 ~을 믿음.
▷ **得理**(득리) : 이치를 얻음. 이치에 맞음.

범굴사에서

긴 가람 한 줄기 해맑게 흐르고
강 너머 푸른 산 충충으로 포갰네
도량은 허공에 걸린 채 푸른 내에 잠겨서
자갈밭 샛길 뚫으려 검은 등나무 후린다
부처님 전에 향불 사르고 참배한 뒤에
햇살 쬐는 밝은 창가에서 스님과 담소하네
화겁이 아득하매 티끌세상 적은데
밝은 낮에 날아오를 인연 없구나.

[출전] : 『四佳詩集·2』『輿地勝覽·11』

작자 徐居正 (서거정 : P 116, 金剛寺 참조)

梵窟寺

長江一帶抱澄澄　　江上青山矗百層
寺在虛無連翠靄　　行穿犖确挽烏藤
香燒古殿來參佛　　日射明窓話對僧
火劫茫茫塵界小　　無緣白日化飛昇。

어구풀이

▷ 梵窟寺(범굴사) : 경기도 양주군 아차산 동편 기슭에 있는 사찰. 지금의 대성암(大
聖庵). 신라 흥덕왕 1년(826) 의상대사가 창건했으며, 고려 우왕 1년(1375) 나옹화
상이 중창하였다. 1882년에 병화로 불탄 것을 1912년 정념(正念) 스님이 중건함.
윗 시의 원제목은 「遂與太初升卿 遊梵窟寺」다.

▷ 一帶(일대) : 한 줄기. 치렁치렁 흐르는 한 줄기 물굽이. 두시(杜詩) 「등고登高」에
"가 없는 나뭇잎 우수수 떨어지고, 다함없는 긴 강물 치렁치렁 흘러가는구나.(無
邊落木蕭蕭下 不盡長江滾滾來)"<杜諺·十>라 있다.

▷ 澄澄(징징) : 맑고 맑음.

▷ 翠靄(취애) : 푸른 내.

▷ 犖确(낙각) : 자갈 길. 험한 길.

▷ 火劫(화겁) : 심히 위협하여 나쁜 짓을 못하게 함.

☞ 서거정에 대한 한국 한문학사, 특히 한시사적 위상에 대한 자하 신위의 논평을
그의 「동인논시절구」 35수 중 10)을 통해 살펴보면 다음과 같다.

四佳繁富孰窺藩　　서거정의 가멸찬 울타리 그 누가 엿보랴
閑鴨遊蜂寫景渾　　'한가한 오리 바쁜 벌'로 경치 다 그려
一種淸華廊廟氣　　맑게 빛나는 한 가지 낭묘의 기운
白雲如海滿前村。　　'흰구름 바다인 양 앞마을에 가득하다'.

<申紫霞·5>

범어사에서 혜정스님의 조반상을 받고

범어사라, 옛 정사
주지 스님 법호는 혜정이시다
내 찾아와 함께 묵었더니
새벽에 일어나 아침상을 차렸는데
야들야들한 아욱국에
뽀얀 쌀 막 익힌 밥
솔가지 꺾어다 군불 집히고
시린 샘물 길어다 돌 솥 채웠네
처음 보는 산나물 서너 가지
소반에 차린 음식 모두 눈부신데
산삼은 정갈하기 눈 같고
계곡 돌미나리 엿처럼 다네
고비 순과 부추 잎은
산초와 생강으로 조리하고
제일 좋은 것은 죽순을
감로주와 조화시켜 반점줄기에 꿰미한 것
처음엔 숟갈에 향기 돌더니
정작 살갗과 뼛속까지 맑아지네
두어 해 남녘 식습관에 젖어서
뱃속이 날생선에 물렸었는데
담백한 선가의 먹거리로
얽히고 쌓인 창자 다 씻긴 듯
한 번 웃어 스님께 사레드리며

梵魚寺 晶和尚設飯 以詩謝之

梵魚古精舍　老僧名惠晶
我來宿其房　晨起具飯羹
羹以煮錦葵　飯以炊玉粳
松枝斫爲薪　寒泉淪石鐺
新蔬三四品　飣盤具眼明
山蔘淨如雪　澗芹甘似餳
蕨芽與菁根　調芼楸薑幷
最喜籜龍兒　和露斸斑莖
始覺匙筯香　忽使肌骨清
兩歲慣南食　腸肚厭腥鯖
淡泊禪家味　洗盡塵累嬰

넉넉히 먹게 해 준 소박한 정 고맙소
스님은 실로 바라는 바 없으니
배부르면 그만이지 무엇을 더 구하랴
사람살이 이만하면 가히 족한 것을
쯧쯧, 하필 고량진미만 탐하려들 한담.

[출전] : 『東岳集 · 8』

작자 李安訥 (이안눌 : 1571~1637)

　　조선 중기의 문인. 자는 자민(子敏), 호는 동악(東岳). 18세에 진사시에 수석으로 합격했지만 동료들의 모함을 받자, 과거 볼 생각을 버리고 문학에 열중하였다. 동년배인 권필(權韠)과 선배인 윤근수(尹根壽), 이호민(李好閔) 등과 동악 시단을 맺고 의욕적인 작시 활동울 함. 언관직을 거쳐 예조와 이조의 정랑으로 있다가, 1601년 서장관으로 명나라에 다녀온 뒤, 성균직강으로 옮겨 봉조하를 겸함. 그는 특히 시작에 주력하여 문집에 4,379수라는 방대한 양의 시를 남기고 있다. 두보의 시를 만 번이나 읽었다고 하며, 시를 지을 때 일자일구(一字一句)를 가벼이 쓰지 않았다함. 특히 당시(唐詩)에 능하여 이태백에 비유되었고, 글씨도 잘 썼다. 정철의 「사미인곡」을 듣고 지은 「문가聞歌」가 특히 절창이라 일컬어졌고, 임진왜란이 끝난 뒤, 동래부사로 부임하여 지은 「동래사월십오일東萊四月十五日」은 사실적 작품으로 평가되고 있다. 저『동악집』시호 문혜(文惠).

一笑謝和尙　　飽餐感素誠

方丈信非願　　滿腹豈求臝

人生此可樂　　咄彼五鼎烹。

어구풀이

▷ 梵魚寺(범어사) : 부산광역시 청룡동 금정산 소재 사찰. 조계종 제 14 지구 본사. 「범어사 창건사적」에 의하면 당나라 문종 태화(太和 : 827~835) 19년, 신라 흥덕왕 연간에 왜구의 침입을 막기 위해 의상 대사가 창건했다 하나, 의상대사의 입적이 702년이므로 믿을 수 없고, 『삼국유사』의 "의상대사가 당으로부터 귀국한 670년(문무왕10) 이후인 678년으로 봄"이 타당함. <한국의 사찰> 원제는 「혜정 화상의 아침상을 받고, 시로써 사례함晶和尙設飯以詩謝之」 <東岳集·萊山錄>으로, 당시 기층민의 의식생활, 혹은 외래인사에 대한 접빈예절 등 사찰문화의 일단을 엿볼 수 있다.

▷ 晶和尙(정화상) : 혜정(惠晶) 스님.

▷ 新蔬(신소) : 햇나물. 흔치 않은 산채라, 귀해서 처음 맛보는.

▷ 飣盤(정반) : 소반에 차림. 밥상에 여러 반찬을 진설함.

▷ 兩歲(양세) : 두 해. 2년. 작자가 동래부사(1607)로 있다가 사임하고 후임자를 기다리며, 범어사에 우거(寓居)하기까지의 기간.

▷ 腸肚(장두) : 배. 장과 위. 오장육부(五臟六腑). 전하여 '심중'.

▷ 腥鯖(성청) : 비린 냄새. 날고기.

▷ 素誠(소성) : 꾸밈없고 소박한 정성.

▷ 方丈(방장) : 화상·국사·주실(籌室) 등 고승의 처소. 주지. 불가.

▷ 五鼎(오정) : 소·양·돼지·물고기·순록을 담아 제사지내는 다섯개의 솥. 미식(美食). 고량진미(膏粱珍味).

범흥사에서

보배로운 땅에서 가람을 찾으니
불가란 본디 세상 인정이 엷구나
붉은 수염 스님께서 맨발로 바위 문을 나와
소나무 아래서 무생의 이치를 설법하네
밤이 고요하니 돌 샘물소리 울려 퍼지고
새벽 찬 하늘에 범종 소리가 울려오네
도의 마음과 못 그림자 모두 맑고 깨끗하니
가부좌하고 앉아 나 자신조차 잊었노라.

[출전] : 『輿地勝覽・24』

작자　安魯生 (안로생 : ?~?)

　　고려 말 조선 초의 문신. 공양왕 3년(1391) 4월 군자소윤(軍資少尹)으로 서북면찰방별감이 되어 국경에서 성행하던 원(元)나라와의 밀무역을 철저하게 단속하여 위반자가 없도록 하였으며, 6월에는 문하사인이 되었다. 강직하고 결백한 성품이 왕에게도 인정을 받아 이해 9월 세자가 명나라에 갈 때 수행원에 대한 감찰의 임무를 맡기도 하였다. 당시 수행원들은 수행을 빌미로 밀무역을 하여 사욕을 채우는 일이 잦았기 때문이다. 이듬해 4월 병조좌랑의 지위에 있었으나, 정몽주가 이방원에게 피살될 때 그 일파로 몰려 파직, 유배되었다.

梵興寺

寶地尋精舍　　　空門薄世情
赤髭白足出巖扃　　松下說無生
夜靜石泉響　　　曉寒鍾梵聲
道心潭影共澄清　　坐趺旋忘形。

어구풀이

▷ **梵興寺**(범흥사) : 경북 영덕군 매곡면 부동 서북쪽 5리 지점에 있던 사찰. 4층석탑
과 아미타불입상이 남아 있다. 위의 시는 안로생이 「영해도호부 12영」중 범흥사
를 제영한 시다.

▷ **精舍**(정사) : 정신이 머물러 있는 곳. 학문을 닦거나, 독서하는 곳. 학사·서원. 불
가의 절, 사찰.

▷ **空門**(공문) : 불가의 이칭.

▷ **巖扃**(암경) : 바위 문. 바위 문설주.

▷ **無生**(무생) : 무생무사(無生無死)의 준말. 곧 『반야바라밀다심경』의 '색즉시공 공
즉시색(色卽是空 空卽是色)'이란 무상관의 시적 함축.

▷ **坐趺**(좌부) : 가부좌하고 앉음.

▷ **忘形**(망형) : 형해(形骸)를 잊음. 망기(忘機).

법륜사에서

우레에 놀란 듯 돌에 부딪는 시내물소리 급하고
하늘 찌를 듯 요란한 죽순처럼 돌 기운 기이하네
맑은 이곳을 어떤 이가 길이 관장하는가
세속의 밖 선계에 계신 백운 스님이로세.

[출전] : 『輿地勝覽 · 35』

작자 金克己 (김극기 : P 56, 伽智寺 참조)

法輪寺

驚雷鬪石溪聲急　　亂筍攙空石勢奇
淨境何人長管領　　紅塵界外白雲師。

어구풀이

▷ **法輪寺**(법륜사) : 전남 나주시 나주 서쪽에 있던 사찰.
▷ **驚雷**(경뢰) : 우레에 놀람.
▷ **鬪石**(투석) : 돌에 부딪다.
▷ **攙空**(참공) : 하늘을 치찌르다.
▷ **管領**(관령) : 관장함. 주관함.
▷ **紅塵界外**(홍진계외) : 세속 밖. 곧 신선세계. 선계.
▷ **白雲師**(백운사) : 백운 스님.

법륜사에서

금강의 물이 동으로 흘러 금성을 둘렀으니
중추절을 만날 때마다 한결 더 맑아지네
세태를 쫓아 형세에 따라 변하지 않고
고금을 가리지 않고 한결같이 철철 흐르네.

[출전] :『輿地勝覽·35』

작자 林惟正 (임유정 : P 180, 道弘寺 참조)

法輪寺

錦水東流遶錦城　　每逢秋半倍澄淸

不隨世事因時變　　今古潺湲一鐘聲。

어구풀이

▷ 錦水(금수) : 금강 물.

▷ 每逢(매봉) : 만날 때마다.

▷ 秋半(추반) : 가을의 반. 중추(仲秋). 왕유(王維)의 「중양절 등고한 형제를 생각하며九月九日憶山中兄弟」에 "홀로 타향에 있어 나그네 신세라, 명절을 만날 때마다 어버이 생각 배로 난다.(獨在異鄉爲異客 每逢佳節倍思親)"<唐詩選>라 있음.

▷ 倍澄淸(배징청) : 훨씬 조찰하고 맑음.

▷ 因時變(인시변) : 시대의 조류에 따라 변함. 시류에 따라 변함.

▷ 潺湲(잔원) : 물이 졸졸 흐르는 모양. 또는 그 소리.

▷ 一鐘聲(일종성) : 한결같은 소리. 변함이 없음.

법주사에서

사면에 높이 솟은 푸른 연꽃 같은 봉들

긴 곳 신비한 물 근원 몇 겹이나 되려나

문장대는 천 년 이끼에 덮여 있고

울타굴은 만 그루 소나무에 그늘졌네

용은 탑 속에 들어가 진골로 머물었고

노새는 바위 앞에 누워 거룩한 자취를 찾았다네

길이 삼한에 복을 내릴 분 뉘신고

금부처 산호전 위에 엄연히 앉아 계시네.

[출전] : 『東文選 · 16』 『輿地勝覽 · 16』

작자 朴孝修 (박효수 : ?~1377)

고려 충숙왕 때의 문신, 호 석재(石齋). 충숙왕 4년(1317)부터 고시관을 지냈으며, 1321년에는 밀직부사가 되었다. 원(元) 나라에 상서하여 상왕(충선왕)을 환국하게 하려고 노력하였으며, 평소에 지조가 있고 청렴하여 사람들의 칭송을 받았다. 관직이 대사언에 이르렀고, 충선왕과 친교가 있다 하여 충숙왕으로부터 불신을 받던 윤신걸(尹莘傑)을 대신하여 시관으로서 선비를 뽑아 학사연을 베푸니, 왕이 그 비용으로 은병 50개와 쌀 100석을 내리고 그를 연창군으로 봉하였다.

法住寺

嵯峨四面碧芙蓉　　長岬靈源第幾重
文藏臺封千古蘚　　亏陁窟蔭萬株松
龍歸塔裏留眞骨　　騾臥嵒前訪聖蹤
永福三韓誰是主　　珊瑚殿上紫金容。

어구풀이

▷ 法住寺(법주사) :『여지승람』에는「법주사」로,『동문선』에는「우제속리사偶題俗離 寺」로 기록됨. "세상에 전하는 말에 신라의 중 의신(義信)이 흰 나귀에 불경을 싣 고 와 이 절을 세웠고, 성덕왕이 중수했는데 석조(石槽)·석교·석옹(石瓮)·석확 (石鑊)이 있으며, 절 안 산호전에는 금신장육이 있으며, 문 앞에는 구리로 만든 깃 대가 있는데 몹시 높고, 그 한쪽에 통화 24년에 세웠다고 새겨 있다" 했다. <여지 승람>

▷ 嵯峨(차아) : 산이 높고 험함.

▷ 長岬(장갑) : 높은 산 중턱. 높고 깊은 산협. 혹은 심원한 곳.

▷ 靈源(영원) : 신령한 물의 근원. 곧 법주사 앞으로 흐르는 물의 근원.

▷ 文藏臺(문장대) : 속리산 소재 바위로 이루어진 봉우리.

▷ 亏陁窟(울타굴) : 동굴 이름.

▷ 騾(나) : 의신(義信) 율사가 천축국(天竺國)으로부터 돌아올 때 경전을 싣고 왔다 는 흰 나귀.

▷ 聖蹤(성종) : 부처님의 자취. 부처님의 가르침.

▷ 珊瑚殿(산호전) : 법주사 내 '칠보(七寶)의 하나'라는 산호로 명명된 사찰 내 전각. 불상을 모신 집.

▷ 紫金容(자금용) : 자금색 불상.

법주사에서

계원의 한가로운 해와 달이요
안탑에는 구름 연기 자욱하네
우연히 삼청동에 들었더니
세상의 시끄러운 일 모두 잊었네.

[출전] : 『大東詩選·2』 『輿地勝覽·16』

작자 咸傅霖 (함부림 : 1360~1410)

　고려 말 조선 초의 학자·문신. 본관은 강릉, 자는 윤물(潤物), 호는 난계(蘭溪). 우왕 11년(1385) 문과에 올라 예문검열, 정언 등을 거쳐 우헌납에 올랐다. 고려 말기에 무신들이 문신을 멸시하자 이에 항거하다가 파직되었고, 1392년 이성계가 실권을 잡자 병조정랑 겸 도평의사사경력사도사에 복직되었다. 이해 이성계의 추대에 참여하여 개국공신 3등으로 개성소윤에 임명되었다. 1404년에 형조판서가 되었다가, 1410년에 파직되었다. 시호 정평(定平).

法住寺

鷄園閑日月　　雁塔鎖雲烟
偶入三淸洞　　都忘世事牽。

▷鷄園(계원) : 인도 마갈타국에 있던 절 이름으로, 아쇼카왕[無憂王]이 창건(BC 3세기)했다 함. 법주사를 이른 말.

▷雁塔(안탑) : 인도 왕사성 소재 탑 이름. 중들이 기러기가 공중에 날아가는 것을 보고 희롱하는 말로, "우리들이 배가 고프니, 보살이 기러기가 되어 몸으로 보시하시오."하였더니, 기러기가 스스로 죽어서 떨어졌다. 중들이 감동되어 기러기를 위한 탑을 세우고, 안탑이라 이름했다 함.

▷鎖雲烟(쇄운연) : 구름과 안개에 감싸이다. 자욱한 운연에 가리움.

▷三淸洞(삼청동) : 도교의 삼신(三神), 곧 옥청 원시천존(玉淸元始天尊)·상청영보도군(上淸靈寶道君)·태청태상노군(太淸太上老君). 혹은 신선이 산다는 옥청(玉淸)·상청(上淸)·태청(太淸). 곧 풍광이 아름다운 선계. 법주사 경내풍광의 미화.

▷都忘(도망) : 일체를 잊어버림 「一切忘棄」.

법천사에서

서울에서 일찍이 약속하고는
타향에서 불려 또 만났네 그려
겨울바람은 집 처마 끝에서 불고
쌓인 눈은 산허리까지 차올랐네
책 상자 지고 배우러 오는 길 멀어도
벼슬길에 나아갈 길은 멀지 않으리라
나는 서유자의 당당한 기상이
우리 무리에서 으뜸인 것 사랑한다네.

[출전] : 『海東詩選』『與地勝覽 · 46』

작자 康孝文 (강효문 : ? ~ 1467)

조선 초기의 문신. 자는 자무(子武). 문종 1년(1451) 식년문과에 을과로 급제하고, 여러 관직을 거쳐 세조 4년(1455)에 이조정랑, 이듬해 함길도 경차관으로 파견되었다. 1460년 신숙주의 종사관으로 출정하여 야인을 토벌, 혁혁한 공을 세웠고, 그 공으로 예조참의에서 예조참판으로 승진하였다. 1466년 함경도절도사, 이듬해 관내의 각 진관을 순시하던 중 전 회령부사 이시애(李施愛)가 반란을 일으키자, 그 무리들에게 죽임을 당하였다. 이시애의 거짓 보고로 반역의 누명을 썼지만, 성종 2년(1471) 사실이 밝혀져 고신과 재산을 돌려받음.

法泉寺

京洛曾相約　　他鄉復再招

寒風鳴屋角　　積雪滿山腰

負笈程雖遠　　登雲路不遙

我憐徐孺子　　豪氣冠我曹。

어구풀이

▷ **法泉寺**(법천사) : 강원도 원주시 부론면 법천리 명봉산에 있던 사찰. 유방선(柳方善)이 강학하던 곳이라 전한다. 고려 선종 때 세운 지광국사현묘탑비(국보 315호)와 당간지주가 전한다.

▷ **京洛**(경락) : 서울.

▷ **屋角**(옥각) : 집의 모서리. 집 처마.

▷ **笈**(급) : 부급(負笈)이라는 말은 '공부할 곳을 찾아다닐 때 그 행장을 대나무로 만든 농에 넣고 다닌다'는 데서 유래한 말. 한(漢)나라 이고(李固)의 고사.

▷ **徐孺子**(서유자) : 서치(徐穉). 자는 유자(孺子). 전한(前漢) 남창(南昌) 사람이며, 학문이 깊고 지조가 높아 남주고사(南州高士)로 일컬어 짐.

법흥사에서

올라보니 황홀하여 하늘에 뜬 것 같은데
열두 봉우리 줄줄이 등진 채 마주 섰네
들 비 먹처럼 짙어 뭇 자취 검게 덮은 듯하더니
호수에 날 개자 하늘하늘 맑은 자태 희롱하네
먼 마을 붉은 나무에는 저녁노을 드리웠고
높은 산 찬 소나무엔 가을 안개 걷히네
뒷날 도성에서 이 다락 일 떠올린다면
하룻밤 남가일몽이라도 두 번인들 싫겠는가.

[출전] : 『輿地勝覽·24』

작자 朴孝修 (박효수 : P 274, 法住寺 참조)

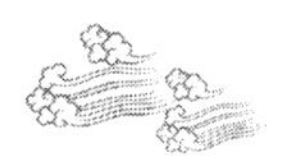

法興寺

登臨怳似空中在　　十二峰巒相背對
野雨濃他墨掃蹤　　湖晴細弄明粧態
遠村紅樹夕陽留　　高嶠寒松秋霧退
輦下他年憶此樓　　一宵南夢何嫌再。

어구풀이

▷ **法興寺**(법흥사) : 경북 안동시 안동면 신세동에 있던 사찰.

▷ **怳似~**(황사~) : 황홀하여 마치 ~한 듯함.

▷ **相背對**(상배대) : 서로 등지고 대함. 서로 다른 방향으로 뻗어 있음.

▷ **輦下**(연하) : 임금이 타는 수레 밑이란 뜻으로, 서울을 가리킴. 연곡하(**輦轂下**)라고
도 함. 임금의 안전(眼前), 고려 의종 때의 상서(尙書) 김신윤(**金莘尹**)의 「경인중
구庚寅重九」 시에 "임금님 안전에서 난리가 일어나, 사람 죽이기를 함부로 해 중
구라, 저버릴 수 없어 막걸리에 국화를 띄워 마신다.(**輦下干戈起 殺人如亂麻 良辰
不可負 白酒泛橫化**)" <三韓詩龜鑑>이란 용례가 있다. 고려 의종 때 '정중부의 난'
이 배경. 동료 문신들이 참혹하게 죽을 때 평소 무신을 잘 대접한 김신윤은 가까
스로 살아 남았는데, 명절 중구를 맞아 홀로 술을 들며 읊은 시이다.

보광사에서

물도 돌도 천 년 묵은 도량
향등이 한 뼘 궁내의 어둠 사루네
늙은 스님은 적멸을 이야기하고
어린 동자는 원통에게 예를 올리네
봉우리 위로 뭉게구름 하얗게 피어오르고
창호문 사이엔 아침해 붉게 물들었네
거사의 토굴 찾아가고자 길을 나서니
험한 산길 하늘로 굽이쳐 뻗어 있구나.

[출전]:『梅溪集』『海東詩選』

작자 康好文 (강호문 : ?~?)
　　고려의 문신. 자는 자야(子野), 호는 매계(梅溪). 시문에 능했으며, 공민왕 11년(1362) 과거에 급제. 판전교시사에 이르렀다. 부인 문씨는 광주 갑향 사람인데, 우왕 14년(1388) 왜구에게 붙들려 가는 도중 몽불산(夢仏山) 극락암 근처에서 순결을 지키기 위해 절벽 밑으로 뛰어내렸다. 그러자 왜구는 그의 큰아들을 죽이고 돌아갔는데, 부인은 나무덩굴에 걸려 오른팔이 부러진 채 구출되어 열녀로 칭송 받음.

普光寺

水石千年地　　香燈一畝宮
老僧談寂滅　　童子禮圓通
嶺上雲多白　　窓間日已紅
欲尋居士窟　　飛路廻盤空。

어구풀이

▷ 普光寺(보광사) : 충남 부여군 임천면 가신리 성주산에 있던 사찰. 보광사중 창비 (국보 178호)가 있음.

▷ 寂滅(적멸) : 정적. 번뇌의 불을 완전히 꺼버림. 마음의 궁극적 고요 상태. 심신일체 의 활동을 멈추고, 평정을 이룸. 적정(寂靜)으로 돌아가 일체의 상(相)을 여의고 있 는 것. 열반. 부처의 경지. 깨달음. 법성진여(法性眞如)의 도리.

▷ 圓通(원통) : 널리 통달함. 불 보살의 묘오(妙悟). 원통대사(圓通大士 : 관세음보살) 의 다른 이름.

▷ 飛路(비로) : 새나 날아 넘을 듯 험한 길. 조도(鳥道)

보광사에서

이 땅 진실로 신선의 고장이니
누가 이 사찰을 열었는가?
문을 두드리니 세속 먼지 끊어졌고
선방에 들자 도심이 곧장 통하네
새벽이슬에 산은 푸른 기운 머금었고
가을꽃은 비에 씻겨 붉은 빛이 바랬네
지나간 천고의 일을 돌이켜 생각하니
나는 새 공중을 비껴 지난 것 같구나.

[출전] : 『輿地勝覽·35』

작자 李邦直 (이방직 : ?~?)
고려 시대의 문신·시인. 그의 시는 『신증동국여지승람』에 여러 편이 보임.

普光寺

此地眞仙境　　何人創佛宮
扣門塵迹絶　　入室道心通
曉露山含翠　　秋花雨褪紅
想看千古事　　飛鳥過長空。

▷ **普光寺**(보광사) : 전남 나주시 금성산에 있던 사찰. 신라 선덕여왕 때 스님 안신
(**安信**)이 금성산 유마굴에 살면서 22년 동안 도를 닦다가 천 길이나 되는 산 아래
로 몸을 던지니, 갑자기 오색 구름이 그를 둘러싸 서쪽으로 날아갔다 한다.

▷ **仙境**(선경) : 신선의 경지. 선의 경지. 워낙 '仙'은 도가(道家)의 문자인 듯하지만,
인도에서는 베다성전을 만든 사람들. 부처님. 석존과 모든 부처님도 선인의 일종
으로 간주되었음. 더욱 '선(禪)'과 '선(仙)'은 '동음통의(同音通義)'의 용례도 흔히
있음.

▷ **佛宮**(불궁) : 부처의 궁전. 곧 산사. 사찰.

▷ **塵迹**(진적) : 진세(속세)의 자취.

▷ **過長空**(과장공) : 하늘을 지나치듯 쉬 지나옴.

보림사를 찾아서

낙엽은 모랫길에 버석거리고
차운 물 산협 사이를 내달리는데
홀로 가매 날 저물까 시름할 즈음
평온한 풍경 소리 흰 구름 사이로 들려오네.

[출전] : 『玉峰集・上』

작자 白光勳 (백광훈 : P 188, 두륜사 참조)

過寶林寺

落葉鳴砂逕　　寒流走亂山
獨行愁日暮　　僧磬白雲間。

어구풀이

▷ 過(과) : '過訪'의 준말. 찾아와 방문함.
▷ 寶林寺(보림사) : 충남 아산군 동림산 소재 사찰. <여지승람>
▷ 亂山(난산) : 어지러운 산. 올망졸망 수많은 산이 겹겹으로 이루어진 모양.
▷ 愁日暮(수일모) : '날이 저물까' 걱정함.
▷ 僧磬(승경) : 산사의 쇠북 소리. 산사의 석경 소리.

보문사 전각의 시운을 따라 짓다

험한 돌산길 평생 훤하게 다녔으니
이 절집 10여 년 정도 없지 않다오
앵무주 가의 봄풀엔 비 기운 침침하고
바다 위 부용성에는 구름조차 걷혔네
모래톱 낚싯배 불 내 밖 멀리 보이고
달빛 다락 사람 소리 밤 깊자 맑구나
길이 강 갈매기 짝하여 살 수 있다면
맑은 물소리 누워서 싫도록 들을 걸.

[출전] : 『東文選・15』

작자　釋 禪坦 (석 선탄 : ?~?)

　　고려 말 승려. 호 환옹(幻翁). 시에 능하며, 거문고 연주에 일가견이 있음. 사대부들과의 교유가 많았으며, 특히 이제현과는 각별한 사이. 저술로 『해동석선탄시집』이 있었다 하나 부전이고, 강석덕(姜碩德)이 지었다는 그 서문이 『동문선』 94권에 전해 있다.

次普門寺 閣上詩韻

山石平生举确行	此軒贏得十年情
雨昏鸚鵡洲邊草	雲卷芙蓉海上城
沙岸漁燈烟外遠	月樓人語夜深清
若爲長伴江鷗去	飽聽蒼波落枕聲。

어구풀이

▷ 普門寺(보문사) : 인천광역시 강화군 삼산면 매음리 낙가산 소재 사찰. 대한 조계종 직할교구 본사인 조계종 말사. 양양 낙산사, 남해 보리암과 함께 삼대 해상 관음 기도 도량. 신라 선덕왕 4년(635) 회정(懷情) 대사가 창건하고, 관음보살이 상주하는 곳이라 하여 산 이름을 낙가산, 중생을 구제하는 관음보살의 원력이 광대무변함을 상징하여 절 이름을 보문사라 함.

▷ 举确(낙각) : 산에 돌이 많은 모양. 본 시에서는 그런 산길에 이력이 나서 '어려움 없이 편하게 다닌다.'는 뜻.

▷ 贏得(영득) : 이익을 보다. 덕 보다.

▷ 鸚鵡洲(앵무주) : 한양 서남향 장강 한 가운데 있는 모래톱의 이름. 동한(東漢) 말 미형(彌衡)의 「앵무부(鸚鵡賦)」로 더욱 잘 알려짐. 이백(李白)의 시 「앵무주鸚鵡洲」에 의하면 "앵무새가 오강에 날아와, 강 모래섬이 앵무주라 전해오네(鸚鵡來過吳江水 江上洲傳鸚鵡名)"라 했고, 최호(崔顥)는 「황학루黃鶴樓」 시에서 "맑은 냇가에는 한양의 나무 그늘 무성하고, 앵무주 모래톱에는 봄풀만 우거졌네(晴天歷歷漢陽樹 春草萋萋鸚鵡洲)"라 했다. 본 시에서는 강화도 모래톱에서 석모도를 바라보는 선경을 미화한 말일 듯.

▷ 芙蓉海上城(부용해상성) : 보문사가 자리한 석모도를 미화한 말.

▷ 若爲~(약위~) : 만약 ~할 수 있다면.

▷ 飽聽(포청) : 실컷 듣다. 싫도록 듣다.

▷ 落枕聲(낙침성) : 잠자리에 떨어지는 소리를 듣다. 누워서 듣다. 두보(杜甫)의 시에 "발에 드리 비취는 것은 이운 달 그림자 뿐이요, 높이 벤 베개머리엔 먼데 물소리만 들려온다(入簾殘月影 高枕遠江聲)"<杜諺·11>가 있고, 본 시구는 이에서 의경을 취했다 할 것이다.

밤에 보은사에 묵으며, 주지 우사에게 주다

보은사 아래 나루에 석양이 깔리자
배 대고 스님 찾아 달 빛 밟아 가니
전각은 정작 이뤄져 새로운 도량이나
강호는 오히려 옛 시심을 자아내누나
산사의 쇠북소리에 검은 용이 춤추고
일만 구멍에 바람일자 철봉이 나는 듯
고마워라, 민공 역시 사람의 일이거니
때때로 채파를 가지고 뱃길 물으리라.

[출전] : 『佔畢齋集·12』『大東詩選·2』『國朝詩刪·5』

작자　金宗直 (김종직 : P 174, 桃李寺 참조)

夜泊報恩寺下 贈住持牛師

報恩寺下日曛黃。　繫纜尋僧踏月光。
棟宇已成新法界　江湖猶攬舊詩腸。
上方鐘動驪龍舞　萬竅風生鐵鳳翔。
珍重旻公亦人事　時將菜把問舟航。

어구풀이

▷ 報恩寺(보은사) : 여강 동쪽 기슭 봉미산에 있다. 옛 신륵사인데 벽돌탑이 있으므로 속칭 벽사(甓寺)라 한다. 예종이 영릉(英陵)을 서쪽 10리에 옮겨 불사를 크게 일으키고, 지금의 편액으로 고쳐 내렸다.(寺舊名神勒, 或云甓寺. 睿宗朝改創極宏麗 賜今額). <점필재집>

▷ 牛師(우사) : 조선의 승려. 영릉의 원당이 된 당시 주지로 추정.

▷ 新法界(신법계) : 새로운 도량. 신륵사를 보은사로 개창한 도량.

▷ 猶攬~(유교~) : 오히려 ~을 보채다. 오히려 ~할 충동을 일으킴.

▷ 上方(상방) : 산사. 불장(佛場)의 총칭.

▷ 驪龍(여룡) : 검은 용. 「오도부吳都賦」에 "겉의 조약돌 무더기나 보고, 옥연(玉淵) 깊은 곳을 들여다보지 못한 사람은 여룡이 서리고 있음을 알지 못한다.(翫其磧礫 而不窺玉淵者 不知驪龍之所蟠也)"함.<文選>

▷ 萬竅(만규) : 많은 구멍. 「제물론」에 "대괴가 기운을 불어내면 그 이름을 바람이라 한다. 바람이 불지 않으면 조용하지만, 불기만하면, 만규가 성난 고함을 친다.(大塊 噫氣 其名爲風, 是惟不作, 作則萬竅怒號).<莊子>

▷ 鐵鳳翔(철봉상) : 쇠로 만든 봉황이 두 날개를 활짝 펴고 머리를 들고, 꼬리를 활짝펴서 지붕 위에 올려놓고, 마루 가운데서 굴렁대를 설치하여 항상 바람을 향해 날아가는 것 같이 만든 것. 『성수시화』를 위시한 여러 시화에서 위 경련을 '홍량(洪亮)엄중(嚴重)하고' '우주를 버틸만한 글귀'라고 극찬함. <성수시화> 23話 참조

▷ 珍重(진중) : 고마워라.

▷ 旻公(민공) : 하느님. 조물주. 본 시에서는 주지스님 우사를 칭함.

▷ 菜把(채파) : 채파(菜籤). 대단찮은 식보시(食布施).

▷ 舟航(주항) : 뱃길. 삶의 방편. 문진(問津).

☞ 자하 신위는 김종직의 윗 시의 "일만 구멍에 바람일자 철봉이 나는 듯(萬竅風生鐵鳳翔)"과 『청창연담』의 "바람은 나대의 지붕에 불리고, 빗발은 불천화에 흩뿌린다 (風飄羅代盖 雨蹴佛天花)"를 인거하며, 그 호일 방달한 기상은 아무도 따를 자 없는 성당풍이라고 다음과 같이 극찬했다.

　　萬竅風生鐵鳳翔　'일 만 구멍에 바람일자 철봉이 날개친다'는
　　孤撐宇宙格沈蒼　침창한 시격 우주를 고이겠네
　　佛天花雨羅代盖　'불천화는 나대의 지붕에 뿌린다'로
　　又見駸駸入盛唐　성당으로 치달림을 다시 보겠네.　　<申紫霞・5>

보제사 벽 위에 그려진 귀일 스님의 노송도를 보고,

주변에 소나무가 지천인데
하필 또 소나무를 그렸는가.
이 큰 가람이
서울 안에 있으니
사방에서 모여들어
수레와 말이 짓밟아
온통 풀포기조차 남아나지 않는데
항차 소나무 잣나무야 이르리까
우리 스님 여기 와 살 적에
마음을 푸른 벽에 걸고 싶어했지
이름난 화가의 손을 빌어
이 소나무를 그리게 하니
쓸쓸한 이 절간이
변하여 온통 푸른 산인 양
담쟁이 새삼 넌출 어설키고
늙은줄기 용처럼 서렸구나
눈서리 내리지도 않았는데
맑은 바람 스산히 불어드네
군자의 거처하는 곳
높고 낮은 땅 구별 있으랴
환경이 시끄럽고 고요함은
사람에 달린 것 땅이 무슨 관계람.

普濟寺 畫老松贊 幷序

有眞松在	何以圖爲
此大伽藍	介于京師
四方之會	車馬偪側
傍無草卉	何況松栢
吾師來寓	心掛蒼壁
倩人名手	寫此蒼官
蕭然方丈	化作青山
蔦縈蘿繞	老幹龍盤
不雪不霜	清風吹寒
君子之居	何有崇庳
境之喧靜	在人匪地

고요함도 사람에 달린 것이요
시끄러움도 사람에 달린 것
찬을 지어 끝에 쓴 사람은
농서의 늙은이라오.

[출전] : 『東國李相國集 · 19』『槿域書畵徵 · 上』

작자 李奎報 (이규보 : P 106, 題九品寺 참조)

靜由人然　　喧亦人耳
贊以跋之　　隴西老子。

어구풀이

▷ 普濟寺(보제사) : 『여지승람』 및 『사찰전서』에 의하면 보제사 및 보제암이 다수 있으나, 위의 시 및 다음 시 모두는 개성시 소재 연복사의 옛 이름이다. <사찰전서> 병서는 "보제사 주지 규선사가 승려 귀일로 하여금 벽에 노송을 그리게 하였다. 비록 한여름이라도 바라보면 상쾌한 기운이 스며드는 듯하다. 내 일필로 휘지하여 뒤에 쓰다.(普濟住老規公 使山人(釋)歸一 畫老松于廳事之壁, 雖盛夏見之若爽氣襲人者, 禪師請予作贊, 予一揮 而題子後云)"라 했다. <동국이상국집 · 19> 그러므로 위의 시는 제화시이자, 사찰문화의 한 예인셈이다.
▷ 歸一(귀일) : 고려 스님. 그림을 잘 그린 화원.
▷ 伽藍(가람) : 승가람마(僧伽藍摩). samgha-arama의 음역. 승가람(僧伽藍)의 준말. 중원(衆園) · 승원(僧院) · 승원(僧院)으로 번역. 승려들이 모여 수행하는 청정한정(清淨閑靜)한 곳. 사찰.
▷ 吾師(오사) : 보제사 주노(住老) 규(規)선사.
▷ 倩人(청인) : 사람(뛰어난 화공: 귀일스님)을 초청함.
▷ 化作～(화작～) : 바꾸어 ～로 만들다. ～로 꾸며내다.
▷ 老幹(노간) : 늙은 줄기. 곧 그려진 소나무의 줄기.
▷ 崇庳(숭비) : 높고 낮음.『論語(논어)』에 "공자께서 군자가 사는데 어찌 누추한 것이 있겠는가?"(子曰 君子居之, 何陋之有)" <子罕>의 시화라 하겠다.

보제사 주지 규선사의 벽에 그린 대를 보고

벽에 걸린 대 그림을 주지 스님이 가리키는데
물 속에 뿌리 내린 대는 오직 이 그림뿐이리라
내 위천의 천 이랑 대숲을 아직 보지 못했고
한 언덕 소상의 반죽 역시 보지 못했지만
이 묵죽화로 스님의 소견 그릇된 줄 알겠네
천생의 대가 아니라면
아마 도망가는 한마리 용이
홀연히 해신에게 쫓기어
머리 쳐들고 물에서 나오려는데
우레가 천지를 경동하여
푸른 비늘 흩어져 잎이 되고
야윈 뼈 우뚝 장대가 되었으리
신물은 참으로 범상치 않아
죽어도 추위를 이겨 푸르구나
오직 서려 있는 발 때문에
지금껏 창파 속에 서있도다.

[출전] : 『東國李相國集·16』『槿域書畫徵·上』

작자 李奎報 (이규보 : P 106, 題九品寺 참조)

題普濟寺住老規禪師壁上畫竹

禪公指點壁間竹　　　　　根立水中唯此獨

渭川千畝未曾看　　　　　瀟湘一岸猶未矚

我導師之所見無奈誤此竹　　不是天生綠

應是一逋龍　　　　　　　忽被海神逐

昂頭露角欲出水　　　　　雷公割擊驚震地

蒼鱗散成千葉粉　　　　　瘦骨卓作一竿峙

神物固不凡　　　　　　　雖死猶爲耐寒翠

唯有蟠跟與蟄足　　　　　至今猶在滄波裏。

■ 어구풀이 ■

▷ 老規禪師(노규선사) : 보제사(普濟寺) 주지의 존칭.

▷ 禪公(선공) : 규선사(規禪師)에 대한 존칭.

▷ 渭川(위천) : 중국 감숙성 위원현 서북 조서산에서 발원하여 협서성을 거쳐 낙수와 합쳐 사해로 드는 위수(渭水). 이 강안(江岸)에 무수히 많은 대가 자람을 표현한 말.

▷ 千畝(천무) : 일천 이랑. 매우 넓고 많음의 비유.

▷ 瀟湘(소상) : 소수(瀟水)와 상수(湘水). 상수는 호남성 동정호로 들고, 소수는 그 지류. 이 근처는 경치가 매우 좋아 소상팔경으로 유명하며, 요(堯)임금의 두 딸 아황(娥皇)과 여영(女英)이 순(舜)임금이 상강에서 죽자, 피눈물 흘리며 슬퍼하다, 함께 물에 빠져 죽어 상군(湘君)이 되고, 소상강 언덕에 반죽(斑竹)이 자랐다는 전설로 잘 알려짐.

▷ 雷公(뇌공) : 천둥의 인격화.

▷ 蟠跟(반근) : 대의 뿌리가 엉버틴 모습.

▷ 蟄足(칩족) : 억세게 땅에 뿌리내려 선 모습.

보현사에서

절이 헐어 중수하기 한두 번 아니었다고
봄 산새들 옛일 느껴 간간이 지저귀네
사방을 에워싼 봉우리 그 몇 천 겹인가
반이 새로 지은 불당인데 3백 칸이로다
땅을 가려 세운 규모 밀조의 생각 깊었고
먼지 떨고 그린 단청 참으로 향산이로다
부처님의 힘으로 오랑캐를 굴복시켰으니
풀 푸른 들판에는 싸움 말도 한가하구나.

[출전] :『輿地勝覽·54』

작자 金良鏡 (김량경 : ?~?)

　고려 후기의 문신. 초명은 양경, 나중에 인경(仁鏡)으로 개명. 명종 때 문과에 차석으로 급제하여 직사관을 거쳐 기거사인이 되었다. 고종 초 조충(趙冲)이 강동성에서 거란군을 토벌할 때 판관으로 출전하여 큰 공을 세웠다. 고종 14년(1227)에는 수찬관으로 『명종실록』을 편찬하였으며, 1232년 강화 천도 이듬해 왕경유수병마사가 되고, 정당문학이부상서 감수국사를 거쳐 중서시랑 평장사에 이르렀다. 문무를 겸비했으며, 일반 행정에도 뛰어나 여러 가지 재능을 갖춘 사람으로 인정받았다. 특히 시사(詩詞)가 청신하고, 당대에 유행하는 시부를 잘하여 세상에서 '양경시부(良鏡詩賦)'라고 칭송되었다. 서체는 예서에 뛰어났다 함. 시호 정숙(貞肅).

普賢寺

寺廢重修非一度　　春禽感古語間關
峰巒四擁幾千疊　　堂構半新三百間
卜地規模深密祖　　絶塵塗壁信香山
須知法力降胡虜　　草綠郊原戰馬閑。

어구풀이

▷ 普賢寺(보현사) : 평안북도 영변군 묘향산 소재 사찰.
▷ 非一度(비일도) : 한 차례가 아님. 여러 번 있었음.
▷ 密祖(밀조) : 여러 조사(祖師).
▷ 塗壁(도벽) : 벽을 칠함. 곧 사찰을 단청함.
▷ 香山(향산) : 향취산(香醉山). 무열지(無熱地)의 북쪽에 있는 염부제주(閻浮提洲)의 최고 중심지. 한나라에서 말하는 곤륜산.
▷ 法力(법력) : 불법의 공덕(功德). 「설일체유부說一切有部」에서 체득한 달마[法]의 힘. 불·보살의 위신력(威神力)을 중생에게 떨쳐 이익을 주는 것. 불법수행의 결과 얻은 힘. <維摩經>

보현사에서

향불 연기 자욱한 속에 불경소리 요란해
고요하고 컴컴한 방에 환한 빛 스며든다
산문 밖 길게 뻗친 길, 저마다 남북으로 오가고
바위 위 늙은 소나무에 걸린 달, 예나 지금이나
빈 절간 새벽바람에 목탁소리 요란하고
가을서리 내린 뜨락 파초 잎 시들었네
거드름 피우며 고승탑에 의지해 앉았노라니
오늘 밤 맑아한 이야기 만금인들 살까보냐.

[출전] : 『靑丘風雅 · 4』 『白雲小說』

작자 釋 惠文 (석 혜문 : ?~1335)

고려의 승. 속성은 남(南), 자 빈빈(彬彬), 가지산사에서 입문하여, 30여세에 승과에 급제하고 대선사(大禪師)에 오름. 운문사에서 입적. 시문에 능하여 '산인체(山人體 : 산중 고사의 시체)를 얻었다'고 평가되며, 천성이 항직(亢直)하여 이규보 등 문사들과 널리 교유함.

普賢寺

爐火煙中演法音　　寂寥生白室沉沉
路長門外人南北　　松老巖邊月古今
空院曉風饒鐸舌　　小庭秋露敗蕉心
我來寄傲高僧榻　　一夜淸談直萬金。

어구풀이

▷ **法音**(법음) : 독경(讀經), 혹은 법어(法語).
▷ **路長**(노장) : 산문 밖 속세의 명리에 급급한 길.
▷ **人南北**(인남북) : 탐욕과 미망에 현혹되어 현실적 욕구충족에 이리저리 헤매는 사람.
▷ **月古今**(월고금) : ‘人南北’의 대(對)로, 천리(天理)의 영원불변한 진리. 무상한 인간
　의 ‘허망한 속성’에 대한 ‘자연의 영원한 진리’.
▷ **空院**(공원) : 텅 빈 집. 곧 사찰.
▷ **鐸舌**(탁설) : 목탁 소리.
▷ **直萬金**(치만금) : 일 만금의 값어치. 곧 만금보다 귀함. ‘直’은 ‘値’.

☞ 『백운소설』 17화에 의하면, "선사 혜문은 고성군 출신이다. 나이 30여세에 승과에
뽑혀 승직이 대선사에 이르렀다. 일찍이 운문사(경북 청도군 운문면 운문산 소재)
에 있었으니, 천성이 항직하여 당대에 유명한 사대부들과 많이 어울려 놀았다. 시
짓기를 좋아하여 산인체를 얻었다. 일찍이 보현사에 쓰기를 ‘---본시 생략---’ 유
한한 취미가 끝이 없게 되었으니, 함련은 인구에 회자되어서 송월화상으로 불린
다.(禪師惠文 固城郡人也. 年三十餘 始中空門選 累縋秩 至大 禪. 嘗住雲門寺 爲人
亢直, 一時 名士大夫 多從之遊. 喜作詩 得山人體, 嘗題普賢寺云 ‘--본시 생략--.’
幽致自在, 頷聯爲人傳誦 因號松月和尚)" <백운소설>라 평했다.

복령사에서

가람은 바로 신라의 옛 절이요
일천 불상 다 서축에서 왔다네
예부터 신인이 대외에서 혼미했는데
지금까지 복지 천태와 같구나
비 오려나, 봄날 음산해 산새들 지저귀고
고목은 무정한데 바람 절로 슬피 우는구나
모든 일은 한 번 웃음에 이바지할 뿐이요
푸른 산도 세월 가니 다만 뜬 먼지뿐일세.

[출전] : 『挹翠軒遺稿 · 2』『國朝詩刪 · 5』

작자 朴誾 (박은 : 1479~1504)

　　조선 중기의 학자 · 시인. 자 중열(仲說), 호 읍취헌(挹翠軒). 15세에 문장에 능통하여 대제학 신용개(申用漑)가 사위로 삼음. 17세에 진사가 되고, 익년 식년문과에 병과로 급제. 동년 사가독서, 이어 홍문관정자, 경영관을 지냄. 1498년 20세의 약관으로 유자광(柳子光)의 간사함과 성준(成俊)의 아첨을 탄하는 소를 올렸다가, 연산군의 사사부실(詐似不實) 죄목으로 파직, 1501년 투옥, 이후로 술과 시로 허송하던 중 갑자사화 때 26세로 사형당함. 이행(李荇)이 그의 유고를 모아 『읍취헌유고』를 간행함. 해동강서시파의 대표적 인물이며, 그의 작품 경향은 현실초극 및 인생무상을 주로 노래함.

福靈寺

伽藍却是新羅舊　　千佛皆從西竺來
終古神人迷大隗　　至今福地似天台
春陰欲雨鳥相語　　老樹無情風自哀
萬事不堪供一笑　　青山閱世只浮埃。

어구풀이

▷福靈寺(복령사) : 경기도 개성부에 있는 사찰.
▷伽藍(가람) : 불 사찰의 다른 이름. 산사.
▷西竺(서축) : 천축국의 서쪽. 서인도.
▷迷大隗(미대외) : 『장자』에 "황제가 대외에서 길을 잃었다"는 말이 나옴, 『국조시
　　산』에는 '大塊(대괴)'로 표기됨.
▷福地(복지) : 중국 천태산에 신선이 사는 복지(福地)가 있다 함.
▷欲雨(욕우) : 비가 오려함. 비 오려나.
▷鳥相語(조상어) : 새가 지저귐. 김극기(金克己)의 「전가사시田家四時」 1에 "비 부
　　르는 비둘기 지붕에 날고, 개흙 문 청제비 들보로드네(喚雨鳩飛屋 含泥燕入樑).
　　<三韓詩龜鑑・上>라 있음.
▷老樹無情(노수무정) : 늙은 나무는 정이 없는 듯.
▷風自哀(풍자애) : 나무는 가만있고자 하나, 바람이 저냥 불어 소리냄.

☞ 강서시파의 칭을 받는 이행과 박은에 대한 신위의 논평을 참고에 이받는다.

學副眞才一代論　　학문과재주로 한 세상 떨친
容齋正覺入禪門　　이행은 정각으로 선문에 들었다
海東亦有江西派　　해동에도 역시 강서시파 있어
老樹春陰把翠軒。　'늙은 나무 봄 그늘' 박은이로세.

<申紫霞・5>

다시 복흥사에 노닐며

날이 바뀌니 물색 또한 달라지고
일이 변하니 사람 역시 바뀌누나
두루미는 새 새끼를 데불었고
소나무는 늙었구나, 예전 그 가지
도량은 예로운 듯 새롭고
스님들 구면인 듯 초면일세
느긋하게 수각에 올라가
지난날의 시구를 거듭 가늠하노라.

[출전] : 『三韓詩龜鑑·上』『小華詩評』

작자 吳學麟 (오학린 : ?~?)
고려의 문신, 오세재(吳世才)의 조부. 한림학사. <三韓詩龜鑑>

重遊福興寺

日改物亦改　　事移人亦移
鶴添新歲子　　松老去年枝
院院古非古　　僧僧知不知
悠然登水閣　　重驗舊題詩。

▷ 日改(일개)：날이 바뀜. 절서가 바뀜.

☞ 홍만종은 고려조 5언 시 가운데 아름다운 연구의 첫 예로 오학린의 위의 시 함련
을 「복흥사」란 제하에 예시함. <小華詩評·上>

본이암에서

판옥에서 보내는 밤엔 속세와 다른 마음
달빛은 고드름에 흐르고 풍경소리 잘게 부서지는데
몇 자 부들자리, 선비와 스님 함께 앉으니
기미는 달라도 맑음은 함께 얻었구나.

[출전] : 『三淵集 拾遺·6』

작자 金昌翕 (김창흡 : 1653~1722)

조선 후기 학자. 자 자익(子益), 호 삼연(三淵). 영의정 수항(壽恒)의 아들이자, 역시 영의정을 지낸 농암(農巖) 창협(昌協)의 동생. 청풍부사 재직 시 기사환국으로 부친이 진도에서 사사되자, 사직하고 영평에 은거, 이후 수차 요직의 부름이 있었으나, 두문(杜門)하고 오로지 학문에만 전념. 문장은 단아순정(端雅純正)하여 구양수의 정수를 얻고, 시는 두보의 영역에 출입하여 고고건아(高古健雅)함. 저서 『삼연집』·『논어상설』·『오자수언』·『강도충렬록』 등. 시호 문간(文簡).

本耳庵

板屋經宵不世情　　簷氷滴月碎箏聲
蒲團數尺容儒釋　　氣味雖殊共得淸。

▷ 本耳庵(본이암) : 충청북도 보은군 법주사 산내에 있던 사찰.
▷ 簷氷(첨빙) : 처마에 달린 얼음. 고드름.
▷ 箏聲(쟁성) : 풍경소리. 쇠북소리.

봉암사에 노닐며

봄 다하니 산 꽃은 쓴 듯이 졌고
푸른 숲 산새 나닐며 짝을 부르네
진작에 알겠도다, 실버들 풍유로와
흩날리는 버들꽃 자리에 답쌓이네.

[출전] : 『三韓詩龜鑑・中』『東文選・19』

작자 崔惟淸 (최유청 : 1095~1174)

　고려 문신. 자 직재(直哉), 예종 때 문과 급제. 고려 전기 사대문벌(四大門閥)로 칭예
됨. 경사에 밝았고, 불경에도 조예가 깊었다 하며, 서예에도 능했다 함.

遊奉巖寺

春盡山花掃地無　　緣林高下鳥相呼
故知楊柳風流在　　飛絮時來繞座隅。

어구풀이

▷ **奉巖寺**(봉암사) : 경기도 개성부 봉명산 소재 사찰. <여지승람·5> 고려 인종 5년 11월 을미(乙未)에 낙성.

▷ **故知**(고지) : 진실로 알만하다. 진작 알겠다.

▷ **飛絮**(비서) : 흩날리는 버들 솜.

▷ **時來**(시래) : 수시로 날려 옴.

▷ **座隅**(좌우) : 자리 모퉁이. 자리.

봉원사에서

절이 중봉(中峯)에 있어 길은 점점 깊은데
멀리 경쇠 소리 들려 빈 숲에 울려 퍼지네
객은 여기에서 한 조각 청량 세계 구하고
불자는 이 숲에서 적막한 마음으로 늙어가네
교활한 쥐는 무시로 물 갓 산방을 드나들고
야윈 중은 일 없어 소나무 그늘에 누웠구나
산은 푸르고 물은 맑아 다시 온 이 곳
공양도 그대로이니 옛일을 더듬게 하네.

[출전] : 『海東詩選』

작자 趙基完 (조기완 : 未詳)

奉元寺

寺在中峯路轉深　　遙聞淸磬落空林
客求一片淸凉界　　佛老千林寂寞心
黠鼠有時馴澗戶　　癯僧無事臥松陰
山靑水白重來地　　飯顆依然舊日尋。

어구풀이

▷ **奉元寺**(봉원사) : 서울 서대문구 봉원동 산 1번지 소재.
▷ **淸磬**(청경) : 맑은 풍경소리. 혹은 쇠북소리.
▷ **淸凉界**(청량계) : 세속의 영리를 탐하지 않는 맑은 법계.
▷ **黠鼠**(힐서) : 교활한 쥐.

봉은사에서

동호의 좋은 경치야 누구나 다 알지만
저자도 앞이 더욱 기이하고 빼어나구나
절 구경하느라 솔밭 길 이리 저리 돌아다녔고
어촌은 살구꽃 핀 울타리에서 두루두루 보았네
모래는 따뜻하고 물은 야드르한데 원앙새 마주 서 졸고
물결은 잔잔, 바람은 솔솔, 외로운 돛대 슬슬 옮긴다
봄날 흥취와 시름, 다 읊조리지 못했는데
압구정 주변에 벌써 석양이 깔리는구나.

[출전] : 『復齋集』『遣閑雜錄』

작자 韓宗愈 (한종유 : 1287~1354)

고려 문신. 자 사고(師古), 호 복재(復齋). 충렬왕 30년(1304) 문과급제. 충숙왕 초에 사관 역임, 충숙왕 7년(1320) 정방(政房)이 설치되자, 초대 예문응교로 전주(銓注)에 참여한 뒤 사복부정이 됨. 1322년 왕위를 넘보던 심양왕 고(暠)의 무고로 충숙왕이 원제(元帝)에 불려가 옥쇄를 뺏기자, 이조년과 함께 원에 가 충숙왕의 환국을 요청하는 글을 올리고, 1324년 옥쇄를 찾아 함께 귀국함.

시문에 뛰어났으며, 명사들과 함께 술에 취하면 「양화사楊花辭」를 읊었으므로, 양화도(楊花徒)로 불렸다. 시호 문절(文節).

奉恩寺

東湖勝槩衆人知　　楮島前頭更絶奇
蕭寺踏穿松葉徑　　漁村看盡杏花籬
沙暄草軟雙鴛睡　　浪細風微一棹移
春興春愁吟未了　　押鷗亭畔夕陽時。

어구풀이

▷ 奉恩寺(봉은사) : 신라 때 연회국사(緣會國師)가 창건한 견성사(見性寺)로 조선조 연산군 때에 성종(成宗)의 선릉(宣陵)을 위해 조포사(造泡寺)로 지정하고, 봉은사로 개명함. <佛敎辭典> 현재 서울 강남구 삼성동 수리산 소재 사찰.
▷ 東湖(동호) : 동강(東江).
▷ 楮島(저도) : 저자도(楮子島). 현 서울 한강 위 뚝섬.『용재총화』에 의하면 "고려 정승 한종유는 젊었을 때 방탕하고, 자질구레한 예절에 얽매이지 않아서, 건달패 수십 명을 모아 데리고 항상 무당들이 굿하는 곳을 쫓아다니며 음식을 닥치는 대로 겁탈해 먹고, 손뼉을 치며 양화를 부르니, 사람들이 양화도라 불렀다. 뒤에 정승이 되어서는 공명과 사업이 뚜렷이 당시에 빛났고, 만년에 시골에 은퇴했으니, 곧 지금 한강 위에 있는 저자도가 그것이다. 일찍이 시를 짓기를"십리쯤 되는 넓은 호수에 가랑비 지나가고, 한 곡조 어적 소리 갈대꽃 너머 들려온다. 지난번 은정에서 국 맛 맞추던 이 손으로, 낚싯대 들고 어슬렁어슬렁 모래톱으로 내려간다.(高麗政丞韓宗愈 少時 放蕩 不羈 結徒數十 每於巫覡歌舞之處 怵掠醉飽 拍手歌楊花 時人謂之楊花徒 及爲相國 功名事業 彪炳當時, 晚年退 老鄕曲卽今 漢江上楮子島也 嘗作詩云 '十里平湖細雨過 一聲漁笛隔蘆花 却將殷鼎調羹手 還把漁竿晚下沙')"라고 작가 · 작품론적 단평을 남기고 있다.

☞ 정렴(鄭碟 : 호 北窓)의 「향봉은사주중向奉恩寺舟中」은 다음과 같다.

孤烟生古渡　　한 가닥 연기 옛 나루에서 일고
落日下邀山　　지는 해 아스라이 산마루 넘어가네
一棹歸來晚　　노 저어 홀로 느즈막히 돌아오니
招提杳靄間。　　절 집 하나 가뭇한 내 속에 잠겼네. <詩評補遺 · 上>

강가에서 부산사를 바라보며

부산사라, 짧은 해 지자 아득해 지고
난초와 꽃 시들어 마음 자못 애련한데
강은 넓어도 당나라 장수 건네주었고
탑은 높았으나 의자왕의 죽음 어찌 구하랴!
푸른 벼랑 올려다보니 송골매 깃든 줄 알겠고
옛 길에 그늘지니 양떼들 돌아가려 하네
들고나는 나루터엔 오직 지나는 길손
흥망성쇠 관계치 않는 이 오직 부처로다.

[출전] : 『三淵集 · 16』

작자 金昌翕 (김창흡 : P 306, 本耳庵1참조)

江頭望見浮山寺

浮山短日下微茫　　蘭老花凋感慨長
江瀾猶傳唐將渡　　塔高奚救義慈亡
蒼崖入望知棲鶻　　古道生陰欲返羊
來往知津惟過客　　廢興無管是空王。

어구풀이

▷ 浮山寺(부산사) : 충남 부여군 부산에 있던 사찰. <사찰전서>
▷ 微茫(미망) : 흐릿한 모양. 모호한 모양. 본시에서는 땅거미가 깔려 시야의 분별이 희미한 상태.
▷ 唐將(당장) : 당나라 장수. 나당연합군의 당나라 장수 소정방(蘇定方). 이름은 열(烈). 정방은 그의 자(字). 660년(의자왕 23) 3월 나당(羅唐) 연합군의 대총관으로 13만의 당나라 군사를 거느리고 산동반도에서 서해를 건너 신라군과 함께 사비성을 함락, 의자왕과 태자를 당나라로 송환시키고, 661년(보장왕 20) 다시 당나라 군사를 이끌고 고구려 평양성을 포위 공격했으나, 불리해지자 퇴각함.
▷ 奚救(해구) : 어찌 구하랴. '奚'는 '어찌 ~하랴'(재역 부정사).
▷ 義慈亡(의자망) : 백제 31대 의자왕(재위 641~660)의 죽음. 곧 백제의 멸망. 무왕(武王)의 장자로 태자 때부터 효성과 우애로 해동증자(海東曾子)의 칭을 들었으며, 642년(왕 2) 친히 미후(彌候) 등 신라 40여 성을 빼앗고, 다시 장군 윤충(允忠)을 파견해 대야성(현합천)을 함락, 신라에 큰 타격을 줌. 645년 당 태종이 고구려를 치고자 신라에서 원군을 징발하자, 이 기회를 노려 649년 신라의 7성을 습격하다, 김유신에게 역습당했다. 그러나 초기의 이 같은 의기도 만년에 이르자 사치와 방종에 흘러 좌평(佐平) 성충(成忠)의 간언을 뿌리치고 투옥시키는 등, 국정은 문란해져 개국 678년 만에 멸망함. 의자(義慈)는 휘.
▷ 無管(무관) : 주관함이 없음. 관계치 않음.
▷ 空王(공왕) : 부처님의 다른 이름.

부석사에서

부석사라, 천년의 고찰인데
학가산을 굽어보고 있구나
누각은 구름 비 위에 솟아 있고
종은 북두칠성 사이에서 울리네
나무배는 은하수 가르며 돌아오고
바위 쪼개 옥 캐는 일 한가롭구나
부처를 좋아해 묵는 것이 아니라
맑고 깨끗해 돌아가길 잊었을 뿐.

[출전] : 『武陵雜稿·3』『小華詩評』

작자 周世鵬 (주세붕 : 1495~1554)

조선 문신·학자. 자 경유(景游), 호 신재(愼齋)·남고(南皐)·무릉도인(武陵道人)·손옹(巽翁). 중종 17년(1522) 별시문과 급제 후 검열, 부수찬 등 역임. 1542년 풍기군수 시절 백운동(순흥)에 고려 말 학자 안향(安珦)의 시당 회헌사(晦軒祠)를 세우고, 이어 우리나라 최초의 서원인 백운동서원 '소수서원' 창설. 1551년 황해도 관찰사 시절, 해주에 최충을 제향하기 위한 수양서원 '문헌서원' 창설. 청백리에 녹선되고, 「도동곡」「육현가」「엄연곡」「태평곡」 등 장가와, 단가 8수가 전함. 저서『무릉잡고』편저『죽계지』『동국명신언행록』『심경심학도』 등. 시호 문민(文敏).

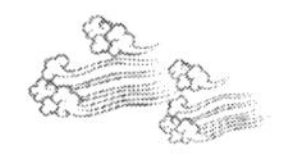

浮石寺

浮石千年寺　　平臨鶴駕山
樓居雲雨上　　鍾動斗牛間
斫木兮河迴　　開岩種玉閑
非關貪佛宿　　瀟洒却忘還。

어구풀이

▷浮石寺(부석사) : 경북 영주군 부석면 북지리 봉황산 소재 사찰. 신라 문무왕 때 의상대사가 왕명으로 창건하였다. 의상이 짚던 지팡이를 꽂아 놓은 것이 살았다는 선비화(仙飛花) 나무가 있다. 선단과 당간지주, 석등, 3층 석탑은 신라 때의 유물. 고려 때의 건축인 무량수전과 조사당은 안동에 있는 봉정사의 극락전과 함께 우리나라 최고의 목조건물이다. 무량수전(국보 80호)과 조사당(국보 81호), 소조 석가여래좌상(국보 224호), 조사당벽화(국보 225호), 3층 석탑(국보 388호), 당간 지주(국보 394호), 석등(국보 79호) 등이 있다.

▷鶴駕山(학가산) : 영천 남쪽에 위치한 산.

▷斫木(작목) : 벤 나무. 나무를 벰. 나무를 다듬어 배를 만듦.

☞ 홍만종은 "내 일찍이 영천 부석사에 놀 적에 취원루에 올랐더니, 누각이 반공에 솟아 아래로 골짜기와 계곡을 굽어볼 수 있고, 나르는 새들의 등을 볼 수 있었다. 신재 주세붕이 율시 한 수를 지었는데 '--- 詩略 ---' 다른 사람이 지은 시 중 이에 미치는 것은 없다.(余嘗遊榮川浮石寺, 登聚遠樓. 樓出半空 俯臨洞壑, 飛鳥皆視 其背. 周愼齋世鵬有題一律 '--- 시 략 ---'. 他人所題 莫能及此.)"<소화시평>라고 논평했다.

　김성일(金成一 : 1593~1658) 역시 그의 「취원루」시에서 "부석사가 명찰인 줄 알거니와, 그윽한 곳이라, 멀기도 하여라. 구름 낀 산 태백의 자락이요, 우람한 사찰 나대의 호국도량이라. 이끼 낀 비는 잡초 속에 자빠졌고, 공양하는 촛불 고찰이라 꺼진지 오래일세. 황혼녘 이런 저런 옛 생각 많기도 한데, 숲 속엔 부슬부슬 비만 내리네.(浮石知名寺 幽尋去路遙. 雲山連太白 棟宇自羅朝. 野草苔碑臥 塵龕佛火消. 黃昏多古意 林雨又蕭蕭) <鶴峰續集·1> 라 했다.

부왕사에서

산을 구경하기는 어디가 제일 좋은가
부왕사 옛날의 선림이지요
해 떨어지자 봉우리 물들인 것 같아
단풍이 환히 피니 골짜기 어둡지 않네
종소리는 원근에서 들려오고
산새들 그윽한 산에 살고 있구나
점점 무엇이든 오묘한 것임을 깨닫겠으니
영구와 도심이 서로 알맞도다.

[출전] : 『阮堂先生文集 · 9』

작자 金正喜 (김정희 : 1786~1856)

조선 말기의 문신 · 실학자 · 서예가. 자 원춘(元春), 호 추사(秋史) · 완당(阮堂) 등 500여에 이름. 순조 19년(1819) 문과 급제 후 암행어사 · 예조참의 등 여러 직을 역임하던 중, 1830년 생부 노경(魯敬)이 윤상도(尹尙度) 옥사의 배후 조종자로 지목되며 고금도 유배, 순정왕후 수렴청정 시 제주 유배(1840~1848)에까지 이르고, 해배된 이후론 과천에 은거하며 학예와 선리(禪理)에 몰두함. 일찍이 북학파의 일인자 박제가에 발탁되어 청나라 고증학에 크게 관심 갖게 되었다. 24세에 동지부사로 청나라로 가는 부친을 따라 연경에 체류하며 당대의 석학 옹방강 · 완원(阮元) 같은 거유와 접하며 금석학 연구에 몰두했다. 그 결과 「북한산 순수비」 발견, 『예당금석과안록』『진흥이비고』 같은 역사적 저술을 남겼다. 서예 역시 법고창신의 '추사체'를 창안했는가 하면, 시화(詩畵) 역시 극치의 예술적 가치로 평가되는 삼절(三絶)이다. 저『완당척독』·『담연재시고』· 『완당선생전집』 등.

扶旺寺

<table>
<tr><td>看山何處好</td><td>扶旺古禪林</td></tr>
<tr><td>日落峰如染</td><td>楓明洞不陰</td></tr>
<tr><td>鍾魚來遠近</td><td>禽鳥共幽深</td></tr>
<tr><td>漸覺頭頭妙</td><td>靈區愜道心。</td></tr>
</table>

어구풀이

▷ **扶旺寺**(부왕사) : 경기도 고양군 북한산 자락에 있던 사찰. 지금의 부황사(扶皇寺).
 숙종 43년(1717) 심운(尋雲) 스님이 창건하였으며, 부황사(浮皇寺)라고도 칭함.
▷ **鍾魚**(종어) : 사찰에 있는 목어(木魚).
▷ **頭頭**(두두) : 삼라만물(森羅萬物).
▷ **靈區**(영구) : 신령한 땅. 신선이 거처하는 곳. 본시에서는 부왕사를 지칭한 말.

부왕사에서

문수사 사자령 동쪽에서 점심 식사를 하고
서쪽 봉우리에 와 자니 이곳이 선방이로다
겹겹한 골짜기 뚫고 다투며 흐르는 물가에 와
빽빽한 숲 낙엽 속에 편히 누웠노라
늦가을 국화는 대웅전 앞에 피고
찬 기운 속 목탁 소리 바람결에 낭랑하여라
산하의 왕성한 기운 곳곳에 나뉘어 감도니
신령한 도읍 지키는 힘 가장 힘차게 뻗었도다.

[출전] : 『柳下集 · 6』

작자 洪世泰 (홍세태 : P 76, 開元寺 참조)

扶旺寺

午飯文殊獅嶺東　　西峰又宿此禪宮
來穿萬壑爭流處　　臥在千林落葉中
秋晚菊花當佛座　　衣寒鈴鐸語天風
山河旺氣偏分占　　護得神京力最推。

어구풀이

▷ **禪宮**(선궁) : 참선하는 절집.
▷ **佛座**(불좌) : 대웅전 부처님 보좌.
▷ **分占**(분점) : 나뉘어 자리하다.
▷ **神京**(신경) : 신령스런 경도. 한성(漢城), 곧 서울을 칭함.

분황사에서

이끼는 빈 섬돌에 둘렀고 대는 처마를 스치는데
경내가 맑으니 전혀 한여름 더위조차 받지 않누나
스님은 한가로이 웃으며 누런 눈동자를 돌리고
손이 취하니 고담 속에 붉은 수염 떨치네
연꽃 못에서 나는 언제나 혜원을 찾았고
버들 문에서 그대 또한 도연명을 이끄네
술 마시다 취해 돌아갈 길 잊었는데
뉘엿뉘엿 저문 햇살 반 주렴에 드리우네.

[출전] : 『輿地勝覽·21』

작자 金克己 (김극기 : P 56, 가지사 참조)

芬皇寺

<table>
<tr><td>苔繞空階竹拂簷</td><td>境淸不復受朱炎</td></tr>
<tr><td>僧閑雅笑廻黃眼</td><td>客醉高談奮紫髥</td></tr>
<tr><td>蓮沼我常尋慧遠</td><td>柳門公亦引陶潛</td></tr>
<tr><td>含杯傲兀忘歸路</td><td>浙瀝殘陽下半簾。</td></tr>
</table>

어구풀이

▷ 芬皇寺(분황사) : 경북 경주시 구황리 소재 사찰. 신라 선덕여왕 3년(634) 창건. 고려 숙종 때 구리 30만 6천 7백근으로 약사여래불상을 조상하고, 자장(慈藏)이 가져온 장경의 일부를 봉안하였다. 원효가 있던 곳이라 한다. 고려때 한문준(韓文俊)이 지은 화쟁국사비(和諍國師碑)가 있었다. 당간지주와 탑(국보 100호)은 신라 때의 유일한 유물이다. 탑은 벽돌로 지었는데, 원래 9층이었지만 지금은 3층만 남아 전한다.

▷ 朱炎(주염) : 여름 더위. 혹은 세속적 가식 등.

▷ 黃眼(황안) : 누런 눈. 노인·도인·고덕대승의 눈.

▷ 紫髥(자염) : 붉은 수염.

▷ 慧遠(혜원) : 진나라 말년 여산에 살던 유명한 중. 그는 연못에 흰 연꽃을 심 고 중과 속인 가운데 이름난 선비 16인으로 백련사를 결사하고, 자주 모여 청 담과 시회를 가졌다 함.

▷ 陶潛(도잠) : 혜원과 같은 시대의 사람으로 문 앞에 버드나무 다섯 그루를 심 고, 오류선생이라 자호(自號)한 중국 제일의 전원시인.

▷ 傲兀(오올) : 오만하여 남에게 굽히지 아니함. 오안(傲岸). 오만(傲慢)

▷ 浙瀝(절력) : 쓸쓸한 모습. 뉘엿뉘엿.

▷ 殘陽(잔양) : 저녁 볕. 석양.

분황사 옛터에서

분황사가 황룡사와 마주섰고
천년 세월 옛 터에 풀만 절로 푸른데
흰 탑 우뚝하여 나그네 부르는 듯하고
푸른 산 말이 없어 사람을 시름케 하네
'전삼'의 깊은 뜻 아는 스님 없는데
부질없이 장륙상만 물건으로 남았구나
비로소 여염의 반은 절이었음 알겠으니
법흥왕 어느 시대가 요진과 같았던가.

[출전] : 『四佳詩稿補遺·3』『輿地勝覽·21』

작자 徐居正 (서거정 : P 116, 金剛寺 참조)

宿芬皇廢寺

芬皇寺對黃龍寺　　千載遺基草自新
白塔亭亭如喚客　　靑山黙黙已愁人
無僧能解前三語　　有物空餘丈六身
始信閭閻半佛宇　　法興何代似姚秦。

어구풀이

▷ 작자의 「경주 32영」 중 「분황사 이운절에 묵으며」이다.

▷ **對**(대) : ~와 ~. 여동격조사.

▷ **遺基**(유기) : 남은 터. 끼쳐진 옛 터.

▷ **白塔**(백탑) : 흰 탑.

▷ **亭亭**(정정) : 우뚝 솟은 모양. 아름다운 모양.

▷ **喚客**(환객) : 나그네를 부름. 길손을 부르는 듯함.

▷ **前三**(전삼) : 당나라 항주의 무착 선사(無着 禪師)가 문수보살을 만나 문답한 말에 "전삼삼 후삼삼(前三三 後三三)"이란 말이 있다. 곧 수량감(數量感)을 초월한, 이른바 근본지(根本智)의 경지. 三三은 일정한 수량이 아니고, 前과 後는 피(彼) 차(此)와 같으니, 전도 삼삼이요, 후도 삼삼이란 뜻으로, 피차가 같다는 뜻임. 또 삼삼은 무수량(無數量)의 뜻. 곧 전후가 삼삼이니, 전후는 별로 중요한 것이 아니고, 무수·무한한 뜻을 표시한 말. <불교대사전>

▷ **丈六身**(장육신) : 불신(佛身)을 이르는 말. 석존은 뛰어나 존귀하며, 인간의 신장 8척에 대하여 그 배량의 일장육척(一丈六尺)이라고 하기 때문에 석존을 장육신(丈六身)이라고 이름지었다. <典座敎訓>

▷ **閭閻**(여염) : 민간 사람. 여문(閭門).

▷ **法興**(법흥) : 신라 23대 법흥왕(法興王 : 재위 514~540). 휘 원종(原宗). 지증왕의 아들로, 즉위와 동시에 양(梁)나라에 사신을 보내 국교를 열었고, 520년 율령을 반포하여 처음으로 백관의 공복(公服)을 제정, 527년 처음으로 불법을 시행하여 살생을 금했으며, 536년 건원(建元)이란 연호를 제정해 사용하기 시작함.

▷ **姚秦**(요진) : 중국 남북조시대에 요장(姚萇)의 진나라에서 불법을 매우 숭상 하였다.

불국사에서 세번을 만나

그대 위해 초제 경계 찾아드니
솔 사이 붉고 푸른 빛 겹겹한데
푸른 산 중턱으로 비 지나고
저물 녘 절에선 종소리 울리네
스님과 나눈 정담 부드러우나
술잔은 옛정 따라 거나했었지
술에 취해 한 탑상에 쓰러져
마주 대하니 흰 살쩍 더부룩하이.

[출전] : 『佔畢齋詩集·3』『大東詩選·2』『國祖詩刪·4』

작자 金宗直 (김종직 : P 174, 桃李寺 참조)

佛國寺與世蕃話

爲訪招提境	松閒紫翠重
青山半邊雨	落日上方鐘
語與居僧軟	杯隨故意濃
頹然一榻上	相對鬂鬔鬆。

어구풀이

▷ 佛國寺(불국사) : 경북 경주시 진현동 토함산 소재 사찰. 신라 법흥왕 27년(540)에 초창되었고, 진흥왕 36년(575)에 재창되었다. 경덕왕 10년(751) 재상 김대성(金大城)이 국가의 부흥과 부모의 명복을 빌기 위하여 여러 전당과 요사채 70여 채와 석가탑과 다보탑, 청운교, 백운교 등 27 석조물을 지어 3창하였다. 당시 건물만 2천 여 칸이 넘는 거대한 사찰이었다. 진성여왕 1년(887)에 4창하였고, 고려 현종 15년(1024)에 5창했으며, 충선왕 4년(1312)에 6창, 세종 18년(1436)에 7창, 성종 21년(1490)에 8창, 중종 19년(1564)에 9창, 인조 1년(1623)에 10창, 효종 1년(1650)에 일진수좌가 중수하였다. 효종 10년(1659)에 11창하였고, 고종 32년(1895)에 반란군이 방화하여 불에 타버리고, 대웅전과 자하문, 극락전, 범영루와 요사채 몇 채만 남았다. 다보탑은 높이 33척의 솜씨가 세련되어, 중국과 일본 등지에서 유례를 찾아볼 수 없는 동양 석조 건물의 명품이다. 석가탑은 높이 21척으로 신라 때 일반형 3층 석탑이다. 다보탑(국보 84호)과 석가탑(국보 85호), 사리탑(국보 86호), 연화교와 칠보교(국보 87호), 청운교와 백운교(국보 88호), 석굴(국보 89호), 금동아미타여래좌상(국보 97호), 금동비로자나불좌상(국보 96호) 등이 있다.
▷ 世蕃(세번) : 조선 전기 문신 김수창(金守昌 : ?~1481)의 자(字).
▷ 松閒(송간) : 소나무 사이. ‘閒’은 ‘間’과 통용.
▷ 紫翠(자취) : 붉고 푸름. 곧 단풍잎과 푸른 소나무가 겹겹임.
▷ 半邊雨(반변우) : 한 쪽만 비가 내림.
▷ 故意(고의) : 옛정. 구정(舊情). 구의(舊誼).
▷ 鬂鬔鬆(빈봉송) : 귀밑머리가 허술하게 풀어진 모양.

불국사에서

오늘 날 불국사 쓸쓸하다만
그래도 이 땅의 웅장한 가람일세
펄럭이는 깃발 굽이굽이 길로 뻗었고
숲속의 햇살은 탑 너머로 붉게 어렸네
독경 소리 다하자 법어 소리 우렁차고
저녁이 가까우니 범종소리 하늘을 채운다
서리 내린 뒤뜰에 핀 국화꽃이
홀로 말세의 풍속을 이기고 섰도다.

[출전] : 『石顚詩鈔』

작자 朴漢永 (박한영 : 1870～1948)

　　조선 말기 승려. 호는 영호(暎湖)·석전(石顚). 본명은 정호(鼎鎬), 한영은 속명. 19세
에 전주 태조암에서 출가함. 1896년 구암사·백양사·법주사·화엄사·범어사 등에서
불법을 강의하고, 조선불교월보사·불교전문학교 교장 등 역임. 만년을 내장사에서 보
냄. 저 『석전시초』 『석림수필』 『석림초(石林抄)』 등.

佛國寺

蕭條今佛國　　在今最神雄
幢影侵蹊曲　　林暉背墖紅
經疎僧語硬　　夕近鍾飯空
霜後中庭菊　　獨凌衰俗風。

어구풀이

▷ 蕭條(소조) : 쓸쓸하고 한적한 모양.

▷ 在今(재금) : 오늘날에 이르기까지.

▷ 神雄(신웅) : 신이하고 웅장함.

▷ 幢影(당영) : 깃발의 그림자. 사찰에서 기도나 법회 등 의식이 있을 때 내거는 깃
발. 본디는 왕이나 장군의 의위(儀衛)나 군기(軍旗)에서 마군(摩軍)에 대한 법왕
(法王)의 상징으로 불·보살의 장식으로 되었다. 용이나 보주를 상단에 대고, 피
리에 매달아 당내의 기둥에 건다. 장방형의 당신(幢身)의 양면에 간격을 두고, 8개
내지 10개, 아래쪽에 4개의 비단실을 붙이고, 불상(佛像) 등을 자수함.

▷ 背墖(배탑) : 탑을 등지고. 탑 뒤로.

불국사에서

고찰이 우뚝 솟아 하늘에 닿을 듯하고
천년의 지난 일들 이미 처량키만 한데
돌 감실은 무너져 그윽한 길가에 묻혔고
구리 목탁소리만 뎅그랑 석양에 울리네
옛 고로들 이제도 여왕의 일을 말하고
해묵은 종엔 여전히 '당황'이라 쓰여있네
낮은 비석 어루만지며 이윽히 섰어도
벗겨지고 이끼 껴 글자 반이나 거칠구나.

[출전] : 『四佳詩集補遺 · 3』『輿地勝覽 · 21』

작자 徐居正 (서거정 : P 116, 金剛寺 참조)

佛國寺

舊刹岧嶢接上蒼　　千年往事已凄凉
石龕零落埋幽徑　　銅鐸丁當語夕陽
遺老至今談女王　　古鐘依舊記唐皇
摩挱短碣移時立　　剝落苺龍字半荒。

어구풀이

▷『여지승람』에는 경주 불국사조에 실렸고,『사가시집보유』에는「경주12영慶 州十二詠] 중 [영묘구찰靈妙舊刹]이란 제목으로 수록됨.

▷ 岧嶢(초요) : 산이 높은 모양.

▷ 上蒼(상창) : 높은 창공. 하늘.

▷ 石龕(석감) : 석실. 감실.

▷ 埋幽徑(매유경) : 그윽한 길에 묻히다. 이백(李白)의「금릉 봉황대에 올라 登金陵鳳凰臺」에 "오나라 왕궁의 아름다운 꽃길 그윽한 잡초에 묻혔고, 진대의 화려한 문물 옛 무덤이 되었네.(吳宮花草埋幽徑 晋代衣冠成古丘)"라는 용례가 있다. 곧 신라 천년의 찬란한 불교문화, 그 퇴락의 현장감을 노래함.

▷ 丁當(정당) : 옥 같은 것이 서로 부딪쳐 나는 소리. 정동(丁東).

▷ 女王(여왕) : 신라 27대 선덕여왕(宣德女王 : 제위 632~ 647)을 칭함일 듯. 선덕여왕의 휘는 덕만(德曼). 호 성조황고(聖祖皇姑). 선덕은 시호. 진평왕이 후사 없이 죽자 백성들의 추대하여 옹위함. 634년(왕 3) 인평(仁平)으로 개원(改元)하고, 647년 비담(毗曇) 염종(廉宗) 등 이 여왕의 무능을 구실로 모반함. 선린 및 외정(外政)에는 치적이 없으나, 내정은 구휼에 힘쓰는 등 민생을 향상시켰으며, 당나라의 선진 문화를 수입, 특히 자장법사(慈藏法師)를 보내 불법을 들여오고, 황룡사 구층탑, 첨성대 건립 등 업적을 남겼다.

▷ 唐皇(당황) : 당나라 황실. 대당제국의 창업을 기념함.

▷ 摩挱(마사) : 손으로 문지름. 손으로 어루만짐.

▷ 移時(이시) : 이윽히. 시간이 자못 오랜 후.

▷ 苺龍(매룡) : 이끼가 우거져 덮은 모양.

▷ 剝落(박락) : 벗겨져 떨어짐.

불국사에서

뜰 가득한 늙은 소나무는 새벽에도 푸르고
단풍잎은 사람을 맞아 서늘한 기운 보내주네
한 시대 하늘에서 내린 꽃은 진정 복된 땅이려니
백년 세월 가을 풀은 저녁 햇살 속으로 드네
귀신이 함께 지켜주어 높은 전각은 남았고
용과 코끼리가 다투어 나아가 부처님을 받드네
남겨진 감실로 여왕의 공업이라 자랑하지 말라
옛 도성의 종묘사직은 이미 덤불로 황폐하구나.

[출전]:『西川集』『輿地勝覽·21』

작자 魚世謙 (어세겸 : 1430~1500)

　　조선 전기의 문신. 자 자익(子益), 호 서천(西川). 문종 1년(1451)에 생원이 되고, 세조 2년(1456)에 동생 세공과 동방으로 식년문과에 병과로 급제. 1479년 명나라에 사신으로 가 외교적 성공을 거두고 돌아오면서『오륜서』와『국자감통지』등 귀중한 서책을 들여왔다. 1498년 무오사화 때에는 사초 문제로 탄핵을 받아 좌의정에서 물러나면서 부원군으로 진봉되고 궤장을 하사받음. 1483년 서거정·노사신 등과『연주시격』과『황산곡시집』을 번역했으며, 1490년 임원준 등과「쌍화점」과「이상곡」등의 악사를 개찬함. 저서『서천집』. 시호 문정(文貞).

佛國寺

滿庭松檜曉蒼蒼　　楓葉迎人解送凉

一代天花眞福地　　百年秋草入斜陽

鬼神共護餘高殿　　龍象爭趨奉覺皇

莫把遺龕誇女主　　古都宗社已榛荒。

어구풀이

▷松檜(송회) : 소나무.

▷蒼蒼(창창) : 빛이 무성하고 검푸른 모양. 하늘이 개여 맑은 모양.

▷爭趨(쟁추) : 다투어 나아감.

▷覺皇(각황) : 부처의 이칭. 각왕(覺王)

▷龍象(용상) : 불경에서 "물에는 용이 제일 크고, 육지에서는 코끼리가 크다."고 하
여 뛰어난 제자를 일컬어 용상이라 한다.
이인로(李仁老)의 「네 벗에게增四友倣樂天」 중 그 4에 "지둔도 안석과 종유했고,
포조도 혜휴를 아꼈지 않나. 예로부터 고승의 무리들, 수시로 거유와 노닐었다네.
(支遁從安石 飽照愛惠休. 自古龍象流 時與麟鳳遊)" <삼한시귀감 · 상>의 용례가
있음.

▷遺龕(유감) : 남은 감실.

▷誇女主(과여주) : 신라 불교 중흥에 기여한 선덕여왕(宣德女王)의 공업이라 과찬
하지 말라. 서거정의 앞 시 「佛國寺」주 '女王' 참조.

▷宗社(종사) : 종묘(宗廟)와 사직(社稷). 왕실과 국토.

▷榛荒(진황) : 가시덤불이 우거지고 황폐화함.

또 불사의방장을 제재로 쓰다

무지개 같은 사다리 길 발밑에 뻗쳤는데
몸을 틀어 곧장 일만 길 아래로 내려가네
도덕 높은 스님은 벌써 가고 자취조차 없는데
낡은 집을 누가 지켜 오히려 옛 모습 그대로세
장륙불상은 어느 곳을 좇아 헌신 하시는가
대천세계는 오히려 이 속에 감출 만 하구나
완산의 아전에 숨어 욕심을 잊은 나그네
손 씻고 한 조각 향을 사르러 오네.

[출전] : 『東國李相國集 · 9』『輿地勝覽 · 34』

작자 李奎報 (이규보 : P 106, 大谷寺 참조)

又題不思議房丈

虹蝀危梯脚底長	回身直下萬尋强
至人已化今無迹	古屋誰扶尚不僵
丈六定從何處現	大千猶可箇中藏
完山吏隱忘機客	洗手來焚一瓣香。

어구풀이

▷ **不思議房丈**(불사의방장) : 전북 부안군에 있던 사찰. 진표(眞表) 스님이 주석하던 곳으로, 1백 척 높이의 나무 사다리가 있었다 함.
　『동국이상국집』권 9 고율시편 본 시 「병서」에 "불사의방장은 옛날 진표율사가 살면서 수진한 곳이고, 어머니 지장현신이 수계한 곳이다. 나무사다리가 백 척이나 솟아 있고, 사다리를 따라 내려가면 바로 방장에 이르게 되는데, 그 아래는 헤일 수 없는 계곡이다. 철사로 그 집을 이끌어 바위에 못질했으므로 세상 사람들이 바다 용이 만든 것이라 한다.(不思議房者 昔眞表律師 居修眞 而慈氏地藏顯身 授戒之所也. 有木梯 高數百尺, 緣梯而下 乃得至於方丈. 其下則 皆不測之壑也. 以鐵索引其屋 錠之於巖. 俗傳海龍之所爲也.)"라 했다.
▷ **虹蝀**(홍촉) : 무지개가 짙음. 짙은 무지개. 그 그림자가 '다리 밑으로 길게 드리워졌다 「脚底長」'함은 마치 박인범(朴仁範)의 "등불은 반딧불인 양 아스란 절에 비추고, 사다리길[棧道] 무지개인 양 바위문에 다다랐네.(燈撼螢光明鳥道 梯廻紅影到嵓扃)" <삼한시귀감·중> 라는 용례가 있다.
▷ **至人**(지인) : 도덕이 지극한 경지에 오른 사람. 곧 진표 스님.
▷ **丈六**(장륙) : 1척 6장의 불상.
▷ **大千**(대천) : 일대삼천세계(一大三千世界). 수미산을 중심으로 하여 사방에 4대주(大州)가 있으며, 그 바깥 주위를 대철위산(大鐵圍山)이 둘러싸고 있는 거대한 공간. 이것을 1세계, 또는 1사천하(四天下)라 한다. 사천하를 천 개 합한 것이 1 소천세계(小千世界)이고, 소천세계를 천 개 합한 것이 1 중천세계가 된다. 중천세계를 천 개 합하면 1 대천세계가 되고, 1 대천세계에는 다시 소천·중천·대천 세 종의 천이 있어 이를 1대 3천세계, 3천 대천세계라 이른다.
▷ **忘機客**(망기객) : 일체의 기미를 잊은 나그네. 곧 시적 주체.

불일암 인운스님께

절이 흰 구름 속에 잠겼는데
백운이라, 스님은 쓸지 않네
나그네 이르자 그제 사립문 여니
온 산의 송화, 하마 다 쇠었다네.

[출전] :『蓀谷集·5』『芝峰類說』

작자 李達 (이달 : ?~?)

　1500년대 시인. 자 익지(益之), 호 손곡(蓀谷)·동리(東里). 박순의 문인으로 일찍부터 시재가 있었으나, 서얼 출신으로 전문시인의 길로 전념해서, 최경창·백광훈과 함께 삼당(三唐)의 칭을 받음. 서예에도 조예가 깊었음. 저『손곡집』.

佛日菴 贈因雲釋

寺在白雲中　　白雲僧不掃
客來門始開　　萬壑松花老。

어구풀이

▷ **佛日菴**(불일암) : 경남 진주 소재 사창. 쌍계사와 10여 리 사이.
▷ **客來**(객래) : 객(나그네·시적 주체)이 찾아옴.

☞ 자하 신위는 그의 「동인논시절구」 35수, 그 17에서 "삼당(三唐)의 학당(學唐)은
김정(金淨)으로부터 비롯되었다(才擅三唐崔白李 溯源風調始冲庵)"며 김정의 「강
남시」, 이달의 「호사승권차운」 등을 합평한 바 있다.

才擅三唐崔白李　　재주가 뛰어난 삼당파 최·백·이
溯源風調始冲庵　　학당의 풍조는 김정에서 비롯됐다
後來深院孤竹句　　뒷사람의 '깊은 절, 외로운 배' 句는
突過杏花微雨簾。　'가랑비에 살구꽃 주렴에 지다'보다 낫다.

<申紫霞·5>

불지암에서

나그네가 와 하룻밤 묵는데
맞고 보낼 줄 아는 사람 없네
산세는 가장 좋은 땅을 둘렀고
스님들 대승의 경전을 읊조리네
시냇물은 언제나 마를 건가
연등은 밤새워 빛을 밝히는데
속세에서 꾸던 물거품 같고 허황된 꿈
여기 와 비로소 깨는 줄 알겠네.

[출전] : 『安齋集』『續東文選 · 6』『輿地勝覽 · 47』

작자 成任 (성임 : P 242, 白蓮寺 참조)

佛地庵

有客來投宿　　無人解出迎
山圍最長地　　僧誦大乘經
澗水何時歇　　篝燈徹夜明
塵中泡幻夢　　還向此中醒。

어구풀이

▷ **佛地庵**(불지암) : 표훈사에 딸린 암자. 신라 문무왕 6년(666) 의상 대사가 창건. 1807 년(순조 7) 김조순(金祖淳)의 보시로 중수, 1932년 화응 형진(華應 亨眞) 스님이 중수하였다. 불지암(佛知庵), 또는 불지암(佛池庵)이라고도 부른다.

▷ **篝燈**(구등) : 우리를 만들어 씌운 등. 연등의 일종.

불지암에서

외로운 구름 깎아지른 절벽을 넘고
낙엽 지는 소리 소슬히 들려오누나
스님은 정히 뵙고자 찾는 이 없고
바람이 번득 불경의 책장을 넘기네.

[출전] : 『陶庵集』『大東詩選』

작자 　李縡 (이재 : 1606~1657)

　　조선 중기의 문신. 자 제백(濟伯), 호 쌍계(雙溪). 인조 16년(1638) 정시문과 급제. 효종 원년(1649) 호남지방 암행어사를 거처 이듬해 집의가 됨. 1653년 홍문관교리 역임. 산수와 악기[雅]를 즐겼다 함.

佛地菴

孤雲度絶壑　　落木響蕭疎
僧定無人見　　風飜貝葉書。

▷ **蕭疎**(소소) : 나뭇잎 따위가 드문드문하고 쓸쓸함. 두시에 "꽃받침이 오히려 쓸쓸하다(花萼尙蕭疎)"라 있다.

▷ **無人見**(무인견) : 뵙고자 찾는 사람이 없음.

▷ **貝葉**(패엽) : 패다라엽(貝多羅葉)의 준말. 인도산 다라수 잎. 경문을 쓰는 데 사용되었다 함.

비슬산 승사에서

속세의 나그네는 먼 길을 달려왔는데
덕 높은 스님은 작은 정자에 누워 있네
구름은 아침저녁으로 희게 피어오르고
산 빛은 예나 지금이나 제냥 푸르구나
지난 날 선업으로 적송자를 쫓다가
나그네로 노는 것 신령에 부끄럽네
은근히 시냇물 길어다가
한 줌 인삼과 복령을 넣고 다리네.

[출전] : 『陶隱先生詩集·2』『與地勝覽·27』

작자 李崇仁 (이숭인 : P 78, 開天寺 참조)

題毘瑟山僧舍

俗客驅長道　　高僧臥小亭

雲從朝暮白　　山自古今靑

往事追松子　　羈遊愧地靈

殷勤汲澗水　　一掬煮蔘苓。

어구풀이

▷ **毘瑟山僧舍**(비슬산승사) : 비슬산은 경북 대구시 소재 산 이름으로 일명 포산(苞山)이라고 하며, 승사의 구체적 이름은 밝히지 않았다.

▷ **往事**(왕사) : 지난날의 일. 곧 적송자를 따르는 신선 수업. 허황된 신선수양(神仙修養).

▷ **羈遊**(기유) : 말을 타고 산수를 노님. '왕사(往事 : 과거)'에 대한 '기유(羈遊 : 현실)'이라는 시간적 대.

▷ **追松子**(추송자) : 적송자(赤松子)를 쫓음. 곧 미망으로 허송함. 적송자는 신선의 이름으로, 신농씨(神農氏) 때의 우사(雨師)라 함.

▷ **蔘苓**(삼령) : 인삼과 복령.

사자암에서 아침에 일어나 읊다

아침 일찍 수정봉에 오르고
저녁 무렵 사자암 북소리 듣네
종이이불 새벽 한기 오싹 돌고
스산한 온 산 가을비 기운일세
흰 구름 창틈으로 날아들고
붉은 단풍 옷깃에 모여 드네
발길 장차 이 명산 떠나게 되리니
산이야 곧 어찌 이별의 정리 알랴.

[출전] : 『韶護堂集·2』

작자 金澤榮 (김택영 : 1850~1927)

한말 학자. 자 우림(于霖), 호 창강(滄江)·소호당주인(韶護堂主人). 1891년(고종 28)에 진사가 되고, 1894년 편사국주사, 1895년 중추원 서기관 겸 내각 기록국 사적과장 역임. 광무 7년(1903) 홍문관 찬집소에 보직하며 『문헌비고』 속찬위원, 1905년 학부편집위원이 되었으나 사직하고, 을사보호조약이 체결되자 국가의 장래를 통탄하다, 1908년 중국으로 망명, 통주에 살면서 학문과 문장수업으로 여생을 보냄. 저 『소호당집』『韓國小史』『韓史綮』『校正三國史記』『崧陽耆舊傳』 등.

獅子菴_{朝起有吟}

朝登水晶峰	暮聽獅子鼓
紙被曉生寒	蕭蕭滿山雨
白雲窓裏飛	紅葉衣邊聚
行且別名山	山寧知別苦。

어구풀이

▷ 獅子菴(사자암) : 금강산 정양사 부근에 있는 돌의 모양을 본 따 지은 암자의 이름. 『여지승람』에 의하면, 정양사 부근에 "지불암 · 금장암 · 선주암 · 신림사 · 천진암 · 수선암 · 개심암 · 묘덕암 · 천덕암 · 원통사 · 천불암 · 사자암 · 묘봉암 · 삼장사 등" 수많은 사찰과 암자가 있다 함.

▷ 獅子鼓(사자고) : 사자암에서 울려오는 북소리.

▷ 紙被(지피) : 종이 이불. 이제현의 「산중설야」에 "종이 이불 한기 돌고 불등도 침침한데, 동자승은 한밤 내내 종도 치지 않는구나.(紙被生寒佛燈暗 沙彌一夜不鳴鍾)"라 했다.

▷ 且(차) : 곧. 장차. 가까운 미래.

▷ 別名山(별명산) : 이 이름난 산을 떠남. 시적 주체가 망명을 결심하고 조국 강산을 유람하는 심경의 피력일 듯. 김상헌이 고국을 떠나며 노래한 시조 "가노라 三角山아 다시 보자 漢江水야. 故國山川을 써ᄂ고쟈 ᄒ랴마는, 時節이 하殊常ᄒ니 올동 말동ᄒ여라" <병와가곡>이라는 충정에 비할 수 있다.

▷ 寧知~(영지~) : 어찌 ~을 알 것인가. 모르리라.

삼화사에서, 3수

[1]

벽을 마주한 스님 잣나무에 참례하고
누대에 오른 나그네 꽃떨기를 대했네
서로 불러 서강 달에 함께 취해나 보세
바람에 털이개 떨치는 것만 대단한 것 아니지.

[출전] : 『濟亭先生文集·1』

작자 李達衷 (이달충 : ?~1385)
　고려 말 유학자 문신. 자 지중(止中). 호 제정(濟亭). 충숙왕 때 문과에 급제하여 성균관 좨주, 공민왕 때 감찰대부 역임. 우왕 11년(1385) 계림부원군에 봉해짐. 저서 『제정집』. 시호 문정(文靖).

三和寺 題詠 三首

[一]

面壁禪僧參柏樹　　登樓客子對花叢
相呼共醉西江月　　未要徒揮一塵風。

어구풀이

▷ **參柏樹**(참백수) : 측백나무에 참례함. 선교를 중국에 처음으로 전파한 달마대사에게 '무슨 까닭으로 중국에 왔는가?'라고 당나라 선사(禪師)인 조주(趙州)가 물으니, 그는 '뜰 앞 측백나무[庭前柏子樹]'라고 대답했다. 그 뜻은 '측백나무까지 제도하려고 왔다'는 뜻이다. 그러므로 여기에 그 승도 달마대사가 제도하려는 측백에 참례하기 위해 승이 되었다는 뜻. 위 시는 {삼척팔경} 중 삼화사 스님과의 수작[격장 호승隔墻呼僧]이다.

석왕사에서

한 번 절간에 드니 문득 티끌세상 끊어져
이 마음 나 또한 출가승 같구나
쏟아지는 폭포소리 장광설처럼 화답하고
이끼 낀 돌 모아진 산 깎은 듯한 가람 터
늙은 나무 꽃을 피워 맑고 조요롭기도 한데
그린 듯한 다리 흰 모습 정녕 달이 혼을 전하는 듯
행랑을 따라 임금 자취 생각하니
부처 힘과 하늘마음으로 나 같은 신하를 돌보는구나.

[출전] : 『警修堂全藁·74』『申紫霞詩集·6』

작자 申緯 (신위 : P 100, 觀寂寺 참조)

釋王寺

一入禪門便絶塵　　是心吾亦出家人
飛泉響答廣長舌　　老樹花開淸淨身
苔石聚爲山削面　　畫橋彎似月傳神
循廊曠感興王跡　　佛力天心眷世臣。

어구풀이

▷ 釋王寺(석왕사) : 함경도 흥원 소재 사찰. 주지 무학대사가 이성계의 꿈을 풀어 왕
  이 될 것을 예언했다함. 1) 꿈에 서까래 3개를 지고 고생함. = 王. 2) 꿈에 꽃이 떨
  어짐[落花]. = 결실. 3) 거울이 깨짐. = 명령.
▷ 廣長舌(광장설) : 불가어 장광설(長廣舌). 32상(三十二相)의 하나. 부처님의 대중
  설법을 비유한 말.

석왕사에서

나라 일로 삼천리 길, 오가기에 바빴고
호사스런 술자린 그 몇 군데나 거쳤던가
예 오자 요사스런 생각 다 사라지나니
호탕한 지난 날 행동 너무 미쳤던 게야
새벽 종소리에 노래 듣던 귀 깨끗이 가셨고
저녁 차 고기 먹은 창자 말끔히 씻어내누나
절간 이불 빌려 한 숨 자고 나자
산에 가득한 솔바람 꿈속까지 시원하구나.

[출전] : 『終南叢志』『詩評補遺 · 下』

작자 柳道三 (유도삼 : P 90, 고란사 참조)

釋王寺

三千官路往來忙　　到底繁華閱幾場

即此機心還寂寞　　從前豪興太顚狂

晨鐘洗盡笙歌耳　　晚茗清開酒肉腸

暫借蒲團成一睡　　滿山松籟夢中凉。

어구풀이

▷ 官路(관로) : 공무로 다니는 행차 길. 어명을 수행하는 행차 길.

▷ 往來(왕래) : 『시평보유』에는 '去來'로 표기됨.

▷ 到底(도저) : 드디어. 마침내. 결국. 필경.

▷ 閱(열) : 『시평보유』에는 '問'으로 표기됨.

▷ 即此(즉차) : 『시평보유』에는 '即北'으로 오기됨.

▷ 機心(기심) : 기회를 보고 움직이는 마음. 책략을 꾸미는 마음. 무엇이 되고자 기획하고 꾸미는 마음, 혹은 작위.

▷ 從前豪興(종전호흥) : 지난 날 과했던 호방함과 흥취. 『종남총지』 제 25화에 의하면 "유도삼의 호는 자하옹이다. 일찍이 어명으로 북관에 가 기생집을 두루 찾아다니다가, 돌아오는 길에 안변 석왕사에 들려 율시 한 수를 짓기를 '--- 본시 생략---'. 그 번화한 지경을 훌훌 떨고 나서서 청한한 생각이 시흥과 한데 어울려 이렇게 시원한 말이 나오게 되었으니, 그 재격의 고상함을 가히 알만 하다.(柳道三 號紫霞翁. 嘗奉使北關 遍遊花酒場, 還到安邊釋王 寺賦一律曰 '---본시 생략---. 脫灑繁華之 境界 剩得淸閑之意趣 詩興紳會 發語蕭爽, 才格之不凡 可知矣.)"라 했다.

▷ 洗盡(세진) : 『시평보유』에는 '淨洗'로 표기됨.

▷ 笙歌耳(생가이) : 생황과 노래 듣던 귀. 곧 온갖 악기와 노랫소리 듣던 귀. 풍류에 잠겨 있던 세속적 삶.

▷ 晚茗(만명) : 저녁 공양 후 마시는 차.

▷ 一睡(일수) : 『시평보유』에는 '一寢'으로 표기됨.

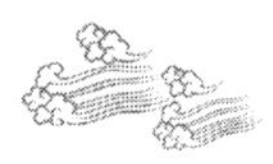

석천사에서 달뜨기를 기다리며

(1)

서서히 달이 나올 듯 아니 나오더니
사람 머리인 양 서편 마루 밝아오고
마치 솔바람이 재촉이나 한 듯
시내 바위엔 가을바람 이는구나.

[출전] : 『三淵集 · 2』

작자 金昌翕 (김창흡 : P 306, 本耳庵 참조.)

石泉寺待月

[一]

舟舟月生未　　人首西嶺白

松風如有催　　蕭瑟澗中石。

▷舟舟(염염) : 부드럽게 드리운 모양. 시간 같은 것이 부단히 흐르는 모양. 향기 나
　는 모양.

▷如有催(여유최) : 마치 재촉이나 한 듯.

석천사에서

구름 가의 사찰 우뚝한 봉우릴 눌렀는데
섬돌 밟고 벼랑을 더위 잡으며 올라 찾았네
바위에 자란 대나무 바람맞자 푸른 옥 두드리고
시냇가 소나무 달과 어울려 황금빛을 반짝이네
코끼리 향로에서 핀 연기는 엉켜 안개가 되고
용 발우에서 흐른 진액 흩어져 장마비 되었네
한 밤에 문득 나그네가 그윽한 꿈에서 깨니
돌 끝에 듣는 빗소리 거문고 퉁긴 듯 울리네.

[출전] : 『輿地勝覽 · 39』

작자 金克己 (김극기 : P 56, 伽智寺 참조)

釋天寺

雲頭梵舘壓巍岑　　蹋磴攀崖一往尋

岩竹倚風敲綠玉　　澗松和月碎黃金

象爐噴氣凝成霧　　龍鉢流津散作霖

中夜忽驚幽客夢　　石端飛溜響鳴琴。

어구풀이

▷釋天寺(석천사) : 전북 장수군 영추산에 있던 사찰.

▷梵舘(범관) : 사찰. 산사.

▷綠玉(녹옥) : 푸른 옥. 곧 바람에 갈리는 푸른 댓잎소리.

▷作霖(작림) : 장마비가 됨.

▷飛溜(비류) : 좍좍 흘러내리는 낙수 물.

선사사에서

우연히 선사사에 이르니
바위 스산하고 솔 계수나무 가을 맞았네
학은 신라 때의 일산을 펼치고
용은 부처의 마니주를 받들었네
보슬비 내리는데 중은 납의를 깁고
차가운 강물에는 길손이 노를 젓네
외론 구름 풀밭에서 전자로 피어나고
바람 소리 못 머리에 가득하구나.

[출전] : 『續東文選·6』『國朝詩刪·4』『大東詩選·2』

작자 金宗直 (김종직 : P 174, 桃李寺 참조)

仙槎寺

偶到仙槎寺　　巖空松桂秋
鶴飜羅代盖　　龍蹴佛天毬
細雨僧縫衲　　寒江客掉舟
孤雲書帶草　　獵獵滿池頭。

어구풀이

▷仙槎寺(선사사) : 경북 달성군 마천산. 곁에 최치원의 세연지가 있었다 함.
▷佛天毬(불천구) : 부처님의 마니주를 미칭한 말일 듯.
▷書帶草(서대초) : 풀밭에서 전자(篆字)처럼 피어오름.
▷獵獵(엽렵) : 바람이 부는 모양. 또는 그 소리.

선암사에서

고즈넉한 산골짜기의 절간이요
쓸쓸한 숲 아래 머문 스님일세
마음의 티끌 깨끗이 씻어 떨구었고
지혜의 물 정녕 맑게 고여 있구나
8천 성인들에게 큰절을 올리니
담담한 사귐은 삼요의 벗일세
내 와 들끓는 번뇌 삭히노라니
옥병 속 찬 얼음 대한 듯하네.

[출전] : 『輿地勝覽·40』

작자 金克己 (김극기 : P 56, 가지사 참조)

仙巖寺

寂寂洞中寺　　蕭蕭林下僧

情塵渾擺落　　智水正澄凝

殷禮八千聖　　淡交三要朋

我來消熱惱　　如對玉壺冰。

어구풀이

▷仙巖寺(선암사) : 전남 승주군 쌍암면 죽학리 조계산 소재 사찰. 백제 성왕 7년
(529) 아도(阿度) 스님이 처음 열어 비로암이라 불렀고, 신라 말기에 도선국사가
창건하여 선암사라 칭했다. 고려 선종 9년(1092) 대각국사가 중건하였고, 임진왜
란 때 불탄 것을 현종 1년(1660)에 중건하였다. 뒤에 다시 불탔는데, 영조 42년
(1766) 상월, 서악 두 스님이 중건하였고, 순조 25년(1852) 해붕, 익종 스님이 중건
하였다. 현존 건물은 불각 9채, 당료 25채, 누문 등 65 동이 있다.

▷蕭蕭(소소) : 쓸쓸한 모양. 송강 정철의 「산사에서 밤에 읊조린山寺夜吟」 시에 "우
수수 지는 나뭇잎 소리/ 성근 빗방울소리로 그릇 알고/ 동자승 불러 나 보랬더니/
시냇가 나뭇가지에 달만 둥그렇다.(蕭蕭落木聲 錯認爲疎雨 呼僧出門看 月掛溪
前樹)" <松江續集>라는 용례가 있음.

▷情塵(정진) : 마음의 때.

▷殷禮(은례) : 은근한 예. 큰 예.

▷八千聖(팔천성) : 색계 무색계의 수많은 성인[부처님]. 혹 '八天聖[색계의 四禪天과
무색계의 四空處]과 동의어일까 한다. <불교대사전>

▷三要(삼요) : 삼학(三學). 곧 계(戒)·정(定)·혜(慧)를 말함. <般泥洹經> 세 가지
의 중요한 것. 일설에는 본질[체]·현상[相]·작용[用]의 세 가지라고 말해짐. <불
교대사전>

▷熱惱(열뇌) : 들끓는 번뇌. 세속적 욕망 등.

선운사에서

숲과 봉우리가 앞뒤 사방을 둘렀는데
한 무리 선방은 맑은 거처를 그린 듯
벼슬자리 높은 것을 어찌 자랑하겠는가
현묘한 기틀로 부처님 진리를 엿보고자 하네
폭포소리 옥 부수는 듯 단풍든 골짜기 울리고
산색은 소라를 모은 듯 푸른 하늘에 솟았구나
자리에 조용히 마주앉았으니 옥 먼지 날리는데
맑은 바람 문득 담소 나누는 가운데 일어나네.

[출전] : 『輿地勝覽・36』

작자 金克己 (김극기 : P 56, 伽智寺 참조)

禪雲寺

林巒表裏四縈紆　　一簇天堂寫淨居
紫綬何須誇若若　　玄筌只欲覷如如
瀑聲碎壁鳴丹壑　　山色撰螺湧碧虛
對榻從容飛玉塵　　清風忽起笑談餘。

어구풀이

▷ 禪雲寺(선운사) : 전북 고창군 아산면 삼인리 도솔산 소재 사찰. 신라 진흥왕때 초창되어 중애사(重愛寺)라 하였다. 성종 3년(1472)에서 성종 14년(1438)까지 행호(行手) 스님이 중창하였다. 선조 30년(1597) 병화로 불타고, 광해군 5년(1613)부터 일관(一寬) 스님이 중수했으며, 헌종 5년(1839)에는 홍수로 파괴되었다가 찬성, 의홍 두 스님에 의해 중건되었다. 금동보살좌상(국보 427호)이 있다.

▷ 表裏(표리) : 겉과 밖. 안팎.

▷ 四縈紆(사영우) : 사방으로 얽혀 빙 두르다.

▷ 天堂(천낭) : 하늘 집. 선계. 여기서는 불 사찰. 선방.

▷ 紫綬(자수) : 자주 빛 인끈. 곧 높은 벼슬.

▷ 若若(약약) : 이만함. 이러이러함. 자기 과시적 언사.

▷ 如如(여여) : 틀리지 않은 모양. 참된 모습. 진여(眞如). 불가의 본 뜻은 '그렇게 있는 것'의 뜻. 진실의 모습. 생멸변화(生滅變化)하지 않는 것.
　오법(五法) : 명(名 · 상(相 · 망상妄想) · 정지(正智) · 여여(如如)의 하나. 진여(眞如)의 다른 이름.

▷ 碧虛(벽허) : 푸른 허공. 하늘. 벽락(碧落).

▷ 玉塵(옥진) : 아름다운 먼지라는 뜻으로, 눈[雪]을 일컫는 말.

선운사에서

묵은 길 숲 사이로 뚫리고 돌길 메말랐는데
첩첩산봉에 안긴 절 물길 빙 둘러 흐르네
양 언덕 꽉찬 나무 숲 바람 자리에 이르자
잠시 시내 누각에 올라 한바탕 크게 웃노라.

[출전] : 『輿地勝覽 · 36』

작자 **尹珍** (윤진 : ?~?)

　고려의 문신. 우왕 8년(1382) 판후덕부사(判厚德府使)로 지공거 안종원(安宗遠)과 함께 동지공거가 되어 유량(柳亮) 등 33명의 진사를 선발, 1386년 찬성사로 밀직부사 이희번(李希蕃)과 함께 명나라 사신으로 파견되어 세공을 삭감해 준데 대해 사례함. 1388년 문화찬성사가 됨.

禪雲寺

古徑穿林石磽确　　層巒擁寺水沿洄
兩岸樹密風生榻　　暫上溪樓一笑開。

어구풀이

▷ 穿林(천림) : 숲을 뚫다. 숲을 뚫고 난 오솔길.

▷ 磽确(교각) : 돌이 많은 메마른 땅. 척박한 땅. 돌이 많은 모양.

▷ 沿洄(연회) : 사찰을 빙 돌아 흐름. 수사환(水四環). 참정(參政) 박인량(朴寅亮)의 「사송과사주구산사使宋過泗州龜山寺」시에 "모나고 야릇한 바위 산을 이뤘고, 그 위에 절 있어 사방엔 물이 둘렀네.(巉嵓怪石疊成山 上有蓮坊水四環)"가 있다.

선원사 청원루 시운을 따라 짓다

애써 오르지 않아도 마음 활짝 트이나니
온 들은 삼밭이요 바다는 마실 앞 내인 양
아침결 지나는 배는 보란 듯 뱃고동 울리고
저녁 무렵 연기 오르는 초가집 어디쯤인가
들이 산을 안은 듯, 산이 들을 안았고
하늘이 물을 삼킨 듯, 물이 하늘 삼켰네
갖가지 빼어난 경개 누가 두루 갖추었나
밝은 창 맑은 상납의 입은 스님 앉았네.

[출전] : 『東文選・14』『東人詩話・上』

작자 釋 達全(석 달전 : ?~?)

1300 년대를 전후해 산 고려 후기의 승려. 생애를 상세히 알 수는 없으나, 시승으로 추측됨. 『동문선』에 6수의 시가 전하고 있다.

禪源寺淸遠樓韻

不費登攀自曠然　　四郊爲圖海爲川
蒲帆朝過有情吹　　茆棟晚生何處煙
野抱山還山抱野　　天呑水亦水呑天
般般形勝誰家具　　榧兀明窓有毳禪。

어구풀이

▷ 禪源寺(선원사) : 강화도에 있었던 사찰.

▷ 有情(유정) : '정겹게'라는 시적 주체의 정감적 표현.

▷ 野抱山(야포산) : 들이 산을 감싸안음.

▷ 還山抱野(환산포야) : 도리어 산이 들을 감싸 안음. 이른바 회문체나, 서거정은 '말이 다소 억지스럽다'고 이규보의 「흥천사강상우음(興天寺江上偶吟)」과 형군소(邢君紹)의 「영명사부벽루(永明寺浮碧樓)」시와 합평하며 평가했다. 곧 "평장사 이규보의 시에 '푸른 물이 하늘에 닿은 듯, 하늘이 물에 닿은 듯/ 엷은 구름이 안개인 듯, 안개가 구름인 듯'이라 하였고, 전서 형군소의 시에 '먼 산굴이 구름인 듯 구름이 산굴인 듯/ 푸른 하늘이 물인 듯, 물이 하늘인 듯.' 이라 하였고, 스님 달전의 시에 '들이 산을 감싼 듯, 산이 들을 감싸 안은 듯/ 하늘이 물을 삼킨 듯, 물이 하늘을 삼킨 듯'이라 하였다. 선배들이 이러한 표현법을 즐겨 썼는데, 달전의 시는 회문체를 사용하여 말이 다소 억지스럽다.(李平章奎報詩 碧水接天天接水 薄雲如霧霧如雲, 邢君紹시 遠岫似雲雲似岫碧天如水水如天, 僧達全詩 野抱山還山抱野, 天呑水亦水呑天. 前輩好用是語 全 詩幷用回文體 語少牽强)" <동인시화·상>

▷ 般般(반반) : 얼룩덜룩한 모양.

▷ 毳禪(취선) : 납의 입은 선사.

성불암에서

산마루 가팔라 하늘에 오르는 듯하더니
내리막길은 땅 속으로 빠져드는 듯한데
차오르는 숨 절로 나오는 탄성 종일 걷자니
잘 자란 나무숲 참으로 깊고 그윽하구나
충충이 피어오르는 구름 가슴 활짝 트이고
세차게 쏟아지는 물소리 귀를 요란케 하네
신나무 한가을을 일색으로 붉게 물들이고
소나무 구름 위에 떠 만고에 푸르구나
다람쥐 멋대로 이리저리 뛰어다니고
바위는 다툴 듯 험하게 엉버티고 섰네
바닷가를 마주한 성불암에서는
하얀 파도가 눈앞에서 부서진다
하늘이 맑아 해가 뜰 때엔
붉은 빛이 새벽을 불태우지
일렁이는 황금빛 물결들은
분명 희화의 말고삐로구나
금바퀴가 비로소 밖으로 날아오르니
뭇사람들이 한결같이 이를 바라보네
내 그 장관을 다 보고자 하여
숙소에서 누워 한결같이 주시했지
눈은 말똥말똥 선잠도 자지 않고
시를 지어 애오라지 제냥 남기노라.

[출전] : 『安齋集』『輿地勝覽 · 45』

작자 成任 (성임 : P 242, 백련사 참조)

成佛菴

上巓如登天　　下嶺如入地

間關終日行　　林木正深邃

層層雲蕩胸　　洶洶水喧耳

楓染一秋丹　　松浮萬古翠

䠥躅恣騰超　　嵒石爭贔屭

臨海成佛庵　　雲濤眼前萃

天晴日出時　　赤光向曉熾

溶溶萬黃金　　歷歷羲和彎

金輪始飛外　　萬目同一視

我欲窮奇觀　　旅枕時一寄

耿耿猶假寐　　作詩聊自記。

어구풀이

▷ 成佛菴(성불암) : 유점사에 딸린 암자.

▷ 間關(간관) : 길이 험하여 걷기 힘든 모양. 수레가 굴러가는 소리. 새가 지저귀는 소리. 본시에서는 산에 오르는 거친 숨소리·괴성, 혹은 경관에 대한 경이의 탄성 등으로 유추.

▷ 騰超(등초) : 오르내리기도 하고, 깡충깡충 뛰기도 함. 임의로 다님.

▷ 贔屭(비비) : 매우 힘쓰는 모양. 험상궂게 생겨 엉버티고 선 모양.

▷ 羲和(희화) : 요(堯) 임금 때 천문·역상(曆象)을 맡은 희(羲)씨와 화(和)씨. 태양을 실은 마차를 부린다는 여자.

▷ 耿耿(경경) : 마음에 잊히지 아니하여 염려되는 모양. 마음이 편안하지 아니한 모양. 불빛이 반짝거리는 모양.

▷ 假寐(가매) : 거짓 잠자다. 선잠 자다. 仮 = 假의 약자.

소래사에서

일찍이 바다 위에 명산이 있다는 말만 듣다가
다행히 노닐다 그곳을 찾아 겨우 올라 묵었네
골짜기의 내와 아지랑이 앉은자리로 밀려오고
올망졸망한 섬들 맞닿는 시선마다 눈에 드네
의상의 거처는 하늘과 맞닿은 기둥이 높고
자씨의 당은 바위로 만든 문이 깊구나
세상을 피할 높은 누대로 이만한 곳 없어
깃든 새 돌아올 줄 알았다고 지저귐 견딜밖에.

[출전] : 『圓鑑國師歌頌』『海東詩選』

작자 釋 圓鑑 (석 원감 : P 80 참조)

蘇來寺

舊聞海上有名山　　幸得遊尋斷宿攀

萬壑烟嵐行坐裏　　千重島嶼顧瞻間

義相菴峻天連棟　　慈氏堂深石作關

避世高樓無此地　　堪誇倦鳥解知還。

어구풀이

▷ **蘇來寺**(소래사) : 전북 부안군 산내면 석포리 변산 소재 사찰. 신라 선덕여왕 2년 (633) 혜구(惠丘) 스님이 창건하였고, 인조 11년(1633) 청민(靑旻) 스님이 중건, 1902년 관해(觀海) 스님이 중건하였다. 대웅보전(국보 445호)과 고려동종(국보 425호),『백지묵서묘법연화경』(국보 426호) 등이 있다.

▷ **烟嵐**(연람) : 연기(내)와 남기(嵐氣). 피어오르는 아지랑이.

▷ **顧瞻間**(고첨간) : 돌아보는 사이. 곧 시선 가는 곳마다.

▷ **義相菴**(의상암) : 원문에 절 이름이라고 협주됨.

▷ **慈氏堂**(자씨당) : 원문에 사찰 내당 이름이라고 협주됨.

소래사 벽상운을 차운하다

높고 빼어난 바닷가 산이라 일찍이 들었는데
한가한 짬을 빌어 자못 느긋하게 등반하노라
사람이 하늘에서 내려오듯 잔도는 천척이요
스님은 구름과 반 칸 집 사이를 나누었네
선정에 들어 있어도 세상 속박을 풀지 못하니
세상의 인연이야 어찌 감히 상관하겠나?
푸른 산은 어느 때나 내 머묾을 용납할까
대지팡이 짚신 바람으로 나날이 오가리라.

[출전] :『稼亭集 · 20』

작자 李穀 (이곡 : P 128, 金山寺 참조)

次蘇來樓上詩韻

高絶曾聞海岸山　　偸閒得得恣登攀
人從天降梯千尺　　僧與雲分屋半間
禪寂固知猶見縛　　世緣那得敢相關
翠微何日容吾住　　竹杖芒鞋日往還。

▷ 高絶(고절) : 높고 빼어남. 높고 뛰어남.
▷ 偸閒(투한) : 한가로움을 틈타다.
▷ 得得(득득) : 일부러. 가는 모양. 득의한 모양.
▷ 猶見縛(유견박) : 오히려 속박을 당함.

변산 소래사에서

고즈넉한 옛 길 솔뿌리 돌아 났고
하늘이 가까워 두우성은 손에 잡힐 듯하네
뜬구름 흐르는 물인 양 나그네 산사에 이르니
붉은 단풍 푸른 이끼, 스님은 문 닫았네
가을바람 싸늘히 해를 불어 떨어뜨리고
산달 점점 밝아오자 납의 애상스런 울음
기이하여라, 눈썹 다북한 한 늙은 스님은
길이 인간사일랑 꿈도 꾸지 않고 있나봐.

[출전]:『靑丘風雅·4』『大東詩選·1』『小華詩評』

작자 鄭知常 (정지상 : P 72, 開聖寺八尺房 참조)

邊山蘇來寺

古徑寂寞縈松根　　天近斗牛聊可捫
浮雲流水客到寺　　紅葉蒼苔僧閉門
秋風微凉落吹日　　山月漸白啼淸猿
奇哉厖眉一老衲　　長年不夢人間喧。

어구풀이

▷縈松根(영송근) : 해묵은 솔뿌리를 빙 둘러 에워싼 모양.

▷可捫(가문) : 만질 듯함. 산사의 높음과 맑은 기상의 시화.

▷浮雲流水(부운유수) : '뜬구름 흐르는 물'의 주체는 회자 자신.

▷微凉(미량) : 자못 싸늘한 초가을 밤바람.

▷落吹日(낙취일) : 태양을 불어 떨어뜨림. 고려 초 박인량의 시에 "탑그림자 물밑에 거꾸로 일렁이고, 풍경소리 달을 흔들어 구름 사이로 떨어뜨리다(塔影倒江翻浪底 磬聲撓月落雲間)"<삼한시귀감 · 중. 使宋過泗州龜山寺>라 있다.

▷啼淸猿(제청원) : 맑아한 잔나비의 울음소리. 휘영청 달 밝은 밤 잔나비의 처량한 울음소리는 애간장을 에는 애상적 이미지임.

▷厖眉(방미) : 수북한 눈썹. 도사, 혹은 신선의 상징.

▷老衲(노납) : 『보한집』『소화시평』에는 '衲老'로 기술됨.

▷人間喧(인간훤) : 인간의 시끄러움. 곧 세속적 시시비비(是是非非).

속리사에서

달마암 가에 등불 하나 밝았는데
문 열고 향 피우니 마음 다시 맑아라
혼자 깊은 밤에 앉아 잠 못 이루니
창 앞 흐르는 물 솔바람 섞여 들리네.

[출전] : 『惕若齋集』 『東文選』

작자 金九容 (김구용 : 1338~1384)

　　고려 말 문인·학자. 자는 경지(敬之). 호는 척약(惕若齋)·육우당(六友堂). 공민왕 때 16세의 나이로 진사시에 합격한 뒤 민부의랑에 이어 대사성이 되었으며, 친명파의 대표적인 인물이었다. 정몽주, 이숭인 등과 함께 고려에 성리학을 일으키는 데 큰 공헌을 하였다. 고려 말에 싹터 조선 개국과 함께 정책으로 굳어진 숭유억불 정책의 선봉장이 되었다. 그는 사장(詞章)을 잘했으며, 특히 시로 유명하였다. 이색은 그의 시를 가리켜 "붓을 대면 구름이나 연기처럼 뭉개뭉개 시가 피어오른다."고 극찬하였다. 저서 『주관육익』·『척약재집』.

俗離寺

達磨岩畔一燈明　　開戶燒香思更淸
獨坐夜深無夢寐　　窓前流水雜松聲。

어구풀이

▷ **俗離寺**(속리사) : 충북 보은군 내속리면 속리산 소재 사찰. 고려 인종(仁宗)때까지 불리던 법주사(法住寺)의 다른 이름.<**金富軾 · 俗離寺占察法會疏**> 창사설화에 의하면 "신라 승 의신(義信)이 널리 법을 구하고자 멀리 천축국에가 유학하고, 귀국길에 흰 노새에 불경을 싣고 돌아왔다. 이후 백방으로 절을 세울 만한 터를 찾아다니던 중 노새가 지금의 법주사 터에 이르자 발걸음을 멈추고 울었다 한다. 스님은 깨달은 바 있어 주변 산세를 둘러보니 아름다운 절경은 물론, 비범한 기운이 서려 있음을 보고 마침내 이곳에 절을 세웠다. 이른바 부처님의 말씀[法]이 머문[住] 집[寺]이란 사찰명이 그것이다. 그러나 실제 창사는 진표(眞表) 율사와 제자 영심(永深) 등에 의해서라 한다. 일찍이 신라 최치원은 "도는 사람을 멀리 하지 않는데, 사람이 도를 멀리하려 하는구나. 산은 속세를 떠나지 않는데, 속이 산을 떠나려 하네(道不遠人人遠道 山非離俗俗離山)"이라며 산 이름을 시로 풀이하기도 했다.
▷ **達磨岩**(달마암) : 속리사 주변 바위의 이름일 듯.
▷ **更淸**(갱청) : 다시 맑아짐. 더욱 맑아짐.
▷ **窓前**(창전) :『해동시선』에는 '窓間'으로 기록됨.

☞ 자하 신위는「동인논시절구」35수, 그 5에서 척약재 김구용의 운남성 대리 유배시와「무창武昌」을 예시하여, 그의 시재(詩才)와 말년의 불행을 다음과 같이 논시했다.

桃花關外望天涯　　'도화관 밖에서 고향산천 바라보니'
大別山靑春日斜　　대별산 푸른데 봄날이 기울었네
下筆煙雲金惕若　　'붓 기운 안개 구름같다'는 김구용
能敎牧老嘆才華。　　목은으로 하여금 그 재주 탄복케 했지.

속명사에서

만 길 답쌓인 티끌 속 한 치 가슴이건만
명예와 이익 구하는 마음 어찌 채우리오
외로운 나그네 달 밝아 꿈결에서 깨나니
한밤에 산 속 가람의 쇠북 소리 들리누나.

[출전]:『輿地勝覽』

작자 金處禮 (김처례 : ?~?)

　조선 세조(世祖) 때의 문인. 지현사(知縣事)를 지냈는데, 관아를 다스린 성적이 가장
뛰어났으므로, 세조가 불러들여서 병조지사로 삼았다 함.

續命寺

萬丈塵中一寸胸　　求名求利竟何窮

月明孤客驚殘夢　　山外招提半夜鍾。

어구풀이

▷ 續命寺(속명사) : 황해도 서흥군 서흥면 오운리 오덕산 소재 사찰.

▷ 塵中(진중) : 세속 가운데. 속세에 뒤엉켜 사는.

▷ 一寸胸(일촌흉) : 한 마디 가슴. 한낱 하찮은 인생.

▷ 竟何窮(경하궁) : 끝내 어찌 다하랴. 어쩔 수 없이 세속에 묻혀 삶.

▷ 驚殘夢(경잔몽) : 풋잠에서 깨어남.

▷ 招提(초제) : 산사. 도량.

▷ 半夜鍾(반야종) : 산사의 새벽 종소리. 자못 세속적 탐욕을 씻어주며, 참삶의 길을 깨우치는 듯함.

송광사에서

고을이 깊고 깊어 세속 티끌도 끊겼는데
스님은 일이 없어 참 도를 말할 줄 아네
뒷날 복된 땅 어느 곳에서 찾으랴
흰 돌 맑은 물 꿈속에 자주 뵈리라.

[출전] : 『牧隱詩藁』『輿地勝覽·40』

작자　李穡 (이색 : P 92, 고석사 참조)

松廣寺

洞府深深隔世塵　　山僧無事解談眞
他年福地尋何處　　白石淸溪入夢頻。

어구풀이

▷ 松廣寺(송광사) : 전남 승주군 송광면 신평리 조계산 소재 사찰. 대길상사(大吉祥寺)·수선사(修禪寺)라고도 이른다. 보조국사(普照國師) 이하 16국사의 초상과 부처님의 치아, 큰 나무 구유, 놋쇠와 주석으로 만든 불기(佛器) 9개가 있다. 이 불기는 능견난사(能見難思)라 한다. 『대반열반경소』(국보 152호)와 목조삼존불감(국보 217호), 고려고종제사(국보 218호), 경질(국보 219호), 국사전(국보 257호), 경패(국보 294호), 금동요령(국보 295호), 「묘법연화경관세음보살보문품삼현원찬과문」(국보 329호), 『대승아비달마잡론소』(국보 330호), 『묘법연화경찬술』(국보331호), 『금강반야경소개현초』(국보 332호) 등이 있다. 『신증동국여지승람』에 따르면 "일명 대길상(大吉祥)이니, 조계산에 있다"하고, 고려 중 충활이 남성(南省 : 禮曹) 아원(亞元 : 과거에 2등으로 합격함)으로 벼슬을 버리고 송광사 중이 되어 도를 닦았다. 최이(崔怡)가 지주사가 되어 편지를 써서 차와 향, 그리고 『능엄경』을 보냈다. 사자가 돌아갈 제 답장을 써달라 하자, "내 이미 세상과 인연을 끊었는데 무엇하려 편지를 내왕한단 말인가"했다. 그러나, 사자는 억지로 재촉하고 또 시를 지어주니, 대사는 곧 여기에 차운하기를 "파리한 학은 고요히 소나무 위 달에 앉았고, 한가한 구름은 가볍게 고개 위 바람을 따르네. 이 가운데 이 면목 천리가 같으리니, 어찌 다시 새로이 말을 만들어 통하리.(---且以詩贈師 卽次韻云 瘦鶴靜翹松頂月 閒雲輕逐嶺頭風 箇中面目同千里 何更新翻語一通---)하고, 끝내 편지 답장을 하지 않았다. 그 뒤에 나옹(懶翁)이 이 절에 있었고, 의발을 무학대사에게 전했다."했다.

▷ 洞府(동부) : 골짜기 마을. 본시에서는 송광사가 있는 산마을.

송광사에 묵으며

백리 초제의 경계에 가려고
바위꽃 핀 그림자 속을 지나가네.
객이 오니 소나무 숲은 고요해지고
중이 누우니 죽루는 맑아지네.
경치 좋은 곳에 사는 것은 삼생의 꿈인데
바람에 불려오는 한밤의 종소리
내일 아침이면 산을 나가 떠나야 하니
호계의 정 끝이 없구나.

[출전] : 『芝峰先生集 · 8』

작자 李晬光 (이수광 : 1563∼1628)

조선 문신·학자. 자 윤경(潤卿), 호 지봉(芝峰). 1585년 별시문과 급제. 임진왜란(1592) 때 경상우도 방어사 조경(趙儆)의 종사관 역임. 11614년『지봉유설』을 간행하므로 최초로 천주교와 서양문물을 소개함으로써 실학 발전의 선구자가 됨. 시문에 능하였음.

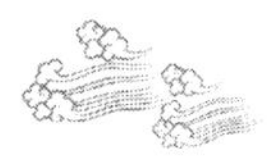

宿松廣寺

百里招提境　　巖花影裏行

客來松院靜　　僧臥竹樓淸

水石三生夢　　風鐘半夜聲

明朝出山去　　無限虎溪情。

어구풀이

▷ 水石(수석) : 자연 경치. 아름다운 자연.

▷ 風鐘(풍종) : 바람 종. 곧 풍경.

▷ 虎溪情(호계정) : 도(道)의 계선(界線)을 무닌 진자연인으로서의 우정. 호계삼소 (虎溪三笑) 참조.

송광사를 소재로 쓰다

해동의 보배론 세 사찰 중
송광사가 제일 기이하다지.
두 분 조사께서 가사 옷 입으셨던 곳인데
사방 차향기와 시가 있네
풍류를 누가 멀리 있다 하는가?
본보기가 진실로 여기에 있도다
산승은 객을 맞이하는데 익숙하고
푸른 수레는 서로 따르기를 권하네
방장 삼 천 칸에
방울 소리 쉬는 때가 없네
금강 한 조각 돌 굳건하고
먼 말 한 발굽만 남아있네
천룡이 정토를 보호해주니
전쟁은 전혀 알지 못한다네
머리 조아려 아련한 나루터 묻자니
의연한 열여섯 조사의 도량이라.

[출전] : 『松廣寺誌』

작자 金允植 (김윤식 : 1835~1922)

　　조선조 26대 고종(高宗) 때의 문신·학자. 자 순경(洵卿), 호 운양(雲養). 1874년(고종 11) 문과 급제, 공조·예조·병조판서 역임. 1881년 영선사로 청나라 체재 중 익년 임오군란이 일어나자 청군(淸軍)을 인솔 귀국, 1884년 전권대사로 러시아와 통상조약 체결. 1894년 김홍집 내각의 외무대신이었으나, 친일파로 몰려 유배됨. 한말 문장가로 고귀한 멋과 간결한 필치를 드러냄. 저 『雲養集』

題松廣寺

<table>
<tr><td>海東三寶刹</td><td>松廣獨擅奇</td></tr>
<tr><td>二祖鉢衣地</td><td>四疊茶香詩</td></tr>
<tr><td>風流誰去邈</td><td>典型良在玆</td></tr>
<tr><td>山僧慣迎客</td><td>藍輿勤相隨</td></tr>
<tr><td>方丈三千間</td><td>鈴鐸無歇時</td></tr>
<tr><td>金剛片石堅</td><td>遠馬隻履遺</td></tr>
<tr><td>天龍護淨居</td><td>金革獨不知</td></tr>
<tr><td>稽首問迷津</td><td>儼然十六師。</td></tr>
</table>

어구풀이

▷ 三寶刹(삼보찰) : 삼보사찰(三寶寺刹). 곧 '불보사찰(佛寶寺刹) 통도사·법보사찰(法寶寺刹) 해인사·승보사찰(僧寶寺刹) 송광사'를 이르는 말.

▷ 二祖(이조) : 송광사(松廣寺) 1세 보조국사(普照國師) 지눌(智訥)과 2세 진각국사(眞覺國師) 혜심(慧諶)을 이르는 말.

▷ 鉢衣(발의) : 수행자가 항상 지녀야 하는 3종류의 옷과 1개의 식기

▷ 典型(전형) : 어떤 부류의 모범이나 본보기가 됨. 조상이나 스승을 본받는 틀.

▷ 天龍(천룡) : 천상계(天上界)에 사는 귀신 및 용. 제천(諸天)과 용신.

▷ 護靜居(호정거) : 깨끗한 거처를 옹호함. 이색(李穡)의 시에 "용이 대들보 사이를 기어 다니는 듯, 임천(臨川)이 헌 붓을 잡으니…" 등의 시구를 용사한 듯.

▷ 十六師 (십육사) : 송광사가 배출한 16국사(國師). 이로 말미암아 송광사는 승보사찰(僧寶寺刹)로 일컬어짐.

송광사 벽 위에 있는 시운을 차운하다

승국의 고승이 녹장에 들어와
종을 세우고 도량을 창건하니 도심이 자라나네
소매에선 황엽호를 내어 적을 쓸어냈고
지팡이를 백단향에 꽂아 기미를 얻었네
침계루의 종소리 구름 많은 언덕에 지고
임경당의 별빛은 달빛 환한 하늘에 벌려있네
16조사가 이어 머무셨으니
진실로 선찰은 그 동량이 있음을 알겠네.

[출전] : 『錦溟集』

작자 寶鼎 (보정 : 1861~1930)

　송광사의 강사, 승려로 호는 금명(錦溟). 1877년 17세에 송광사 금련(錦蓮)에게 득도하고, 화엄사에서 개강했으나, 송광사의 강사가 됨. 1930년 법랍 53으로 입적함. 저 『錦溟集』.

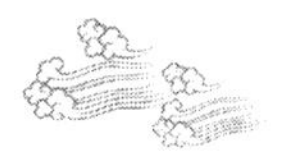

次松廣寺壁上韻

勝國高僧入鹿場　　立宗創寺道心長
掃賊袖生黃葉虎　　得機杖卓白緞香
枕溪鍾落雲千岸　　臨鏡星羅月一光
二八祖師相住續　　信知禪刹有其樑。

어구풀이

▷ 高僧(고승) : 신라 말 혜린(慧璘) 선사.
▷ 鹿場(녹장) : 녹야원(鹿野苑). 중인도에 있는 임원(林苑), 석존이 성도(成道)후 설법한 곳. 곧 불교의 성전. 산사, 송광사를 비유한 말.
▷ 黃葉虎(황엽호) : 함련, 보조국사의 전설
▷ 白緞香(백단향) : malayu. 향의 이름
▷ 二八祖師(이팔조사) : 송광사가 배출한 16국사(國師).

송라암에서

큰 송라암이 작은 송라암을 마주하고
동녘 우물과 서쪽 누대 세상에 둘도 없지
두 분 스님 서로 마주하고 앉았는데
푸른 기운에 가사 젖는 줄도 모르는구나.

[출전] :『安齋集』『輿地勝覽·47』

작자 成任 (성임 : P 242, 白蓮寺 참조)

松蘿庵

大松蘿對小松蘿　　東井西臺世不多
兩箇禪僧相對坐　　不知空翠滴袈裟。

▷ **松蘿庵**(송라암) : 만폭동 표훈사에 딸린 암자. 두 암자가 마주보고 있어 큰 송라암 작은 송라암이라 부른다. 암자의 동쪽에 큰 골짜기가 있는데, 백 갈래 샘물이 쏟아져 내려 가지처럼 나뉘고 팔다리처럼 갈라진다. 아득히 멀리서 보면 흰 무지개가 걸린 듯이 보인다. 봉우리들은 높고 험하여 바윗돌들이 우뚝우뚝 솟았는데, 우뚝 한 것은 칼과 같고 예리하기는 송곳과 같다. 솟아오른 것은 손처럼 보이고, 나란히 선 것은 이빨과 닮았다. 굽은 것은 팔꿈치 같고 가로놓인 것은 팔과 같은데, 푸른 기운이 어지럽게 펼쳐져서 사이사이 나타나고 첩첩이 드러난다 함.

▷ **空翠**(공취) : 높은 나무의 푸른 빛. 먼 산의 푸른 빛. 왕유(王維)의 시에 "산길에 본디 비 오지 않았으나, 푸른 산 기운 사람의 옷에 촉촉이 배어드네(山路 元無雨 空翠濕人衣)"라 있음.

수락사에서

수락산 내 수락사

물 잦자 바위 드나고 산속 어둔데

황학 나니는 저 끝 푸른 하늘이요

검은 구름 드리운 산자락 빗발 날리네

지난 해 스님 찾아 이곳에 와 노닐 땐

온 산 골짝 눈 쌓이고 달빛만 휘황하더니

올해에도 스님 찾아 이곳에 와 노니니

바위 가엔 갖은 봄꽃 피었다 지려 하네

지난해도 올해도 오가는 길에

산천은 의연하여 지난날과 변함없구나

청려 지팡이 짚었으나 길은 이끼로 미끄럽고

샘물이 철철 넘치니 겨드랑에서 바람이 일듯

공양 후 들리는 종소리는 옛날 그대로건만

벽 위에 썼던 한 수 시 먼지로 얼룩졌구나

홍수고금이란 말이 어찌 구래공뿐이겠는가

왕공과 호걸 적음에 내 한 번 웃노라

스무 해만에 비로소 벽사롱을 얻었네.

[출전] : 『四佳詩集補遺·3』『東國風雅』『東人詩話』

작자 徐居正 (서거정 : P 116, 金剛寺 참조)

水落寺

<table>
<tr><td>水落山中水落寺</td><td>水落石出山中暎</td></tr>
<tr><td>黃鶴去邊近靑天</td><td>黑雲拖處飛白雨</td></tr>
<tr><td>去年尋僧此來遊</td><td>積雪萬壑山月白</td></tr>
<tr><td>今年尋僧此來遊</td><td>岩畔春花欲開落</td></tr>
<tr><td>去年今年自來往</td><td>山川歷歷如昨昔</td></tr>
<tr><td>杖藜一枝苔蹤滑</td><td>石泉激激風生腋</td></tr>
<tr><td>飯後鐘聽舊時聲</td><td>壁上有詩塵欲撲</td></tr>
<tr><td>紅袖古今豈獨寇萊公</td><td>我一笑王公豪傑少</td></tr>
<tr><td>二十年來始得碧紗籠。</td><td></td></tr>
</table>

어구풀이

▷ 水落寺(수락사) : 경기도 양주군 수락산에 있던 사찰. 지금의 흥국사(興國寺)인 듯하다. 흥국사는 신라 진평왕 21년(599) 원광대사가 창건하여 수락사라하였다. 선조 1년(1568) 나라에서 덕흥대군의 원당을 짓고, 흥덕사라 하다가, 인조 4년(1626) 흥국사로 개칭하였다. 순조 18년(1818) 기허(騎虛) 스님이 중건하였고, 1878년에 용암(庸庵) 스님에 의해 다시 중건되었다.

▷ 拖處(타처) : 이끄는 곳. 일어나는 곳.

▷ 白雨(배우) : 소나비. 우박.

▷ 塵欲撲(진욕박) : 먼지 끼고 마모되어, 자체를 분별할 수 없음.

▷ 紅袖古今(홍수고금) : '紅袖'는 '미인의 옷소매'로 여인을 표현한 말이니, 구래공의 시구에 그런 표현이 있는 듯. 『동인시화』에는 '坐看雲岫'로 표기됨.

▷ 寇萊公(구래공) : 중국 송나라의 문인 구준(寇準 : 961~1019). 송나라 태종~진종조의 명재상. 뒤에 거란을 격퇴, 불가침조약을 맺는 등 공을 세웠으나, 왕흠약(王欽若) 등의 참소로 한 때 귀양갔다가, 다시 재상이 됨. 서거정은 "일찍이 위야(魏野)는 「구래공에게贈寇萊公」에서 '상천으로 떠나며 장상을 사직했더니, 평지로 되돌아와선 신선이 되었구려.(好去上天辭將相 却來平地作神仙)'를 예시하 며," 벼슬에서 물러날 것을 권면한 시라 했다. <동인시화 · 하>

수미암에 올라

자그만 암자 우뚝 광한전과 이웃했고
머리 하얀 선승 홀로 앉아 졸고있네
안개구름에 무젖어 시비마저 잊은 채
꽃피고 잎 지는 걸로나 때를 안다오
한 쌍의 해오라기 다연 밖에서 늙고
첩첩한 봉우리 약방아 가로 빙둘렀네
듣자하니 이 가운데 선경이 있다더니
오라, 우리 스님 영락없는 영랑선일레.

[출전] : 『虛應堂集』

작자 釋 普雨 (석 보우 : 1515~1565)

조선 중기의 승려. 호 허응당(虛應堂)·나암(懶庵). 1530(16세)에 금강산 마하연암에 입산, 참선과 경학 연구에 몰두하고, 1548년 문정왕후의 신임으로 봉은사 주지가 됨. 이후 문정왕후의 도움으로 선교양종을 부활시켜 봉은사를 선종, 봉선사를 교종의 본산으로 정하고, 이어 승과를 부활하는 등 불교를 중흥함. 문정왕후 사후 유자들의 배척으로 승직 박탈과 함께 제주도로 귀양갔다가, 제주 목사 변협(邊協)에 의해 참형당함. 저『허응당집』『나암잡저』『권념요록(勸念要錄)』등.

上須彌庵

小庵高幵廣寒隣　　白髮禪僧獨坐眠

醉霧酣雲迷甲乙　　開花脫葉紀時年

一雙鶴老茶煙外　　萬疊峰回藥杵邊

聞說此中仙境在　　吾師無乃永郎仙。

어구풀이

▷ 須彌庵(수미암) :『여지승람』에 충북 청산현 도가산 소재 수미사가 보일뿐, 수미암
　은『사찰전서』에도 보이지 않음.

▷ 廣寒(광한) : 광한전(廣寒殿). 달의 궁전, 월궁전, 광한부(廣寒府)

▷ 迷甲乙(미갑을) : 갑과 을을 분별치 못함. 옳고 그름을 잊음. 때를 분별하지 못함.

▷ 紀時年(기시년) : 시절, 때를 헤아림.

▷ 藥杵(약저) : 약 찧는 공이. 달 속의 항아가 단약을 찧는 방아 공이.

▷ 聞說(문설) : 소문에 전하는 말을 듣다. 듣자하니. 듣건대.

▷ 永郎仙(영랑선) : 영랑(永郎)이라는 신선. 신라 시선 중 한 사람.

수정암에서

야윈 채 절에 앉아 세상 기미 가라앉히고
몸 한가롭고 경치 좋으니 그대 만한 이 드물겠네
종소리 골짜기를 울리니 성난 고래의 울음 같고
탑 그림자 하늘에 흔들리니 상서론 기러기 나는 듯
바람이 옥 향로를 스치자 향연은 흩날리고
법당 못에 비 뿌리니 개구리풀 잘도 자라네
도의 마음은 오히려 도연명을 사랑하여
손잡고 모든 걸 잊은 채 돌아가네.

[출전] :『輿地勝覽·37』

작자 未詳 (?~?)

修淨菴

瘦坐蕭宮息世機　　身閑境勝似公稀

鐘聲隱谷狂鯨吼　　塔影搖空瑞鴈飛

風過玉爐飄鵲篆　　雨淹金沼長蛙衣

道情尙愛陶元亮　　携手忘筌却還歸。

어구풀이

▷修淨庵(수정암) : 전남 장흥군 관산면 천관산 천관사 경내에 있던 암자. 조선조 행
　호(行乎) 스님이 창건함.

▷蕭宮(소궁) : 스산한 궁전. 곧 수정암의 소삽한 정경을 묘사한 말.

▷息世機(식세기) : 세속의 기미를 떨쳐버림.

▷似公稀(사공희) : 그대 같은 이 드묾.

▷狂鯨(광경) : 사나운 고래. 성난 고래.

▷瑞鴈飛(서안비) : 상서로운 기러기 나는 듯. 날듯이 날렵한 산사의 처마를 비유한 말.

▷飄鵲篆(표작전) : 하늘하늘 피어 번지는 향연(香煙)의 모습. 전자향(篆字香).

▷金沼(금소) : 사찰[黃金閣] 경내의 못.

▷蛙衣(와의) : 개구리 풀.

▷陶元亮(도원량) : 동진(東晉)의 자연시인 도잠(陶潛). 자는 연명(淵明)·명장(名
　將). 주좨주(州祭酒)로 비롯하여 팽택(彭澤)의 영이 되었으나, 80일 만에 「歸去來
　辭」를 읊고, 벼슬을 떠나 전원생활을 즐김. 그의 시는 기품이 높고, 생에 대한 애
　정이 넘친다.

▷忘筌(망전) : 일체의 방편을 잊음. 망기함.

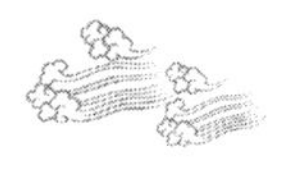

수종사 윤선로에게

가을이라 만상은 조락하고 스산해 지기 쉬운데
묵은 비 아침까지 이어지니 물이 언덕에 넘친다
세상에서는 내와 티끌 피할 곳 없건만
산사의 누각은 하늘과 가지런히 높기만 하구나
흰 구름은 자욱한데 누구에게 줄 것인가
황갈색 단풍잎 휘날리니 길조차 아득하네
내 동원에 가서 참선 이야기하려 하니
밝은 달밤 괴이한 새 울게 하지 마시라.

[출전] : 『四佳詩集補遺 · 3』『續東文選 · 7』『與地勝覽 · 6』

작자 徐居正 (서거정 : P 116, 金剛寺 참조)

寄水鍾寺尹禪老

秋來雲物易悽悽　　宿雨連朝水拍堤
下界煙塵無地避　　上方樓閣與天齊
白雲歷歷誰堪贈　　黃葉飛飛路欲迷
我擬往參東院話　　莫敎明月怪禽啼。

어구풀이

▷ **水鍾寺**(수종사) : 경기도 양주군 와부면 송촌리 운길산에 있는 사찰. 조선조세조 (世祖)가 세운 절로, 세조 4년(1459) 폐허가 된 것을 중건했으며, 고종 27년(1890) 풍계(風溪) 혜일(慧一) 스님이 중건하였다. 1939년 주지 태욱(泰旭) 스님이 중수하 였고, 청자개 부호, 금동제구층탑 은제도금육각감(국보 398호) 등이 있는데, 이것 은 부도 안에 들었던 것으로 수리할 때 발견되어 국보로 지정된 것이다.

▷ **雲物**(운물) : 한 여름 떼구름처럼 무성히 잘 자란 만상. 곧 자연 경물(景物).

▷ **悽悽**(처처) : 가을 서리맞은 만상이 이울고 스산한 모양. 슬퍼하는 모양. 주리거나 병들어 야윈 모양.

▷ **宿雨**(숙우) : 연일 오는 비. 장마. 간밤부터 오는 비.

▷ **上方**(상방) : 산 위의 절. 산사(山寺).

▷ **歷歷**(역력) : 뚜렷하고 분명한 모양. 사물이 질서정연하게 늘어선 모양.

▷ **怪禽**(괴금) : 괴이한 새. 심야의 깊은 산에서 상정(傷情)을 보채는 이상한 새[怪鳥].

수종사에서

소사는 구름 위 높이 솟았는데
가을 강엔 밝은 달이 넘어가네
선루라, 잠은 오지 않고
바람서리에 밤 기운 스산쿠나.

[출전] : 『終南叢志』『大東詩選』

작자 洪萬宗 (홍만종 : 1643~1725)
　조선 숙종 때의 학자·시평가. 자 우해(宇海), 호 현묵자(玄黙子). 학문에 밝고 저술이 많음. 『순오지旬五志』를 통해 정철 등의 국문시가를 높이 평가함. 저『역대총목』『시화총림』『소화시평』『해동이적』등.

水鍾寺

蕭寺白雲上　　秋江明月西
禪樓無夢寢　　風露夜凄凄。

어구풀이

▷ 水鍾寺(수종사) : 경기도 남양주군 와부면 송촌리 운길산 소재.
▷ 蕭寺(소사) : 소씨(蕭氏)가 지은 절. 곧 절. 양(梁) 무제(武帝)의 성은 소씨였다. 그
　가 불도를 좋아해 절을 짓고, 소자운(蕭子雲)에게 명하여 비백(飛白)으로 크게 '소
　사'라고 쓰게 했다.(梁武帝 好佛 造浮屠 命蕭子雲 飛白曰蕭寺). <杜陽雜編>.

☞ 김득신(金得臣)은 『종남총지』에서 홍만종의 「채련시採蓮詩」와 함께 "천연적으로
　뛰어나서, 만당의 풍경과 운치를 얻었다.(余每喜其水種　寺詩 '---시 생략---' 天
　然超絕 得晚唐景趣)"라고 평했다.

순흥의 숙수사루에서

산뜻한 차림 짧은 모자로 그윽한 곳 찾으니
난초 뜰 십여 년 전 노닐던 때 그대로구나
벽 값은 언제나 시로써 그 이름을 얻을고
숙수라, 절 이름 천고의 물과 함께 전하네
추위가 산색을 밀어내자 중은 문을 닫았고
찬 기운 계곡 물소리에 전해오자 객은 누에 오르네
파람 불며 서성대자니 해는 점차 저무는 데
난간에 의지해 머리 돌리니 고향 생각 이네.

[출전] : 『東文選·14』『大東詩選·1』

작자 魯璵 (노여 : ?~?)

생몰 연대 등 전거는 불확실하나, 고려 말 문신으로, 선시집에 몇 편의 시가 전함. 전서(典書) 역임.

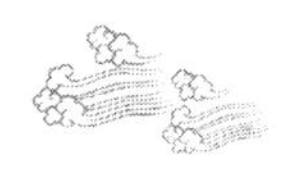

順興 宿水寺樓

輕裝短帽一尋幽　　蘭院依然十載遊
壁價幾年詩共重　　寺名千古水同流
寒推嶽色僧扃戶　　冷踏溪聲客上樓
長嘯徘徊日云暮　　倚欄回首起鄕愁。

어구풀이

▷ 宿水寺(숙수사) : 경북 풍기군 소백산에 있던 사찰. <동국여지승람>『대동시선』에는 「宿水寺樓」로 제목 됨.

▷ 蘭院(난원) : 절. 난야(蘭若). 당나라 왕파(王播)가 과시(科試) 공부 중 양주 모 사찰에서 식객노릇을 했다. 그 뒤 왕파가 등제하고 절도사가 되어, 그 절 목란원(木蘭院)에 들려 쓴 시에 "이십년 전 이 사찰, 모란 꽃 피고 절 집 새롭게 단장했으나, 이제 다시 와 옛 터 돌아보니, 나무는 해묵어 꽃도 피지 않았고 중들도 늙었구려.(二十年前此蘭院　木蘭花發院新修　如今再到經行處　樹老無花僧白頭)"라 했다.

▷ 寒推嶽色(한추악색) : 싸늘한 기운 산 빛을 밀침[바꿈].

▷ 冷踏溪聲(냉답계성) : 냉기가 세곡 물소리에 전해옴. 서거정은 "어느 객이 묻기를 '전서 노여가 순흥루를 두고 지은 시에 "싸늘한 기운 산 빛을 밀치니 중은 문을 걸어 닫고, 찬 기운 계곡 물소리에 전해 오니 나그네 누에 오르네."라는 시구와, 평장사 허백의 「간성루」 시에 "오경의 새벽빛은 빈 누각에 먼저 들고, 낙엽지는 가을 소리는 작은 누대에 가득하네"라는 시구 가운데 어느 것이 더 낫습니까? 라고 하였다. 내가 대답하기를 '노여의 시는 매우 공교로운 반면 졸렬하고, 허백의 시는 속된 듯하나, 매우 기이하다 하겠오'.(客有問 "魯典書璵 順興樓詩 '寒推嶽色僧扃戶　冷踏溪聲客上樓', 許平章伯扞城樓詩'五更曉色先虛閣　一葉秋聲滿小樓 孰優'. 予曰, "魯詩大巧　而反拙, 許詩似俗　而大奇)" <동인시화 · 하>라고 평했다.

새로 숭덕사에 묵으며

천 수레 일 만 말이 오가는 번화한 거리
지척에 있는 도량 경개 스스로 그윽하여
구기자꽃 층계에 비쳐 붉은 물 뚝뚝 듣는 듯
시렁 그득한 청포도 푸른빛 줄줄 흐르는 듯
절 방에 기숙하는 것 전생의 인연인가
나그네 베개 부모님 생각 한밤 내 시름이라
손꼽아 돌아온 난간 지금쯤 왔을까 못 왔을까
진강의 안개비만 어선에 가득하구나.

[출전] : 『牧隱詩稿·3』 『韓國漢詩大觀·9』

작자 李穡 (이색 : P 92, 고석사 참조)

新寓崇德寺

千車萬馬九街頭　　咫尺祇林境自幽
枸杞映階紅欲滴　　葡萄滿架翠如流
僧窓寄食前生事　　客枕思親半夜愁
屈指歸軒今到未　　鎭江煙雨滿漁舟。

어구풀이

▷ 崇德寺(숭덕사) : 『여지승람』 『사찰전서』에서 미확인.

▷ 祇林(지림) : 사찰의 다른 이름.

▷ 映階(영계) : 버팅에 비취다.

▷ 今到未(금도미) : '今到未到'. 이제쯤 도착했을까? 아직 못했을까?

숭정사 돌산 소나무

봉우리 머리엔 푸른 돌 솟았고
소나무 이마엔 흰 구름 오가네
나한당이 참으로 고즈넉한데
머무는 스님 누가 교니 선을 따지나.

[출전] : 『牧隱詩稿 · 3』 『輿地勝覽 · 17』

작자 李穡 (이색 : P 92, 고석사 참조)

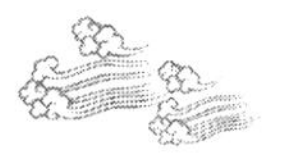

崇井寺巖松

峰頭蒼石聳　　松頂白雲通
羅漢堂寂寥　　居僧誰敎禪。

어구풀이

▷ 崇井寺(숭정사) : 충남 서천군 기린산에 있던 사찰. 이색의 「한산 팔경韓山八景」 중 숭정사 돌산의 소나무를 제영한 시다. 이른바 물사를 노래하되 불이법문(不二法門)의 교리를 시화함.

▷ 羅漢堂(나한당) : 아라한(阿羅漢)을 모신 집. 아라한은 소승불교의 수행자가 오료도달(悟了到達)하는 최고의 지위, 또 그러한 각자(覺者). 나한(羅漢). 진인(眞人), 혹은 여래십호(如來十號)의 하나.

▷ 敎禪(교선) : 교종과 선종. 곧 불가의 양대 종파.

경도의 승가사를 생각하며

승가사란 도량 높은 산에 기댔는데
예 놀던 일 헤어하니 아득만 하여라
언제쯤 다시 조요론 선방에서
석등 대해 조히 앉아 상큼한 밤 지새볼거나.

[출전] : 『泰齋先生文集 · 2』

작자 柳方善 (유방선 : P 230, 盤龍寺 참조)

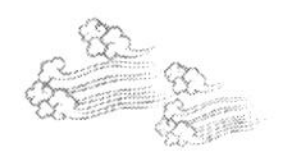

憶京都僧伽寺

僧伽蘭若倚岧嶤　　却算曾遊歲月遙
何日更於禪榻畔　　一燈淸坐度寒霄。

어구풀이

▷ 僧伽寺(승가사) : 서울시 종로구 구기동 삼각산에 있는 사찰. 승가굴이라고도 부른
다. 신라 경덕왕 15년(756) 낭적사 스님 수태(秀台)가 창건. 고려 현종 15년(1024)
지광(智光)·성언(成彦) 두 스님이 중창하였고, 선종 7년(1090) 구산사 주지 영현
(領賢) 스님이 중수했으며, 조선 세종 6년(1422) 7종을 합하여 선교양종(禪敎兩宗)
으로 정할 때 선종에 소속되었다. 1941년 주지 도공(道空)이 중수했고, 1957년 주
지 비구니 도원(道圓)이 약사전을 비롯하여 중수함. 사찰 뒤 큰 자연 입석(立石)에
부조한 석가모니불(국보 34호)이 있다.
▷ 蘭若(난야) : 사찰·사원·도량의 다른 이름.
▷ 岧嶤(초요) : 산이 우뚝하게 높은 모양.
▷ 却算~(각산~) : 돌이켜 ~을 헤아려 봄. 문득 지난날을 회고함.
▷ 歲月遙(세월요) : 시간이 많이 지남. 세월이 지나 오래됨.
▷ 禪榻(선탑) : 좌선하는 데 쓰는 상.
▷ 淸坐(청좌) : 맑게 앉음. 곧 일체의 세속사를 망기하고, 정갈한 마음으로 선정에 듦.
▷ 度(도) : '度 = 渡'. 밤을 새움. 좌선으로 철야함.

승가사에서

험한 돌사다리 길 구름 밟고 올라가니
하늘에 닿을 듯 아름다운 집 반야 도량
가을 이슬 흩뿌리자 천리 눈앞 상큼하고
석양빛 아스라이 잠기니 강물 더욱 환히 빛나네
허공에 드리운 미세한 아지랑이 향불과 이어져 안온하고
골에서 우는 새 한가로이 풍경 소리와 교체하네
부러워라, 학덕 높은 스님의 마음 바탕이여
세상사 명예니 이익일랑 도시 잊으셨으니.

[출전] : 『大東詩選 · 1』 『輿地勝覽 · 3』

작자 兪元淳 (유원순 : 1168~1232)

초명은 승단(昇旦). 고려 후기의 문신. 본관은 인동(仁同). 명종(明宗) 때에 문과에 급제. 시학이 되었으나, 최충헌에 의하여 강종이 강화로 추방되자 그도 또한 배척을 받아 한때 벼슬길이 막혔다. 1232년 최우가 재추를 소집하여 강화 천도를 논의하는 자리에서 모두 두려워 말을 못하였지만, 다만 그만이 '종사를 버리고 숨어 구차하게 사는 것이 나라를 위한 좋은 계책이 아니라'는 이유를 들어 반대하였다. 그는 성품이 침착했고 겸손했으며, 박람강기하였다. 특히, 고문에 정교하여 「한림별곡翰林別曲」에서 '원순의 문장[元淳文]'이라 일컬을 정도였고, 경전과 역사에도 조예가 깊어 뜻을 묻는 사람이 있으면 해석하여 의심이 없게 하였으며, 불경에도 능통하였다 한다. 그의 시문은 『동문선東文選』과 『청구풍아靑丘風雅』 등에 전해진다. 뒤에 인동백에 봉해짐. 시호 문안(文安).

僧伽寺

崎嶇石棧躡雲行　　華構隣天若化城

秋露輕霏千里爽　　夕陽遙浸一江明

漾空嵐細連香穩　　啼谷禽閑遞磬聲

可羨高僧心上事　　世途名利摠忘情。

어구풀이

▷ 崎嶇(기구) : 매우 험난한 길.

▷ 石棧(석잔) : 돌계단으로 만든 잔도.

▷ 華構(화구) : 아름다운 집.

▷ 化城(화성) : 번뇌를 막아주는 안식처. 절. 사원(寺院).

▷ 輕霏(경비) : 가볍게 흩날림.

▷ 磬聲(경성) : 석경 소리. 풍경 소리.

승가사에서

우뚝한 바위 산길은 험한데
지팡이 짚고 덩굴도 휘어잡네
처마에는 흐르는 구름 머물고
창가엔 쏟아지는 폭포 거세구나
차 다리는 병에서 물 끓는 소리 나고
물 긷자 우물 물위에 잔물결 이네
두어 분 높은 스님이 계셔서
공을 깨닫자 노래 부르시네.

[출전] : 『學易齋集』『輿地勝覽・3』

작자　鄭麟趾 (정인지 : 1396~1478)

조선 전기의 문신. 자 백호(伯雎). 호 학역재(學易齋). 1411년 식년문과에 장원 급제 후 예빈시주부에 제수. 1430년 10월 가선대부에 오르면서 우군동지총제, 익년 정초(鄭招)와 함께 대총력을 정하고 『칠정산내편』을 저술하는 등 역법을 정비함. 1451년 김종서 등과 함께 『고려사』 개찬, 이듬해 『고려사절요』 편찬. 1458년 공신연을 베풀 때 불서 간행을 반대한 일로 세조의 노여움을 사서 불경죄로 논죄되면서 고신이 몰수되었지만, 곧 환급 받고 하동부원군에 제수됨. 유학과 전고에 밝아 조선 초기의 대표적 유학자의 한 사람으로 추앙되었고, 비록 큰 정치력은 발휘하지 못하였으나, 세종 대에서 문종 대에 걸쳐 국왕의 신임을 받으면서 문한을 관장하고 역사, 천문, 역법, 아악을 정리했으며, 한글 창제에도 참여하는 등 문풍 육성과 제도 정비에 기여하였다. 저서 『학역재집』, 시호 문성(文成).

僧伽寺

巉巖山路險　　携杖更攀蘿

簷際行雲宿　　牕前瀉瀑多

煮茶鉼細叫　　汲水井微皤

數個高僧在　　觀空成放歌。

어구풀이

▷ 巉巖(참암) : 산이 높고 험한 모양.

▷ 攀蘿(반라) : 넌출 등을 더위 잡다. 힘들여 험한 산을 오르는 모양.

▷ 簷際(첨제) : 처마, 추녀 끝.

▷ 瀉瀑(사폭) : 쏟아져 내리는 폭포.

▷ 細叫(세규) : 차주전자에서 물이 보글보글 끓는 소리[의성]의 묘사.

▷ 微皤(미파) : 물 퍼낸 자국에서 이는 미세한 물 무늬 모습[의태].

▷ 觀空(관공) : 만유의 실상이 공(空)임을 깨우친 오성(悟性)의 경지.

신광사에서 2수

[1]

숱한 문서더미로부터 벗어나
아담한 절방 침상 빌려 누우니
한여름 세속 티끌 이르지 않아
높은 절 집에 별세계 있음 알겠네.

[출전]：『國祖詩刪·2』『小華詩評·下』

작자 南袞 (남곤 : 1471~1527)

조선 문신. 자 사화(士華), 호 지족당(知足堂)·지정(止亭). 김종직 문하에서 문명을 떨쳤으며, 성종 24년(1494) 문과 급제. 부제학 좌부승지를 지내고 연산군 10년(1504) 갑자사화 때 서변에 유배. 중종 14년(519) 훈구파 대신으로 심정 등과 기묘사화를 일으켜 조광조 등 신진 사류를 숙청한 후 영의정에 오름. 문장과 글씨에 뛰어났으나. 만년에 자신의 죄를 자책, 사고(私稿)를 불태움. 명종 13년(1558) 관작과 문경(文敬)이란 시호 삭탈.

題神光寺 二首

[一]

千重簿領抽身出　　十笏僧房借榻眠
六月炎塵飛不到　　上方知有別般天。

▷ 神光寺(신광사) : 황해도 해주 북숭산 소재 사찰. 지정 2년(1342) 원나라 황제가
  태감(太監) 송골아(松骨兒)로 하여금 공장(工匠) 37명을 이끌고 고려인과 함께 이
  곳에 원찰을 짓게 함.『여지승람』과『국조시산』에 6수,『소화시평』엔 3수가 실렸
  으나, 그 중 2수를 가렸음.
▷ 簿領(부령) : 문서더미.
▷ 十笏(십홀) : 홀(笏)은 공경대부가 조회 시 어명을 기록하기 위해 지니는 장 신구.
  본시에서는 '면적이 넓지 아니한 공간'의 뜻. 십홀방장(十笏方丈).

[2]

황금 편액을 보광문이라 하였는데
이 백여 년 간 정갈히도 지켜왔구나
절을 지어준 큰 시주 물어보자 하니
가뭇한 창공으로 사뿐히 새가 나네.

[二]

金書殿額普光門　　二百年來結構精
試問開山大檀越　　碧空無際鳥飛輕。

어구풀이

▷ 金書(금서) : 황금 편액의 글씨.
▷ 普光門(보광문) : '널리 광명을 펼치는 문'으로, 신광사 법당의 이름.

☞ 허균(許筠)은 『국조시산』에 이 시를 가려 넣고, "비록 작자는 증오스럽고 침을 뱉을 만하지만, 시만은 자연스러워 좋다."라 했고,(---雖其人 可怒可唾 而詩自好). 홍만종은 『소화시평』에서 "나는 이 평을 보며 웃으며 말한다. '당태종이 위무제(魏武帝)를 제사지낸다더니, 바로 이 평은 자기 자신을 묘사했구나(余嘗見而笑之曰 太宗祭魏武, 正所以自狀)." <소화시평>라고 첨기하므로 역모의 죄인에 대한 상투적 악평을 붙였다.

☞ 『시평보유』에 "정응운(鄭應運 : ?~?)이 일찍이 석주(石洲) 권 필(權韠)과 오산(五山) 차천로(車天輅)와 더불어 해주 신광사에 노닐며, 승축운(僧軸韻)에 차운해 먼저 짓기를

玉笛雙吹鶴背風　　옥피리 쌍쌍이 부니 학은 바람을 등지고
淸遊今過楚王宮　　맑아히 노닐며 지금 신광사를 찾아왔노라
遙聞勝地魂先爽　　예로부터 든던 승지라, 징신이 번저 상쾌한데
卽到名山眼始空　　곧장 명산에 이르자 비로소 시야가 탁 트이네
琪樹錦屛詩更好　　아름다운 나무 비단 병풍 시 더욱 좋고
水聲僧夢畫難工　　물소리와 스님의 꿈 그림으로도 못 그리랴
他年下界如相憶　　훗날 속세에서 추억거리 찾는다면
回首煙霞縹緲中。　　내와 노을 아득한 신광사로 머리 돌리리.

라 하고, 석주와 오산이 모두 미치지 못할 것이라 여겼다.(鄭應運 次紳光寺僧軸韻(嘗與石洲五山 遊海州紳光寺 共次僧軸韻 先成曰 --- 本詩略---. 五山石洲 皆以爲不及)" <시평보유>했다.

소요재의 벽사 시운을 빌어쓰다

긴 가람은 비단인 양 물결 찰랑이고
한 가닥 길은 강 끝에 연해 이어졌네
내 옛날 벽돌로 지은 절 찾으니
정갈한 도량 속세와 사뭇 다른데
보제 스님 영정에 향을 피우자
세월 속에 구름은 길이 한가롭네
백련사를 맺지도 않았는데
먼저 영취산에 이르렀네
목은 선생을 생각함이여
옛 비석엔 이끼가 얼룩졌구나.

[출전] : 『四佳詩集補遺』 『輿地勝覽 · 7』

작자 徐居正 (서거정 : P 116, 金剛寺 참조)

次逍遙齋覽寺韻

長江瀉匹練　　一徑緣江端
我昔訪覽寺　　界淨非人間
燒香普濟眞　　歲月雲長閑
未結白蓮社　　先到靈鷲山
懷哉李牧老　　古碣苔斑斑。

어구풀이

▷ 위의 시는 소요재(逍遙齋) 최숙정(崔淑精)의 시 「벽사覽寺」를 차운한 「차소요재벽
 사운」이다. '覽寺'가 신륵사의 다른 이름이고, 『여지승람』에 여주현 불우 신륵사조
 에 수록되었으므로, 사찰 분류상 본항에 싣는다.

▷ 瀉匹練(사필련) : 한 필의 깁을 펼친 듯 흘러내림.

▷ 界(계) : 경계. 혹은 법계. 곧 '청정도량'의 뜻.

▷ 普濟眞(보제진) : 보제존자(普濟尊者) 나옹화상(懶翁和尙)의 영정. 보제는 고려 말
 기의 명승 나옹 혜근(惠勤 : 1320~1376)의 시호. 그는 21살 때 친구의 죽음에 무
 상을 느끼고 공덕산 묘적암에 있는 요연선사(了然禪師)를 찾아가 출가하였다. 고
 려 말 보우(普愚) 선사와 함께 조선시대 불교의 초석을 세운 위대한 고승으로 평
 가받고 있다. 저서 『나옹화상어록』 1권, 『가송歌頌』 1권. 시호 선각(禪覺).

▷ 白蓮社(백련사) : 동진(東晉)의 혜원법사(慧遠法師)가 여산(廬山)의 호계(虎溪) 동
 림사(東林寺)에 있을 때 중 혜영(慧永)·혜지(慧持)·도생(道生) 및 명유(明儒) 유
 유민(劉遺民)·종병(宗炳)·뇌차종(雷次宗)·주속지(周續之) 등 123인과 미륵불
 상 앞에서 맹세하고 같이 서방정입(西方淨業)을 닦기로 맺은 결사(結社). 이 결사
 로 인하여 정토종(淨土宗)이 융성하게 됨. '未結'이라 함은 '미처 마음의 다짐도 못
 한 채'의 뜻.

▷ 靈鷲山(영취산) : 인도의 산 이름. 석가여래가 설법한 곳. 산 모양이 독수리 같아
 서, 혹은 독수리가 많이 살아서 유래한 이름이라 함.

▷ 李牧老(이목로) : 목은(牧隱) 이색(李穡). '老'는 윗분에 대한 존칭.

▷ 古碣(고갈) : 오래된 비갈(碑碣). 해묵은 비석. 곧 이색이 쓴 나옹 화상의 비.
 네모진 것을 碑, 둥근 것을 碣이라 함.

▷ 斑斑(반반) : 얼룩무늬가 진 모양.

비에 막혀 신륵사에 묵으며

봄비 갈 길을 잡는가, 짐짓 개지 않아
창 너머 저 강물 소리만 종일 듣노라니
산비둘기마저 봄소식 전하려는 듯
산 살구꽃 숲에서 구구구 다정도 해라.

[출전] : 『企齋別集 · 4』

작자 申光漢 (신광한 : 1484~1555)
대제학을 지낸 당대의 문장가로 2편의 몽유록과 소설에 근접한 2편의 전(傳)을 남겼다. 본관은 고령(高靈). 자는 한지(漢之) · 시회(時晦), 호는 기재(企齋) · 낙봉(駱峰) · 석선재(石仙齋) · 청성동주(靑城洞主). 영의정 숙주(淑舟)의 손자이고 내자시정(內資寺正) 형(洞)의 아들이다. 1507년(중종 2) 사마시를 거쳐 1510년(중종 5) 식년문과에 급제, 1514년(중종 9) 사가독서(賜暇讀書)를 하고 홍문관전교가 되었다. 조광조 등과 함께 신진사류로서 1518년(중종 13) 대사성에 특진되었으나 다음 해 기묘사화에 연좌되어 삭직되었다. 1537년(중종 32) 등용되어 이조판서 · 홍문관제학을 지냈다. 1545년(명종 즉위) 을사사화 때 윤임 등 대윤(大尹)을 제거하는 데 공을 세워 위사공신(衛社功臣) 3등이 되었다. 같은 해 우찬성으로 양관대제학을 겸임, 영성부원군(靈城府院君)에 봉해졌으며, 1550년(명종 5) 좌찬성이 되었다. 1553년(명종 8) 궤장(几杖)을 하사받고 기로소(耆老所)에 들어갔다. 필력이 뛰어났으며 시호는 문간(文簡)이다.

阻雨信宿神勒寺

好雨留人故不晴　　隔窓終日聽江聲
斑鳩又報春消息　　山杏花邊款款鳴。

어구풀이

▷ 神勒寺(신륵사) : 경기도 여주군 북내면 상교동 봉미산에 있는 사찰. 신라 때 창건된 것으로 보이며, 고려 우왕 2년(1376) 나옹왕사가 여기서 입적하였다. 우왕 5년(1379) 각신(覺信), 각주(覺珠) 스님이 절을 크게 중창하고, 나옹의 부도를 세웠다. 조선 세종 22년(1440) 중수했으며, 성종 4년(1473) 나라에서 확창하여 영릉원찰(英陵願刹)을 삼고 보은사(報恩寺)라 개칭하였다. 당시 건물이 2백여 칸에 이르렀는데, 현종 12년(1671) 계헌(戒軒) 스님이 중수하였다. 숙종 28년(1702) 위학(偉學), 천심(天心) 스님 등이 중수하였고 철종 9년(1858) 김병기(金炳驥)를 시켜 중수했으며, 1929년 주지 성인(性仁) 스님이 명부전을 중건하였다. 다층석탑(국보 357호), 다층전탑(국보 359호), 보제존자석종(국보 360호) 등 값진 유물이 많이 전하고 있다.

▷ 信宿(신숙) : 거듭 묵다. 이틀 묵다.

▷ 好雨(호우) : 좋은 비. 때 맞춰 내리는 비. 두시 「춘야희우春夜喜雨」에 "좋은 비 때를 맞춰 내려/ 봄을 맞아 만물을 펴나게 하는구나(好雨知時節 當春乃發生)"라 했다.

▷ 留人(유인) : 사람을 머무르게 함. 은근히 못 가게 만류함.

▷ 故不晴(고불청) : 짐짓(일부러) 개지 아니하는 듯.

▷ 斑鳩(반구) : 산비둘기. 진기(陳基)의 시에 "오늘 아침 빗소리 멎자/ 새삼 산비둘기 울음소리 들리네(今朝雨聲絶 又聽斑鳩啼)"라는 용례가 있음.

▷ 款款(관관) : 은근한 소리. 화락한 모양.

신륵사, 가려다 못 가고 그리며

아슴한 산 긴 강 저 밖
성긴 솔 푸른 바위 곁에
사찰은 복된 땅을 열고
보제존자 진영 당에 모셨으리
현령도 자주 홀 차고 예불하건만
산 스님 홀로 벽을 향해 앉았으리
어찌 하면 들판의 배를 찾아
맑은 파람 불며 넓고 아득한 강에 띄워볼까.

[출전] : 『牧隱詩遺稿·10』

작자 李穡 (이색 : P 92, 고석사 참조)

將遊神勒寺 未果因賦短篇

遠岫長江外　　疎松翠石傍
招提開福地　　普濟敞眞堂
縣令頻腰笏　　山僧獨面墙
何當尋野艇　　淸嘯倚蒼茫。

▷『목은시유고』의 원제는 '장차 신륵사에 노닐고자 했으나, 실행하지 못하고, 인하여
　단상을 짓는다' 했으니, 가지 못하고 추상해 지은 작품이다.
▷面墙(면장) : 벽을 대함. 벽을 대하고 앉아 참선함[面壁對坐].

벽사에서

벽사의 종소리 한밤에 울리니
광릉서 돌아가는 길손 꿈이 막 깨었네
만약 장계로 하여금 이곳을 지나게 하였다면
아마 한산사만 홀로 이름 떨치지 못했으리라.

[출전]: 『輿地勝覽·7』『芝峰類說·下』

작자 崔脩 (최수 : 未詳)

甓寺

甓寺鐘聲半夜鳴　　廣陵歸客夢初驚
若敎張繼曾過此　　未必寒山獨擅名。

어구풀이

▷『여지승람』에는 경기 여주현 불우 신륵사조에,『지봉유설』에는 「벽사」로 인거되었으나, 사찰 분류상 신륵사항에 포함키로 함.
▷ **廣陵**(광릉) : 경기도 광릉.
▷ **歸客**(귀객) : 돌아가는 길손. 곧 작자 자신.
▷ **若敎~**(약교~) : 만약 ~로 하여금 ~하게 하면.
▷ **張繼**(장계) : 당나라 시인. 한산사(**寒山寺**) 야경을 노래한 「풍교야박**楓橋夜泊**」이란 시로 유명함.
▷ **未必~**(미필~) : 반드시 ~하진 못했으리라. 가정형.
▷ **寒山**(한산) : 중국 강소성(**江蘇省**) 동산현(**銅山縣**) 장계(**張繼**)의 「풍교야박」을 이른 말. 곧 "고소성 밖 한산사에서, 한밤의 쇠북소리, 나그네 뱃머리에 들려오네(**姑蘇城外寒山寺 夜半鐘聲到客般**)"에서 인용한 말.
▷ **擅名**(천명) : 이름을 함부로 드세움. 신륵사의 야경이 한산사에 못하지 아니함.

벽사에서

강 너머 저 언덕에 절집 있으니
금빛 푸른 무늬 숲 끝에 빛난다
제천은 속세에 벌려 있는데
세존이 그 사이에 안치되었네
속된 나그네 오고감이 적으니
고승은 절로 길이 한가롭구나
아침저녁 향 피우고 비는 바는
임금님 남산의 천수 누리사이다
문 앞에 우뚝 선 벽돌 부도엔
아득한 세월만큼 이끼무늬로세.

[출전] : 『逍遙齋集·1』『輿地勝覽·7』

작자 崔淑精 (최숙정 : 1432~1480)

　조선 전기의 문신, 학자. 자 국화(國華), 호 소요재(逍遙齋)·사숙재(私淑齋). 세조 7년 (1461) 진사시에 합격하고, 1462년 식년문과에 급제한 뒤 사관으로 발탁되었다. 성종 1년 (1470) 형조좌랑, 경연시독관에 개수(改授)되면서 춘추관기주관이 되어 『세종실록』과 『예종실록』의 편수에 참여하고, 실록 편수가 끝난 뒤, 1계(階)가 가자(加資)되었다. 1478 년에 찬진된 『동문선』의 편집에 참여하고, 같은 해 통정대부에 오르면서 여주목사로 파견되었다. 일세의 명현이었다는 평판과 높은 시격이 있다는 평을 들었다. 저서로는 순조 13년(1813)에 간행된 『소요재집』 2권이 있다.

甓寺

隔岸有僧舍　　金碧輝林端

諸天列下界　　世尊安中間

俗客少來往　　高僧長自閑

晨昏祝香火　　聖壽齊南山

門前甓浮屠　　歲遠每苔斑。

▷甓寺(벽사) : 경기도 여주 신륵사의 다른 이름.(神勒寺 有甓浮屠, 故俗稱甓寺.)<여
지승람>라 하고, 『逍遙齋集·1』본 시제에도 병서됨.

▷隔岸(격안) : 언덕을 사이하다. 곧 언덕 저 편.

▷諸天(제천) : 여러 하늘. 정통 불교(佛敎)에서는 28천으로, 민간신앙에선 36천으로
나눔.

▷晨昏(신혼) : 새벽부터 저녁까지.

▷南山(남산) : 앞 산. 축수에 쓰이는 '남산만수(南山萬壽)'의 뜻.

▷甓浮屠(벽부도) : 흙벽돌 부도. 불자의 사리 등 유골을 넣어 세운 사리탑.

신림사에서

갈대 태워 유월 더위를 막자하니
쇠를 녹일 만큼 불기운 드세구나
붉은 기운이 온 세상에 가득하니
활활 타오르는 새 가마를 연 듯해
어찌 풀과 나무만 불태우겠는가
모래며 돌 모두 타 녹아버리네
내 이슬 마시는 신선이 아니니
어찌 이 번뇌에서 달아날 수 있으랴
항차 저 궁핍하고 주린 듯한 불기운
마음 속까지 누르며 타오르는데
답답하고 찌는 더위 언제나 가시려나
근심스레 앉았자니 차마 견딜 수 없네
가만히 더위 피할 곳만 생각하나
돌아갈 길 멀다고 어찌 사양하랴
나귀에 걸터앉아 다른 고을로 향하니
내와 육지는 어찌 이다지 멀기만 한가
강물이 모인 곳은 흰 비단처럼 비치고
첩첩한 산봉은 푸른 구슬 쌓은 듯하네
서남쪽으로 뻗은 한 줄기 외길
비낀 산허리에 가로놓여 있는데
이끼를 밟으며 옛 절 찾아가니
아름다운 경내 세속 시비 없고
안개와 놀 골짝마다 자욱하며
노송과 잣나무는 하늘 찌르네
뜰 앞 시냇물 거침없이 흐르고
난간 밖의 바람은 상큼히 부네
초가 암자 늙은 스님 한 분 계신데

新林寺

葦灰吹徂暑　　金伏火氣驕
朱氛亘六合　　赫赫開新窯
豈唯炳草木　　沙石皆煎焦
我非飲露子　　安可逃煩歊
況被窮餓火　　心頭鎮來燒
鬱蒸何時畢　　愁坐不自聊
靜思滌署處　　歸路寧辭遙
跨驢向異縣　　川陸何迢迢
攢江映白練　　疊巘森青瑤
西南一線徑　　屈折橫山腰
躡答訪古寺　　嘉境遺塵囂
煙霞滿洞壑　　檜栢干雲霄
階前水激激　　檻外風蕭蕭
草庵一老褐　　方丈依岧嶢

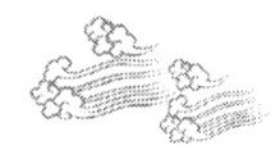

방장은 높다란 벼랑에 기대 있구나
눈 속의 원숭이도 시원한 격조 양보할 테고
서리맞은 갈매기 맑은 자태도 이만 하겠는가
혜초 사이 안개는 여리게 솔솔 피어오르고
떨어지는 꽃은 비처럼 흐드러지게 내린다
선정에 들어선 마음 이미 물욕을 버렸어도
옛날 친한 친구야 차마 잊었으랴
조용히 자리에 앉아 마주 보자니
웃고 말하는 중에 맑은 바람이네
어름 바구니 속 세찬 물결 이 듯
뜨거운 더위 기운 스러지게 하네
갈건 쓴 머리도 매만지기 귀찮고
부채 흔드는 일손이 게으름 피우네
그윽하고 한가로움 내 천성에 그만이니
돌아갈 말에 재갈 물리고 싶지 않구나
저녁노을 붉어올 때 매미 소린 헌사롭고
흰 구름 이는 아침 풍경 소리 잦아든다
아침부터 읊조리면 어느새 한낮도 다 가고
저녁 무렵 술잔 들면 하룻밤 지새기 일쑤니
한 번도 지지 않은 선문답의 대가 소학사가
삽수 땅에서 삼료 스님을 마주한 듯하구나.

[출전] : 『輿地勝覽 · 27』

作者 金克己 (김극기 : P 56, 가지사 참조)

雪猿讓冷格　　霜鷺輸清標

蕙煙細苒苒　　花雨輕飄飄

禪心已遺物　　未忍忘舊要

從容對榻坐　　笑語臨淸飆

冰簞起驚浪　　旋敎炎景消

葛巾頭慵整　　葵扇手懶搖

幽閑已愜性　　未肯廻征鑣

亂蟬紅日夕　　殘磬白雲朝

朝吟動竟晝　　夕醉恒通宵

全勝蘇學士　　雪水對參寥。

어구풀이

▷ 新林寺(신림사) : 경북 경산군 현성산에 있던 사찰. 신라 신문왕 때 원효대사가 창건하여 금당(金堂)이라 했다. 그 뒤 백양(白楊) 스님이 선당을 증축, 신림사라고 개칭. 임진왜란 때 불탄 것을 광해군 13년(1621)에 법성(法性) 스님이 중건함.

▷ 徂暑(조서) : 가는 더위. 음력 6월의 다른 이름.

▷ 金伏(금복) : 쇠를 녹일 폭염. 봄은 나무 [木]·여름은 불 [火]·가을은 금 [金]·겨울은 물 [水]이라 하고, '금이 나올 때라 하고 머리를 내밀다가 아직 불기운이 드세다'하여 세 번 엎드린다. [三伏]함.

▷ 亘六合(긍륙합) : 육합(천·지·동·서·남·북)에 미침.

▷ 新窯(신요) : 금은 불에 녹으므로 불을 겁낸다. 여름 더위가 한창이면 불의 기운이 왕성한 때여서 가을인 금이 나올 차례라 하여 머리를 들다가 아직도 불기운이 맹렬하므로 세 번 엎드린다고 한다.

▷ 豈唯~(기유~) : 어찌 유독 ~만이랴.

▷ 飮露子(음로자) : 이슬 마시는 자. 곧 신선.

▷ 煩歊(번효) : 번뇌와 시끄러움. 고통.

▷ 鬱蒸(울증) : 무더움. 답답하고 찌는 듯한 더위.

▷ 攢江(찬강) : 줄기줄기 강물을 한 데 모음. 혹은 강물을 모은 곳.

▷ 塵囂(진효) : 세속의 시끄러움. 시시비비.

▷ 岧嶢(초요) : 산이 높은 모양.

▷ 蘇學士(소학사) : 송나라의 소동파는 선학(禪學)에도 조예가 깊어 여러 선사들과 선문답을 하였으나 항상 이겼다. 그러다가 항주 태수로 가서 그곳 삽수의 지과사(智果寺)에 있는 스님 삼료와의 선문답에서 비로소 졌다고 한다.

실성사에서

사찰 단청은 산 정수리에서 빛나고
온 골짝 구름 속 풍경소리 흩나네
스님이 선방에서 막 참선에 들자마자
등불 가물대며 전자 연기 피어오르네.

[출전] : 『小華詩評』『國朝詩刪』『大東詩選』

작자 許輯 (허집 : ?~?)

생몰 연대 미상. 『소화시평』에 의하면 초당(草堂) 허엽(許曄)의 부친 허한(許澣)의 종숙부(從叔父)로 성종조에 급제하고, 관직은 지중추를 지냈으며, 문장으로 명성이 있었다 함. 시호 정간(靖簡).

實性寺

梵宮金碧照山椒　　萬壑雲深一磬飄
僧在竹房初入定　　佛燈明滅篆烟消。

▷ 實性寺(실성사) : 『국조시산』에는 허침(許琛)의 작으로 수록.
▷ 山椒(산초) : 산의 정상. 산 정수리. 산초나무.
▷ 初入定(초입정) : 막 선정(禪定)에 듦.
▷ 篆烟消(전연소) : 향, 혹은 등불 그름이 피어오르는 모양을 서예 전자체(篆字體)로
　미화한 말.

지리산 쌍계사

남쪽 뫼 뿌리 웅장함 이와 같으니
산세가 열 두 고을에 걸쳐 있구나
놀라운 강 일천 물줄기 합했고
그늘진 고을 사시 가을이라
절은 옛스러우나 위의 성한데
비 오래니 사적은 그윽하구나
뒤로 날아가던 푸른 학이
나를 위해 잠시 머리 돌리네.

[출전] : 『韶護堂集·2』

작자　金澤榮 (김택영 : P 344, 獅子菴朝起有吟 참조)

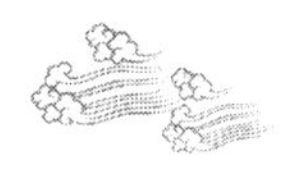

智異山 雙溪寺

南岳雄如此　　　　株連十二州

鷲江千澗合　　　　陰洞四時秋

寺古威儀盛　　　　碑殘事績幽

＜寺有崔孤雲所撰眞鑒碑. 寺卽眞鑒所創.＞

背飛靑色鶴　　　　爲我少回頭。

＜山有靑鶴洞＞

어구풀이

▷ **雙溪寺**(쌍계사) : 경남 하동군 화개면 운수리 지리산 소재 사찰. 옛 이름은 옥천사 (玉泉寺)다. 신라 성덕왕 22년(723) 삼법(三法)스님이 창건. 중국의 육조혜능의 두 상을 봉안했다는 탑이 금당에 세워져 있다. 또 신라 진흥왕 1년에 최치원이 지은 진감국사비(국보 228호)가 보존되고 있다.

▷ **株連**(주련) : 원 뜻은 '한 사람이 저지른 죄에 여러 사람이 관련 됨'의 뜻이나, 본 시에서의 뜻은 '남악 [지리산]의 산세가 주변 12주에 미침'의 뜻으로 그 웅장함을 이른 말. 두시(杜詩) 「望岳」에 "태산은 대저 어떠한 산이라죠, 제와 노땅에 이르도 록 산세 마지 않았죠. 조물주가 온갖 조화를 한 데 모아, 밝고 어둠이 아침 저녁으 로 나뉘지요.---(岱宗夫何如 齊魯靑未了. 造化種紳秀 陰陽割昏 曉---)"의 개념으 로 이해할 수 있다.

▷ **碑殘**(비잔) : 비가 오래되어 마모가 심한 상태. 쌍계사 소재 최치원의 「진감국사비」 고운은 「진감국사비」 외에도 이른바 사산비(四山碑)라 하여 「숭복사비」「지증대 사적조탑비」「무염국사백월보광탑비」가 있다. 간주(間注)의 "사찰 내에 최치원이 찬한 바 '진감국사비'가 있다. 쌍계사는 진감국사가 창사했다"가 그것이다.

▷ **靑色鶴**(청색학) : 푸른 빛 학. 장중하고 품격 있는 지리산의 위용을 푸른 학에 승 화한 비유적 수사. '산 가운데 청학동이 있다'는 간주 참조.

쌍계사에서 호원상인에게

종일토록 머리 숙이고 붓끝을 희롱하니
사람마다 입 다물어 마음속 말하기 어렵구나
티끌세상 멀리 떠나 비록 즐겁지만
풍정이야 없어지지 않으니 어찌할 것인가
맑게 갠 노을 속 단풍 길 그림자 어지럽고
밤비 내리는 소리 흰 구름 끝까지 잇닿았네
시인의 넋 경치 대하자 거침없고
세상 깊은 이치 방대고사 기억나네.

[출전] : 『孤雲集 · 1』『輿地勝覽 · 30』

작자 崔致遠 (최치원 : P 136, 贈金川寺主 참조)

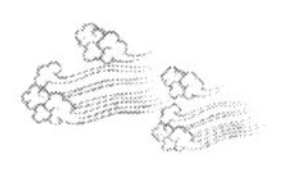

雙溪寺寄顥源上人

終日低頭弄筆端　　人人杜口話心難

遠離塵世雖堪喜　　爭奈風情未肯闌

影鬪晴霞紅葉徑　　聲連夜雨白雲端

吟魂對景無羈絆　　四海深機憶道安。

어구풀이

▷ 顥源上人(호원상인) : 신라 후기 헌강왕(875~886) 때의 승려. 최치원이 쌍계사에 머물 때 서로 시문으로 사귀었다 함. <삼국사기>

▷ 低頭(저두) : 머리를 숙임. 저두평신(低頭平身). ~에 몰두함.

▷ 杜口(두구) : 입을 막음. 말하지 아니함[緘口].

▷ 爭奈(쟁내) : 어쩌랴.

▷ 晴霞(청하) : 맑게 갠 내. 맑은 안개.

▷ 紅葉徑(홍엽경) : 붉은 단풍잎으로 덮인 길.

▷ 羈絆(기반) : 말의 굴레와 소의 술래. 얽어맴.

▷ 吟魂(음혼) : 읊조리는 혼. 곧 시인의 넋.

▷ 深機(심기) : 깊은 기미.

▷ 道安(도안) : 진(晉)나라 사람 대규(戴逵). 거문고를 잘 탔으며, 서화(書畵)에 뛰어남. 특히 왕휘지(王徽之)가 눈 내리다 맑게 갠 밤 문득 그가 생각나 섬계(剡溪)까지 찾아갔다가 조문직반(造門直返)했다는 방대(訪戴) 고사는 유명하다. 대규의 자(字)는 안도(安道)나, 압운 관계상 도치함. 이규보의 시 「왕휘지가 대규를 찾아가다子猷訪戴」에 "눈 내린 섬계로 벗을 찾는 운치여, 문득 만나 마주 보고 웃으면 그만. 흥이 다 해 돌아갔다 이르지 말게, 문전에서 돌아가나 뜻은 되려 무궁해.(訪人情味雪溪中 若便相逢一笑空. 莫道興闌廻棹去 造門直返意無窮)" <삼한시귀감 · 중>라고 시화했다.

쌍봉사에서

단청한 집 울긋불긋한 숲 새로 비치는데
한가한 경계 내 진작 보지 못한 선계이라
푸른 하늘 날던 학 지둔 스님과 헤어지고
금빛 연못 물고기들 혜관 스님께 사례하네
옥비녀 양 난만한 봉우리 난간에 이르러 수려하고
구슬 패물처럼 거센 물살 섬돌에 부셔져 차갑구나
말 끝에 홀연히 조계의 물줄기 우러러보니
하늘에 잇닿은 만 길 노한 파란 일고 있네.

[출전] :『輿地勝覽・40』

작자 金克己 (김극기 : P 56, 가지사 참조)

雙峯寺

丹臛交輝紫翠間　　境閑俗眼未曾看
鶴飛碧落辭支遁　　魚戲金池感惠寬
亂嶺玉簪當檻秀　　驚湍珠佩落階寒
談餘忽見曹溪水　　萬丈連天起怒瀾。

어구풀이

▷ **雙峯寺**(쌍봉사) : 전남 화순군 이양면 증리 중조산 소재 사찰. 대웅전(국보 274호)과 칠감선사탑(국보 287호)이 있다.
▷ **丹臛**(단확) : 빨간 빛깔의 고운 흙. 단사(丹砂). 단청(丹靑).
▷ **紫翠**(자취) : 붉고 푸름. 단풍 든 붉고 푸른 산의 모습.
▷ **俗眼**(속안) : 속인의 눈. 시적 자아의 비유.
▷ **未曾~**(미증~) : 일찍이 ~하지 못하다.
▷ **碧落**(벽락) : 푸른 하늘. 벽공(碧空)
▷ **支遁**(지둔) : 동진(東晉)의 고승. 자 도림(道林). 천축인(天竺人).
▷ **惠寬**(혜관) : 혜시(惠施). 전국시대의 학자. 장자(莊子)와의 교분이 돈독했다하며, 그의 언행은 『전국책戰國策』『여씨춘추呂氏春秋』 등에 산견됨.
▷ **當檻**(당함) : 헌함에 이르다. 난간에 당도함.
▷ **驚湍**(경단) : 놀란 듯 급히 흐르는 여울물. 폭포수.
▷ **溪水**(계수) : 선종(禪宗)의 조계종을 말하는데, '계(溪)라는 글자가 있기 때문에 법리(法理)를 물에 비유'하였다.
▷ **萬丈連天**(만장련천) : 아스라이 높은 곳에서 쏟아져 내리는 폭포.
▷ **起怒瀾**(기노란) : 성난 파랑을 일으킴.

안심사에서

돌 틈새 물색들 경이롭기도 하고
마을 안 아지랑이 보기만 해도 족한데
보배로운 절 그림자 들 저까지 이었고
당간에 이는 바람 석양녘부터 흔들리네
비단 장막인 듯한 꽃 산 에워 싸 붉고
포도송인 양 내뿜는 폭포 하늘에 비춰 푸른데
밤 이슥하자 향긋한 대전 스님은 선정에 들고
풍경소리도 멎은 산사, 조화옹에 머리 숙일 뿐.

[출전] : 『楓溪集, 遊翫錄』

작자 釋 楓溪 (석 풍계 : 1640~1708)
　　조선 중기의 승려. 법호는 풍계(楓溪), 자는 취월(醉月), 속성은 박씨(朴氏)이고 이름
은 명찰(明詧)이다). 효종 원년(1650) 11세에 춘천 청평사 양신암에서 출가하고. 효종 3
년(1652) 금강산 풍담 의심(楓潭 義諶)의 문하에서 10여년 경론을 배워 그 법을 이음.
숙종 16년(1690) 해인사에서 의천이 입적하자, 그의 행장을 지음. 시문으로 이름을 떨치
다, 해인사 백련암에서 법랍 58년으로 입적함. 명산을 유력하며 지은 시집 『유완록(遊
翫錄)』상·하권과 『풍계집』을 저술함.

安心寺

岩間物色還驚眼　　　洞口煙霞勝賞同
玉刹影連平楚外　　　幡竿風動夕陽中
花成錦幄紅圍岫　　　瀑噴葡萄綠暎空
香閣夜闌僧入定　　　鐘聲盡處拜天公。

어구풀이

▷ **安心寺**(안심사) : 안심사는 전남 담양군 대전면 화아리 불일산, 평북 영변의 묘향산, 함남 함주군 기린산 및 평북 구성군 천마면, 황해도 장연군 미라산 등에 있고, 강원도에도 양양군 설악산, 금화군 백이산 등지에 안심암이 있다. <사찰전서> 그러나 『완유록』은 물론, 『사찰전서』에도 『여지승람』 불우조에서도 어느 사찰에서의 작인지 미처 확증하지 못했다.

▷ **驚眼**(경안) : 눈을 깜짝 놀라게 하다. 곧 경이로운 선계임.

▷ **玉刹**(옥찰) : 아름다운 사찰. 곧 안심사.

▷ **平楚**(평초) : 아스라이 펼쳐진 들판.

▷ **幡竿**(번간) : 깃대. 곧 당간.

▷ **花成錦幄**(화성금악) : 꽃이 비단 장막을 이룸. 곧 비단 장막을 두른 듯 꽃이 온 산을 에워 쌈.

▷ **紅圍岫**(홍위수) : 붉음이 산 굽이굽이를 에워 쌈.

▷ **瀑噴葡萄**(폭분포도) : 쏟아지는 폭포가 포도송이처럼 번져 나감.

▷ **綠暎空**(녹영공) : 푸르름이 공중에 빛남. 물빛이 하늘에 반사됨.

▷ **香閣**(향각) : 향그런 집. 곧 안심사.

▷ **拜天公**(배천공) : 조물주에 경하함. 곧 신이한 자연의 경물을 이뤄낸 조물주에게 머리 숙임.

안화사에서 치재 드리며

저무는 가을 뜰 앞에는 나무 그림자 빽빽하고
고요한 밤이면 돌 위의 샘물 소리가 커지네
잠깨자 서늘하여 비 왔던 줄 알겠으니
문득 갈대 속 어선에서 자던 일 떠오르네.

[출전] : 『東文選 · 19』『三韓詩龜鑑 · 中』『輿地勝覽 · 44』

작자 金富軾 (김부식 : P 62, 甘露寺次惠袁韻 참조)

安和寺致齋

窮秋影密庭前樹　　靜夜聲高石上泉
睡起凄然如有雨　　憶曾蘆葦宿漁船。

어구풀이

▷ **安和寺**(안화사) : 개성 송악산 소재 사찰. 고려 초 예종 대에 창건. 단청(丹靑)과 구조(構造)의 아름다움이 해동제일(海東第一)이라 함.
▷ **致齋**(치재) : 제사나 불공을 드리기 위해 전 날에 주육(酒肉)을 끊고 출입을 하지 못하게 하며 재계(齋戒)하는 것.
▷ **窮秋**(궁추) : 다한 가을. 늦가을. 만추(晩秋).
▷ **凄然**(처연) : 소삽함. 서늘한 기운이 감도는 모양.
▷ **如有雨**(여유우) : 비 내리는 밤 기운처럼 음산함.
▷ **蘆葦**(노위) : 갈대. 갈대 숲.

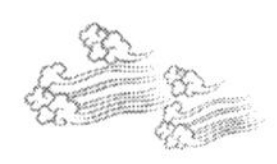

안화사에서

구렁에 우뚝 솟은 누각 수부에 임했고
담을 사이한 선당 바위무지에 의지했네
스님 가까이하는 참뜻 아는 이 없으나
십리에 번진 다연 대숲 바람에 흩날리네.

[출전] : 『輿地勝覽 · 44』

작자 安軸 (안축 : P 144, 洛山寺 참조)

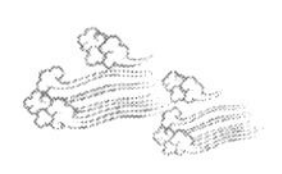

安和寺

聳壑群樓臨水府　　隔墻禪舍倚岩叢
愛僧眞趣無人識　　十里茶煙颺竹風。

▷ 聳壑(용학) : 골짝에 우뚝 솟음.
▷ 禪舍(선사) : 선종 사찰.
▷ 眞趣(진취) : 진정한 의취. 참다운 뜻.
▷ 茶煙(다연) : 차 다리는 연기.
▷ 無人識(무인식) : 아는 사람이 없음.

안화사에서

대를 사랑함에 어찌 그 굵기를 물으랴
차군이라 불러 응당 그릇됨이야 없겠지
산사는 빽빽한 녹음에 가려 보이지 않고
석양에 홀로 돌아드는 스님만 보이네.

[출전] : 『稼亭先生文集 · 20』

작자 李穀 (이곡 : P 128, 金山寺 참조)

安和寺

愛竹何須問徑圍　　此君稱謂未應非

招提翠密不知處　　唯見斜陽僧獨歸。

어구풀이

▷ **安和寺**(안화사) : 경기도 개성 송악산 자하동 소재 사찰.『파한집』에 의하면 "안화사는 예종이 창건했는데, 송나라 황제[徽宗] 가 이 말을 듣고 특별히 사신을 보내와 법전에 쓸 재물과 화상을 만들어 보내고, 어필로 친히 편액을 써서 채경(蔡京)을 명하여 문간에 걸게 했는데, 단청과 구조의 아름다움이 해동에 제일이다"라 했다.

▷ **何須~**(하수~) : 어찌 모름지기 ~하랴. 어찌 꼭 ~만 하랴.

▷ **此君**(차군) : 대(竹)의 미칭(美稱). 대를 군자에 비유한 호칭.

▷ **未應非**(미응비) : 응당 그릇됨이 아님. 아마도 잘못된 것만은 아닐 것이리라.

▷ **翠密**(취밀) : 녹음이 빽빽함. 푸르름이 짙음.

▷ **不知處**(부지처) : 그 곳을 알지 못함. 그 있는 곳을 알지 못함.

▷ **唯見~**(유견~) : 다만 ~만을 보다. 오직 ~만 보임.

안화사에 호종하여 어제에 화답하다

전단과 보전이 겹겹으로 몇 층인가
십리 향풍이 귤주와 비슷하네
일찍이 원대한 계획으로 승지를 마련하고
아름다운 풍치 따라 높은 다락 지었네
앞 샘은 은하에 통해 장건이 다녀간 듯하고
뒷 뫼 하늘을 버티니 기국 사람도 근심 없으리
다행히 좋은 철 만나 수레를 명하시어
잠깐 머물며 감상타가 다시 그윽한 곳 찾네
좌우의 시위들 환성이 흐뭇하고
원근의 산수들 화기 피어오르는데
오경 알리는 피리 소리 고요론 새벽이요
하수의 구곡 맑고 태평한 가을이로다
성군께서 내리신 잔치 상체를 노래하고
한제께서 읊은 노래로 가을을 느끼누나
다만 삼귀의로 복리를 기원할 뿐
감히 사사를 겸하여 맘껏 소요하소서

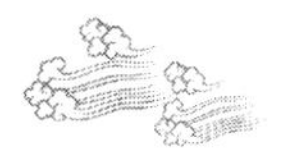

扈從安和寺應製

栴檀寶殿許多層　十里香風髣橘洲
曾爲遠圖占勝地　又因嘉致創高樓
前泉通漢騫應路　後嶽支天杞不憂
幸值良辰仍命駕　小留清賞更探幽
東西仗衛歡聲洽　遠近溪山協氣浮
角奏五更無事曉　河澄九曲大平秋
周王賜宴歌常棣　漢帝吟風感蓐收
只罄三歸資福利　敢幷四事恣遨遊

바다 같은 임금님 은혜 물고기도 즐거워하고
하늘처럼 긴 성수 학마저 부끄러워 하리
내일 아침 봉연을 돌릴 줄 안다는 듯
동문의 자욱한 안개마저 시름에 잠겼네.

[출전] : 『東文選 · 18』

작자 趙永仁 (조영인 : 1133~1202)

고려 후기 문신. 어려서부터 비범하여 재상의 기량이 있었다 하며, 의종 때 과거에 급제. 전주서기로부터 여러 직을 역임하고, 1201 문하시중으로 치사함. 특히 최충헌(崔忠獻)의 왕위 폐립으로 야기된 금(金)나라와의 외교문제를 원만히 해결함. 시호 문경(文景).

君恩海闊魚相樂　　聖壽天長鶴自羞
似識明朝廻鳳輦　　洞門煙景慘爲愁。

어구풀이

▷ 橘州(귤주) : 오(吳)나라 이위(李衛)가 무릉(武陵)의 범주(汎州)에 감귤 천 그루를 심었는데, 추하(趨蝦)가 이를 두고 "귤주에 바람이 이니 꿈조차 향기롭네(橘州風起夢魂香)"라고 읊었다.

▷ 張騫(장건) : 한(漢)나라 때의 인물로 바닷길로 서역을 다녀왔다. 그가 '서역으로 사신을 갔다가 은하(銀河)에까지 올라갔다'함.

▷ 杞不憂(기불우) : 고사 기인우(杞人憂 = 杞憂)의 원용. 곧 기(杞) 나라 사람의 '하늘이 무너지지 않을까'하던 걱정도 높은 산악이 받쳐주니 걱정 없다는 뜻. 서거정은 그의 『동인시화』에서 위의 시 5~6구를 "말이 편벽하지만, 또한 기상이 굳세어 숭상할 만하다.(詞語險僻 然亦氣健可尙)"고 고평(高評)했다. <동인시화ㆍ하>

▷ 角奏(각주) : 뿔피리를 불다. 큰 사찰에서 공양이나, 기타 의식 때 사용하는 뿔피리 소리.

▷ 九曲(구곡) : 황하수는 백 리마다 작은 굽이, 천리마다 큰 굽이가 있어 구곡(九曲)으로 바다에 흘러든다 함. 이 황하수가 천 년 만에 한 번씩 맑으면 성인이 난다 함.

▷ 周王(주왕) : 주나라 주공(周公)을 이름. 『시경』 「주남周南」편 참조.

▷ 常棣(상체) : 『시경』의 편명. 형제의 우애를 노래한 시. 안화사 행차 때 왕의 아우 종실들이 호종했으므로 이른 말.

▷ 漢帝吟風(한제음풍) : 한(漢)나라 무제(武帝)가 분수(汾水)에 배를 띄우고 유람하다가 「추풍사秋風辭」를 지어 늙음을 한탄한 노래.

▷ 三歸(삼귀) : 삼귀의(三歸依). 불(佛)ㆍ법(法)ㆍ승(僧)에 귀의함.

▷ 四事(사사) : 사미(四美). 곧 아름다운 새벽[良辰]ㆍ아름다운 경치[美景]ㆍ상심(賞心)ㆍ낙사(樂事). <불교대사전>

▷ 慘爲愁(참위수) : 슬픔에 잠겨 깊이 시름함. 곧 안화사 주변 경치가 임금님 행차 돌아가심을 슬퍼해 만류하는 듯함.

앙암사에서

앞으론 푸른 물결 누르고, 뒤엔 푸른 바위
우수수 갈대와 솔 삼나무 소리 스산한데
사공의 흥취는 나막신 두 짝 뿐이요
장한의 향수는 한 돛에 가득하구나
후산엔 흰 학을 타야만 하리
강루의 푸른 소매를 적심 더 무엇하리
십주 삼도를 두루 다 노닐어도
표연히 범골로 바뀌었음 부끄러워라.

[출전] : 『東文選 · 13』『輿地勝覽 · 12』

작자 李仁老 (이인로 : P 232, 盤龍寺 참조)

仰巖寺

前壓蒼波後翠巖　　蕭蕭蘆葦半松杉
謝公遺興唯雙屐　　張翰歸心滿一帆
只要緱山鞭皓鶴　　不須湓浦泣青衫
十洲三島遨遊遍　　自愧飄然骨換凡。

어구풀이

▷ 仰巖寺(앙암사) : 경기도 장단군 앙암산 소재 사찰.

▷ 謝公(사공) : 동진(東晋)의 사령운(謝靈雲). 등산을 좋아하여 산에 오를 때는 나무로 만든 신[屐]의 뒷굽을 떼고, 하산할 때는 앞굽을 뗐다 함.

▷ 張翰(장한) : 진(晋)나라 사람. 자 계응(季鷹), 호 강동보병(江東步兵). 그가 낙양에 들어와 제왕(齊王) 형(冏)의 동조연(東曹椽)으로 벼슬하다가 가을바람이 불자, 고향 오중(吳中)의 순채와 농어회 생각이나 벼슬을 버리고[掛冠] 돌아간 고사. 진화(陳澕)의 시에 "---綠珠는 금곡의 봄날에 간장을 끊었고/ 육기는 차운 꿈 화정의 학울음 그렸지/ 강동의 장한은 몹시도 고향의 순채를 즐겨/ 가을바람에 돌아가는 배 새처럼 빨랐다네.(腸斷蛾眉金谷春 夢寒鶴唳華亭曉/ 江東季鷹酷愛蓴)" <삼한시귀감·하. 蓴菜崔山人寄書請賦>.

▷ 緱山(후산) : 주(周) 영왕(靈王)의 태자 진(晋)이 신선이 되어 후산(緱山)에서 학을 타고 하늘로 올라갔다 함.

▷ 湓浦(분포) : 강주. 당나라 백거이(白居易)가 강주사마(江州司馬) 재직시 나그네를 전송하던 중, 배 위에서 비파 타는 장안 유락녀를 만나 유명한 「비파행」을 지었다. 그 글에 "좌중에 흐느낀 울음 누가 제일 많았나. 강주사마 푸른 소매 모두 젖었네(就中泣下誰最多 江州司馬青衫濕)" <古文眞寶>를 용사 함.

▷ 十洲(십주) : 신선이 산다는 열 개의 섬. 곧 조주(祖洲)·영주(瀛洲)·현주(玄洲)·염주(炎洲)·장주(長洲)·원주(元洲)·유주(流洲)·생주(生洲)·봉린주(鳳麟洲)·취굴주(聚窟洲).

▷ 三島(삼도) : 신선이 산다는 봉래(蓬萊)·방장(方丈)·영주(瀛州). 삼신산(三神山).

연대암에 묵으며

붉은 덩굴 푸른 숲 속 한 산길 열려 있고
시내 발원하는 곳 돌담엔 물이 빙빙 도는데
연화암 절 위로 한 밤 중 뜬 밝은 달
정녕 삼성 쓰다듬고 정성 지나 왔겠구나.

[출전] : 『玉峰集・上』

작자 白光勳 (백광훈 : P 188, 頭輪寺 題信堅韻 참조)

宿蓮臺庵

紫蔓靑林一逕開　　溪源生處石塘回

蓮花庵上三更月　　定是捫參歷井來。

어구풀이

▷ **蓮臺庵**(연대암) : 전북 순창군 팔덕면 광덕산 소재 백양사 말사. 연대암은 경북 안동의 청계산, 경기 시흥의 관악산, 전북 고창군 아산만 도솔산, 경남 고성군 개천면 연화산 등지에 산재해 있으나, 백양사 말사인 연대암 「중수기」에 의거 광덕산 소재 암자로 유추됨.

▷ **紫蔓**(자만) : 붉은 덩굴.

▷ **石塘**(석당) : 물웅덩이. 큰 돌못.

▷ **捫參**(문삼) : 삼성(參星)을 어루만짐. 參宿은 28수 중 21번 째 별.

▷ **歷井**(역정) : 정성(井星)을 지나옴. 井宿은 28수 중 22번 째 별.

연복사를 찾아서

누가 군신을 권해서 향락에 빠뜨렸노
재앙이 담안에 있는 줄 알지 못했던가
잔칫자리 끝도 나지 않은 누대 위에서
피비린내 임금 납시는 길에 뿌렸다네
수 양제는 변하에서 시해를 당했고
당 현종은 촉도에서 처량도 했다오
당시의 이 시름 아는 이 없으니
눈에 뵈는 산천을 대해 눈물 뿌릴 뿐.

[출전] : 『東文選·12』 『三韓詩龜鑑·中』

작자 任奎 (임규 : ? ~?)

고려의 문신. 초명은 천여(天與), 자 직재(直哉)·극충(克忠). 『三韓詩龜鑑·上』에 「江村夜興」 외 2수 <三韓詩龜鑑·中>가 전해짐.

過延福寺

誰勸君臣入酒鄕　　不知禍自在蕭墻
酣歌未閣瓊樓上　　腥血交流輦道傍
煬帝汴河秋冷落　　明皇蜀道雨凄凉
當時此恨無人識　　滿目溪山淚數行。

어구풀이

▷ 延福寺(연복사) : 『동문선』에는 「과연복정」으로, 『삼한시귀감』과 『여지승람』에는 「과연복사」로 기록됨. 개성 동문 밖 산대 바위 아래 옛 터가 있다 하며, 고려 의종이 이 정자를 짓고 기화이초를 심고 뚝을 쌓아 호수를 만들고 주야로 배를 띄우고 놀이를 하다 위사(衛士)들의 원망을 사 정중부의 난을 만났다 함. 위의 시는 그 현장을 노래한 영사시임.
▷ 酒鄕(주향) : 취향. 향락.　연복정에서의 주연.
▷ 蕭墻(소장) : 안에서 일어나는 재화(災禍). 내우(內憂)
▷ 瓊樓(경루) : 구슬 다락. 아름다운 누대. 꽃다운 잔치 자리.
▷ 腥血(성혈) : 비린 피 냄새. 피 비릿 내. 무신 난을 칭한 말.
▷ 輦道(연도) : 임금의 수레가 다니는 길.
▷ 煬帝(양제) : 수나라 양제. 주색에 빠진 양제를 우문화급(宇文化及)이 변하(汴下)에서 시해한 사실.
▷ 明皇(명황) : 당나라 현종(玄宗). 안록산의 난을 피해 검각산으로 몽진하던 중 양귀비를 잃고, 처량하게 내리는 늦가을 밤비 소리를 들으며 홀로 상심하던 일. 백락천의 「장한가長恨歌」 참조.

고려 연복사 옛 종에 가정 선생이 새긴 명시를 차운하다.

고려의 큰 종 연복사 자마황금 종은
시방 부처가 변해 불경 설법 소리 내는 듯한데
총명과 둔한 뿌리의 낮고 깊음을 따라
모두 와서 들으니 드날리기도 하고 잠기기도 하는구나.
가고 돌아오지 않는 것을 크게 견딜 수 없으니
큰 종의 음이 한 번 변해서 소리 나지 않는구나
한 밤에 슬픔이 격동해서 나그네 마음 감동시키니
오백 년이 지난 서릿달 숲이로구나
옛 도읍 남쪽 다락에서 여러 마을 굽어보니
날 듯한 처마 돌아오는 듯한 집들 충충한 그늘 맺혔구나
마사구씨가 지었다는 현묘한 장엄경을 어루만지며
내가 와서 이끼를 긁어내고 뼈 속을 세 번 씻어내누나
이때의 임금과 신하가 모두 선업을 닦은 인물들이어서
덕녕공주가 힘껏 원력을 다 쏟자
천자의 근신이 감독하고 만들게 했다.

[출전] : 『申紫霞詩集 · 2』

작자 申緯(신위 : P 100, 관적사 참조)

高麗演福寺古鐘 次李稼亭先生穀銘詩韻

高麗大鐘紫磨金　　化十方佛演經音
慧性鈍根隨淺深　　悉來廳之揚又沈
往而不返大不堪　　黃鐘一均變極瘖
夜半悲激感羈心　　閱五百年霜月林
故都南樓俯閭閻　　飛簷反宇結層陰
摩挲鳩氏妙莊嚴　　我來剔苔洗髓三
維時君相盡善男　　德寧公主願力咸
天子近臣監煎鑱

어구풀이

▷ **古鐘(고종)** : 현재 개성시 북안면 남대문에 걸린 종. 북한 보물 제30호. 높이 324cm, 종의 입 지름 188cm, 종 입 두께 23cm, 무게 약 14톤. 1346년(고려 충목왕 2년) 원나라 종장(鍾匠)이 만들어 연복사에 걸었는데, 1563(조선 명종 13) 화재로 전소하자 개성 남문에 걸었다 함.

▷ **李穀(이곡)** : 고려 말 문신 학자(1328~1396). 자 영숙(潁叔), 호 목은(牧隱), 시호 문정(文靖). 삼은(三隱)의 한 사람. 충목왕 4년(1248) 원의 국자감 생원이 되어 성리학을 연구하고, 귀국 후 김구용(金九容) 정몽주(鄭夢周) 이숭인(李崇仁) 등과 함께 성리학 발전 및 여말 정치개혁에 크게 공헌함. 본 작품의 원제는 「연복사신주종명병서演福寺新鑄鍾銘竝書」다.

▷ **銘詩(명시)** : 종의 내력 및 의의 등을 오래 마음 속에 기억하기 위해 새긴 시. 연복사 종명은 이곡이 찬하고, 성사달(成師達)이 썼다.

▷ **紫磨金(자마금)** : 금 중에 가장 좋다는 고급 금.

▷ **十方(시방)** : 4 방위(동·서·남·북)과 4우(隅)(乾·坤·艮·巽) 및 상·하. 곧 천하. 十方世界.

▷ **慧性(혜성)** : 민첩하고 총명한 본성.

▷ **摩挲鳩氏(마사구씨)** : 인도 승 구마라즙(鳩摩羅什: 344~413). 「대품반야경(大品般若經)」 「묘법연화경(妙法蓮華經)」 「아미타경(阿彌陀經)」 등 74부 380여권의 불경을 번역함. 특히 삼론(三論) 중관(中觀)의 불교를 위해 많은 힘을 기우려 이를 확립하므로 한중일에서 그를 삼론종(三論宗)의 조사로 일컬음.

▷ **德寧公主(덕녕공주)** : 고려 28대 충혜왕의 비.

▷ **天子近臣(천자근신)** : 원나라 순종(順宗)과 그의 명을 받은 원나라 장인(匠人)들. 자정원사(資正院使), 강전강(姜全剛), 신예(申裔) 등.

영곡사에서

천 길 바위 위 천 년 묵은 옛 가람
앞은 치렁한 강물이요, 뒤로는 산을 의지했는데
아스라이 북두를 만질 듯 처마는 세 뿔 모양이
허공에 우뚝 솟은 다락 한 칸이로다.

[출전] :『輿地勝覽 · 14』

작자 鄭知常 (정지상 : P 72, 開聖寺八尺房 참조)

靈鵠寺

千仞岩頭千古寺　　前臨江水後依山

高磨星斗屋三角　　半出虛空樓一間。

▷ 靈鵠寺(영곡사) : 충북 충주시 단원리 대림산에 있던 사찰. 단월대(丹月臺)라 통칭
  된다. 권상로는 『여지승람』을 인용해 "깎아지른 절벽에 기대고, 푸른 시냇물을 굽
  어보며, 공중에 걸쳐서 누각을 지었다. 밑에서 바라보면 달아 맨 것 같다.(在忠淸北
  道 忠州郡 大林山. 倚峭壁 俯蒼流, 架空爲樓. 自下望之 若懸)<사찰전서>"라 했다.

▷ 千仞岩頭(천인암두) : 천 길 바위 위. 위『사찰전서』의 '깎아지른 절벽에 기대　고
  [倚峭壁]' 참조.

▷ 樓一間(누일간) : 다락 한 칸. 곧 '단월대'를 이르는 말.

영곡사에서

낭떠러지에 다다라 쭉쭉 자란 소나무 굽어보고
다시 층층한 사다리 길 밟으며 야윈 지팡이 의지하다
우스워라, 노니는 사람들 마음 저리도 조급할까
아마도 내친김에 정상까지 오르리란 욕심인가 봐.

[출전] : 『梅湖遺稿』『東文選・20』『韓國漢詩大觀・1』

작자 陳澕 (진화 : ?∼?)

　고려 신종(神宗), 희종(熙宗) 때의 문신. 호 매호(梅湖). 출생년도는 기록이 없지만 그의 문집에 실린 「매호공소전」에 의하면 사마시에 합격하고, 문과에 급제한 신종 3년 (1200)에 아직 혼인하지 않았다는 것으로 보아 대략 1180년 생으로 추측됨. 어려서부터 시에 능해 그의 시어는 청려(淸麗) 묘경(妙境)에 달해, 당시 이규보와 함께 명성을 날렸으므로 이정언・진한림으로 통칭함. 현재 59수의 시가 전하는데, 그 중 무신 난 이후의 피폐한 농촌을 사실적으로 그린 「도원가桃源歌」가 특히 유명하며, 금나라 사신으로 가면서 지은 「봉사입금奉使入金」도 절창이다. 저 『매호유고』.

靈鷲寺

已臨絶壁俯長松　　更踏層梯策瘦筇
還笑遊人心大躁　　一來欲上最高峰。

어구풀이

▷ **瘦筇**(수공) : 파리한 지팡이. 야윈 지팡이. 야윈 늙은이의 행보.

▷ **大躁**(태조) : 지나치게 성급함.

☞ "이정언 진한림 쌍운주필"<한림별곡>로 유명한 진화다. 자하 신위도 그의 「동인논시절구」 35수, 그 22)에서 이규보의 「하일夏日」시 "엷은 구름 새는 햇살 비속에 밝다."와 권필의 「야보野步」 결구 "한 가람 봄비 실실이 푸르네."를 이용해,

齊名陳李有誰知　　진화와 이규보의 나란한 이름 아는 이 누고
片羽零金恰小詩　　조각 깃 금싸라기 소시라도 충분해
密葉翳花雲漏日　　'뵌 잎에 가리운 꽃, 구름 새로 비치는 햇살'
一江春雨碧絲絲。　'한 가람 봄비 실실이 푸르네'

와 같이 합평했다. 각자의 원시는 아래와 같다.

輕衫小簟臥風欞　　홋적삼에 돗자리 시원한 마루
夢斷啼鶯三兩聲　　두어마디 꾀꼬리 소리에 꿈 깨 보니
密葉翳花春後在　　뵌 잎에 가리운 꽃 봄 지난 뒤 피었고
薄雲漏日雨中明。　엷은 구름 새는 햇살 비속에 밝구나.

<이규보 · 夏日>

小梅零落柳僛垂　　옥매화 하마 지고 버들 늘어져
閑踏靑嵐步步遲　　봄바람 한가롭다, 느릿느릿 걷노라니
漁店閉門人語少　　주막문 닫겨진 채 말소리 적고
一江春雨碧絲絲。　한 가람 봄비는 실실이 푸르네.

<진화 · 野步>

영국사에서

어느 해 산 아래 도량을 열었는가
온 종일 속객들 오가며 배회하네
창문 열자 구름은 처마 끝으로 차고 들고
베개 모엔 시냇물 소리 멀리서 들려오네
두어 층 남은 옛 탑 하늘 향해 뿌옇게 섰고
비문마저 마모된 잔비 반쯤 묻혀 퍼렇구나
남은 생애 인간의 일일랑 모두 떨쳐버리고
서원 세운 고승처럼 돌아가지 않고 지고.

[출전] : 『四佳詩集·5』『輿地勝覽·11』

작자 徐居正 (서거정 : P 116, 金剛寺 참조)

道峰山 靈國寺

山下何年佛刹開	客來終日足徘徊
開窓雲氣排簷入	欹枕溪聲捲地來
古塔有層空白立	斷碑無字半靑堆
殘年盡棄人間事	結社高僧擬不回。

▷ 靈國寺(영국사) : 경기도 양주군 도봉산에 있던 사찰. 도봉서원 터. 선조 7년(1574)
　양주목사 남언(南彦)이 조광조(趙光祖)를 위하여 서원을 지었다.
▷ 排簷入(배첨입) : 처마 끝에 서려 찾아듦.
▷ 欹枕溪聲(의침계성) : 목침에 들려오는 시냇물 소리, 두시(杜詩) 「객야客夜」에 "入
　簾殘月影 高枕遠江聲" <杜諺 · 十一>의 원용이라 하겠다.
▷ 捲地來(권지래) : 들판을 가로질러 들려옴.

영녕사에서 고안부의 시에 차운하다

영녕사에서 두어 밤 묵고 나니
사뭇 떠돌이 중이 된 듯하이
낮에 읊조리니 조요로와 좋고
밤으론 참선하니 정신 맑아져
떠도는 신세 바람 탄 버들솜이요
충성이란 가당치도 않은 존재
궁궐 문 겹겹으로 험하기만 하니
무슨 재주로 조정에 올라 보리오.

[출전] : 『東文選 · 9』 『三韓詩龜鑑 · 上』

작자 金莘尹 (김신윤 : ?~?)

고려 후기 문신. 의종 때 의주 등 동서 양계의 지방관 역임. 명종 원년(1171) 동지공거, 이어 좌간의대부 역임. 의종에게 부패한 왕정에 대해 극간하다가 좌절되어 불우하게 생을 마침.

永寧寺次高按部韻

信宿永寧寺　　一如行脚僧

晝吟憐影靜　　夜坐覺神凝

身世風中絮　　忠誠日下燈

天門萬重險　　何術可飛昇。

어구풀이

▷ 永寧寺(영녕사) : 미상.

▷ 高按部(고안부) : 미상.

▷ 信宿(신숙) : 이틀 묵다[再宿]. "무릇 스님이 하루 묵는 것을 舍라 하고, 이틀 묵는 것을 信이라 함(凡師一宿爲舍, 再宿爲信).<左傳>

▷ 一如~(일여~) : ~와(과) 꼭 같음.

▷ 行脚僧(행각승) : 두루 다니는 고행으로 수행하는 승. 운수승(雲水僧). 탁발승(托鉢僧).

▷ 影靜(영정) : 그림자가 고요로움. 『동문선』엔 '淨'으로 기록됨.

▷ 神凝(신응) : 정신이 엉기다. 정신이 오롯해 짐. 상쾌해 짐.

▷ 風中絮(풍중서) : 바람에 흩날리는 버들 솜[柳絮].

▷ 日下燈(일하등) : 햇빛 속의 등불. 하찮음의 비유. 보잘 것 없음. 남다를 게 없는 위국충정(爲國衷情).

▷ 天門(천문) : 임금님 계신 곳. 궁궐. 북문.

▷ 飛昇(비승) : 날아오름. 조정의 반열에 오름.

영대사에서

막대 짚고 이끼 낀 굽은 시냇길 찾아가니
대숲이 요란한 시냇물 감쌌고 길은 더욱 아득한데
날 저물자 또 애 끊는 마음 견디기 어려운 곳
구름에 닿을 듯 잘 자란 나무 위선 소쩍새 우네.

[출전] :『輿地勝覽 · 30』

작자 鄭樞 (정추 : P 70, 江西寺 참조)

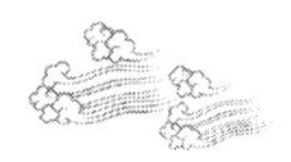

靈臺寺

杖尋苔徑曲緣溪　　竹鎖溪喧徑轉迷
落日更堪腸斷處　　連雲喬木子規啼。

▷ 靈臺寺(영대사) : 경남 진주시 지리산에 있던 사찰. 그 외에도『한국 사찰전서』에
　따르면 영대사는 평남 개천, 황해도 수암군 등에도 있고, 영대암 역시 경기 광주,
　충남 홍성, 강원 고성, 함남 고원, 평북 희천, 강계 등에 동명이사(同名異寺)가 산
　재해 있다.
▷ 仗尋~(장심~) : 지팡이(막대) 짚고 ~를 찾아감.
▷ 緣溪(연계) : 시내를 따라 감.
▷ 溪喧(계훤) : 요란하게 흐르는 시냇물.
▷ 喬木(교목) : 키기 큰 나무. 잘 자란 나무.

월광사 수헌의 시운을 따라 짓다

10여 년 재상으로 영화를 누리다가
오늘 예 와 노닐 줄 어찌 알았으랴
골에 드니 봄 나무숲 문득 아득하고
구름 저 멀리 저녁 쇠북소리 들리네
산은 병풍처럼 천 겹이나 둘러 있고
물은 풍악인 양 구성을 아뢰누나
두 숙부님 모시고 두 절을 오가노라
며칠 묵으며 육친의 정을 나누었지.

[출전] : 『東文選 · 15』

작자 韓宗愈 (한종유 : P 312, 봉은사 참조)

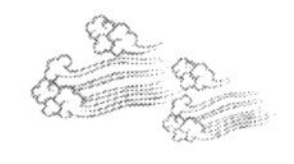

月光寺水軒次韻

黃扉十載濫榮名　　豈料今爲此地行
入洞忽迷春樹影　　隔雲還有暮鐘聲
山屛邐迤開千疊　　水樂訇隤奏九成
兩寺往來陪兩叔　　留連數日話親情。

어구풀이

▷ 月光寺(월광사) : 경남 합천 야로현 북쪽에 있던 사찰. 대가야의 태자 월광이 창건함.

▷ 黃扉(황비) : 황색의 사립문. 곧 재상을 일컬음.

▷ 豈料今爲~(기료금위~) : 오늘 날 ~할 줄 어찌 알았으랴. 서거정은 "시를 짓는 데 남의 것을 그대로 답습하는 것을 꺼린다. 옛사람들은 '문장은 마땅히 작자의 독특한 개성을 내서 일가를 이루어야하니, 풍골을 어찌 남과 함께 하며 살 수 있겠는가?'라 했다고 전제하고, '당·송 사람 가운데 이런 병폐를 가진 사람이 많았다.'며,--- 복재 한종유의 시에 '은나라 솥에 국을 끓이던 손으로, 낚싯대 잡고 해질녘 모랫벌로 내려 가네.'라 하였고,---이들은 모두 도습하는 병폐를 벗어나지 못했다. 두목의 시에 '서 글퍼라, 강호에서 낚시하던 손으로, 도리어 지는 해 가리며 장안으로 향하네.'라 하 였는데, 후인들이 그 말을 본받아 여기에 이르렀으니, 이 지경에 이르면 시 짓는 일은 부질없는 짓이 되고 만다.(詩忌蹈襲, 古人曰, '文章當出機杼 成一家, 風骨何能 共人生活耶.' 唐宋人多有此病,--- 韓復齋宗愈詩, '却將殷鼎調羹手 還把漁竿下晚 沙.'--- 皆不免相襲之病. 杜牧詩曰, '惆愴江湖釣竿手 却遮西日尙長安.' 後人祖其語, 致此 屋下架屋也)." <동인시화·상>라 한 바, 기련 역시 두목의 작시법과 무관하지 않다.

▷ 邐迤(이이) : 잇닿은 모양.

▷ 水樂(수악) : 물의 흐름이 마치 음악 같음.

▷ 訇隤(굉회) : 힘차게 쏟아져 내리는 폭포.

▷ 九成(구성) : 아홉 번 곡조가 변함. 음악에서 한 곡조가 끝나는 것을 성(成)이 라 하는데, 구성(九成)이 전국(全曲)이다. 『서경』에 "소소(簫韶) 아홉 곡조에 봉황이 와 춤춘다"라 했다.

▷ 留連(유련) : 며칠 머무름.

▷ 親情(친정) : 족친(族親)의 정. 육친의 정.

영명사에서

법당이 옛 임금의 궁궐과 잇대었으니
소나무 가래나무 천고에 유풍 지녔네
유리 전당 맑은 하늘에 우뚝 푸르고
비단 수, 발과 깃발 물에 비춰 붉구나
고요한 밤배는 맑은 거울 속에 비꼈고
휘영청 밝은 달 다락은 병풍 속 그림일레
10년에 한 번 씩 행차하셔 사흘 묵는 동안
눈에 가득한 연파 의취는 무궁도 하여라.

[출전] : 『輿地勝覽 · 51』

작자 郭輿 (곽여 : 1058~1130)

　고려 중기의 문신. 자는 몽득(夢得). 문과에 급제, 내시에 소속되었다가 합문지후 · 홍주사를 거쳐 예부외랑으로 사직, 금주에 은거. 도교와 불교 · 의약 · 음양의 설까지 두루 섭렵함. 시호 진정(眞靜).

永明寺

佛宇相連舊帝宮　　松楸千古有流風
琉璃殿屋潔空碧　　錦繡簾旌炤水紅
夜靜船橫淸鏡裏　　月明樓倚畫屛中
十年一幸經三日　　滿目烟波趣不窮。

어구풀이

▷ 永明寺(영명사) : 평남 평양 금수산 부벽루 서편 기린굴 위 소재.
　고구려의 이궁(離宮)이던 구제궁을 어느 땐가 절로 변조했으리라는 설과, 광개토
　대왕 2년(392)에 평양에 세운 9사 중 하나라는 설이 있음. 조선조 말 청일전쟁 때
　소실된 것을 일제 때 신축. 석불감(石佛龕)과 팔각오중석탑(八角五重石塔)이 있다.
▷ 舊帝宮(구제궁) : 옛 고구려 때의 이궁이었던 구제궁(九梯宮). 김부식의 「西都九梯
　宮朝退休于永明寺」 참조.
▷ 琉璃(유리) : 보석같이 아름다운 사찰.
▷ 炤水紅(소수홍) : 붉게 물에 비침.
▷ 十年(십년) : 『여지승람』에는 '十年'으로 기록되었으나, '十月'의 오각으로 유 추됨.

서도 구제궁에서 조회하고 물러나와 영명사에 쉬며

이궁에서 물러나 와 좋은 놀이에 참여하니
다함 없는 경개 두 눈 앞에 펼쳐드는구나
구름 가에 가뭇한 산들 겹겹이 고개 들고
성 밑의 찬 강물 치렁치렁 흘러가네
버들 숲 그윽한 곳 술파는 뉘 집인가
달 밝은 어느 곳에 낚싯배 떠 있는가
일찍이 두목은 한가한 길손 되길 바랬으니
지금 나도 자유롭지 못할까 꺼림일 게야.

출전 : 『東文選 · 12』

작자 金富軾 (김부식 : P 62, 甘露寺次惠袁韻 참조)

西都九梯宮朝退休于永明寺

朝退離宮得勝遊	無窮物象赴雙眸
雲邊列岫重重出	城下寒江漫漫流
柳暗誰家沽酒店	月明何處釣魚舟
牧之曾願爲閑客	今我猶嫌不自由。

어구풀이

▷ **九梯宮**(구제궁) : 고구려 동명왕의 궁. 영명사 안에 있음. 김극기의 시에 "옥우가 공중에 치솟아, 겹겹한 궁전이 몇 해를 지나왔는고. 봉여가 지금 와서 풍속을 살피는데, 기린을 타시고 등선하셨네. 고개 마루는 채찍을 묻은 언덕이요, 바위 가에는 차 다리던 샘물 있네. 굴이 깊어 땅 밑을 뚫었고, 사다리가 멀어 하늘가에 대었네. 호경에서 술 마시던 주왕의 즐거움이요, 분수에서 노래하던 한무제의 사로구나, 먼 뎃 사람이 이 승경을 찾아 올 때, 길이 얼마나 멀고 멀었는지 누가 알리(玉宇撐空起 重宮閣幾年. 鳳輿今問俗 麟馭昔升仙. 嶺抄藏鞭隴 岩阿試茗泉. 窟深穿地底 梯逈倚天邊. 飮鎬周王樂 歌汾漢帝篇. 遠人尋勝景 誰記路綿綿)"<東國與地勝覽·51>라 했다.

▷ **朝退**(조퇴) : 조회에서 물러남. 곧 조회를 파한 후.

▷ **列岫**(열수) : 죽 나열된 산봉우리. 가뭇가뭇한 산 봉.

▷ **牧之**(목지) : 만당(晚唐)의 시인 두목(杜牧), 목지는 그의 자. 호 번천(樊川). 성당(盛唐)의 시인 두보(杜甫)에 비해 소두(小杜)로 통칭.

▷ **願爲閑客**(원위한객) : 한객이 되기를 원함. 안사란(安史亂) 이후 대당제국의 국운도 점차 쇠미해 지자, 두목은 상서사훈원외랑(尙書司勳員外郎)의 높은 직도 마다하고, 호주자사를 자청하는 등 일련의 현실불만적 한유와 취락을 탐닉했다. 예컨대, 오흥으로 떠나기 앞서 낙유원에 노닐며

淸時有味是無能	태평시절 한가함은 무능한 짓이나
閒愛孤雲靜愛僧	뜬구름 좋아하고 스님들과도 종유했지
欲把一麾江海去	나부끼는 깃발 앞세우고 강해로 가려할 제
樂遊原上望昭陵。	낙유원에 올라 소릉을 바라보노라.

<將赴吳興登樂遊原·唐詩鼓吹, 6>

가 그렇고, 다음 시도 이와 무관하지 않다 할 것이다. 「청명절」에

淸明時節雨紛紛	청명절에 비 구질구질 내리니
路上行人欲斷魂	길가는 행인들도 넋 잃은 듯
借問酒家何處有	술집이 어디 있나 물었더니
牧童遙指杏花村。	목동은 멀리 뵈는 행화촌을 가리키누만.

<淸明·唐詩鼓吹, 6>

▷ **猶嫌~**(유혐~) : 오히려 ~(함)을(를) 두려워하다.

영명사에서

푸른 강 서쪽 벽에 우뚝한 연꽃 가람
만상을 초월하여 선계에 비할만하여라
성곽을 두른 봉우리들 저마다 아득하고
숲 가득한 꽃나무들 붉고 푸름을 다투네
비 오는 날엔 수레와 배들 다락 아래 즐비하고
달밤이면 피리 노래 물 위에 두둥실 뜨누나
비단으로 덮은 임금님 필적을 뵈오니
느껴옴은 예와 같으나 뜻은 가이없네.

[출전] : 『輿地勝覽·51』

작자 睿宗 (예종, 1079~1122)

　　고려 16대 임금. 재위 1105-1122. 숙종의 아들. 14년에 국자감 학생들을 위한 후생복
지재단으로 양현고(養賢庫)를 설치. 윤관 장군으로 하여금 여진을 정벌케 하고, 9성을
쌓아 금나라와 국교를 맺음. 고려 건국 때 왕건을 대신해 목숨을 잃은 신숭겸과 김락의
죽음을 애도하여 「도이장가悼二將歌」를 지음. 시호 문효(文孝).

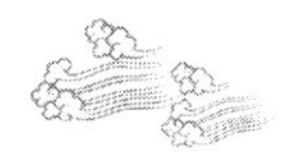

永明寺

清江西壁聳蓮宮　　物像超然擬閬風
繞郭峰巒爭縹緲　　滿林花木鬪靑紅
雨天輪檻塡樓下　　月夜笙歌泛水中
今見罩紗神考跡　　感傷依舊意無窮。

어구풀이

▷ **蓮宮**(연궁) : 연꽃 모양의 궁전. 곧 불가에서 이르는 사찰. 도량.

▷ **閬風**(낭풍) : 산 이름. 곤륜산(崑崙山) 위에 있다하며, 신선이 산다고 하는 곳.

▷ **縹緲**(표묘) : 아득히 넓은 모양. 높고 먼 모양.

▷ **罩紗**(조사) : 비단으로 포장함.

▷ **神考跡**(신고적) : 선왕[肅宗]의 어필.

▷ **感傷**(감상) : 느껴지는 감회. 느껴옴.

▷ **意無窮**(의무궁) : 뜻은 끝이 없음. 전혀 새로움.

영명사 부벽루에서

어제 영명사를 찾았다가
잠시 부벽루에 올라보니
텅 빈 성엔 한 조각달이요
묵은 바위 왼 천년 뜬구름
기린마 가고 오지 않으니
천손은 어느 곳에 노니나
긴 파람하며 바람 층계 의지하니
산 제냥 푸르고 강 절로 흐르네.

[출전] : 『牧隱詩藁·2』 『大東詩選』

작자 李穡 (이색 : P 92 참조)

浮碧樓

昨過永明寺　　暫登浮碧樓
城空一片月　　石老雲千秋
麟馬去不返　　天孫何處遊
長嘯倚風磴　　山靑江自流。

어구풀이

▷浮碧樓(부벽루) : 대동강 가 영명사에 딸린 누대.
▷城空(성공) : 고구려의 평양성이 텅 빔.
▷麟馬(인마) : 기린마. 동명성왕이 조천(朝天) 갈 때 타고 가고자 기린굴에서 길렀다는 전설적 말[馬]. 『여지승람』에 의하면 기린굴 및 조천석(朝天石) 등 전설이 신화적으로 기술됨. 국조(國祖)의 탄생 및 죽음에 대한 신화적 화소이자, 우리 민족의 천손(天孫) 의식을 엿볼 수 있다.
▷天孫(천손) : 하느님의 자손. 곧 해모수와 하백의 딸 유하의 아들로 신분 상승된 [천손으로 승화] 동명성왕을 이른 말.
▷風磴(풍등) : 바람 벽. 바람 치는 언덕.

☞ 위의 시는 두보의 「등악양루(登岳陽樓)」를 용사한 제영시다. 다만 부벽루가 영명사에 딸린 누대이므로 함께 인거했다. 「등악양루」 시는 다음과 같다. "악양루에서 바라본 동정호의 장관을 소문으로만 듣다가/ 이제 비로소 악양루에 올라 보게 되니/ 오·초는 동남으로 떡 벌어져 있고/ 하늘과 땅이 온통 밤낮으로 호수 안에 둥둥 떠있구나./ 돌아보니 벗들은 한 자 소식 없고/ 늘그막에 외론 배 한 척 뿐인데/ 난리는 아직 고향 북쪽에서 계속되니/ 헌함에 의지해 눈물 뿌리노라.(昔聞洞庭水 今上岳陽樓 吳楚東南坼 乾伸日夜浮 親朋無一字 老去有孤舟 戎馬關山北 憑軒涕泗流)"와 같다. 한편 『송계만록』에 의하면, "범조사(미상)가 왔을 때 평안도의 객관과 역루에 걸려 있는 우리나라 사람들의 시판을 모두 떼어버리고, 대동강 위 선정에 붙은 정지상의 '비 멎은 긴 방주에 풀빛 다북하겠네'라는 시만 남겨 놓았다. 그래서 호음(鄭士龍의 호)이 '목은의 「부벽루」 시'--- 본 시 생략 ---'은 누구도 따라옴을 불허하는 절창이므로, 예천사[倪謙]가 발을 구르며 찬탄했으니, 어찌 정의 시만 못하냐?'고 하여, 역시 그대로 붙여 두었다.(凡詔使之來 平安館驛 東人詩板 一切援之, 只留大洞江船亭 鄭知常 雨歇長堤草色多之句, 湖陰云, 牧隱公之浮碧樓詩 ---' 云云 妙絶動人, 倪天使 頓足稱賞, 此不及鄭詩乎. 亦留而不去.)"고 기록하고 있다.<松溪漫錄·46>

☞신위는 「동인논시절구」3)에서 정지상의 「송인」과 다음과 같이 합평했다.
長嘯牧隱倚風磴　　언덕에 기대 기리 파람 분 이색과
綠波添淚鄭知常　　녹파에 눈물 보탠 정지상과는
雄豪豔逸難上下　　웅호하고 염일하여 우열을 못 가려
偉丈夫前窈窕娘。　　헌칠한 대장부 앞의 요조한 낭자랄까?

서경 영명사에서

영명사 안에 스님은 보이지 않고
영명사 앞으론 강물만 제냥 흐르네
산 비자 외로운 탑 뜰 가에 섰고
인적 끊기자 자그만 배 나루에 비꼈네
높은 하늘 나는 새는 어디로 가려는가
넓은 들판 동풍은 불어 마지않는구나
지난 일 아득하다, 물을 곳도 없으니
엷은 내 비낀 석양 더욱 시름겨워라.

[출전] : 『三韓詩龜鑑・下』『大東詩選・1』『東人詩話・上』

작자 李混 (이혼 : 1252~1312)

　　고려 후기 문신. 자는 거화(去華)・일우(一宇)・태초(太初). 호는 몽암(夢菴). 뒤에 예안백에 봉해져 예안 이씨의 시조가 되었다. 원종 9년(1268) 과거에 급제하여 광주참군, 이어 국학학정이 되었다. 1308년 충선왕이 원나라에서 즉위하자 대사백에 봉해지고 벽상 삼한공신에 녹훈되었다. 성품은 관대하고 후덕했지만, 청렴하지 못하여 전선으로 있을 때 뇌물로 재산을 모았으며, 빈객을 좋아하고 거문고와 바둑을 즐겼다. 또 시문에 능하여 장단구 몇 편이 세상에 유행하였으며, 영해에 귀양갔을 때 지은 「무고舞鼓」가 『악부樂府』에 전한다. 시호 문장(文莊).

西京永明寺

永明寺中僧不見　　永明寺前江自流
山空孤塔立庭際　　人斷小舟橫渡頭
長天去鳥欲何向　　大野東風吹不休
往事微茫問無處　　淡烟斜日使人愁。

어구풀이

▷『삼한시귀감』에는 「서경영명사」로, 『대동시선』에는 「부벽루」로 표기됨.
▷ 山空(산공) : 산이 빔. 텅 빈 가을 산.
▷ 橫渡頭(횡도두) : 나룻머리에 가로놓임.
▷ 長天(장천) : 높은 하늘.
▷ 吹不休(취불휴) : 불어 마지아니함.
▷ 微茫(미망) : 아득함. 『대동시선』에는 '微凉'으로 표기됨.
▷ 使人愁(사인수) : 사람(화자 자신)으로 하여금 시름겹게 함.

☞ 『東人詩話』卷上에서 서거정은 "고인의 작시는 내처가 없는 시구는 한 구절도 없다"고 전제하며, 이혼의 1·2구는 이백의 「등금릉봉황대(登金陵鳳凰臺)」 1련 '봉황대 위에 봉황새 놀더니/ 봉황은 가고 빈 대 앞으로 강물만 흐른다(鳳凰臺上鳳凰遊 鳳去臺空江自流)'를, 4구는 위소주(韋蘇州)의 '들 나루 인적 없어 빈 배만 제냥 가로 놓였고(野渡無人舟自橫)'에서, 5·6구는 진후산(陳后山)의 '나는 새 장차 어디로 가려는가, 떠도는 구름 역시 한가롭구나(度鳥欲何向 奔雲亦自閑)에서, 7·8구는 다시 이백의' 뜬 구름 태양을 가리니, 장안이 보이지 않아 시름겹게 하노라(摠爲浮雲能蔽日 長安不見使人愁)를 용사한 장점자묘(粧點自妙) <東人詩話·下>라고 극찬하였다.

영명사에서 스님을 찾다

강가 구름은 어두워 옻칠 한 듯하고
땅에 가득한 눈꽃은 한 무릎 쌓였는데
나귀 타고 새벽에 장경문 나서자니
돌 비탈길 미끄러워 나귀는 힝힝거리고
해묵은 절 스님 상기 문 아니 열었는데
담 너머 다연만 파르라니 피어오르네
스님 불러 함께 웃으며 토란을 굽느라
이윽히 앉았자니 바람 탄 풍경소리 들려오네.

[출전] : 『梅溪先生文集·3』『輿地勝覽·51』

작자 曹偉 (조위 : 1454~1503)

조선 중기 문신. 자 태허(太虛), 호 매계(梅溪). 7세 때 이미 시를 지을 정도로 재주가 뛰어나 친척인 조석문(曹錫文)이 가숙에 머물면서 독서하도록 함. 성종 3년(1472) 생원, 진사시에 합격하고, 1474년 식년문과에 급제, 승문원정자. 예문관검열을 역임하고, 성종 때 실시한 사가독서에 첫 번으로 뽑혔다. 무오사화가 일어나자 김종직의 시작품을 정리한 장본인이라 하여 오랫동안 의주에 유배되었다가 순천으로 옮겨진 뒤, 그곳에서 죽었다. 유배 중에도 저술을 계속하여,『매계총화』를 정리하다가 죽었다. 시호 문장(文莊).

永明尋僧

江雲黯黯如抹漆　　雪花滿地深沒膝
騎驢曉出長慶門　　石磴路滑驢頻叱
古寺居僧尙掩扃　　隔墻冉冉茶烟靑
呼僧談笑共煨芋　　坐久風來聞塔鈴。

어구풀이

▷ 매계의 위시는 「평양팔절(平壤八絶)」 중 제 2수 「영명사에서 스님을 찾다 永明尋僧」이다.

▷ 黯黯(암암) : 칠흑같이 어두음.

▷ 沒膝(몰슬) : 무릎이 묻힘. 눈이 무릎까지 차 오름.

▷ 石磴(석등) : 돌 비탈길. 돌 사닥다리.

▷ 掩扃(엄경) : 문을 닫음. 아직 문을 열지 않음.

▷ 冉冉(염염) : 가는 모양. 나아가는 모양. 부드럽게 늘어진 모양.

▷ 煨芋(외우) : 토란을 불에 익혀 굽다.

영명사 부벽루에서

강 다락 외로운 피리 용의 잠을 깨우는데

취중의 풍유는 한낮의 신선일세

먼 산봉 구름인 듯 구름이 산봉인 양

높은 하늘 물에 둥실 물은 하늘에 치렁

두 벼랑에 들락날락 높고 낮은 언덕

만 갈래로 모여드네, 크고 작은 냇물

어디로 가는 일엽편주의 나그네인가

아득히 홀로 가고 있구나, 날 다 저문데.

[출전] : 『東文選·15』『輿地勝覽·51』

작자 邢君紹 (형군소 : ?~?)

고려의 문신, 기타 자세한 인적사항은 미상(未詳).

永明寺_{浮碧樓}

江樓孤笛動龍眠　　醉裏風流白日仙
遠岫似雲雲似岫　　長天浮水水浮天
兩崖出沒高低岸　　萬派朝宗巨細川
一葉扁舟何處客　　茫茫獨去夕陽邊。

어구풀이

▷ **白日**(백일) : 한낮.
▷ **出沒**(출몰) : 나타나고 없어짐. 무상한 기류의 변화.
▷ **朝宗**(조종) : 제후가 천자를 배알함. 봄 조회를 朝, 가을 조회를 宗이라 함. 온갖
　내가 바다로 흘러 듦.
▷ **夕陽邊**(석양변) : 석양 가. 날 저물 무렵.

영통사 가섭도를 찬하다

두타 제일이
바로 두수로다
밖으로는 이미 티끌을 멀리하였고
안으로는 진작 때를 벗었다
도를 공부할 제는 항상 앞에 서고
성에 들어갈 때는 언제나 뒤에 섰다
눈 오려는 시내와 산에
천추 동안 썩지 않으리라.

[출전] : 『槿域書畫徵·上』

작자　李瑢 (이용 : 1418~1453)

　　조선의 왕족, 세종대왕의 제 3자. 자는 청지(清之), 호는 비해당(匪懈堂)·낭간거사 (琅玕居士)·매죽헌(梅竹軒). 세종 10년(1428) 안평대군에 봉해짐. 시문에 뛰어나고, 서 법은 당대의 기절(奇絶)로 천하제일이라 하며, 화도(畵圖) 및 그림과 가야금에도 뛰어 남. 1452년 경자자(庚子字)를 개주(改鑄)하여 만든 임신자(壬申字)의 자모를 씀.

贊靈通寺迦葉圖

頭陀第一　　是爲科擻
外已遠盡　　內已離垢
得道居先　　入城於後
雪意溪山　　千秋不朽。

어구풀이

▷ 靈通寺(영통사) : 경기도 개성 오관산 소재 사찰. 『여지승람』 및 『사찰전서』에 다수의 영통사가 있으나, 『여지승람』에 의하면 "오관산 아래 있는데, 골안이 깊숙하고 산이 첩첩이 둘러 싸였으며, 물이 이리 저리 굽이쳐 흐르고, 나무는 우거졌고, 그 서루(西樓)의 뛰어난 경치는 송도에서 제일이 된다(在五冠山下 洞府深邃 山勢周遭, 流水縵回 樹勢鬱鬱, 其西樓勝 槩爲松都第一)"라 했으니, 위 시는 개성 오관산 소재 사찰로 인지됨.

▷ 迦葉(가섭) : 석가의 십대 제자 중 한 사람. 석가의 개교(開敎) 초기에 제자가 되고, 일주일 뒤에 깨달음을 얻어 아라한(阿羅漢)이 됨. 그러므로 도는 가장 먼저 깨우치고, 공양은 가장 나중 들어가 먹었다. 두타행을 계속 지켰으므로 석가로부터 '두타제일'이라는 칭찬과 함께 석가 입적 후 교단의 영도자가 됨.

▷ 頭陀(두타) : 불가어. 범어 두타[dhuta]의 역. '枓多·修治·浣洗' 등으로도 쓴다. 번뇌를 씻어 없애고, 의식주에 집착하지 않으며, 청정하게 불도를 수행함. 전하여 '승려'의 칭호로 쓰임.

▷ 枓擻(두수) : 抖擻 頭陀 참조.

☞ 『근역서화징』 권 3 「이용」조에 "영통사에 「가섭도(迦葉圖)」와 그 찬(贊)이 있는데, 비해당(匪懈堂)의 세 절구가 연기에 그을리고 비에 젖은지라, 그 기이한 보배가 버림받음을 애석히 여겨 내가 가져오려 했다. 그러자 백욱(伯勗)이 말하기를 '당신 한 집에서만 보는 것이 어찌 명산에서 여러 사람이 보도록 하는 것만 하겠는가?'라고 하여 드디어 가져오지 않았다. 그림 족자의 찬에 이르기를 --- 시 생략 ---. 청지(淸之)"라고 새긴 작은 전자 도장을 찍었다."<점필재두류록>했으니, 위의 찬과 글씨 및 낙관은 안평대군의 진적으로 사료된다.

영롱사 서루에서

바위 샘 한 줄기 굽이쳐 숲을 뚫고
해묵은 나무 다락을 마주해 녹음 짙구나
가을이 되자 골 안은 더욱 말쑥해 지고
구름이 소나무 고개에 걸려 더욱 으슥하구나
이끼 낀 비석의 뛰어난 사적 옛부터 전하는데
하얀 벽에 새로 쓴 시들 이제부터 기록하네
오래 앉아 있자니 정신이 다시 맑아 오니
풍경 소리 달을 흔들고 밤은 더욱 으슥해지네.

[출전] : 『海東詩選』『輿地勝覽·12』

작자 釋 月牕 (석 월창 : ?~?)

고려 후기의 승려. 여주 신륵사에 주석하며, 목은 이색과 교분이 깊었다고 함. 음률에 능하고, 서화에 조예가 깊었으며, 바둑과 무술에 뛰어났다 함. 그러나 후에 이 모든 것을 떨쳐버리고 참선에만 전념했다 함. <불교대사전>

靈通寺西樓

巖泉一派曲通林　　老樹當軒積樹陰
秋至洞門便灑落　　雲還松嶺轉幽深
苔碑勝迹傳從昔　　素壁新詩記自今
坐久精神更淸爽　　磬聲搖月夜沈沈。

어구풀이

▷ 靈通寺(영통사) : 경기도 개성 오관산 소재 사찰. 『여지승람』에 의하면 "오관산 아래 있는데, 골 안이 깊숙하고 산이 첩첩이 둘러 쌓였으며, 물이 이리 저리 굽이쳐 흐르고, 나무는 우거졌고, 그 서루(西樓)의 뛰어난 경치는 송도에서 제일이 된다(在五冠山下 洞府深邃 山勢周遭 流水縈回 樹勢鬱鬱, 其西樓勝 槩爲松都第一)"했다.

▷ 便(편) : 『여지승람』에는 '偏'으로 기록됨.

▷ 灑落(쇄락) : 인품이 깨끗하고 속기가 없는 모양. 경치가 맑고 조찰한 모양. 속기 없이 맑고 깨끗함.

▷ 雲還(운환) : 『海東詩選』에는 '搖'으로 기록되었으나, 尾聯의 '搖月' 및 평측상(平仄上) '還'을 취함.

▷ 磬聲搖月(경성요월) : 풍경소리가 달을 흔듦. 시간의 경과. 박인량의 「使宋過泗州龜山寺」 시에 "탑 그림자 물밑에서 거꾸로 일렁이고, 풍경소리 달을 흔들어 구름 새로 떨구네(塔影倒江飜浪底 磬聲搖月落雲間)"<三韓詩龜鑑·中>라 있음.

▷ 沈沈(침침) : 밤이 깊어 조용한 모양. 맑은 풍경소리 후의 정밀경(靜謐境).

영통사 시운을 따라 짓다

지역이 외져 세속 티끌 기미 없고
다락 높아 더위 기세 거의 없는데
풍경 소리 따라 새는 날아 내리고
저녁 종소리 따라 스님 돌아 오누나
바위 옮아앉자 구름은 소매에서 피고
푸른 솔 구경하자니 이슬 옷깃 적시네
가을 서리에 산 과일 익을 즈음해서
다시 여기 바위 사이 절문 두드리리.

[출전] : 『春亭先生詩集 · 2』『大東詩選 · 2』

작자 卞季良 (변계량 : P 60, 각림사 참조)

次靈通寺韻

地僻塵氣息　　棲高暑氣微
鳥隨鳴磬下　　僧趁暮鐘歸
移石雲生袖　　看松露滴衣
秋霜山果熟　　更此叩巖扉。

어구풀이

▷靈通寺(영통사) :『대동시선』에는「次靈通寺壁上韻」으로 제함.
▷鳴磬(명경) : 울려 퍼지는 종소리.
▷雲生袖(운생수) : 구름이 소매 끝에서 피어남.
▷山果(산과) : 산의 과일.『대동시선』엔 '菓'로 표기됨
▷叩(고) :『대동시선』엔 '扣'로 표기됨.

오정사에서

객창이라, 시름겨워 잠 못 이루고
외론 베갯머리엔 달빛만 오락가락
어디메쯤 한산의 산사가 있다던가
성긴 새벽 종소리 은은히 들려오네.

[출전] : 『四佳詩集·1』『輿地勝覽·29』

작자 徐居正 (서거정 : P 116, 金剛寺 참조)

烏井寺

旅窓愁不寢　　孤枕月低廻
何處寒山寺　　疎鍾半夜來。

▷烏井寺(오정사) : 경북 문경군 선암산(여산)에 있던 사찰. 위의 시는 시적 화자의 문경현 8영 중 오정사 종소리를 소재로 한 시.

▷旅窓(여창) : 나그네의 객창(客窓)

▷孤枕(고침) : 외로운 베개. 홀로 묵는 잠자리.

▷低廻(저회) : 머뭇거림. 오락가락 배회함.

▷寒山寺(한산사) : 오정사를 중국 장계의 한산사 시에 비유한 말. 당나라 시인 장계(張繼)의 「한산사寒山寺」시에 "고소성 밖 한산사의, 새벽 종소리, 나그네 뱃머리에 들려오네.(姑蘇城外寒山寺 夜半鐘聲到客船)"라 하였다. "이곳은 고소성도 아니고 한산사도 없는데, 어디에서 들려오는 종소리인가? 옳아. 오정사의 종소리로구나"라는 시적 뉴앙스.

옥룡사에서

구름 속에 우뚝 솟은 한 무리 누각
하늘 저 위에서 밝은 단청 빛나네
산이 높고 험하니 해와 달도 만질 듯 하고
산과 시내는 지신의 영기를 장중하게 돕네
비가 내리자 용은 바릿대에 내리는 듯하고
바람 부니 범이 독경 소릴 듣는 듯하구나
온갖 잡념 홀연히 사라져 버리니
홀로 앉은 모습 마른 나무 형상일세.

[출전] : 『輿地勝覽 · 37』

작자 未詳 (?~?)

玉龍寺

倚雲樓一簇　　空畔煥丹青
日月低天險　　溪山壯地靈
雨來龍降鉢　　風起虎聽經
百念渾衰冷　　塊然槁木形。

▷玉龍寺(옥룡사) : 전남 장흥군 천관산에 있던 사찰.
▷倚雲樓(의운루) : 구름에 의지한 다락. 곧 높은 산사.
▷塊然(괴연) : 혼자 있는 모양.
▷槁木形(고목형) : 수도자의 질실(質實)한 모습.

왕륜사에서

웅장한 전각 스산한데 스님은 뵈지 않고
황금빛 큰 부처님이 홀로 우뚝하시구나
먼지 쌓인 선탑 바람이 불어 쓸고
어두운 밤 창살 달빛이 등불 되었네
들녘 늙은 농부 밭 갈다 옛 섬돌 뚫고
길 묻던 나그네 높은 언덕 돌아 넘네
가파르게 솟은 한 조각 시냇가 바위는
만고의 흥망사 말 없을 뿐 다 보았네.

[출전] : 『虛白堂詩集 · 5』『輿地勝覽 · 4』

작자 成俔 (성현 : P 172, 大興隆寺 참조)

王輪寺

傑閣荒凉不見僧　　黃金大士獨崚嶒

塵埋仙榻風爲箒　　野暗窓櫺月作燈

野叟耕田穿古砌　　行人問路轉高陵

巉岩一片溪頭石　　萬古無言閱廢興。

▷ 王輪寺(왕륜사) : 경기도 개성시 송악산에 있던 사찰. 고려 태조 2년(919)에 창건
  되었으며, 비로자나장륙금상이 있었다함.
▷ 黃金大士(황금대사) : 황금의 큰선비. 곧 황금 부처.
▷ 崚嶒(능증) : 산이 험준한 모양.
▷ 風爲箒(풍위추) : 바람이 빗자루 되다. 곧 바람에 쓸림.
▷ 月作燈(월작등) : 달이 등불 되다. 달이 등불처럼 환히 비춤.
▷ 穿古砌(천고체) : 옛 섬돌을 뚫다. 곧 밭가는 쟁기에 폐사(廢寺)의 주춧돌이며 섬
  돌들이 채임. 무상의 심상어.
▷ 巉岩(참암) : 가파르게 솟은 바위. 참정 박인량의 「송나라 사신길에 사주 구산사를
  찾아서使宋過泗州龜山寺」 시에 "모나고 야릇한 바위, 산을 이뤘고, 그 위에 절 있
  어 사방엔 물이 둘렀네.(巉岩怪石疊成山　上有蓮坊水四環)" <삼한시귀감·중>라
  는 용례가 있음.
▷ 萬古(만고) : 오랜 세월.

용담대에서

옛 절이라, 머무는 스님 없고
산문 앞으론 찾는 손도 드문데
대가 높으니 봄기운 먼저 이르고
시내 가까워 저물 녘 서늘한 기운 많구나
옛 섬돌에는 이끼 끼어 뒤덮였고
그늘진 회랑엔 칡덩굴 휘감겼네
거듭 와 노닐며 무엇을 얻었는가
시구를 찾아 공들여 읊조리노라.

[출전] : 『輿地勝覽·39』

작자 康孝文 (강효문 : P 278, 法泉寺 참조)

龍潭臺

古刹無僧住　　門前少客過
臺高春氣早　　溪近晚凉多
古砌封苔蘚　　陰廊掛薜羅
再遊何所得　　覓句費吟哦。

어구풀이

▷ 龍潭臺(용담대) : 전남 담양군 용담사 남쪽에 높이 백 자나 되는 서석(瑞石)이 있고, 그 아래 맑은 못이 있음.

▷ 苔蘚(태선) : 이끼. 선태(蘚苔).

▷ 薜羅(벽라) : 덩굴이 뻗는 풀. 전하여 은자의 옷. 만초(蔓草).

▷ 吟哦(음아) : 읊음. 음영(吟詠).

용담사에서

물 기운 서늘히 짧은 적삼에 배어드니
한 줄기 맑은 강물 쪽빛보다 푸르른데
버들은 도잠의 문 앞 다섯 그루보다 많고
산은 우강의 바다 위 셋보다 아름답구나
하늘과 물 맞닿아 아래 위가 혼미하더니
구름 놀 걷히자 비로소 동남쪽 드러났네
외로운 배를 잠깐 모래 언덕에 매놓으니
때에 마침 스님이 암자에서 나와 맞네.

[출전] : 『東國李相國集·6』『東文選·14』

작자 李奎報 (이규보 : P 106, 題九品寺 참조)

龍潭寺

水氣淒凉襲短衫　　清江一帶碧於藍
柳餘陶令門前五　　山勝禺强海上三
天水相連迷俯仰　　雲煙始捲占東南
孤舟暫繫平沙岸　　時有胡僧出小菴。

어구풀이

▷『東文選』에는 「용담사」로 제하였으나, 『동국이상국집』에는 「8월 7일 새벽에 용담사를 출발하여, 이튿날 용포에 배를 띄워 낙동강을 지나 견탄에 대었다. 때에 밤은 깊고 달은 밝은데 빠른 물결은 돌에 부딪치고, 푸른 산은 물결에 잠겼으며, 물은 극히 맑아서 굽어보면 뛰는 물고기와, 달아나는 게를 셀 정도였다. 배에 기대 길게 파람부니 피부와 모발이 청쾌하여 쇄연히 봉래·영주의 감상이 있어 모르는 사이에 오랜 병이 갑자기 나은 듯했다. 강가에 용원사가 있어 절의 중이 듣고 마중 나와 들기를 청했다. 사양하고 중을 맞아 배 위에서 서로 몇 마디 얘기를 나누고, 인하여 2수를 짓다(八月七日黎明 發龍潭寺 明日泛舟龍浦 過洛東江 泊犬灘, 時夜深月明, 迅湍激石 靑山蘸波, 水極淸澈 跳魚走蟹 俯可數也. 倚船長嘯 肌髮淸快 洒然有逢瀛之想, 不覺沉痾頓釋. 江上有龍源寺 寺僧聞之 出迎於江上 固請入寺. 予辭之, 邀僧至船上 相對略話因題, 二首)」라 했다. 위의 시는 그 중 1이다.

▷ 碧於藍(벽어람) : 쪽풀보다 더 푸름. '푸른빛은 쪽 풀에서 나오나, 쪽풀보다 더 푸르다.(靑出於藍 而靑於藍)'의 시화.

▷ 陶令(도령) : 도잠(陶潛)이 팽택령(彭澤令)을 지냈으므로 '陶令'이라 별칭하고, 집 앞에 다섯 그루의 버들을 심고 오류선생이라 함.

▷ 禺强(우강) : 바다 위에 세 개의 산을 만들었다는 신(神).

▷ 迷俯仰(미부앙) : 아래[俯]와 위[仰]를 분별할 수 없음.

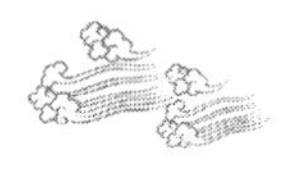

용담사에서

여의주를 문 용은 잠들어 돌아오지 않고
음산한 산문 잠긴 채 열리지 않은 지 오래니
독경 소리 진작 끊긴 연못가 가람에는
오직 물결에 반사된 햇살만 돌 누대를 비추네.

[출전] : 『私淑齋集 · 39』『輿地勝覽 · 39』

작자 姜希孟 (강희맹 : P 104, 龜石寺 참조)

龍潭寺

抱寶龍公睡未回　　陰關密鎖不曾開

聽經已廢潭邊寺　　只有波光照石臺。

▷龍潭寺(용담사) : 전북 남원군 주천면 용담리에 있던 사찰. 석불입상(국보 56호)이
남아 있다.

▷抱寶(포보) : 보석을 물다. 곧 여의주를 문 용.

▷龍公(용공) : 용의 의인화.

▷密鎖(밀쇄) : 꼭꼭 잠김. 단단히 닫힘.

▷波光(파광) : 못의 일렁이는 물이랑에 반사되는 햇살.

용담사에서

가는 길은 굽이굽이 푸른 언덕으로 들어가고
우뚝한 다락은 높이 솟아 푸른 무지개를 내려보네
서늘한 새벽에 누런 송아지는 넓은 들로 나가고
한낮이 되자 이름 모를 새가 얕은 냇물에 목욕하네
뜰에 가득한 담쟁이덩굴은 벽에 얽혀 그늘지고
창에 드리운 버드나무는 처마를 눕히며 나직하다
외진 땅이라 오는 이 없음을 알고 싶다면
문 밖 진흙길에 사슴의 발자국이 찍혀 있다네.

[출전] : 『輿地勝覽·28』

작자 金良鏡 (김량경 : P 298, 普賢寺 참조)

龍潭寺

細路縈紆入翠崖　　危樓突兀俯青霓
曉涼黃犢歸平野　　日午幽禽浴淺溪
滿院薜蘿纏壁暗　　倒窓楊柳壓簷低
欲知地僻無人到　　門外泥深鹿印蹄。

▷ 龍潭寺(용담사) : 경북 상주군 장천 부곡에 있던 사찰.
▷ 縈紆(영우) : 빙 돌아 얽힘. 얽혀 돌아감.
▷ 靑霓(청예) : 싱그러운 무지개.
▷ 薜蘿(벽라) : 담쟁이, 칡덩굴 따위. 칡덩굴로 짠 옷. 은자의 옷.
▷ 鹿印蹄(녹인제) : 사슴이 인을 친 발자국. 곧 사슴 발자국.

용문사에서

다시 용문사에 이르니
산 깊어 세속 시비 끊겼는데
선방 스님께선 평상에 좌정했고
낡은 벽엔 부처님 등불이 빛나네
한 줄기 샘물 소리는 졸졸졸 울리고
일천 봉우리 달빛은 사방으로 흩어진다
고요히 앉아 깊은 자아성찰에 잠기노라니
애오라지 나의 존재마저 까마득히 잊었노라.

[출전] : 『四佳詩集 · 24』

작자 徐居正 (서거정 : P 116, 金剛寺 참조)

龍門寺

再到龍門寺　　山深絶俗喧

上方僧榻靜　　古壁佛燈燻

一道泉聲細　　千峰月色分

居然發深省　　聊復喪吾存。

어구풀이

▷ **龍門寺**(용문사) : 경북 예천군 용문면 내지동 소백산 소재 사찰. 신라 경문왕 10년 (870) 두운(杜雲)이 창건하여 용문사라 불렀다. 고려 태조 19년(936)에 칙명으로 중건하였고, 의종 19년(1165)에 칙명으로 중수했으며, 명종 1년(1171) 태자의 태(胎)를 절문 바깥 좌비봉두에 묻고 용문산 창기사(昌基寺)라 고쳤다. 명종 9년(1179) 15년 동안의 중건 공사를 낙성했으며, 조선 성종 9년(1478) 소헌왕비 태실을 봉안하고 성불산 용문사로 개칭하였다. 정조 7년(1783) 문효세자의 태실을 봉안하고 소백산 용문사로 고쳐 불렀다. 헌종 1년(1835) 8월에 불에 타자 역파(櫟坡) 스님이 상민, 부열 등과 함께 중건하였다.

▷ **居然**(거연) : 편안한 모양. 사물에 동하지 않는 모양. 심심한 모양.

▷ **深省**(심성) : 깊이 성찰함.

▷ **喪吾存**(상오존) : 자신의 존재 자체를 잃어버림. 망기(忘機).

용업사에 우거하며

세속의 속박이 이르지 못하는 곳
조요로워라, 구름 띤 주지 스님
내 속의 저녁 나무들 시름겨운데
푸른 솔 빛에 가을 산 돋보이네
날 저물자 쓰르라미 울어대고
날기에 지친 새 멀리서 날아드네
병중이라, 길손 맞기 귀찮아
한낮에도 솔문 닫고 누웠다오.

[출전] : 『東國李相國集·6』『三韓詩龜鑑·中』

작자 李奎報 (이규보 : P 106, 題九品寺 참조)

寓龍嚴寺

羈紲不到處　　白雲僧自閑
煙光愁暮樹　　松色護秋山
落日寒蟬噪　　長天倦鳥還
病中深畏客　　白晝鎖松關。

▷ 龍嚴寺(용엄사) : 『삼한시귀감』에는 「용엄사龍嚴寺」로 기록되었으나, 『여지승람』
과 『사찰전서』에는 「용암사(龍巖寺·龍庵寺)」 외에 명확한 기록이 없어 『삼한시
귀감』을 따른다. 『동국이상국집』에는 「16일에 차중용자시운(十六日　次中庸子詩
韻)」이라 기술됨.

용장사 독묘루에서

빼어난 봉우리, 한 묶음 옥인 듯한데
새로 지은 아담한 누각 반공을 누질렀네
우뚝 맑고 휑한 골짝에 의지해
안개와 놀 아득한 가운데 띠었구나
눈 온 뒤에 오르는 손 은세계에 노닐고
달 밝은 밤 사람들 수정궁에 누은 듯
저 스님 무심히 앉아 있는 곳
난간 밖 바람소리 쇠솨 이누나.

[출전] : 『東文選·13』 『靑丘風雅·5』

작자 高淳謙 (고순겸 : ?~?)

龍藏寺獨妙樓

絶勝峯巒玉一叢　　新開小閣壓青空

憑凌洞壑清虛裏　　映帶煙霞縹緲中

雪後客登銀色界　　月明人臥水精宮

吾師宴坐無心處　　檻外嘐嘐萬竅風。

어구풀이

▷龍藏寺(용장사) : 전북 태인현(현 정읍군) 운주산에 있던 사찰.

▷玉一叢(옥일총) : 『청구풍아』에 "빼어난 봉우리, 그 이름 옥일총인데(絶勝峰名玉
　一叢)"라 하고 "말뜻이 새롭다(語意新)"라 협주하였다.

▷憑凌(빙능) : ~에 의거해 우쭐함.

▷縹緲(표묘) : 멀리 희미하여 보이지 않음. 희미하게 보임.

▷嘐嘐(교교) : 뜻이 크고 말이 시원시원함. 본 시에선 세찬 바람 소리.

용장사에서

신인이 일찍이 주장자를 걸어 두고
용혈에서 그윽한 수양에 들었네
삼명이 마침내 모두 깨쳐진 뒤에
이범은 거의 아름다움에 이르렀지
아침 범종은 진중히 중생을 깨우치고
저녁 등불은 길이 그윽함을 깨뜨리네
번뇌의 기미는 맑은 묵상으로 사라지고
아름다운 경치는 깊을수록 더 찾게되네
대자리 떨치니 부채 잡기도 귀찮고
화로를 안으니 갖옷도 벗고 싶구나
행랑에서는 죽고 소리가 울리는데
바람 부는 선탑엔 차 그릇 넘친다
문득 여산 땅의 도연명이었다가
다시 섬계에서 노닐던 왕자유라네
동구에서는 누가 서로 전송하는가
오직 골짜기에서 부는 회오리바람뿐이로다.

[출전] :『輿地勝覽 · 34』

작자 金克己 (김극기 : P 56, 가지사 참조)

龍藏寺

異人曾掛錫　　龍穴寄冥修

三明終得後　　二梵庶延休

朝梵鎭驚黷　　夕燈長破幽

煩機逃淨想　　絕景趁窮搜

拂簞懶携扇　　環爐思脫裘

月廊轟粥鼓　　風榻激茶甌

却將廬嶽靖　　還作剡溪猷

洞口誰相送　　唯殘出谷颷。

어구풀이

▷ 掛錫(괘석) : 석장(錫杖)을 걸다. 순행승(巡行僧)이 머물러 삶.

▷ 冥修(명수) : 그윽히 수도함. 고요히 수양에 듦.

▷ 三明(삼명) : 아라한의 지혜에 갖추어 있는 자재하고 오묘한 작용을 말함. 곧 숙명명(宿命明)·천안명(天眼明)·누진명(漏盡明).

▷ 二梵(이범) : 내범(內梵)과 외범(外梵). 불도를 수행하는 사람 가운데 범부의 자리에 있는 사람을 구별하여 쓰는 말이다. 내범은 불교 교리 안에 있는 범부, 외범은 불교 교리 밖에 있는 범부라 한다.

▷ 粥鼓(죽고) : 사찰에서 공양 시간에 맞춰 치는 북.

▷ 廬嶽靖(여악정) : 廬山의 陶靖節. 여산의 도잠(陶潛).

▷ 剡溪猷(섬계유) : 왕휘지(王徽之 : 자는 자유子猷)가 섬계에서 놀 때 눈 내리다 멎자, 휘황한 달빛 아래서 문득 친구 대규(戴逵)가 생각나, 그 길로 배를 몰아 찾아 갔다. 그러나 정작 문 앞에 다다르자, 만나지 않고 되돌아 왔다. 사람들이 까닭을 묻자 "본디 흥이 나서 왔다가, 그 흥이 다했으니 만날 필요가 없어졌다."고 하였다. 방대(訪戴).

용장사 경실에 거처하며

용장리라, 산촌 고즈넉하니
오가는 사람도 보이지 않네
이슬비 시내 대나무로 옮겨가고
비낀 바람은 들 매화를 지킨다
작은 창가에서 사슴과 함께 잠드니
마르고 메말라 앉아 재가 되는구나
몰랐네. 초가집 처마 끝에서
뜨락의 꽃 지고 또 피는 것을.

[출전] : 『梅月堂詩集 · 12』

작자 金時習 (김시습 : P 126, 金山寺 참조)

居茸長寺經室有懷

<table>
<tr><td>茸長山洞窈</td><td>不見有人來</td></tr>
<tr><td>細雨移溪竹</td><td>斜風護野梅</td></tr>
<tr><td>小窓眠共鹿</td><td>枯椅坐同灰</td></tr>
<tr><td>不覺茅簷畔</td><td>庭花落又開。</td></tr>
</table>

어구풀이

▷ 茸長寺(용장사) : 경북 월성군 내남면 용장리 사곡(寺谷)에 있던 사찰. 김시습이 처음 창건했다고 한다. 3층 석탑(국보 310호)과 불탑(국보 311호)이 있다. 『동경잡기』에 의하면 "매월당의 사우는 금오산 남쪽 골 입구에 있는데, 곧 용장사 옛 터전으로 김공 시습이 놀고 쉬던 곳이다. 공의 사적은 율곡 이 선생이 교지를 받들어 찬술한 「김시습전」 가운데 낱낱이 실려 있다. 공의 평시의 발자취는 거의 국내 명산을 두루 다녔지만, 유독 금오산에서 일생을 마치려 한 뜻이 있었음은 (선생의) 「사유록」을 보면 알 수 있다. 거기에 이르기를 '금오산에 와 있으면서부터 멀리 유랑하기를 좋아하지 아니하고, 다만 바닷가에서 한가히 놀고, 저자를 자유로이 거닐며 매화와 대나무를 찾아, 그것으로 시를 읊고, 술에 취해 스스로 즐거워하였다.'라고 하였으니, 이는 바로 공이 스스로 기록한 것이라 하겠다. 세상에 전하기를 '매월(梅月)이라고 당에 이름 한 것은 금오 매월을 취한 것'이라 한다. 『금오신화』라고 제한 시에,

矮屋靑氈暖有餘　　자그만 집 남루한 이불 따사롭기 넉넉하고
滿窓梅影月明初。　　매화 그림자 창에 어리자 휘영청 달이 밝아오네.

라고 이른 것이 바로 그것이다. 용장사는 언제 황폐해졌는지 알 수 없으나, 이제도 섬돌은 남아 있다.---(梅月堂祠宇 在金鰲山南邊洞口, 卽茸長寺舊基, 而金公時習遊息之地也. 公之事蹟 具載於栗谷李先生奉 敎所撰傳中, 公之平日足跡 殆遍於國內名山 而獨居金鰲 有若將終焉之志, 觀於四遊錄 可知也. 其曰, 自居金鰲 不愛遠遊 但慢遊海濱 放曠郊廛 探梅問竹 常以吟醉自娛者 是公姿志之言也. 世傳 以梅月名堂者亦取金 鰲梅月之意, 題金鰲神話詩 所謂矮屋靑氈暖有餘, 滿窓梅影月明初'者 是也. 茸長寺 未知何時荒廢 而階砌尚存.)" <東京雜記 : 사찰전서에서 재인>

▷ 坐同灰(좌동회) : 앉은자리에서 식은 재처럼 일체를 망기(忘機)한 무심·평정의 지경에 이름.

▷ 落又開(낙우개) : 지고 핌. 피고 짐. 압운 상 '開又落'의 도치. 이규보의 「북산잡제 4수 北山雜題四首」 3에 "나리꽃이 그윽한 골짝에 핀 뜻은, 산촌에 봄소식 알리렴이나, 뉜들 피고 짐을 관계나 하랴, 가만한 조요에 살고 있나니.(山花發幽谷 欲報山中春. 何曾管開落 多是定中人)"<三韓詩龜鑑>의 용례가 보인다.

상수역으로부터 운계사에 이르러

비탈진 반석엔 짙은 나무 그늘 드리웠고
맑은 시내 언덕으론 한 줄기 샛길 굽도는데
끝없이 이어지는 은은한 향기 코를 찌르니
알겠구나, 숲 속 어디멘가 철 지난 꽃 피었음을.

[출전] : 『大東詩選 · 2』『國朝詩刪 · 2』『續東文選 · 10』

작자 朱溪君 (주계군 : 1454~1504)

　조선 전기의 문신 · 학자. 자 백연(伯淵), 호 성광(醒狂) · 묵재(墨齋) · 태평진일(太平眞逸). 본명 이심원(李深遠). 효령대군의 증손. 김종직의 문인, 1487년 종친과시강경사에서 장원급제하여 정의대부(正義大夫)에 제수. 1504년 갑자사화에 연류, 두 아들과 함께 죽음. 1517년 조광조 · 김굉필 등의 계(啓)에 의해 신원됨. 시호 문충(文忠) 저『성광유고』.

自湘水驛 至雲溪寺

樹陰濃淡石盤陀　　一逕縈迴透澗阿

陣陣暗香通鼻觀　　遙知林下有殘花。

어구풀이

▷ 雲溪寺(운계사) : 전남 화순 천운산에 있었던 사찰.

▷ 濃淡(농담) : 짙고 옅음. 본 시어에선 '濃'자의 의미를 강조하는 '淡'자의 기능으로 읽는다.

▷ 盤陀(반타) : 넓고 큰 바위가 평평하게 생기지 않은 모양.

▷ 縈迴(영회) : 후미지고 굽어 돈 모양.

▷ 澗阿(간아) : 시내의 굽어 들어간 곳. 시내의 굽이.

▷ 陣陣(진진) : 계속하여 불거나, 풍겨옴.

▷ 遙知(요지) : 가뭇이 ~함(임)을 알 듯함.

▷ 殘花(잔화) : 떨어지고 남은 꽃. 쇠잔한 꽃. 본 시에서는 '빈 잎에 가려 철 지난 후 늦게 핀 꽃'으로 보아야 '코를 찌르는 陣陣한 暗香'과 이미지 연결이 가능함. 이규보의 시 「하일夏日」에 "빈 잎에 가리운 꽃 봄 다 지난 이제사 피었고, 엷은 구름 새는 햇살 빗속에 밝구나(密葉翳花春後在　薄雲漏日雨中明)."와 동곡이음(同曲異音)이라 하겠다.

☞ 자하 신위는 주계군의 「즉사卽事」와 위의 시를, 그리고 이현손(李賢孫)의 「추일秋日」 시를 가려 그의 「논시절구」 35수, 그 7)에서 다음과 같이 논시하고 있다.

紅杏花殘雨一犁　　'한 자락 빗김에 붉은 살구꽃 시들었고'
蒼茫獨立詠新詩　　'아득히 홀로 서서' 새 시를 읊는다
歸來又得桂公子　　돌아오니 또 하나의 가공자 있어
臥看秋窓蟲吐絲。　　누워서 '가을 창 벌레 실 토함'을 본다.

운봉사를 노래하다

칡넝쿨 더위잡고 산봉에 올라
굽어보니 온 누리 가뭇한 空界
즈믄 산 한 뼘 손 안에 나눴고
物色마다 굽어보니 가슴 뛰누나
탑 그림자 한낮의 눈 같고
솔바람소리 하늘 바람이로다
저 자연은 나를 비웃으리라
속세로 돌아가는 이 발걸음을.

[출전] : 『孤雲集 · 1』 『東文選 · 9』 『三韓詩龜鑑 · 上』

작자 崔致遠 (최치원 : P 136, 金川寺조 참조)

題雲峰寺

捫蘿上雲峰	平看世界空
千山分掌上	萬事豁胸中
塔影日邊雪	松聲天半風
煙霞應笑我	回步入塵籠。

▷ 雲峰寺(운봉사) : 경북 문경군. 본명 금룡사. 신라 진평왕 10년 운달(雲達) 조사가
  개산하며 운봉사로 바꿈. <사찰전서>
▷ 『삼한시귀감』과 『동문선』엔 '看을 → 觀으로', '半을 → 畔으로', '回를 → 迴'로 『고
  운선생문집』과 달리 표기됨.
▷ 塵籠(진롱) : 티끌 둥지. 곧 인간 속세.

운부사에서

홀로 운부사를 찾아가니
조요론 선방, 의지할 만 하구나
골은 깊어 찾아오는 손님 없고
스님은 늙어 세월만 더디 가네
대 그림자 텅 빈자리로 쓸려들고
솔바람 엷은 옷으로 스며드네
산의 신령도 응당 아시리라
도량의 결성 기약대로 이뤄질 것을.

[출전] : 『泰齋先生文集·1』

작자 柳方善 (유방선 : P 230, 盤龍寺 참조)

雲浮寺

獨訪雲浮寺　　禪房靜可依

谷深車馬少　　僧老歲年遲

竹影侵虛榻　　松風透薄衣

山靈應不昧　　結社會如期。

▷ **雲浮寺**(운부사) : 경북 영천군 청통면 팔공산 소재 사찰. 은해사(銀海寺)에 딸린 암자. 신라 성덕왕 10년(711) 의상 조사가 창건하였다.

▷ **虛榻**(허탑) : 텅 빈 탑상.

▷ **結社**(결사) : 주의·사상·의견이 같은 사람이 모여 한 단체를 만드는 일, 또는 그 단체.

운암사에서

여가를 빌미로 산행이나 할까하여
새벽에 일어나 나막신에 밀칠하고
서쪽 봉우리로 그윽이 찾아 오르니
소나무 아래로 10리 나문 오솔길
도량은 어디쯤 있는 건가
종소리부터 귓가에 번져오네
그윽한 곳 찾아 원근도 헤아리지 않고
다시 내 낀 넝쿨을 밟아가노라니
문득 시냇가의 한 누각
나를 맞이하련 듯 숲 새로 보이네
시냇물 따라 푸른 골짝 빠져나가
물 근원 다 한 곳에 이르니
어느 해에 금을 펴 부처의 집 지었는고
거룩한 불상은 보대에 앉았는데
석가세존 장엄하고도 빛나도다
하늘엔 가득한 실리화요
땅에 가득한 패다라수로다
승방이 몇 구역인가
빙 둘러서 높고 낮은데
총총한 향화의 굴에
석등이 바위 문을 안았으니
명공의 거처인 줄 알겠고
뜰 앞 맹호를 바라보겠네
명공은 지원의 무리라
깨달음의 길에 일찍 날아서 걸었네
오산에서 진석에 올랐고
초수에서 목배로 건넜네
지난해 이 바위에 머물었는데
머무르지 아니함이 참으로 머무는 것이다
날마다 강석을 열고
십 이부 깊이 연구하네

雲巖寺

偷閑思出遊
西峰費幽尋
梵舘在何許
探幽不記遠
忽見溪上閣
竛涯穿翠洞
何年側布金
睟相跗寶臺
侵天室利花
僧房箪幾區
叢叢香火屈
認得名公廬
名公支遠徒
吳山振錫行
往年棲此巖
日日開經筵

曉起蠟芒屨
十里松下路
先聞鐘一杵
更躡煙蘿去
迎人出林莽
行遍水窮處
幻出空王宇
煌煌薄迦聚
滿地多羅樹
繞繞分高下
石燈抱巖戶
階前望猛虎
覺路早飛步
楚水弄杯渡
無住是眞住
冥搜十二部

혀끝에서 번개가 날매
마군들이 다 엎어지네
학도가 다투어 도를 물으러
구름 같이 모인 자 헤일 수 없고

근기에 따라 다 성취시키니
삼초에 한 비를 고루 내리네
내가 온 것이 이 무슨 다행인고
반가운 눈빛으로 한 번 돌아봐 주네
떨어진 포단 위에 벌려 앉아서
조용히 함께 웃고 말하는데
이야기가 오래다 보니
학은 깃으로 돌아가고
어슴푸레 숲은 저무네
찬 등불 불탑에 오르고
향 연기 석등에 더하네
모든 시끄러움 거두어지니
경계가 고요하매 만 가지 생각 사라지고
밤이 깊어 한가한 자리에 누워
시 읊자니 어언 동창이 밝누나
연엽주 다 되니
아침 공양 북을 친다
급히 일어나 관과 건을 바로 하니
아침 해가 붉은 빛을 반쯤 토하네.

[출전] : 『輿地勝覽·5』

작자　金克己 (김극기 : P 56, 가지사 참조)

雷電飛舌端　　魔軍便顚仆
學徒爭問道　　雲合未容數
應機悉成就　　三草勻一雨
我來亦何幸　　靑眼煩一顧
列坐敗蒲上　　從容同笑語
語久鶴歸巢　　蒼蒼林壑暮
寒燈上蘿龕　　鵲篆添夕炷
群囂各收聲　　境寂空萬慮
夜深倒閑榻　　吟待窓送曙
殘更下蓮葉　　忽報呼粥敲
欻起整冠巾　　朝暾紅半吐。

어구풀이

▷雲巖寺(운암사) : 경기도 개성부 무선봉 아래 있던 사찰. 옛 이름은 광암사(光岩寺). 공민왕 현릉의 재궁으로, 이색의 비명이 있음.

▷蠟芒屨(납망구) : 신에 밀칠을 함. 동진(東晉)의 등산가들이 등산할 때 미끄러짐을 방지하기 위해 밀을 바른데서 유래한 말.

▷不記遠(불기원) : 멀고 가까움을 따지지 아니함.

▷林莽(임망) : 숲이 우거짐.

▷布金(포금) : 금을 펴 깔다. 수달다장자(須達多長者)가 절을 짓고자하여 기타태자(祇陀太子)의 동산 80경(頃)을 요구하자, 태자는 희롱으로 "그 땅에 금을 가득 깔면 주겠다"했더니, 과연 금을 깔고 절을 지었다는 전설을 시화함.

▷空王宇(공왕우) : 부처의 집. 곧 사찰. '空王'은 부처의 별칭.

▷晬相(수상) : 윤이 나는 모양. 부처의 상.

▷薄迦(박가) : 薄迦梵의 와전. 곧 세존의 범어 이름. bhagavat의 주격 bhagavan의 음역. 『여지승람』엔 단가취(傅迦聚)로 기술됨.

▷室利花(실리화) : 하늘로부터 내리는 꽃비. 부처가 설법할 때 하늘로부터 내린다는 4가지 꽃 중의 하나.

▷多羅樹(다라수) : 패다라수(貝多羅樹). 인도에서 불경을 필사할 때 사용한다는 나무 패다라수의 잎.

▷望猛虎(망맹호) : 사나운 호랑이를 보겠다. 곧 동진(東晉)의 고승 혜영(慧永)의 도덕이 높아 호랑이가 개처럼 길들여졌다함.

▷支遠徒(지원도) : 동진의 고승 지도림(支道林)과 혜원(慧遠)의 무리

▷杯渡(배도) : 배도선사(杯渡禪師). 진(晉)나라 고승으로 목배(木杯)로 물을 건너 다녀 붙여진 이름.

▷三草(삼초) : 삼초이목(三草二木)의 준말. 약초에 대·중·소, 나무의 크고 작음이 같지는 않으나, 모두 약용이 되듯, 사람도 소질·능력의 차이는 있어도 부처님의 교화를 받으면 언젠가는 깨달음에 들어 세상을 구하는 자가 됨을 비유한 말.

▷靑眼(청안) : 손님을 반갑게 맞이함. 죽림칠현의 맹주인 완적(阮籍)과 혜강(嵇康)의 고사. <晉書 阮籍傳> 참조

▷蘿龕(나감) : 불탑.

▷紅半吐(홍반토) : 붉은 빛을 반쯤 토함. 날이 막 밝아 옴.

운암사 벽에 쓰다

간밤에 산 매화 한 가지 피었는데
산사의 늙은 스님 꺾을 줄 모르네
사군이 나이 젊고 정녕 정 많아
찬 떨기 곁에 와 소식을 묻누나
애닯다, 선인의 한 쌍 옥통소 없어
인간의 먼 전별곡 떨쳐 불수 없구나
산에 온 지 사흘이나 오르지 않음을
어쩌면 봄바람이 처절해 하지 않겠나
내일 아침 말에 올라 속세로 돌아가면
당 앞 주렴에 걸린 달 누가 완상할고.

[출전] : 『東文選 · 6』 『靑丘風雅 · 2』 『輿地勝覽 · 9』

작자 陳澕 (진화 : P 458, 靈鷲寺 참조)

書雲巖寺

昨夜山梅一枝發　　山中老僧不知折
使君年少正多情　　走傍寒叢問消息
恨無仙人雙玉簫　　吹破人間遠離別
到山三日不登山　　無奈東風却凄切
明朝上馬入紅塵　　誰賞堂前一簾月。

어구풀이

▷ 雲巖寺(운암사) :『동문선』엔 진화(陳澕)의 작으로 되어 있으나,『여지승람』에는 이인로(李仁老)의 작으로 기록됨.『동문선』을 따랐다.

▷ 寒叢(한총) : 싸늘한 떨기. 곧 매화꽃.

▷ 消息(소식) : 봄소식. 정녕 '봄이 왔는지'를 묻다. 소식.

▷ 雙玉簫(쌍옥소) : 쌍 옥퉁소.

▷ 無奈~(무내~) : ~하니 어찌할 수 없음. 어쩌랴.

▷ 却凄切(각처절) : 도리혀 처절함.

▷ 紅塵(홍진) : 붉은 티끌세상. 속세.

▷ 一簾月(일염월) : 발에 가득한 달.

운접사에서

도량이 안개 노을 사이에 있는데
층층한 봉우리는 그 몇 겹이던가
산이 깊어 솔가지 쭉쭉 늘어져 있고
강이 드넓으니 물은 거침없이 흐르네
다담상이야 따로 자리 정할 게 있나
산사의 들창 반공에 의지해 있는 걸
돌아보니 티끌세상은 멀기만 한데
늙은 스님이사 제냥 고요하여라.

[출전] : 『輿地勝覽 · 18』

작자 崔有悰 (최유종 : ?~?)

고려시대의 문인 · 학자. 정언을 역임. '정사는 맑았고, 일은 간소하게 처리하였다'하며, 고을의 학동들을 모아 경전과 역사를 가르쳤다 함.

雲岾寺

寺在烟霞裏　　層巒第幾重
山深松落落　　江闊水溶溶
茶榻臨無地　　禪窓倚半空
回頭塵世遠　　老衲自從容。

어구풀이

▷ 雲岾寺(운점사) : 충남 전의현(현 연기군) 운주산에 있던 사찰. <사찰전서>
▷ 幾重(기중) : 그 몇 겹.
▷ 落落(낙락) : 밋밋하게 잘 자라 쭉쭉 늘어짐. 낙락장송(落落長松).
▷ 溶溶(용용) : 강물이 넓고 조용히 흐르는 모양. 마음이 넓고 도량이 큰 모양. 김황원(金黃元)의 부벽루 시에 "긴 성 한 켠으론 치렁치렁한 강물 넘쳐흐르고, 넓은 들판 동녘으론 가뭇가뭇한 산이로구나.(長城一面溶溶水 大野東頭點點山)"의 용례가 있다.
▷ 茶榻(다탑) : 차 마시는 상[喫茶床].
▷ 倚半空(의반공) : 반공에 의지함. 곧 절이 높은 위치에 있음을 비유함.
▷ 老衲(노납) : 노승(老僧). 학덕이 높은 노스님.

성거산 원통사에서

보배론 신전 봉황이 날 듯 날렵한데
가장 아름답기는 바로 서쪽 헌함일레
날 밝나 싶으면 정작 동녘 해가 솟고
갠 날도 북녘 고개 먼저 어스름 지네
길 험해 돌층계 오를 걱정부터 나고
샘 다니 솔뿌리 마시기 더욱 좋구나
산신령이 내 떠남을 만류하련 듯
안개랑 노을 일으켜 골문 잠그네.

[출전] : 『東文選·16』『輿地勝覽·42』

작자 權漢功 (권한공 : P 238, 白蓮寺 참조)

聖居山 元通寺

寶殿臨風鳳欲騫　　最難忘處是西軒
未晨已得東方日　　不雨先占北嶺昏
路險更愁攀石磴　　甘泉猶喜吸松根
地靈似有留人意　　打起烟霞鎖洞門。

▷ **元通寺**(원통사) : 황해도 우봉현(현 근천군) 성거산에 있던 사찰. 여지승람·사찰
　전서>
▷ **寶殿**(보전) : 부처님을 모신 신전.
▷ **欲騫**(욕건) : 막 날려고 다리를 모아 굽힌 형상.
▷ **難忘處**(난망처) : 잊을 수 없는 곳. 인상적인 곳. 아름다운 곳.

능가산 원효방을 제재로 쓰다

산길 따라 높은 사다리 건너

발 포개며 오솔길 걷노라니

아스라이 높은 산마루 있어

일찍이 원효께서 선방을 여셨지

신령한 자취는 어딘지 아득하고

남기신 화상만 종이에 남았구나

차 달이는 샘물 찬 구슬인 양 고여

한 모금 움켜 마시니 젖같이 달구나

이 땅은 예로부터 물이 없어서

스님들이 머무르기 어려웠는데

원효 스님 한 번 와 몸을 맡기자

단 물 바위 구멍에서 솟아났다네

우리 스님 높은 자취 이어받고자

짧은 갈옷 입고 예 와 머문거라오

여덟 자 방을 휘둘러보니

한 켤레 신발만 있을 뿐

모시는 사람 또한 없이

홀로 아침저녁 맞이한다네

소성거사 세상에 다시 오신다면

감히 허리 굽혀 절하지 아니하랴.

[출전] : 『東國李相國集·9』『輿地勝覽·34』

작자 李奎報 (이규보 : P 106, 大谷寺 참조)

題楞迦山元曉房

循山度危梯	疊足行線路
上有百仞巓	曉聖曾結宇
靈蹤杳何處	遺影留鵝素
茶泉貯寒玉	酌飮味如乳
此地舊無水	釋子難栖住
曉公一來寄	甘液湧巖竇
吾師繼高蹤	短褐此來寓
環顧八尺房	惟有一雙屨
亦無侍居者	獨坐度朝暮
小性復生世	敢不拜僂傴。

어구풀이

▷ 元曉房(원효방) : 전북 부안군 변산에 있던 사찰. 원효대사가 머물던 방장옥(方丈屋)이 지금도 남아 있다 함. 『여지승람』 권 34에서는 [원효방]으로 제하고, '百仞巓'을 '顚'으로, '杳何處'의 杳를 '渺'로, '高蹤'을 '躅'으로, '僂傴'를 '傴僂'로 달리 기술되어 있음. 아울러 『동국이상국집』 권 9에는 "변산은 일명 능가니, 옛날 원효대사께서 거처하시던 방장이 이제까지 오히려 남아 있다. 한 늙은 비구니가 홀로 수진하고 있는데 시자도 없고, 솥이나 불 집힐 도구조차 없이 나날이 소래사 한 방에 적적히 지내고 있었다 (邊山一名楞迦 昔元曉所居方丈, 至今猶存. 有一比丘 獨居修眞, 無侍者 無鼎鐺炊爨 日於蘇萊寺 趁一齋而已)라는 병서가 있다.

▷ 危梯(위제) : 위태로운 잔도. 험한 사다리 길.

▷ 疊足(첩족) : 발을 포개며 조심스레 걷는 모습.

▷ 線路(선로) : 몹시 좁은 길. 오솔길.

▷ 曉聖(효성) : 원효대사의 별호.

▷ 遺影(유영) : 화상. 영정.

▷ 鵝素(아소) : 흰 종이.

▷ 巖竇(암두) : 바위 틈.

▷ 小性(소성) : 원효대사. 원시 주에 "원효 스님의 속호는 소성거사다(曉師俗號 小性居師)"라 함.

▷ 僂傴(루구) : 허리를 구부리다. 절하는 모습.

☞ 이규보의 같은 제하의 다른 시를 인거(引據)하면 다음과 같다. 참고에 이받는다.

勝事聞來久	좋은 일 들은 지 하마 오랜데
神蹤杳莫尋	신령한 자취 아득해 찾을 길 없네
幽鼯飢出竇	그윽한 숲 주린 다람쥐 굴을 나오고
獨鶴倦投林	외로운 학 날기에 지쳐 숲에 앉는다
塔影侵陰斷	탑 그림자 그늘에 가려 끊겼고
鐘聲度遠沈	쇠북 소리 멀리 퍼져 잦아드네
何當解墨綬	언제 관복 벗은 자유로운 몸으로
聊此結茅深。	애오라지 이곳 깊숙이 띠집 지을꼬.

<여지승람 · 34>

원흥사에서

만리 먼 하늘에 기러기 항렬도 끊긴 가을날
한가롭게 옛 절을 푸른 물가에서 찾노라
문 밖에는 수천 척 배가 모여 떠들썩해도
바위 골짜기 선방은 고즈넉이 그윽하네
절에 가득한 소나무와 대나무는 스님의 부귀요
강에 가득한 안개와 달빛은 절의 풍류로세
숲에서 일찍이 무엇을 보았나 묻지 말라
뜬 이름 던져버리고 물러가 쉬려고 하네.

[출전] : 『輿地勝覽·29』

작자 李奎報 (이규보 : P 106, 大谷寺 참조)

元興寺

萬里長天斷鴈秋　　閑尋古刹碧波頭
喧喧門外千帆集　　寂寂岩陬丈室幽
滿院松篁僧富貴　　一江煙月寺風流
莫言林下何曾見　　擺却浮名欲退休。

▷ 元興寺(원흥사) : 경북 선산군에 있던 사찰. 옛터가 가덕부곡에 있음. 『여지승람』 권 29에는 본제의 시가 있으나, 정작 『동국이상국집』엔 3수의 관련 다른 시만 보이나, 본 시는 찾지 못함.
▷ 喧喧(훤훤) : 요란하고 시끄러움.
▷ 岩陬(암추) : 골짜기. 구석. 마을.

막 개인 월계사 다락에서 석양을 바라보며

자그만 다락 푸른 산 가에 우뚝 솟았는데
비 온 뒤 올라보니 온갖 경치 조요롭구나
돛배는 푸른 연기 띠고 먼 포구로 돌아들고
조수는 누런 길섶 뚫고 앞 물굽이에 이르네
물은 하늘 위 진신의 달을 나눠 가졌고
구름 새로 강가 산의 본 색이 드러나네
나그네 인생살이 뉘 나처럼 한가할까
새벽에 와 읊기를 저녁 갈가마귀 돌아오도록.

[출전] : 『大東詩選·1』『東人詩話·上』

작자 陳澕 (진화 : P 458, 靈鷲寺 참조)

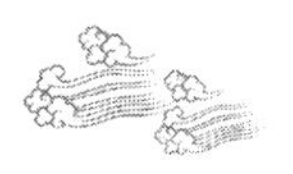

月溪寺樓上初晴晩眺

小樓高倚碧屛顏　　雨後登臨物色閑

帆帶綠煙歸遠浦　　潮穿黃葦到前灣

水分天上眞身月　　雲漏江邊本色山

客路幾人閑似我　　曉來吟到晚鴉還。

어구풀이

▷ 月溪寺(월계사) : 제주도 제주목 독포에 있던 사찰.

▷ 碧屛顏(벽잔안) : 푸른 산이 높은 모양.

▷ 眞身月(진신월) : 하늘에 있는 달은 眞身이요, 여러 물 속에 비친 달은 분신(分身)·환신(幻身)·화신(化身)이라 함.

▷ 雲漏(운루) : 구름 사이로 비춰 보임. 이규보의 「여름날夏日」 전·결구에 "빈 잎에 가리운 꽃 봄 다 지난 이제사 피었고, 얇은 구름 새로 삐친 햇살 빗속에 밝구나.(密葉翳花春後在 薄雲漏日雨中明)"라 했다.

▷ 幾人(기인) : 그 누가. 그 몇 사람이나.

☞ 서거정은 진화 시의 경련을 이제현의 시구와 비교하며 다음과 같이 합평했다. "고인이 시를 지을 때 불가의 말을 써서 기이한 기상을 펴는 경우가 많다. 예컨대 한림 진화의 시에 '물은 하늘 위 진신의 달을 나눠 가졌고, 구름 사이로 강가 본색의 산이 나타나네.'라고 한 것과, 이제현의 시에, '이것은 다른 것이 아니라, 전신이 후신을 정한 것이다.'라고 한 것들이 뛰어나다. 그러나 형공 왕안석의 「사진寫眞」시에 '나와 단청은 두 개의 환신이니, 세상에 떠돌다가 끝내는 티끌이 되네. 오직 이것이 다른 것이 아님을 아니, 전신이 후신 된다는 것은 묻지도 마시오.'라고 했다. 이제현의 시는 반산 왕안석의 것을 이어받아 썼을 따름으로 진화 시의 뜻이 새롭고, 시어가 기발한 것 만 같지 못하다.(古人詩 多用佛家語 以騁奇氣. 如陳翰林 澕詩 '水分天上眞身月 雲漏江邊本色山'). 李益齋詩 '此物非他物, 前身定後身.' 皆好. 然王荊公寫眞詩云, '我與丹靑兩幻身 世間流轉會成塵. 但知此物非他物 莫問前身是後身.' 李詩述半山, 未若陳之意新 而語奇)"라 했다. <동인시화·상>

월광사를 제재로 쓰다

경치 좋은 곳 만날 때마다 이름을 쓰며
다시 쌍계사 향해 지팡이 길 재촉한다
들 다리께서 길손 보내자니 앞뒤로 선 그림자요
소나무 탑에서 불경을 외니 길고 짧은 음성일세
산천의 아름다운 경치는 그림인 듯한데
수목도 해가 깊어 제냥 늙었구나
지금 북으로 가면 언제 다시 남으로 오려나
이 풍광 가장 인상에 남음을 분명 알았느니.

[출전] : 『陶隱先生詩集·2』

작자 李崇仁 (이숭인 : P 78, 쌍계사 참조)

題月光寺

每逢佳處便書名	又向雙溪杖屨行
送客野橋前後影	念經松榻短長聲
山川地勝如圖畵	樹木年深自老成
北去何時更南下	懸知此境最關情。

어구풀이

▷ 月光寺(월광사) : 경남 합천군 이로면 월광리에 있던 사찰. 대가야국의 태자 월광이 창건했다고 전한다.<여지승람·사찰전서>

▷ 雙溪(쌍계) : 경남 하동군 하거면 운수산 소재 사찰. 최치원의 「쌍계사」 참조.

▷ 杖屨行(장구행) : 짚신발로 막대 짚고 감.

▷ 如圖畵(여도화) : 그림과 같음. 산수의 아름다움이 그림과 같음.

▷ 懸知(현지) : 오래 전에 이미 앎. 진작 앎. 현격히 앎.

▷ 關情(관정) : 마음에 새겨 둠. 깊이 새김.

월정사에서

자장이 세운 옛 절에 문수보살이 있으니
탑 위에 천 년 동안 새가 날지 못한다
금전은 문 닫았고 향연이 싸늘한데
늙은 중은 탁발하러 어디로 갔나.

[출전] :『圓齋先生文稿・上』『輿地勝覽・44』

작자 鄭樞 (정추 : P 70, 江西寺 참조)

月精寺

慈藏古寺文殊在　　　塔上千年鳥不飛
金殿闔扉香篆冷　　　殘僧乞米向何處。

어구풀이
────────────────────────────────

▷ **月精寺**(월정사) : 강원 평창군 진부면 오대산 소재 사찰. 신라 선덕왕 12년(634) 자장율사가 오대산은 문수보살이 머무는 성지라 믿고, 진신(眞身)을 친견하기 위해 초암(草庵)을 엮음. 이후 경덕왕 때 신효거사(信孝居士) 범일(梵日)의 제자 두타승(頭陀僧) 신의(信義) 등이 머물렀고, 수다사(水多寺) 장로 유연(有緣)에 의해 사격(寺格)을 갖춤. 그 뒤 고려 충렬왕 때 전소된 것을 이일(而一)이 중창, 조선 순조 33년(1833) 다시 전소된 것을 헌종 10년(1844) 영담(瀛潭), 정암(淨庵) 등이 중건함.

▷ **慈藏**(자장) : 신라의 승려. 속명은 김선종(金善宗). 진골 소판무림(蘇判茂林)의 아들. 부모를 여의고 속연을 싫어해 처자를 버리고 사재를 내 원녕사를 만들고 고골관(枯骨觀)을 닦음. 선덕왕 5년(636) 제자 승실(僧實) 등 10여인과 함께 당나라 청량산「문수산」에 들어가 문수보살 앞에 기도하고 가사와 사리를 받음. 643년 장경(藏經)·당번(幢幡)·화개(華蓋) 등을 가지고 들어와 분황사에 주석하며 왕궁에서 대승경론 등 설법. 대국통(大國統)이 되고, 통도사(通道寺) 및 수다사·정암사 등을 창건함.

▷ **文殊**(문수) : 문수보살. 대승보살. 보현보살과 짝하여 석가모니불의 보처로서 왼쪽에 있어 지혜를 맡음.

▷ **金殿**(금전) : 부처님을 안치한 대웅전. 「금광보전金光寶殿」.

▷ **香篆**(향전) : 향의 연기. 잔자체처럼 번져나가는 향의 연기.

▷ **殘僧**(잔승) : 늙은 승려. 노승.

▷ **乞米**(걸미) : 쌀을 빎. 탁발수행(托鉢修行).

유가사에서

내와 놀에 잠긴 도량이라, 아무 일 없고
푸르름이 들뜨던 첩첩한 산 가을 짙은데
구름 사이로 뚫린 가파른 돌계단 예닐곱 리
하늘 끝 아스라한 산봉은 천만 겹이로구나
차 마시자 소나무 처마에는 달이 걸렸고
독경 끝나자 바람 탑 풍경소리 요요해라
흐르는 시냇물 벼슬아치 나그네 비웃으리
씻으려도 씻지 못하는 세속의 발자취를.

[출전] : 『大東詩選・1』『東文選・14』『東人詩話・上』『小華詩評』

작자 金之岱 (김지대 : P 224, 題童津山文殊寺韻 참조)

瑜伽寺

寺在烟霞無事中　　亂山滴翠秋光濃
雲間絶磴六七里　　天末遙岑千萬重
茶罷松簷掛微月　　講闌風榻搖殘鍾
溪流應笑玉腰客　　欲洗未洗紅塵蹤。

어구풀이

▷ 瑜伽寺(유가사) : 경북 달성군 유가면 비슬산 소재 사찰. 숙종 25년(1699) 청심도경(淸心道瓊)이 중창하였고, 영조 52년(1776) 밀암(密庵) 스님이 5창하였다.
▷ 無事中(무사중) : 아무 일 없다는 듯. 고요한 도량 본연의 모습.
▷ 秋光濃(추광농) : 가을 색이 짙음. 늦가을 기상.
▷ 絶磴(절등) : 깎아지른 절벽.
▷ 遙岑(요잠) : 아스라한 산봉우리.
▷ 松窓(송창) : 소나무 창. 『여지승람』에는 '소나무 처마[松簷]'으로 기록됨.
▷ 玉腰客(옥요객) : 허리에 옥대를 찬 나그네. 세속적 명리(名利)에 바자니는 벼슬아치.
▷ 紅塵蹤(홍진종) : 속세의 자취. 속인의 속된 기질.

☞ 사가(四佳) 서거정(徐居正)은 '요체(拗體)는 당율(唐律)이 다시 변한 것'이라 하고, '우리나라 사람으로는 정지상과 김지대만이 그 법을 터득했다'며 다음과 같이 위의 시를 예시했다. 곧 "요체라는 것은 당율이 재변한 것인데 고금에 걸쳐 작자는 많지 않았다. 그 작법은 운율이 변하는 곳에 마땅히 평성자를 놓아야 할 곳에 도리어 측성자를 놓아 말의 기운을 새롭고 굳세게 하여 별나게 하고자 함이다. 만당 사람들이 이를 즐겨 썼다. 정지상의 시는 요체의 묘리를 깊이 체득했으나, 그를 뒤이을 만한 사람이 없더니, 오직 영헌공 김지대만이 요체의 법을 터득하였으니, '---위의 시 생략---'라고 한 구절들은 다분히 요체의 영향을 받아서 이루어 진 것들이다.(拗體者 唐律之再變, 古今作者不多. 其作法 遇律之變處 當下平字 換用仄字 欲使語氣 奇健不群, 晩唐人 好用此體. 鄭詩深得其妙 後無人能繼者 惟金英憲之岱 得其法 如 ---위의 시---. 多有所露丙云.)" <東人詩話·上>라 했다.

☞ 한편 홍만종은 "영헌 김지대의 유가사에 이르기를"---본시 생략---.는 학사 정지상의 내소사 시와 구법이 같다"(英憲金之岱 瑜伽寺云 ---본시 생략---. 與鄭學士來蘇寺詩 同一句律)"<소화시평>라 했다.

유점사에서

유점사 경내 느릅나무 우람히 자랐는데
서해로부터 떠온 종 아득한 이역서 왔구나
황금 불상 쉰하고 또 세 분
그 나무 아래 보좌하사 하늘 집을 열었네
시대와 문헌을 상고하면 실로 믿기 어려우니
창사연기 장히 기괴하고 또 황당하구나
건축의 신통한 변화 절로 세상에 드문 일이니
바닷길에서 더구나 배로 통할 수 있었으랴?
이 나라 사람들 젖먹이도 범패를 읊조리니
늙어서야 누가 서방 세계를 찾지 않으리요
이 산에 세 번 오르면 삼도를 면한다 하니
이 말이 확실하여 금강석과도 비길 수 있네
금강석처럼 부서지지 않음 내 본성에 있나니
세계가 무너져도 산은 하늘을 향해 숨기리라.

[출전] : 『牧隱詩藁』『輿地勝覽 · 45』

작자 李穡 (이색 : P 92, 고석사 참조)

楡岾寺

楡岾寺中楡樹長　　鐘浮西海天茫茫
金人五十又三軀　　直指樹下開天堂
考時按籍信難信　　事出詭怪乃荒唐
乾竺神變自絶世　　海路況可通舟航
東人口乳口楚唄　　白頭誰不求西方
三登此山免三塗　　此語堅確齊金剛
金剛不壞有我性　　世界毀滅山向空中藏。

어구풀이

▷ **楡岾寺**(유점사) : 강원도 고성군 서면 백천교리 금강산에 있는 사찰. 신라 남해왕 1년(4) 인도에서 조성한 53불이 신룡(神龍)에 의하여 월지국을 지나 안창현 포구에 다다른 것을 그 고을 군수 노준(盧偆)이 이상하게 여겨 왕에게 고하고 창건하였다. 중국의 백마사가 창건된 시점보다 60여 년 전의 일이다. 『용감수경』(국보 232호)과 금동석가여래입상(국보 406호), 금동보살입상(국보 407호)이 있다.

▷ **西海**(서해) : 인도에서 조성된 불상이 서해로 떠옴.

▷ **天堂**(천당) : 하늘 집. 선계(仙界). 도량 유점사의 미화.

▷ **乾竺**(건축) : 축은 서역, 지금의 인도. 건축은 서역의 하늘. 곧 서역의 신이한 불법.

▷ **口乳**(구유) : 입에서 젖 냄새가 남. 구상유취(口尙乳臭).

▷ **三塗**(삼도) : 지옥, 아귀, 축생.

윤필암에서

깎아지른 푸른 절벽 눈이 휘둥그럴 지경인데
정갈한 가람 말쑥하게 푸른 산 속에 있구나
물은 그림자 비추니 맑은 줄 알겠고
산에 구름 한 점 없어 창공이 열렸네
해를 가린다고 어찌 무성한 잎 쳐낼 것이며
가는 봄 아쉽다고 떨어진 꽃잎 쓸지 않누나
앞날 일정에도 갈림길 없게 되었으니
사람 찾아 여기 저기 떠돌지 않으리.

[출전] : 『艸衣集·1』

작자 釋 艸衣 (석 초의 : 1786~1866)

조선 후기의 승. 성은 장(張), 본명은 의순(意恂). 자 중부(中浮), 호 초의. 15세에 남평 운흥사(雲興寺) 금담(金潭)에게서 선을 닦고, 윤우(倫佑)의 법을 이음. 정약용(丁若鏞)에게서 유학과 시문을 배움. 신위·김정희 등과 친교. 해남 두륜산에 일지암을 짓고 40여 년 지관(止觀)을 닦음. 시·선·다로 상징되는 학승(學僧)이자, 시승(詩僧). 저서『동다송』『일지암유고』『선문사변만록』등.

潤筆庵

削立蒼崖眼欲窮　　精藍蕭灑翠微中
水因照影方知淨　　山到無雲始見空
礙日何妨剗茂綠　　惜春不遣掃殘紅
前程但得無岐派　　不向人尋西復東。

어구풀이

▷ 潤筆庵(윤필암) : 영변 묘향산 소재 암자.
▷ 眼欲窮(안욕궁) : 눈이 다하고자 함. 극목(極目). 곧 주변의 상황이나, 황홀한 광경
　에 놀라 눈이 휘둥그레짐.
▷ 蕭灑(소쇄) : 말쑥하고 깨끗한 모양.
▷ 翠微(취미) : 먼 산에 엷게 낀 푸른빛의 기운. 산기(山氣)가 푸르러서 아름다운 빛.
　엷은 녹색. 산의 칠부(七部) 능선.
▷ 因照影(인조영) : 비치는 그림자로 인하여. 그림자가 비추기 때문에.
▷ 始見空(고견공) : 짐짓 하늘을 볼 수 있음.
▷ 惜春(석춘) : 가는 봄을 애석해 함. 이규보의 「봄을 보내며 送春」 시에 "늦은 봄이
　장차 돌아가려 하노니, 저 멀리 아득히 어디로 가려는지. 꽃의 아름다움만 거두어
　돌아갈 뿐 아니라, 사람의 젊은 청춘마저 앗아가는구나.---잘 가거라 봄아, 뒤도
　돌아보지 말라, 인심이 박정타 한들 너 만한 이 또 어디 있단 말인고.---"라 했
　다.---이규보의 시는 봄아 가는 것을 애석해 하고 있다.(李文順送春詩曰, "春向晚送
　將歸 杳杳悠悠適何處. 不唯收拾花紅歸 兼取人間渥丹去.---好去青春莫回首 與人薄
　情誰似汝.---李則惜春歸---") <동인시화·상>
▷ 殘紅(잔홍) : 낙화. 이운 꽃.
▷ 西復東(서부동) : 서에서 동으로. 이리저리.

의상암에서

첩첩이 쌓인 기괴한 바위 높은 하늘에 기댔는데
위로 구름 끝가지 오르자 길이 비로소 다하였네
문득 의상 대사께서 남긴 운치 있음을 기뻐하니
까맣게 솟은 묵은 잣나무 저물 녘 바람에 읊조리네.

[출전] : 『輿地勝覽 · 34』

작자 金克己 (김극기 : P 56, 가지사 참조)

義相庵

奇岩萬疊倚層空　　上到雲端路始窮
忽喜相師餘韻在　　參天古栢暮吟風。

▷ 義相庵(의상암) : 전북 부안군 변산에 있던 사찰. 신라 의상(義相) 조사가 살던 곳
이라 함. <여지승람·사찰전서>

▷ 層空(층공) : 높은 하늘.

▷ 相師(상사) : 의상대사(義相大師)의 준말.

▷ 餘韻(여운) : 남긴 운. 전해오는 시편. 해타(咳唾).

▷ 參天(참천) : 하늘 높이 뻗어 올라간 모양.

▷ 吟風(음풍) : 읊다. 노래하다. 맑은 바람에 윙윙 천뢰에 조화함.

이세사에서

삼추의 가을 천 길 물길인데
한 조각배로 만리를 떠도는 신세
아스라이 들려오는 종소리 따라 절을 찾음은
잠시 돛을 멈추고 신선으로 머물고자 함이라
가야국의 왕업은 강가 풀로 이어졌고
수로왕의 후손은 고을 백성이 되었네
남녘 옛 도읍을 오늘 이미 보았으니
편주 돌려 바다 산 봄 경치 찾으려네.

[출전] :『輿地勝覽・32』

작자 郭輿 (곽여 : P 468, 영명사 참조)

離世寺

<table>
<tr><td>三秋碧海千尋浪</td><td>一葉扁舟萬里人</td></tr>
<tr><td>遠聽鐘聲尋到寺</td><td>暫留風馭欲栖眞</td></tr>
<tr><td>伽倻國業連江草</td><td>首露王孫作郡民</td></tr>
<tr><td>南土舊都今已見</td><td>片帆還向海山春。</td></tr>
</table>

어구풀이

▷ 離世寺(이세사) : 경남 김해군 신어산에 있던 사찰.
▷ 風馭(풍어) : 바람이 (배의 돛을) 몰다. 곧 배를 멈춤.
▷ 栖眞(서진) : 진인(眞人), 곧 신선으로 삶.
▷ 首露王(수로왕) : 가야국 시조. 고전시가 「구지가龜旨歌」 참조.

인각사에서 극장선사에게 보이다. 2수

(1)

노숙한 스님이 머물던 곳
내와 안개에 돌집이 잠겼구나
시내와 산은 옛 모습 그대로요
꽃과 버들은 제냥 멋스런 풍광일세
물욕을 떨친 듯 티끌마저 맑았고
한가로운 가운데 해와 달도 길구나
창문을 반쯤 열고 꿈결을 헤매는데
꿈을 깨우려는가, 새벽종 바삐 우네.

[출전]:『濡溪集 · 5』『輿地勝覽 · 27』

작자 俞好仁 (유호인 : P 110, 君子寺 참조)

題麟角寺 兼示克岡禪師. 二首

[一]

老宿曾栖處　　烟霞鎖石房
溪山眞面目　　花柳自風光
物外塵埃淨　　閑中日月長
安排半窓夢　　欲覺曉鐘忙。

어구풀이

▷ **麟角寺**(인각사) : 경북 의흥현(현 군위)군 화산에 있던 사찰. "화산(華山) 입구에 있는데, 돌벼랑이 깎아선 듯하다. 전설에 의하면 옛날 기린이 이 돌 벼랑에 뿔을 걸쳤다 해서 지은 이름이라 함.

인월사에서

산 속에 노스님 한 분이 계셔서
외모는 늙었어도 참으로 기이해
나에 대한 말 들을수록 신기한데
대나무 가지에는 찬 눈이 뿌린다
차림새 정말 맑고 시원하니
시축과 의발 단출도 하구나
스스로 말하기를 차츰 늙어가니
금빛 주장자도 걸어두고 싶다고---
샘물 가 바위에 느긋하게 머물면서
평생의 즐거움을 만끽하고 싶다네
저 산 남쪽 기슭에 올라가니
봉우리 깊어 한적하기 그만인데
갈대를 꺾고 나무를 베어내
맑은 시냇가에 얼추 집을 지었네
그대 번거롭게 쉬어가길 청하오니
누추한 오막살이 빛나게 해주시오
내가 그 때 마침 잠깐 쯤이 났기에
'인월'이라 편액을 써서 걸게 하였네
저 만 길 깊은 연못을 바라보니
바람 잔잔하고 물빛 정히 맑아라
가을달 물 바닥에 찍힌 것처럼
빛나고 빛나며 밝고 맑구나
부딪쳐도 흩어지지 않고
흔들어도 떨어지지 않네

印月寺

山中有一老　　貌古眞奇絶
對我語入神　　竹枝灑寒雪
行裝政蕭洒　　詩軸與衣鉢
自言老侵尋　　欲掛金環錫
棲遲泉石邊　　飽我一生樂
陟彼山南麓　　岑深最閑寂
可以誅茅茨　　清溪且卜築
煩公請安眠　　耀我小蝸角
我時少從容　　揭之以印月
觀彼萬丈潭　　風靜波光徹
秋月印其底　　冏冏頗淸越
觸之不可散　　蕩之亦不失

노스님의 마음에 견줄 만하니
도심과 의리가 더욱더 격렬해지네
활연히 깨우쳐서 근원 꿰뚫었으니
나지도 않고 없어지지도 않겠구나
만상의 맑은 속을 고요히 보았으니
내 마음 한 바탕에 새겨두었네
도저한 경지를 끝내 이름할 수 없어서
암자의 이름으로 삼아 그 뜻을 담았네
뒷날 집착을 끊고 보게 된다면
이 또한 볼품없는 군더더기 짓이려니.

[출전] : 『梅月堂集 · 11』『輿地勝覽 · 33』

작자 金時習 (김시습 : P 126, 金山寺 참조)

可比老師心	道義愈激烈
豁然徹本源	不生亦不滅
靜觀萬像澄	印我方寸地
到頭竟難名	名菴聊以寄
他年放下着	是亦渾閑事。

어구풀이

▷ **印月寺**(인월사) : 전남 장성군 불대산에 있던 사찰. 위의 시는 [遊海南錄]에 [信行스님에게]로 된 수증시다. 그러나 굳이 사찰제영시로 가린 것은 시 전편을 통한 불자들의 인정과 삶, 그리고 사찰 문화의 일단을 감지할 수 있다고 사료되어 수록함.

▷ **衣鉢**(의발) : patra-civara. 3의(衣)와 발우(식기). 수행자가 항상 지참하는 세종류의 옷과 한 개의 발우. 3의란 9조(條)·7조·5조의 가사. 발은 응량기(應量器). 사는 곳은 나무 아래, 돌 위를 원칙으로 하므로 의발이라 함.

▷ **金環錫**(금환석) : 황금 고리가 달린 주장자.

▷ **泉石**(천석) : 샘과 바위. 곧 자연. 천석고황(泉石膏肓).

▷ **蝸角**(와각) : 달팽이 뿔. 본디는 와각지쟁(蝸角之爭)의 약어로 쓰이나, 본 시에서는 자신의 우거(寓居)를 겸칭(謙稱)해 쓴 '누추한 집'이란 뜻.

▷ **從容**(종용) : 조용함. 시간적 여유가 있음.

▷ **印其底**(인기저) : 그 밑에 인을 침. 곧 달이 맑은 물밑까지 훤히 비침.

▷ **冏冏**(경경) : 빛나고 빛남.

▷ **靜觀**(정관) : 마음을 조용히 가라앉히고 사물을 바라봄.

▷ **難名**(난명) : 이름하기 어려움.

▷ **方寸**(방촌) : 마음.

▷ **放下着**(방하착) : 불교에서는 마음이 사물에 붙어 얽매이는 것을 금기로 여긴다. 이것을 벗어나면 곧 만물의 특색을 제거한 진리의 세계가 된다는 뜻이다.

인흥사에서

흥인사는 포산 기슭에 있는데
내 옛날 노닐 땐 형설을 벗삼았지
시주는 수시로 와 부처님께 참례하고
스님은 맑은 낮에 앉아서 불경을 읊네
뜰에 선 한 주 탑 우뚝 희고
샛길 묵은 소나무 저마다 푸른데
가장 생각나기는 천상의 황금 붓이니
이제도 광채 머금은 글 별빛 속에 빛나지.

[출전] : 『陶隱先生詩集·2』

작자 李崇仁 (이숭인 : P 78, 비슬산 승사 참조)

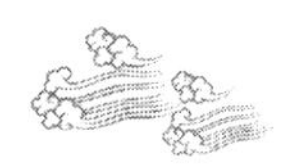

仁興寺

仁興寺在苞山麓　　我昔曾遊伴雪螢

檀越有時來禮佛　　闍梨淸晝坐談經

立庭一塔亭亭白　　夾道長松箇箇靑

最憶黃金天上筆　　祇今光焰射華星。

어구풀이

▷仁興寺(인흥사) : 경북 성주군 비슬산에 있던 사찰. 고려 공민왕이 액자를 썼다 함.
　<여지승람>

▷苞山(포산) : 원문 협주에 포산은 현풍(玄風)이라 함.

▷伴雪螢(반설형) : 형설을 짝함. 곧 화자가 이 절에서 젊은 시절 독서하였음을 암시함.

▷檀越(단월) : (梵) Danapati의 음역. 보시를 행하는 사람. 시주.

▷闍梨(도리) : 중들에게 몸소 덕행을 가르치는 스승. 고려 때 귀한 집 아들로서, 절
　에 들어 와 중이 된 아이를 대접해 부르던 말.

▷亭亭(정정) : 기세가 오롯하고 당당한 모습.

▷箇箇(개개) : 낱낱이. 저마다. 하나하나.

▷光焰(광염) : 빛. "이백과 두보의 시문이 있는 곳이면, 그 우람한 빛이 일 만장이나
　뻗혀 난다.(李杜文章在 光焰萬丈長)"는 용례가 있음.

▷祇今(지금) : 삼가 이제도. 자못 이제까지도.

▷華星(화성) : 남의 편지에 대한 높임말[華星秋月]의 준말. 글월의 낱말을 아름답게
　빛나는 별에 비기고, 전편을 맑은 가을의 달에 비김.

일월사에서   2수

(1)

바위 앞에 선 돌 크기는 집채만 한데
돌 밑으로 흐르는 샘물소리 거문고 가락일레
뚝을 쌓아 옥 같은 물결을 놓아주지 않으니
새벽 거울인양 티 없어 숲 그림자 푸르구나.

작자 李仁老 (이인로 : P 232, 盤龍寺 참조)

日月寺 二首

[一]

巖前有石大如屋　　石下流泉落琴筑
築堤不放玉波流　　曉鏡無塵林影祿。

▷ **日月寺**(일월사) : 경기도 개성시 송악산에 있던 사찰. 고려 태조 5년(922)에 궁성 서북쪽에 창건하였다.

(2)

이끼 낀 네 글자가 신선 구역을 표했으니
구름이 싸고 연기로 덮여 신이 지켜주시네
자진은 생황 불며 가 돌아오지 아니하는데
새 울자 꽃 떨어지고 푸른 산도 저물어가네.

[출전] : 『輿地勝覽 · 5』

[二]

蘇書四字標仙府　　雲鎖煙封神物護

子晉吹笙去不還　　鳥啼花落靑山暮。

어구풀이

▷ **蘇書**(소서) : '蘇'는 '草也'에 의거 '草書', 혹은 '蘇'는 '取草也'에 의거 '우쩍 자란 풀을 제거하고 글자 4자를 살펴보니'로 읽을 수 있을까 함.

▷ **仙府**(선부) : 선거(仙居). 선계(仙界)

▷ **雲鎖**(운쇄) : 구름이 꽉 잠겨 있음. 사찰 경내에 구름이 머묾.

▷ **神物護**(신물호) : 신[조물주·부처]이 보호함.

▷ **子晉**(자진) : 주(周)나라 영왕(靈王)의 태자. 생황을 불며 봉황을 타는 신선이었다고 함.

▷ **鳥啼花落**(조제화락) : 새 울자 꽃 떨어짐. 불가의 연기론.

일월사 벽 위에 쓰다

평생 성긴 성품 말쑥한 경치 좋아하여
멀리 싸늘한 가을 산 옛 산사에 올라
전조의 흥망을 회상하며 눈물 닦나니
인간사 모두 잊고 홀로 다락에 오르네
송악산 겨울비 찬 소리도 급한지고
자하동 가는 구름 푸른빛 떠도누나
내 어찌 구차히 명리에 살리오
표연히 떨치고 적송자와 놀고지고.

[출전] : 『東文選 · 17』

작자 趙浚 (조준 : 1346~1405)

　　고려 말 조선 초의 문신. 자 명중(明仲), 호 우재(牛齋)·송당(松堂). 충선왕의 국구 (國舅) 덕유(德裕)의 증손이자, 경정공주(태종의 2녀)를 자부로 맞아 태종과 사돈이 됨. 조선 초기의 관제 및 사회개혁에 크게 기여함. 시호 문충(文忠).

日月寺壁上

平生疎蕩愛淸幽　　遠上寒山古寺秋

一望前朝仍抆淚　　都忘萬事獨登樓

崧巒凍雨寒聲急　　紫洞歸雲翠色浮

安用栖栖居寵利　　飄然欲與赤松遊。

어구풀이

▷ 日月寺(일월사) : 경도 개성부 송악산 아래 있던 절. 고려 태조 5년에 궁성 서북편에 이 절을 세웠다. 이인로(李仁老)의 시에 "--- 이끼 낀 네 글자 선부를 표하였으니, 구름이 싸고 연기로 봉하여 신이 보호하였네. 자진이 생을 불며 돌아오지 아니하니 새 울고 꽃 떨어지는데 푸른 산이 저물어가네(---蘚書四字標仙府 雲鎭煙封神物護 子眞吹笙去不還 鳥啼花落靑山暮)."<여지승람·5>라 하였다.

▷ 疎蕩(소탕) : 성기고 거칢.

▷ 淸幽(청유) : 속세와 떨어진 맑고 고요함.

▷ 前朝(전조) : 전 왕조. 곧 고려조.

▷ 栖栖(서서) : 깃들임. 안주함.

▷ 赤松(적송) : 신선의 상징인 적송자(赤松子). 한(漢)의 장량(張良)이 "인간의 일을 다 버리고, 적송자를 쫓아 놀리라"<張良傳>고 한데서 유래함.

자고사에서

옛사람들 지극한 효성이 있어
남모르게 복을 부처님께 천거했죠
흰머리의 외로운 아들이 있어
산문에서 한 번 눈물 흘리노라.

[출전] : 『警修堂全藁 · 5』『申紫霞詩集 · 1』

작자 申緯 (신위 : P 100, 관적사 참조)

資考寺

昔人有至性　　冥福薦西天
白首孤兒在　　山門一泫然。

어구풀이

▷ **資考寺**(자고사) : 황해도 곡산(상산 : 현 해주) 증격산에 있다는 사고사(**思考寺**)일
　까 한다. 죽은 어버이를 모신다는 절.
▷ **至性**(지성) : 지극한 성품. 본 시에서는 '지극한 효성'의 뜻.
▷ **冥福**(명복) : 죽은 후 저승에서 받는 복. 내세의 행복. 추선(**追善**).
▷ **西天**(서천) : 불가에서 이르는 서방천(**西方天**). 극락정토. 불교에서 이르는 사고(**四**
　苦 : **生·老·病·死**)가 없는 절대 이상경.
▷ **孤兒**(고아) : 어려서 부모를 여읜 아이를 뜻하나, 본 시에서는 시적 자아.
▷ **泫然**(현연) : 눈물 흘림.

☞ 위의 「자고사」 역시 「상산사십영(**象山四十詠**)」 중 제 10영이다.

자복사에서

동녘 숲 속의 한 절, 고을 성 동편에 있어
지치고 외로운 발길을 잠시 이곳에 맡겼네
많고 많은 나그네 시름 솜털처럼 어지러운데
십여 년 발자취 흩날리는 쑥대처럼 정처 없어라
구름은 어두운 빛 띠고 바윗가 나무에 드리웠고
가을을 알리려 듯 비는 우물가 오동잎 두드리네
곳곳마다 이방의 상인들 무슨 일로 머물렀던가
흐르는 세월 귀밑머리 재촉하고 노자마저 다했구나.

[출전] : 『輿地勝覽 · 36』

작자 **尹汝衡** (윤여형 : ?~?)

고려 말 문인, 자료가 거의 전하지 않아 생애는 분명하지 않으나, 이제현이 그에게 「9월 15일 새벽에 일어나 느낀 바가 있어 윤여형 학유에게 보내다」라는 시를 준 것으로 보아, 그와 동시대 인물로 추측된다. 이어 학유라 이른 것으로 봐 성균관 종9품직을 지낸 신흥 사대부 계층의 인물임을 알 수 있다. 그가 남긴 몇 수의 시를 통하여 강원도 지방 및 전라도 영광의 자복사에서 살았음을 알 수 있다. 이제현이 시에서 그를 묘사한 것을 보면 불우한 일생을 지냈던 듯하다. 그는 초로의 나이에 '서풍이 몰아치는 밤'과 같은 정치적 회오리 속에서 문득 '피다가 떨어져 버린 꽃잎'같은 삶을 살았다고 하였다. 『동문선』에 7수의 한시가 실려 있는데, 이 가운데 「상률가橡栗歌」는 고려 후기 농민들의 참상을 핍진하게 그린 작품이다.

資福寺

東林寺在郡城東　　牢落行裝寄此中
萬種羈愁紛若絮　　十年蹤迹蕩如蓬
雲合暝色低岩樹　　雨報秋聲打井桐
到處賈胡留底事　　流年催鬢客囊空。

어구풀이

▷ 資福寺(자복사) : 전남 영광군 불덕산에 있던 사찰.
▷ 東林寺(동림사) : 동쪽 숲 속의 절. 곧 자복사를 이름. 장단도호부에 동림사가 있
　으나(여지승람·12), 시의 문맥상 자복사를 칭함.
▷ 牢落(뇌락) : 쓸쓸함. 영락하여 불행함. 적적함.
▷ 羈愁(기수) : 나그네 시름. 객수(客愁).
▷ 蕩如蓬(탕여봉) : 임의로 떠도는 쑥대 같은 인생.
▷ 打井桐(타정동) : 우물가 오동잎을 두드림. 곧 가을이 옴을 상징.
▷ 賈胡(고호) : 호지(胡地)의 장사꾼. 외국 상인.
▷ 底事(저사) : 어찌하여. 무슨 이유로. 당시에 흔히 쓰이는 관용어.
▷ 催鬢(최빈) : 살쩍 털을 재촉함. 귀 및 머리털 셈을 재촉함.
▷ 客囊空(객낭공) : 나그네 주머니가 빔. 노자 돈마저 떨어짐.

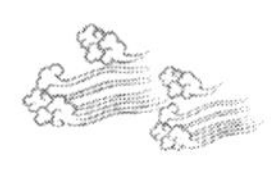

자비사에서 2수

(1)

봉우리 끝 산사 험준한 산을 베었는데
속인의 발길 함부로 범접할 곳 아니지
안개 그윽한 시내에 퍼져 진경 잠겼고
구름 빼어난 고개 감춰 하늘이 아낌인가
푸른 아지랑이 아득한 저 너머 종소리요
붉은 노을 고즈넉한 사이 탑 그림자로다
맑은 지경 범박한 눈으론 못 보게 하니
오가는 사람 예가 한산인 줄 넌들 알랴.

[출전] : 『輿地勝覽·41』

작자 金克己 (김극기 : P 56, 가지사 참조)

慈悲寺 二首

[一]

峯端紺宇枕屛顔　　世上塵蹤不可攀
霧合幽溪眞地秘　　雲埋秀嶺恐天慳
鐘音翠靄空濛外　　塔影紅曛寂歷間
淨境未容凡目見　　誰知來往是寒山。

어구풀이

▷ **慈悲寺**(자비사) : 황해도 서흥군 소사면 송정리 자비령에 있던 사찰. 곧 나한당을 말한다.

▷ **紺宇**(감우) : 절. 사찰. 귀인의 집.

▷ **屛顔**(잔안) : 산이 험준한 모양.

▷ **塵蹤**(진종) : 세속의 자취.

▷ **眞地秘**(진지비) : 진솔한 이 지역 산수의 비경.

▷ **恐天慳**(공천간) : 하늘이 아끼는 비경을 참람히 보려는게 아닌가하는 두려움.

▷ **空濛**(공몽) : 부슬비 내리고 침침한 모양. 안개가 자욱히 낀 모양.

▷ **寂歷**(적력) : 적막(寂寞).

▷ **凡目**(범목) : 범인의 눈. 속인의 안목.

▷ **寒山**(한산) : 당나라 때 천태산 국청사(國淸寺)에 한산과 습득(拾得) 두 스님이 살고 있었는데, 마치 미친 사람 같았다. 풍간선사(豐千禪師)가 여구윤(閭丘胤)에게 말하기를, "한산과 습득은 문수보살과 보현보살의 현신이다."하였다. 여구윤이 이 말을 듣고 찾아가 절을 하니, 그들은 돌구멍으로 들어갔다. 한산과 습득의 시집이 지금도 전하고 있다 한다.

(2)

빼어난 고개의 뜬구름 푸른 눈썹 쓴 듯한데
나한님 머무는 곳이어서 자비로 이름하였네
도솔천 같은 전각은 구름 사이로 떨어졌나
방장산 누대는 바다 위에서 옮겨온 듯하네
천리의 나그네 발자취가 헛되이 지나가니
한 암자의 참선 맛 끝내 그 누가 알겠는가
공명 이룬 후에 부용사를 결성하려 하나
임금님 은혜 다 보답하자면 그 어느 때일까.

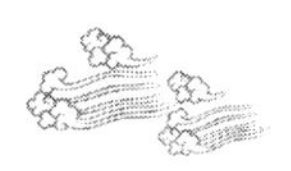

[二]

秀嶺浮雲掃翠眉　　全因聖住命慈悲
率陀殿閣雲間落　　方丈樓臺海上移
千里客蹤空自過　　一庵禪味竟誰知
功成擬結芙蓉寺　　報了君恩定幾時。

어구풀이

▷ **翠眉**(취미) : 푸른 눈썹.
▷ **全因**(전인) : 온전히 ~로 말미암음.
▷ **率陀**(솔타) : 도솔천의 전각.
▷ **方丈**(방장) : 사방 한 장(丈)의 작은 방. 혹은 불가에서 '주지 스님이 거처하는 방'
　 의 뜻으로 쓰이나, 본 시에서는 신선이 산다는 가상의 방장산. 그러므로 '방장누
　 대'는 '자비사의 신선 누대'다.
▷ **芙蓉寺**(부용사) : 부용꽃 같은 사찰. 곧 자비사를 칭한 말.
▷ **定幾時**(정기시) : 정히 어느 때일까? 정녕 언제쯤일까?

자호사루에서

일찍 일어나 홀로 다락에 오르니
유유한 팔월의 가을 색일세
하얀 안개는 들 저편에 깔렸고
동녘 산머리엔 붉은 해 돋아 온다
나그네 갈 길엔 바람 서리도 찬데
절 집엔 꽃나무 그윽도 해라
한 병 술로 정담 나누며
인간의 명리와 시름 삭혀 버리네.

[출전] : 『東文選·9』『三韓詩龜鑑·上』

작자 許洪材 (허홍재 : ?~1170)
　고려조 문신. 인종 12년(1134) 문과에 장원급제. 의종 18년(1164) 동지공거, 1169년 중서시랑평장사, 무신 난 때 살해됨.

慈護寺樓

早起獨登樓	悠然八月秋
白煙橫野外	紅日上峰頭
客路風霜冷	僧軒花木幽
一樽開笑語	消遣利名愁。

▷ 慈護寺(자호사) : 『여지승람』과 『사찰전서』에 누락.

▷ 悠愁(유수) : 『동문선』엔 '悠然'으로 기록됨. 시의상 이를 따름.

▷ 人愁(인수) : 『동문선』엔 '名愁'로 기록되었기에 시의상 이를 따름.

자효사 연루의 시를 차운해 짓다

흰 연꽃은 피고 푸른 물풀은 밋밋한데
버들 그늘 가을물 못에 가득 차 있구나
오늘 헛걸음으로 돌아간다 말하지 말라
우리 스님께 한 가닥 향으로 수희드렸다오.

[출전] : 『東文選 · 21』 『輿地勝覽 · 5』

작자 洪彦博 (홍언박 : 1309~1363)

고려 후기의 문신. 자 중용(仲容), 호 양파(陽坡). 충혜왕 원년(1330) 문과 급제 후 밀직제학에 제수, 판삼사사를 거쳐 남양군에 봉해지고, 1353년 이제현과 함께 동지공거가 됨. 익년 좌우정승, 1356년 문하시중 등 여러 직을 역임. 홍건적 난 때 임금 호종. 김용이 주모한 홍왕사 난 때 피살됨. 문집 『양파집』.

慈孝寺次蓮樓詩韻

白藕花開翠荇長　　柳陰秋水滿陂塘
莫言今日空歸去　　隨喜吾師一瓣香。

▷ **慈孝寺**(자효사) : 경기도 개성 소재 사찰.
▷ **翠荇**(취행) : 푸른 마름.
▷ **陂塘**(피당) : 못. 연못.
▷ **空歸去**(공귀거) : 속절없이 돌아감.
▷ **隨喜**(수희) : 타인이 선한 행위를 닦아 덕을 이루는 것을 기뻐함. 타인의 선행을
　함께 기뻐함. 수희공덕(隨喜功德).

서경의 장경사를 찾아서

작은 쪽배로 푸른 강물 가로질러

저물 녘 쓸쓸한 장경사에 닿았네

슬픈 가락으로 문득 강산을 조상하려니

땅 신령께 남모르게 눈물 흘릴까 두렵구나

생각건대 옛날 책가방 메고 멀리 스님 좇던 때는

바로 서도가 가장 번성했을 때였지

달 밝으니 집집마다 문 닫을 줄 모르고

정갈한 거리엔 떨어진 물건 줍는 이 없었는데

지금은 지난 일이 모두 쓸어버린 듯하고

성곽 궁궐엔 속절없이 푸른 풀만 우거졌네

영웅들 살던 집 반이나 호미 보습에 들었고

조정과 저자 거리 삼 보리가 무성히 덮였네

고운 치마 입고 뽕따던 처녀 어디서 볼 수 있나

슬픈 노래 한 가락 시름겨워 사람을 늙게 하네.

[출전] : 『止浦先生文集·1』

작자 金坵 (김구 : 1211~1278)

고려 후기 문신. 자는 차산(次山), 호는 지포(止浦). 서장관으로 원나라에 다녀온 뒤로 8년 동안 한원에 재직하였고, 합문지후를 거쳐 국학직강이 되었을 때, 최항(崔沆)의 명으로 지은 『원각경』 발문에 붙인 시가 최항의 뜻을 거슬러 좌천되었다. 원종 4년 (1263) 우간의대부가 되었고, 이어 상서좌복야, 추밀원부사, 정당문학, 이부상서 역임. 그는 성실하고 말이 적었지만 국사를 논할 때는 강직하여 어려움을 피하지 않았다. 신종, 희종, 강종 및 고종실록 편찬에도 참여하였고, 당시 원나라의 간섭이 심하던 때에 일을 잘 처리하였다. 저서 『지포집』. 시호는 문정(文貞).

過西京 今之平壤

扁舟橫截碧江水　　晚抵荒凉長慶寺
悲詞輒欲弔江山　　恐有坤靈潸下淚
憶昔負笈遠追師　　正見西都全盛時
月明萬戶不知閉　　塵靜九衢無拾遺
如今往事盡如掃　　可憐城闕空青草
鋤犁半入英雄居　　麻麥遍生朝市道
採桑何處蒨裙見　　哀唱一聲愁欲老。

어구풀이

▷ **長慶寺**(장경사) : 평남 평양성 안에 있던 사찰. 『여지승람』에는 「장경사」로 제하였고, 『지포선생문집』 권 1에는 「과서경」으로 제하여 장경사를 소재로 제영함.
▷ **坤靈**(곤령) : 지신. 땅의 신.
▷ **西都**(서도) : 평양의 다른 이름. 고도 21도 중 가장 서쪽의 도읍이므로. 서도, 혹은 서경(西京)이라 함.
▷ **九衢**(구구) : 천자의 도읍 중에 있는 아홉의 한길. 도읍. 경사.
▷ **拾遺**(습유) : 유실물을 줍다[拾得].
▷ **空青草**(공청초) : 속절없이 풀만 우거져 무성함.
▷ **遍生**(편생) : 쫙 펼쳐져 자람.
▷ **朝市道**(조시도) : 조정과 저자로 통하는 거리.
▷ **蒨裙**(천군) : 푸른 치마. 고운 치마.
▷ **欲老**(욕로) : 늙게 함.

가을 밤 장산사에 묵으며

큰 강의 남쪽 종산 절에
높은 누각 전단향 풍기네
구름 밖 독경 소리 듣고 백학이 내려오고
골 안엔 불법 지키는 푸른 용이 서렸구나
탑 그림자는 맑은 밤 벼랑 달에 흔들리고
새벽 종소리 싸늘한 솔바람 소리에 섞이네
예부터 이르길 천인들 여기 많이 모인다더니
지금도 환패 소리 잘랑잘랑 울리는 듯하여라.

[출전] : 『東文選 · 8』

작자 釋 宏演 (석 굉연 : ?~?)

秋夜宿蔣山寺

大江之南鍾山寺　　巍巍樓閣開旃檀
雲外聽經白鷴下　　洞中護法蒼龍蟠
塔影夜搖崖月淨　　鐘聲曉襟松濤寒
舊說天人多集此　　尙疑環佩來珊珊。

어구풀이

▷ **蔣山寺**(장산사) : 함남 북청도호부 종산에 있었던 사찰로 추측됨.
▷ **巍巍**(외외) : 산이 험하고 높은 모양.
▷ **旃檀**(전단) : 전단향(栴檀香). 향목의 일종. 방향을 발하며, 백·적·자색(紫色)이
　있다함. 고열 풍종(風腫) 등에 효과가 있다 함.
▷ **蒼龍**(창룡) : 푸른 용. 불가에서 이르는 용의 신능(神能)은 다양하지만, 특히 삼보
　(三寶 : 佛·法·僧)를 호위한다 하며, 혹은 국토 수호·오곡 풍등·질병 퇴치·
　사회 질서와 안녕 유지 등으로 인식해 왔다. 신라 향가 「처용가」의 배경설화와 무
　관하지 않음을 알 수 있다.
▷ **曉襟**(효잡) : '雜'은 '雜'의 고자. 새벽에 뒤섞임.
▷ **松濤**(송도) : 바람에 출렁이는 소나무 숲의 결을 파도에 비유함.
▷ **舊說**(구설) : 예로부터 전해오는 말. 전설.
▷ **天人**(천인) : 천상과 인사. 유덕한 사람. 천상계에 사는 사람(佛敎).
▷ **環佩**(환패) : 고리 모양의 패옥.
▷ **珊珊**(산산) : 허리에 찬 옥이 울리는 소리.

장안사에 묵으며

새벽 안개 자욱해 한 발 앞도 불 수 없더니
해 뜨자 맑고 밝아 용과 하늘에 사례한다오
띠 두른 구름 산 멀리 서 남북으로 펼쳤고
눈 덮인 우뚝한 산 봉 일만 이천 개로다
한 번 보고 그 진면목 알아챌 수 있으니
여러 생의 좋은 인연 이제야 결실 맺었네
저물어 산사에 와 하루 밤 묵노라니
맑은 물 솔바람 소리 모두 선리를 이르는 듯.

[출전] : 『稼亭集 · 19』『輿地勝覽 · 47』

작자　李穀 (이곡 : P 128, 금산사 참조)

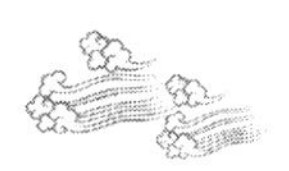

宿長安寺

曉霧難分跬步前　　日高淸朗謝龍天
雲連山遠西南北　　雪立峰攢萬二千
一見便知眞面目　　多生應結好因緣
晚來更向蓮房宿　　溪水松風摠說禪。

어구풀이

▷ 長安寺(장안사) : 강원도 회양군 내금강면 장연리 금강산 소재 사찰.
　이곡(李穀)의 「비문」에 의하면 황후 기씨(奇氏)가 태자를 낳고, 황제와 태자의 장
　수를 기원하기 위한 원찰로 신라 진흥왕 12년(551) 혜량 스님이 창건했다 함.
▷ 跬步(규보) : 한 걸음의 반. 반걸음. '한 발짝은커녕 반 발짝도'의 뜻으로 전혀 앞뒤
　를 분별할 수 없음.
▷ 龍天(용천) : 하늘 용. 'ㅈ天龍'의 평측상 도치.
▷ 峰攢(봉찬) : 여럿이 모여 장엄하게 보이는 산·산봉우리.
▷ 便知~(편지~) : 문득 ~을 알아챔.
▷ 蓮房(연방) : 절 집. 산사.
▷ 說禪(열선) : 선정(禪定)의 정밀경을 즐기는 듯함. 혹은 '선정을 설법하는 듯 함'으
　로 풀이할 수 있으나, 전자가 보다 적의(適意)함.

이정의 장안사 벽화를 보고

자고로 몇 사람이나 불화를 잘 그렸나
도현은 이미 갔고 공린도 죽었다오
해동에선 이장군이 제일이라 하는데
그 손자 이정은 더욱 뛰어났다오
장안사 분칠한 벽이 깊고도 넓은데
이정이 벽화 그릴 때 나인 열 세 살
천기 묻어나 이제도 벽면은 눅눅한데
해와 달 비춰 들자 구름 내 엉기는 듯
급고독의 동산에는 황금이 뿌려졌고
지타의 숲에는 담복 향기 자욱하구나
부더이는 채색 기운에 아침 햇살 비쳐드니
장엄한 그 공덕 이루 다 생각할 수 없구나
제천의 왕들 호위하고 용신들 달려나오니
뭇 향기 자욱하고 하늘 음악 울리는 듯
일체의 진리 이미 사리자에게 맡겨두고
한 송이 꽃 들자 빙그레 웃던 자 뉘더냐
범종은 땅을 뒤흔들고 철봉은 펄펄 날아들고
하늘에선 화사한 꽃 비 하늘하늘 내려오네
보좌를 잠간 자금산에 옮겨 놓은 듯
저 빛나는 도리나무 누구를 위해 심었나
그 가운데 누가 제호로 관정하는고
백의대사의 마니주까지 걸어주었구나

長安寺壁 李楨畫影像及山水歌

古來幾人能畫佛	道玄已仙公隣沒
東方最稱李將軍	其孫阿楨尤奇絶
長安粉壁深潭潭	楨也畫時年十三
元氣淋漓壁猶濕	日月照煇煙雲合
給孤獨園金布地	祇陀之林蓊菖氣
亭亭彩暈射初暾	功德莊嚴不思議
諸天列侍趨龍神	衆香縹緲天樂陳
妙諦已囑舍利子	拈花微笑知何人
華鯨吼地鐵鳳舞	空外天花散如雨
寶座暫轉紫金山	奕奕兜羅爲誰竪
就中灌頂孰醍醐	白衣大士摩尼珠

물결이 뒤집히듯 온갖 게송 법라 소리
육취 사라지자 뭇 마귀가 항복하는구나.

[출전] : 『槿域書畵徵・4』『惺所覆瓿藁・1』

작자 許筠 (허균 : 1569~1618)

조선의 문신・소설가. 자 단보(端甫). 호 교산(蛟山)・성소(惺所)・백월거사(白月居士). 선조 22년(1589) 정시문과, 1592년 문과중시 장원급제. 1606년 원접사 종사관으로 명나라 사신을 영접 시 탁월한 문장으로 문명을 떨침. 광해군 2년(1610) 진주부사로 명나라에 가 천주교 기도문을 얻어옴. 1618년 하인준(河仁俊) 등과 반란을 도모하다 능지처참 당함. <성수시화 惺叟詩話>・<학산초담 鶴山樵談>・<성소부부고 惺所覆藁> 등 일부만이 남아 전한다. 그는 소설작품・한시・문학비평 등에 걸쳐 뛰어난 업적을 남겼다. 문집에 실려 있는 그의 한시는 많지는 않지만 국내외로부터 품격이 높고 시어가 정교하다는 평을 받는다. 저 <홍길동전>・<엄처사전>・<손곡산인전>・<장산인전>・<장생전>・<남궁선생전>등이 있다.

瀾飜萬偈法螺舌　　六趣盡度群魔誅
偉哉意匠信豪縱　　細看毛髮森欲動。

어구풀이

▷ 李楨(이정) : 조선조 화공. 자 公幹(공간), 호 懶翁(나옹). 증조 소불(小佛)·조부 배련(陪連)·부 숭효(崇孝) 모두 불화(佛畫)에 능했으나, 특히 4대 이정은 어려서 이미 화도에 능통했다 함. 장안사 벽화도 13세 때의 작이라 하며, 30의 젊은 나이에 요절함.

▷ 道玄(도현) : 오도자(吳道子 : 약685~758) 당나라 화가. 道玄은 본명. 인물·조수·초목·대각·불도상에 뛰어남.

▷ 公隣(공린) : 이공린(李公隣 : 1049~1106) 북송의 화가. 자 백시(伯時), 호 용면거사(龍眠居士). 인물·안마(鞍馬)·불도상에 뛰어남.

▷ 李將軍(이장군) : 이정의 조부 이배련.

▷ 給孤獨園(급고독원) : 중인도 사라국(薩羅國) 사위성의 장자 급고독의 동산. 석가의 불법을 듣고 불교에 귀의하여, 지타태자(紙陀太子)의 원림을 사들여 설법지로 만들었다 함.

▷ 祇陀之林(지타지림) : 급고독원의 땅은 급고독 소유이나, 그 숲은 지타 태자소유였으므로 이른 말.

▷ 薝蔔(담복) : 꽃 이름. 황화수·치자·담복(薝蔔)으로도 쓴다.

▷ 諸天(제천) : 제천왕. 곧 33천의 모든 왕.

▷ 妙諦(묘체) : 진실한 도리. 영원히 변치 않는 진리.

▷ 舍利子(사리자) : 석가의 10대 제자 중 하나. 사리불·사리불다.

▷ 拈花微笑(염화미소) : 석가가 영산회상에서 꽃을 들어 보이자 가섭 존자만이 그 뜻을 알아차리고 빙그레 웃었다는 고사.

▷ 華鯨(화경) : 범종의 다른 이름. 화는 화려한 장식, 경은 종을 치는 동목(橦木). 일컬어 화려한 범종.

▷ 鐵鳳(철봉) : 쇠로 만든 봉황새를 장대 끝에 달아 지붕 위에 꽂은 것.

▷ 寶座(보좌) : 보옥으로 장엄하게 꾸민 연화좌. 부처님이 앉는 자리.

▷ 醍醐(제호) : 오미(五味)의 하나. 불성(佛性)의 비유.

▷ 白衣大士(백의대사) : 33관음 중 백의관음.

▷ 摩尼珠(마니주) : 용왕의 뇌속에서 나온 여의주. 악을 버리고, 탁수를 맑게 하며, 재난을 피하게 함. 곧 반야지혜를 상징함.

▷ 法螺(법라) : 불교 수험도에서 쓰는 악기. 불교의 설법이 널리 대중에게 미침의 상징.

개골산 장연사에서 집구로 쓰다

오가며 승경 찾으며 절로 온갖 기미 잊고
좋기도 하구나, 산에 오르고 물에 임할 때.
어지러운 폭포, 나는 샘은 콸콸 흘러내리고
둘러선 봉우리, 겹친 산 울룩불룩 울창하네.
아지랑이 가물가물 갠 날에도 젖어 있고
산 빛은 아슴히 비올 때에 더욱 기이하네.
이 때 이 경치 누가 흥겨워하나
홍련사 주지스님 벽운 선사라오.

[출전] : 『東文選 · 13』

작자　林惟正 (임유정 : P 180, 道弘寺 참조)

題皆骨山長淵寺集句

行行尋勝自忘機(王觀)　　好是登山臨水時(樂天)

亂瀑飛泉鳴淅瀝(齊己)　　回峰疊嶂鬱參差(子瞻)

嵐光黲藹晴猶潤(張臬)　　山色空濛雨亦奇(子瞻)

此景此時誰得意(智覺)　　紅蓮社主碧雲師(錢起)。

어구풀이

▷ 皆骨山(개골산) : 금강산의 겨울 이름.

▷ 參差(참치) : 가지런하지 않고 얼숭덜숭함.

▷ 작자는 제 1구 왕관(王觀), 제 2구 낙천(樂天), 제 3구 제기(齊己), 제 4구 자첨(子瞻), 제 5구 장얼(張臬), 제 6구 자첨(子瞻), 제 7구 지각(智覺), 제 8구 전기(錢起)의 시구를 용사했음을 부기함.

장의사에서, 2수

(1)

시냇물 얼어붙어 얼음만 층층으로 쌓였고
바람소리 거세차니 일 만 구멍 울어댄다
온 산의 형색은 겨울 들어 더욱 야위었고
눈빛은 밤이건만 오히려 밝구나
외로운 탑은 달빛 속에 홀로 우뚝하고
성긴 풍경소리 구름까지 갔다간 되돌아오네
향 사룬 선방 온기 따사로운데
단정히 앉았자니 마음 절로 맑아지네.

[출전] : 『郊隱集』 『輿地勝覽·3』

작자 鄭以吾 (정이오 : P 66, 甘露寺 참조)

藏義寺

[一]

澗絶層氷積　　風號萬竅鳴

山形冬更廩　　雪色夜猶明

孤塔月中影　　疎鐘雲外聲

焚香禪室燠　　端坐不勝淸。

어구풀이

▷ 藏義寺(장의사) : 서울시 서대문구 창의문 밖 신영동에 있던 사찰. 신라 무열왕이
백제와 싸우다가 전사한 장춘랑(長春郎)과 파랑(罷郎)을 위해 창건하였다 함. 세
종 때 집현전 학사들이 독서하는 곳으로 삼았다가 조선 중기에 폐했다. 지금 세검
정 초등학교 자리. 유물로는 장의사지당간지주(국보 364호)가 남아 있음.

▷ 萬竅(만규) : 일만 구멍. 온갖 바위 틈.

▷ 冬更廩(동갱수) : 겨울이라 더욱 야윔. 함연의 '更好·猶明'은 김부식(金富軾)의 「
감로사차혜원운甘露寺次惠袁韻」“가을이라 산색은 더욱 좋고, 강물은 밤이건만 되
려 밝구나(山形秋更好 江色夜猶明)”라는 용례가 있음.

▷ 月中影(월중영) : 달 속에 고고히 그림자 드리우고 있음. 곧 홀로 우뚝 선 고고한
모양.

▷ 疎鐘(소종) : 성긴 종소리. 곧 괴괴한 산사의 미풍에 띄엄띄엄 울리는 풍경소리.
한밤에 때 없이 울리는 종소리가 아님.

▷ 雲外聲(운외성) : 구름 밖에서 울림. '나직한 풍경소리의 은은함'을 상징함. 곧 저
멀리 구름까지 갔다 되돌아오는 반향(反響)인 듯 은은함.

▷ 不勝淸(불승청) : 마음이 절로 청아하게 맑아오는 기운.

(2)

절집이 계곡 사이에 찬연한데
굉굉한 목탁소리 공중에 울린다
자리에 두른 향 연기 푸르르고
창에 비친 햇빛 밝기도 하여라
눈 깊어도 솔 기운 더욱 새롭고
얼음 얼어붙어 물소리조차 없구나
맑은 물 술맛조차 하도 좋아서
상큼도 해라, 온 입안 절로 개운쿠나.

[二]

梵宮輝澗谷　　高鐸半空鳴

繞榻香烟碧　　烘窓日色明

雪深松又改　　氷合水無聲

贏得醍醐味　　蕭然齒頰淸。

어구풀이

▷ **梵宮**(범궁) : 절[寺刹]의 다른 이름.

▷ **高鐸**(고탁) : 높은 목탁소리. 낭낭히 울리는 목탁 소리.

▷ **香煙**(향연) : 사룬 향의 연기.

▷ **烘窓**(홍창) : 햇빛 비친 창. 햇빛 밝게 비춰 훈훈한 창.

▷ **松又改**(송우개) : 눈에 묻혔던 소나무 눈 녹자 푸른 빛 예전 그대로임. "날씨가 추워진 후에야 소나무와 잣나무가 늦게 시듦을 안다.(歲寒然後 知松柏之後凋)함을 실감함.

▷ **贏**(영) : '물 넘침.' 혹은 '신선 고을' '瀛'으로, 맑고 깨끗한 물로 유추. 술맛은 맑은 물이 관건임.

▷ **醍醐**(제호) : 맑은 술. 牛酪(우락) 위에 엉긴 기름 모양의 맛이 좋은 액체. 불법, 또는 그 묘리. 우수한 인물의 비유로도 쓰임.

▷ **蕭然**(소연) : 입 안에서 상큼한 바람소리 나듯 삽상함.

전등사에서

나막신 신고 산에 오르니 흥은 절로 맑은데
전등사 늙은 스님 나의 길을 안내하네
창 밖의 먼 산 정수리 하늘 위로 펼쳐졌고
다락 아래 긴 바람 물결을 휘몰아 일으키네
별자리 아득한 것은 오태사의 일이요
구름 연기 자욱한 곳은 삼랑성이어라
정화공주의 원당 누가 있어 다시 세울까
먼지 낀 벽 글씨 나그네 마음 쓸쓸케 하네.

[출전] : 『牧隱詩藁 · 4』『輿地勝覽 · 12』

작자 李穡 (이색 : P 92, 고석사 참조)

傳燈寺

蠟屐登山興自淸　　傳燈老釋道吾行
窓間遠岫際天列　　樓下長風吹浪生
星歷滄茫伍太史　　雲煙慘淡三郎城
貞和願幢更誰植　　壁記塵昏傷客情。

어구풀이

▷ 傳燈寺(전등사) : 경기도 강화군 길상면 온수리 정족산 소재 사찰. 이안눌의 「전등
사」조 참조. 위의 시는 『목은시고』 권 4 「마니산 기행」 중 「전등사」를 노래한 작
품이다.

▷ 蠟屐(납극) : 진(晋)나라 완부(阮孚)가 미끄러짐을 방지하기 위하여 나막신에 밀을
칠하여 신었다 함.

▷ 伍太史(오태사) : 미상. 혹 초나라 평왕 때 사람이었다가 오(吳)나라 사람이 된 오원
(吳員)일까? 『사기』 오원조를 실어 참고에 이받는다. "오원은 춘추시대 초나라 사람
이니, 자는 자서다. 그 아비 사와 형 상이 평왕으로부터 무고히 죽임을 당하자, 오
나라로 달려가 벼슬을 살며 오왕 합려를 도와 초나라를 정벌할 제 다섯번 싸워 끝
내 초나라 수도 영을 함락하였다. 때에 평왕은 이미 죽어서 원은 그 무덤을 파헤쳐
편시(鞭尸)하므로 부와 형의 원수를 갚았다. 합려가 조나라를 치다가 손가락을 다
쳐 죽자, 아들 부차가 왕위에 올라 아비의 원수를 갚기 위해 월나라를 쳐 대파하
니, 월왕 구천이 화해를 요청해 오자 부차가 허락하였다. 오원은 적극 간했으나 받
아드려지지 않았고, 이 후에도 누차 월나라를 도모하고자 했으나, 찰납되지 않았다.
태재 비(嚭)가 월나라로부터 뇌물을 받고 그를 참언하자, 부차는 촉루지검을 내리
며, '너는 이 칼로 자결하라'하매, 원은 사인들에게 이르기를 '내 눈알을 뽑아 오나
라 동문에 걸어, 월나라 군사가 오나라를 멸망시킴을 보게 하라' 하고 자결했다. 후
9년 만에 과연 월나라가 오나라를 멸망시켰다"라 했고, 『십팔사략』에는 이어 "부차
가 그 시신을 거두어 가죽부대에 담아 절강에 던졌다"했다. 그 후 오원의 원혼을
위로하는 행사의 일환으로 우리의 단오행사의 원형인 '배젓기 놀이'가 시작됐고, 박
인량(朴寅亮)의 시 「오자서조(묘)伍子胥廟(潮)」의 작시배경이 됨.

▷ 三郎城(삼랑성) : 단군의 세 아들 부소(扶蘇)·부우(扶虞)·부여(扶餘)가 각각 맡
아 한 봉우리씩 쌓았다는 성으로 민족의 성지.

▷ 願幢(원당) : 당은 기(旗)와 비슷한 것인데, 절에는 흔히 석당을 세운다. 여기서는
정화궁주가 부처 앞에 천자와 태자의 장명(長命)을 빌기 위해 당을 세웠다 함.
<이곡의 비문참조>

▷ 壁記(벽기) : 벽에다 이름이나 글을 기념으로 써둔 것.

정양사 진흘대에 올라 일만 이천봉을 굽어보다

하늘 거리에 촛불 비추듯 온통 환하기를 겨루고
한 조각돌조차 쪼고 깍기에 온 조화의 힘 다 모았구나.
휘황한 채 눈을 드니 자못 놀라 어리둥절할 뿐이니
그 뉘들 붓으로야 일만 이천봉의 장관을 전하랴.

[출전] : 『思庵集 3冊』

작자 朴淳 (박순 : 1523~1589)

조선 문신·학자. 자 화숙(和叔), 호는 사암(思菴). 1553년 친시문과 장원급제. 시(詩)·문(文)·서(書)에 두루 뛰어났고, 특히 시에 당시(唐詩)의 풍을 따랐으며, 손곡(蓀谷) 이달(李達)에게 학당(學唐)을 훈도한 것으로 유명하다. 글씨는 송설체(松雪體)를 잘 썼다. 시호는 문충(文忠). 저 『思菴集』

正陽寺 眞仡臺登覽萬峰

映燭天衢渾鬪白　　片巖鑱刻百靈兼
紛紛擧目徒驚倒　　毫末誰傳萬點尖。

▷ 正陽寺(정양사) : 금강산 소재 유점사의 말사. 고려 태조가 창건한 사찰로 알려짐. 송강 정철의 「관동별곡」에 "小쇼香향爐노 大대香향爐노 눈아래 굽어 보며/ 正졍陽향寺ᄉ 眞진歇헐臺대 고텨올나 안즌마리/ 盧녀山산 眞진面면目목이 여긔야 다 뵈ᄂᆞᆫ다"라 했다.
▷ 眞仡臺(진흘대) : 정양사 앞 고개 이름. 「관동별곡」에는 진헐대(眞歇臺)로 표기됨.
▷ 映燭(영촉) : 촛불을 밝힘.
▷ 鑱刻(참각) : 쪼으고 새김.
▷ 百靈(백령) : 온갖 조화옹.
▷ 紛紛(분분) : 눈이 휘둥그레져 황홀한 지경.
▷ 萬點尖(만점첨) : 뾰족뾰족한 일만 이천 봉우리.

정양사에서

아득히 천지를 굽어볼 수 있는 정양사
진헐대에서 바라본 가을 맑기도 하여라
구름이며 산이 온전히 한 눈에 가득하니
속세의 일일랑 어찌 가슴에 품을 것인가
해가 비치니 천 겹 병풍 펼쳐진 듯하고
하늘에 벌여지니 옥은 몇 무더기인가
넋을 잃고 바라보다 갈 길조차 잊고
지팡이에 기댄 채 갈길 몰라 하노라.

[출전] : 『輿地勝覽 · 47』

작자 成任 (성임 : P 242, 白蓮寺 참조)

正陽寺

地逈正陽寺　　秋晴眞歇臺

雲山都在眼　　塵世豈關懷

暎日屛千疊　　排空玉幾堆

貪看忘去路　　倚杖更徘徊。

어구풀이

▷ **正陽寺**(정양사) : 강원도 회양군 내금강 장연리 소재 사찰. 표훈사에 딸린 암자였다. 백제 무왕 1년(600)에 관륵(觀勒), 융운(隆雲) 두 스님이 창건, 신라 문무왕 1년(661)에 원효대사가 중창했으며, 1791년에 중수함. 육면약사전과 헐성루가 유명하다. 금강산의 정맥에 있기 때문에 정양사라 칭하며, 지대가 높고 사방이 트여서 산의 안팎 여러 봉우리들이 하나같이 다 보인다. 세상에서 말하기를, 고려 태조가 이 산에 오르니 담무갈(曇無竭)이 돌 위에 몸을 나타내어 광채를 발하였다. 태조가 신하들을 거느리고 정례한 뒤에 이어 이 절을 창건했다고 한다. 그런 까닭에 절 뒤의 언덕을 방광대(放光臺)라 하고, 앞의 고개를 배점(拜岾)이라고 한다. ＜여지승람＞

▷ **地逈**(지형) : 땅이 멀다. 곧 정양사에서 바라보면 사방 어디라도 보이지 않는 곳 없이 탁 트여 멀리 볼 수 있음.

▷ **眞歇臺**(진헐대) : 정양사에 딸린 누대.

▷ **都在眼**(도재안) : 모두 눈에 있음. 온통 시야에 다 들어옴.

▷ **屛千疊**(병천첩) : 천 겹으로 병풍삼다. 주변에 빙 두른 온 산봉이 겹겹으로 두른 병풍 같음.

▷ **排空**(배공) : 공중에 죽 늘어섬. 곧 하늘에 벌려진 수많은 별.

▷ **玉幾堆**(옥기퇴) : 옥이 그 몇 무더기인가. 옥처럼 부서지는 숱한 별.

▷ **貪看**(탐간) : 보기를 탐내다. 곧 넋을 놓고 바라봄.

정양사에서

선계에 날 밝자 옥 떨기처럼 쌓인 산봉
맑은 새벽 나그네 작은 누 동편에 섰네
예로부터 절은 온갖 봉우리 색을 지니고
밤마다 스님은 폭포소리 속에 잠 든다네
올라가 내려다보기만 해도 정히 아득하여
응당 정신과 꿈 또한 비고 흐릿해 진다오
이 경지 그 뉘들 능히 높은 격조로 전하랴
온 벽 가득한 시편 적실한 걸작 띠지 않네.

[출전] : 『大東詩選』

작자 李重淵 (이중연 : ?~?, 未 詳)

正陽寺

玄圃昭明積玉叢　　清晨客立小樓東
古來寺得千峯色　　常夜僧眠萬瀑中
可但登臨眞縹緲　　也應魂夢亦空濛
此間高韻誰傳取　　滿壁詩篇覺未工。

어구풀이

▷ 玄圃(현포) : 신선이 산다는 곳의 하나.
▷ 玉叢(옥총) : 옥 떨기. 곧 아침 부신 햇살 받은 금강산 산봉우리.
▷ 萬瀑(만폭) : 정양사 주변의 일 만 폭포.
▷ 高韻(고운) : 높은 시운. 고격한 시품. 적실한 시격(詩格).
▷ 覺未工(각미공) : 이 장관을 완벽하게 노래한 시는 없는 듯함.

정인사에서

목어의 그윽한 울림 속에 아침 산 봉 고요한데
말 석물 묵묵히 섰고 새벽 능침 차기도 하여라
구슬 나무에서 소쩍새 우니 봄은 적막하고
정호에 용이 떠나니 달빛만 질펀하다.

[출전] : 『四佳集補遺 · 3』 『輿地勝覽 · 11』

작자 徐居正 (서거정 : P 116, 金剛寺 참조)

正因寺

木魚有響朝岑靜　　石馬無聲曉寢寒
珠樹鵑啼春寂寂　　鼎湖龍去月漫漫。

어구풀이

▷ **正因寺**(정인사) : 경기도 고양군 경릉의 동쪽에 있던 사찰. 세조 3년(1458) 경릉 (敬陵 : 세조의 長子)의 원당으로 창건되었고, 1471년 인수왕비의 명으로 중건, 뒤에 수국사(守國寺)로 고쳤다. 지금 서울시 은평구에 있는 수국사의 전신이다. 김수온(金守溫)의 「중창기」에 "능침에 절이 있음은 무슨 까닭인가? 대개 사왕이 선왕을 추모하여 능침 측근에 절을 세워 인사로 삼아 삼보를 높이고, 영혼을 천도하기 위한 것이다,---(寢園有寺 何也. 蓋嗣王追孝先王 側近陵寢 制爲仁祠 以崇三寶 以導冥遊也---)" <여지승람>라 했다.

▷ **木魚**(목어) : 불가에서 경전을 읽을 때 두드리는 물고기처럼 만든 제구.

▷ **石馬**(석마) : 돌로 말을 조각하여 세운 석물(石物).

▷ **鼎湖龍去**(정호룡거) : 정호에서 황제가 승천하자, 용이 따라감. 『사기』「봉선서封禪書」에 "황제가 수산의 동을 캐 형산 아래서 솥을 만들었다. 솥이 이미 완성되자, 용이 턱수염을 드리우고 황제를 맞이하였다. 황제는 천마를 타고 승천하셨다. 뭇 신하들 후궁 등 따르는 자 70여인이었는데, 용도 이에 승천했다.(黃帝采首山銅 鑄鼎於荊山之下, 鼎旣成 有龍垂胡髥 下迎黃帝. 黃帝上騎 群臣後宮從 上者 七十餘人 龍乃上矣)"참조

▷ **漫漫**(만만) : 넓고 아득한 모양.

정인사에서

원릉은 채색 구름 가에 엄숙하고
사찰은 빼어난 봉우리 앞에서 우뚝하네
금빛 단청은 아침 햇살 받아 빛나고
뎅그렁 풍경 소리는 바람에 실려 멀어지네
석등의 불빛이 드넓은 삼천 세계를 비치니
나라의 운명은 응당 억만 년으로 이어지리
맑고 용맹한 스님께서는 법좌에 올라서
오묘한 뜻을 말하고 그윽한 이치를 풀이하네.

[출전] : 『輿地勝覽 · 11』

작자 鄭麟趾 (정인지 : P 408, 僧伽寺 참조)

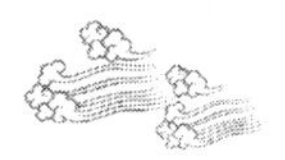

正因寺

園陵肅肅綵雲邊　　　梵刹崇崇秀巘前
金碧相輝朝旭射　　　琅璫遺響遠風傳
佛燈普照三千界　　　國祚應延億萬年
精猛頭陀陞法座　　　敷陳妙義演冥詮。

어구풀이

▷ **肅肅**(숙숙) : 엄숙하고 고요한 모양. 삼가는 모양. '崇崇'의 대.

▷ **梵刹**(범찰) : 범궁(梵宮). 사찰.

▷ **秀巘**(수헌) : 빼어난 봉우리.

▷ **朝旭**(조욱) : 아침의 밝은 햇빛.

▷ **琅璫**(낭당) : 패옥이 서로 부딪쳐 나는 소리.

▷ **三千界**(삼천계) : 삼천대천세계의 준말. 소천세계의 천 배가 중천세계, 중천세계의 천 배가 대천세계로, 이 3천세계의 총칭.

▷ **頭陀**(두타) : 범어(梵語) Dhuta의 음역. 번뇌와 의식주에 대한 탐욕을 버리고, 청정하게 불도를 닦아 수행하는 사람.

▷ **妙義**(묘의) : 오묘한 뜻.

▷ **冥詮**(명전) : 그윽한 이치.

정인사에서

달은 보배로운 삼계의 그림자를 흩고
비는 못물을 시방에 나눠 서늘케 하네
후산에 학이 가니 공연히 서글픈데
정수에 용이 옮기니 다시 아득하구나.

[출전]:『太虛亭集·1』『輿地勝覽·11』

작자 崔恒 (최항 : 1409~1474)

조선 초기 학자·문신. 자 정보(貞父), 호 태허정(太虛亭). 세종 16년(1434) 알성문과에 장원급제. 집현전 부수찬이 되고, 이 해에『자치통감훈의』편찬. 이어 박팽년, 신숙주, 성삼문 등과 함께 훈민정음 창제에 참여, 1444년 집현전교리로『오례의주』상정에 참여했으며, 같은 해 박팽년, 신숙주, 이개 등과 함께『운회』를 번역. 1445년 집현전 응교로『용비어천가』창작에 참여하고, 이어『동국정운』과『훈민정음해례』등을 찬진, 성종 2년(1471)『세조실록』『예종실록』편찬에 참여. 조선 초기 훈구파의 대학자로 세조를 도와 문물제도의 정비에 큰 역할을 했고, 역사·언어 등에 정통했으며, 문장에 능하여 당시 명나라에 보내는 사신의 표전은 대부분 그의 손에서 나왔다 한다. 저『태허정집』·『관음현상기』. 시호 문정(文靖).

正因寺

月掃珠林三界影　　　雨分金池十方寒
緱山鶴去空凄楚　　　鼎水龍移更渺漫。

어구풀이

▷ 『여지승람』에는 정인사 사찰조에 수록되어 있으나, 『太虛亭集』 권 1에는 「정인사 설준상인에게 주다(贈正因寺雪峻上人)」로 제함.

▷ 三界(삼계) : 불교의 세계관으로 중생이 왕래하고 거주하는 세 가지 세계. 세 가지 미혹한 세계. 중생이 태어나서 죽어 윤회하는 영역으로, 욕계(欲界), 색계(色界), 무색계(無色界). 그 중 욕계는 가장 하층계로 음욕(婬欲)·식욕(食慾) 2개의 욕심을 갖는 생물계, 색계는 욕계 위로 음욕과 색욕을 여읜 생물계, 무색계는 최상의 영역으로 고도의 정신적 세계, 이른바 사무색정(四無色情)을 닦은 사람이 태어나는 곳이라 함. <불교대사전>

▷ 金池(금지) : 황금 못.

▷ 十方(시방) : 시방세계. 열 가지 방향. 곧 사방(四方 : 동·서·남·북)·사유(동남·서남·서북·동북)·상·하(上,下).

▷ 緱山鶴(후산학) : 주(周) 영왕(靈王)의 태자 진(晉). 곧 왕자교(王子喬)로 후산에서 생황을 불며, 흰 학을 타고 구름 속을 지나 사라졌다 함.

▷ 凄楚(처초) : 상심하고 슬퍼함.

▷ 鼎水龍(정수룡) : 서거정의 「정인사」 주 참조.

▷ 渺漫(묘만) : 묘묘(渺渺)함. 아득하게 넓은 모양.

계족산 정혜사에서

계족산 앞에서 몇 날 묵으며
맑은 놀이 분수 밖에 즐겼구나
하늘 찌른 노목들 햇수 따지기 어렵고
치솟은 긴 대 가을쯤 아랑곳도 않누나
석벽엔 만 겹 구름 물결처럼 피어오르고
폭포는 천 길 옥무지개인 양 쏟아 붓누나
객실에서 난 졸고 늙은 스님은 입정했는데
두견새 우는 한 소리, 산 더욱 그윽하여라.

[출전] : 『東文選·12』

작자 朴椿齡 (박춘령 : P 166, 溪足山 定慧寺 참조)

溪足山定慧寺

溪足山前數日留　　人間分外飽淸遊
參天老木難爲歲　　拔地脩篁不受秋
石壁萬重雲浪湧　　瀑泉千丈玉虹流
客軒睡美老僧定　　杜宇一聲山更幽。

어구풀이

▷定慧寺(정혜사) : 충남 회덕현 소재 사찰. <동국여지승람>
▷分外(분외) : 분수 밖. 과분(過分)함.
▷參天(참천) : 공중 높이 늘어섬. 하늘을 찌를 듯한 기세.
▷脩篁(수황) : 죽죽 밋밋하게 잘 자란 대.
▷老僧定(노승정) : 늙은 스님은 선정(禪定)에 들다.

정혜사에서

병과 발우 들고 처음 이 봉우리에 머물렀으나
병들고 지친 이즈음엔 놀기에도 이미 지쳤네
돌 틈으로 듣뜨는 거센 물 맑게 옥으로 부서지고
구름에 잠긴 깊은 산은 차갑게 가을을 일으키네
올라와 노는 흥겨움 바위마다 달이 숨어들고
늙어 돌아온 즐거움 골짜기마다 물이 흐르네
적막한 산 절집이라 가진 것 없으니
길손 오면 그윽한 작은 난간으로 맞이하네.

[출전] : 『輿地勝覽·40』

작자 釋 圓鑑 (석 원감 : P 80, 多寶寺 참조)

定慧寺

缾盂初向此峯留　　衰病如今已倦遊
落石犇川淸碎玉　　入雲層翠冷磨秋
登臨興逸千巖月　　歸老歡餘萬壑流
寂寞山家無所有　　客來惟餉小軒幽。

어구풀이

▷ 定慧寺(정혜사) : 전남 순천 계족산(鷄足山)에 있으며, 부처님 치아가 있다. 고려
　스님 충지는 본래 장원 위원개다. 여러 가지 요직을 거친 뒤에 승려가 되어 법명
　을 원감(圓鑑)이라 하고, 이 절에서 살았다. 일찍이 어떤 시에 "누가 알리, 계족산
　속 늙은이가, 일찍이 용두(장원) 모임에 상빈이었던 것을(誰知鷄足山中老 曾是龍
　頭會上賓)"<동인시화·상>이라 하였다.
▷ 缾盂(병우) : 단지, 혹은 병과 발우(밥그릇).
▷ 犇川(분천) : 놀란 시냇물. 세차게 쏟아지는 물. 폭포.
▷ 淸碎玉(청쇄옥) : 맑기가 옥을 바숴 뿌리는 듯함.
▷ 層翠(층취) : 겹겹으로 쌓인 푸른 산.
▷ 磨秋(마추) : 가을을 마련함. 곧 일찍 가을이 몸.
▷ 千巖月(천암월) : 일 천 바위에 걸린 달.
▷ 萬壑流(만학류) : 일 만 골짜기에 흐르는 맑은 물.
▷ 惟餉~(유향~) : 다만 ~로 대접하다.

죽장사에서

공무 파한 후 짬을 내어 성 서쪽에 나노니
스님은 드물고 사찰 창연한데 길마저 험해
제성단 주변의 봄기운은 아직 이른데
살구꽃 붉게 막 벙을고 산새들 노래하네.

[출전] : 『大東詩選 · 2』『國朝詩刪 · 2』『靑丘風雅 · 7』
『東文選 · 22』

작자 鄭以吾 (정이오 : P 66, 甘露寺 참조)

竹長寺

衙罷乘閑出郭西　　僧殘寺古路高低
祭星壇畔春風早　　紅杏半開山鳥啼。

어구풀이

▷ **竹長寺**(죽장사) : 경북 선산 비봉산에 있던 사찰.

▷ **乘閑**(승한) : 한가로운 틈을 냄. 승흥(乘興).

▷ **僧殘**(승잔) : 스님이 드묾. 퇴락한 사찰.

▷ **路高低**(로고저) : 산문으로 난 길이 높낮이가 심함. 곧 험함.

▷ **祭星壇**(제성단) : 『동문선』에 "절에 노인성단[老人星壇 : 南極老人星을 모신제단] 이 있다"고 자주(自註)함.

중흥사를 찾아서

한 가을 서리 내려 숲 언덕을 씻으니
삼봉이 하늘 위에 뜬 것 조히 바라본다
벼랑의 찬 노을엔 비 기운 남았고
무너진 성 비낀 햇살 찬 시내를 비춘다
넝쿨 어설킨 옛 길 우거져 가기 어렵고
등불 밝힌 선방 이제 막 어둠이 걷혔네
좋은 경치 생각날 때마다 가고 싶은 마음이요
계수나무 숲 더위잡고 스님과 함께 머물고파라.

[출전] : 『農巖集』『大東詩選·5』

작자 金昌協 (김창협 : 1651~1708)

조선 후기 유학자. 자 중화(仲和), 호 농암(農巖)·삼주(三洲). 영의정 수항(壽恒)의 아들이자, 영의정 창집(昌集)의 아우, 창흡의 사형(舍兄). 숙종 8년(1682) 중광문과 장원으로 급제, 전적으로 출사 후 여러 관직을 거침. 청풍부사 때 기사환국으로 부친이 사사되자, 영평에 은거, 갑술옥사 후 부친의 신원이 이뤄졌으나 두문불출, 학문에만 전념함. 문은 구양수의 정수를 얻어 단아순정(端雅純正)하고, 시는 두보의 영역을 출입하여 고고건아(高古健雅)하다고 평가됨. 저 『농암집』

訪重興寺

高秋霜落洗林丘　　喜見三峰天畔浮
絶壁冷霞餘雨氣　　壞城斜日暎寒流
藤蘿古道深難取　　燈火禪房暝初收
勝處每懷長往志　　會攀叢桂共僧留。

어구풀이

▷ 重興寺(중흥사) : 서울시 삼각산 노적봉 남쪽에 있던 사찰. 1915년에 폐사됨. 조선 숙종 때 북한산성을 쌓고, 북한산성 도총섭의 지휘를 받아 많은 승려들이 산성을 지킬 무렵 도총섭이 머물던 사찰. 『대동시선』에는 「訪重興寺」로 제목됨.

▷ 高秋(고추) : 한 가을. 중추(中秋). '하늘 높고 말이 살찌는 가을[天高馬肥之秋]'이 므로 '高秋'라 함.

▷ 洗林丘(세림구) : 숲과 언덕을 씻다. 곧 서리가 내려 온 숲과 언덕의 초목이 이운 [凋落] 상태.

▷ 天畔浮(천반부) : 하늘에 뜨다. 세 봉우리가 하늘에 선명하게 우뚝 솟은 모양.

▷ 藤蘿(등라) : 덩굴풀의 총칭.

▷ 深難取(심난취) : (덩굴풀이) 우거져 찾아가기 어려움.

▷ 暝初收(명초수) : 어둠이 막 걷힘. 어스름이 사라짐.

▷ 每懷(매회) : 그리울 때마다. 생각날 때마다.

☞ 이정구(李庭龜 : 月沙)는 「제중흥사승시축題重興寺僧詩軸」에서 다음과 같이 노래 했다.

僧言八夏無佳景　　스님은 팔하에도 아름다운 경치 없다하네
磬罷仙龕苦日長　　경쇠소리 끝나고 선실에 해는 긴데
山影樓中露頂坐　　산그늘 드리운 누대 맨머리로 앉으니
木蓮花落水風凉。　강바람 서늘하고 목련화 떨어지네.

라 했고, 홍만종은 "스님의 말에 따라 기사했으되, 구법이 혼연(渾然)하여, 다듬은 흔적이 없다.(因僧言記事, 而句法渾然 無斧鑿之痕)"고 높이 평했다. <시평보유・상>

중흥사에서

한 번 중흥사 오동나무 숲에 드니
숱한 봉우리 분별할 수 없구나
외로운 암자 나무꾼에게 묻고
무너진 성가퀴에서 장군을 애도한다
낡은 성벽에 꽃잎은 비처럼 내리고
봄날 못 기운 구름으로 피어오르네
산에는 기름진 풀잎들 멋대로 피어나고
발걸음마다 부처님 향기 코끝에 스친다.

[출전] : 『柳下集·2』

작자 洪世泰 (홍세태 : P 76, 開元寺 참조)

重興寺

一入重興洞　　千峰不可分
孤庵問樵子　　敗堞弔將軍
古壁花垂雨　　春潭氣吐雲
漫山肥膩草　　步步佛香聞。

어구풀이

▷ 중흥동(重興洞) : 남양 홍세태 도장 저(南陽洪世泰道長著)『柳下集』권2에는 「重興洞」
　으로 되었으나, 시의 내용은 '오동나무 우거진 중흥사'를 소재로 한 사찰 제영시다.
▷ 孤菴(고암) : 외로운 암자. 중흥사를 일컬음.
▷ 花垂雨(화수우) : 꽃이 비를 뿌림. 꽃이 비처럼 내림. 홍우(紅雨).
▷ 肥膩(비니) : 살찌다. 기름짐.
▷ 佛香聞(불향문) : 예불 향내 자욱함.

증각사에서

깎아 세운 듯한 돌산 봉 세상 밖 우뚝한데
구름 안개 아득한 사이에 앉아 어루만지네
범패 소리 잦아지고 스님은 참선에 들었는데
한 수레바퀴인 양 휘황한 달 온 산을 비추네.

[출전] : 『牧隱詩藁 · 30』 『輿地勝覽 · 12』

작자 李穡 (이색 : P 92, 고석사 참조)

證覺寺

石峰如削出塵寰　　坐撫雲煙縹緲間
梵唄聲殘僧入定　　一輪明月照千山。

▷ 證覺寺(증각사) : 경기도 장단군 진서면 보봉산 화장사 위에 있던 사찰.
▷ 塵寰(진환) : 티끌 세상. 인간 속세.
▷ 梵唄(범패) : 석가여래의 공덕을 찬미하는 범음(梵音)의 노래. 범패영가(梵唄咏歌).
▷ 入定(입정) : 선정에 들다(入於禪定).
▷ 一輪(일륜) : 한 개의 수레바퀴. 밝은 달.

증심사에서

잣나무는 뜰 앞에서 푸르고
복사꽃은 언덕 위에 붉구나
어찌 지경 밖에서 찾으리오
가까운 주변에서 찾을 일이지
막힌 경내란 마음도 끝내 막히나니
말을 잊을 때 도 비로소 통하는 법
누가 이 절의 이름을 지었는가
묘한 이치 홀로 깊이 꿰뚫었네.

[출전] : 『輿地勝覽 · 35』

작자 金克己 (김극기 : P 56, 가지사 참조)

證心寺

栢樹庭前翠　　桃花陌上紅

何須搜卷外　　只要覓環中

滯境心終塞　　忘言道始通

何人名此寺　　妙蘊獨深窮。

어구풀이

▷ **證心寺**(증심사) : 광주시 무등산 소재 사찰.
▷ **何須搜~**(하수수~) : 어찌 모름지기 ~을(를) 찾을 건가.
▷ **深窮**(심궁) : 깊이 궁구하다.

지거사 주지 각경을 보내며

남으로 놀며 어디메서 맑은 물소리 듣는가
높디높은 지리산 일만 길 푸른 산협에서리
봄 산사라, 해는 길고 세속 사 전혀 없으리니
사미 스님들 찾아와 묘법연화경을 참학하시리.

[출전] : 『圃隱先生文集 · 2』

작자 鄭夢周 (정몽주 : 1337~1392)

고려 말 문인 · 학자 · 충신. 자 달가(達可), 호 포은(圃隱). 어머니 이씨가 임신하였을 때 난초 화분을 품에 안고 있다가 떨어뜨리는 꿈을 꾸고 놀라 깨어나 낳았다 한다. 따라서 초명을 몽란(夢蘭)이라 했다가 뒤에 몽룡(夢龍)으로 개명, 다시 몽주로 고침. 공민왕 9년(1360) 문과에 장원, 1362년 예문관의 검열과 수찬이 되었다. 대사성 이색이 '동방 이학의 시조'라고 칭함. 그는 어려서부터 학문을 좋아하여 게을리 하지 않았고, 성리학을 연구하여 조예가 깊었으며, 그의 시문은 호방 준수하다는 평을 들었다. 특히 시조 「단심가」는 그의 충절을 대변하는 작품으로 후세에까지 회자됨. 문집 『포은집』. 시호 문충(文忠).

送智異山智居寺住持覺冏上人

南遊何處聽溪聲。　　智惠山高萬丈青。
春院日長無箇事　　沙彌來學妙蓮經。

어구풀이

▷ 智居寺(지거사) : 경남 진양군 지리산 소재 사찰.『포은선생문집』에 의하면 위의
  시는 '포은이 지거사 주지 각경(覺冏)을 보내며 준 시'(鄭夢周 寄住持覺冏詩---)
  로 엄격히 말하자면 사찰제영이랄 수 없다. 그러나, 유가의 시를 통해 산사의 일
  상사를 가름할 수 있어 굳이 선시(選詩)해 둔다.
▷ 智惠山(지혜산) : 도량이 있는 지리산이기에 이른 말.
▷ 春院(춘원) : 봄날의 사원[春寺].
▷ 日長(일장) : 날이 길다. 지일(遲日)
▷ 無箇事(무개사) : 아무 일도 없음. 고즈넉한 산사.
▷ 來學(내학) : 와서 배우다. 참학(參學)하다.
▷ 妙蓮經(묘련경) : 묘법연화경(妙法蓮華經)

직지사에서 자며

머리 희끗한 지난날 금란의 사신이
절간에 와 자면서 이불을 빌려 덮었다
호롱불 밑 조근조근 부처님 말씀 새삼한데
바람이 몰아치며 들창에 눈보라 뿌린다.

[출전] :『梅溪集·1』『謏聞鎖錄』

작자 曹偉 (조위 : P 478, 永明寺 참조)

宿直指寺

綠髮金鑾舊史臣	祇林夜宿借蒲團
篝燈細話楞伽字	撲籟風欞雪打寒。

어구풀이

▷ 直指寺(직지사) : 경북 금천군 대항면 황악산 소재 사찰.

▷ 綠髮(녹발) : 푸른 머리. 부인의 머리가 검고 윤이 나서 아름다움.

▷ 金鑾(금란) : 한림원의 별칭. "한림원이 금란전과 접했기 때문에 학사원의 이름을
금란이라 하니, 덕종이 학사원을 금란파로 옮겼다.(翰林院與金鑾殿 相接故 學士院
號金鑾, 德宗 移學士院於金鑾坡) <翰林志>.

▷ 舊史臣(구사신) : 옛 사관. 곧 시적 화자 자신.

▷ 祇林(지림) : 부처를 모시는 산림. 곧 사찰.

▷ 篝燈(구등) : 봉우리를 만들어 씌운 등.

▷ 楞伽字(능가자) : 『楞伽經』. 곧 포괄적인 부처님의 교설.

▷ 撲籟(박뢰) : 윙윙 소리치며 불어대는 바람.

진관사에서

푸른 솔 잣나무 못 가 다락을 감싸 안았고
하늘 땅 깊고 아늑한 곳에 골짜기 열렸네
계곡물 옥을 두른 듯한 시내 굽돌아 흐르고
산은 치솟는 구름인 양 그 형세 높기도 하다
스님 몰아낸 위나라 행패는 오히려 웃음거리요
불도에 미혹된 양 나라 일 슬플 일도 아니로다
시비가 전혀 없어 마음 절로 발라지니
누가 인연 깨친 이고 누가 여래이신가.

[출전] : 『輿地勝覽·3』

작자 鄭以吾 (정이오 : P 66, 甘露寺 참조)

津寬寺

青青松栢擁池臺　　地僻天深洞府開

溪似玉圍流屈曲　　山如雲涌勢崔嵬

汰僧元魏猶供笑　　惑佛蕭梁不滿哀

無是無非心自正　　孰爲緣覺孰如來。

어구풀이

▷ **津寬寺**(진관사) : 경기도 고양군 신도면 진관외리 삼각산에 있는 사찰. 옛날 이름은 진각사(津覺寺)다. 고려 현종 2년(1011)에 창건되었고, 조선 세조 10년에 소실. 성종 1년(1470)에 환응, 벽운 스님이 중건하였다. '신라 진덕여왕 때 원효 스님이 창건했다'고도 함.

▷ **地僻天深**(지벽천심) : 도량의 위치가 외지고 깊은 산협 속에 있음을 비유함.

▷ **洞府**(동부) : 마을. 곧 도량(道場).

▷ **屈曲**(굴곡) : 이리저리 굽음. 구불구불함.

▷ **雲涌**(운용) : 구름이 뭉게뭉게 피어오름.

▷ **崔嵬**(최외) : 높고 가파른 모양.

▷ **汰僧**(태승) : 출가한 승려. 뛰어난 스님.

▷ **元魏**(원위) : 후위(後魏)의 별칭. 곧 조위(曹魏)의 대(對).

▷ **供笑**(공소) : 웃음을 자아내게 함. 웃음거리.

▷ **蕭梁**(소량) : 양(梁)은 중국 남북조 시대 남조의 한 나라 이름인데, 왕의 성이 소씨(蕭氏)이므로 소량이라 칭함.

▷ **緣覺**(연각) : 부처님의 교화 없이 홀로 진리를 깨달은 성자.

▷ **如來**(여래) : 부처. 깨친 사람. 석가여래(釋迦如來)의 준말.

징광사에서

절이 아스라이 높은 산에 의지했는데
어느 해에 이 좋은 승지 골라 세웠나
깊이 가고 가 기이한 지경 끝까지 가
맑가히 앉았자니 번뇌 티끌 씻겨지네
좋은 차는 눈이 찻잔에 떠오르고
맛난 술은 안개가 술잔을 감도네
맑은 바람 옥 주장자를 따라서
산들산들 사람에게 불어 스치네.

[출전] : 『輿地勝覽·40』

작자 金克己 (김극기 : P 56, 가지사 참조)

澄光寺

紺宇枕崔嵬　　何年選勝開
深行窮異境　　淨坐洗煩埃
蜀荈雪翻盌　　湘醽霞激杯
淸風隨玉柄　　颯颯逼人來。

▷ 澄光寺(징광사) : 전남 보성군 벌교면 징광리에 있던 사찰.
▷ 紺宇(감우) : 불사(佛舍). 선방. 사찰.
▷ 蜀荈(촉천) : 중국 촉 땅에서 생산되는 차. 명품으로 품평됨.
▷ 湘醽(상령) : 중국 상수의 물로 빚은 술. 명주(名酒).
▷ 玉柄(옥병) : 옥으로 자루를 만든 파리채. 한인(漢人)들은 고급 파리채를 장신구처럼 사용하며 사치하게 꾸몄다 함.

징광사에서

우연히 산기슭 사찰에 다다르니
향연 피어오르는 선방 하나 열렸네
숲은 깊어 오직 대와 잣나무만 있고
지경은 고요하여 세속의 티끌 끊겼네
속인의 귀로 스님의 말씀 들으니
찌든 마음 술에 취한 듯 멍하나
산뜻하게 맑고 상쾌해지는데
항차 밝은 달빛 휘영청 비쳐옴에랴.

[출전] : 『輿地勝覽・40』

작자 金敦中 (김돈중 : ?∼1170)

고려 중기 문신. 김부식의 아들. 인종 22년(1144) 문과에 급제, 견룡대정 정중부(鄭仲夫)의 수염을 태운 일이 있었는데, 김부식이 도리어 정중부를 나무라므로 원한을 산 바 되었다. 의종 때 전중시어사가 되었으나, 환관 정함(鄭諴)을 합문지후에 임명하는 것을 반대하여 호부원외랑으로 좌천되었다가 시랑으로 옮겨졌다. 그 뒤 김부식이 세운 관란사(觀瀾寺)를 중수하여 동생인 김돈시(金敦時)와 함께 왕의 복을 비는 절로 삼아 의종의 환심을 샀다. 의종 21년(1167) 좌승선으로 의종이 봉은사(奉恩寺)에서 연등 행사를 마치고 환궁할 때 그의 말이 놀라 한 군사의 화살 통에 부딪쳐 화살이 의종의 수레에 떨어지는 사건이 발생하였다. 이 유시(流矢) 사건으로 군인들이 죄 없이 귀양가게 되어 김돈중에게 더욱 원한을 품게 되었다. 1170년 정중부가 보현원(普賢院)에서 난을 일으켜 수많은 문신들을 죽이자, 달아나 감악산에 숨었지만 하인의 밀고로 잡혀 살해됨.

澄光寺

偶到山邊寺　　香烟一室開

林深唯竹柏　　境靜絶塵埃

俗耳聞僧語　　愁腸得酒盃

蕭然已淸爽　　況有月華來。

어구풀이

▷ **山邊**(산변) : 산기슭. 산 속.

▷ **一室**(일실) : 한 방. 작은 선방. 규모가 크지 아니한 절.

▷ **塵埃**(진애) : 티끌과 먼지. 곧 세속.

▷ **俗耳**(속이) : 세속인의 귀. 곧 화자의 자기 겸칭.

▷ **僧語**(승어) : 스님의 말씀. 곧 법어.

▷ **愁腸**(수장) : 시름에 찌든 마음. 곧 세속의 영화에 찌든 마음.

▷ **得酒盃**(득주배) : 술을 마신 듯 몽롱함. 현실과 너무나 다른 법계에 대한 경이감 표출.

▷ **月華**(월화) : 달빛. 월광(月光).

천관사에서

절 이름 천관이라, 옛 사연이 있는 듯
문득 경위를 듣자하니 한결 슬픈지고
다정스런 도련님 기방에서 노닐고는
원한 품은 미인 말 앞에서 울렸구나
말이야 정이 있어 도리어 예던 길 갔다지만
마부는 무슨 죄를 물어 부질없이 채찍했던가
오직 남은 한 곡조의 노래가사 묘하거니
섬토가 함께 산다는 말 옛날부터 전해오네.

[출전] : 『輿地勝覽·21』

작자 李公升 (이공승 : 1099~1183)

고려의 문신. 자는 달부(達夫). 태조 때의 공신인 희능(希能)의 6세손이다. 인종 때에 문과에 급제하여 직한림원을 거쳐 우정언을 역임하였다. 의종 2년(1148) 전중시어사로서 사신이 되어 금나라에 다녀왔다. 1170년 정중부의 난 때 화를 모면했지만, 명종 3년(1173) 김보당의 반무이난으로 재차 문관 탄압이 재개되자, 불일사에 숨어 있다가 이의방에게 잡혔다. 그 때 제자였던 문극겸(文克謙)의 변호로 간신히 목숨을 건졌다. 남의 허물을 용납하지 않는 성품으로 내시 조강실(趙剛實)이 창고를 관리하면서 부정을 저지르자 꾸짖었으며, 승려 관원(觀遠)이 대신들과 어울리자 그를 데려온 문극겸을 나무라고 관원을 쫓아버린 뒤에야 기뻐했다고 한다. 시호 문정(文貞).

天官寺

寺號天官昔有緣　　忽聞經始一凄然

多情公子遊花下　　含怨佳人泣馬前

紅鬣有情還識路　　蒼頭何罪謾加鞭

唯餘一曲歌詞妙　　蟾兔同居萬古傳。

어구풀이

▷ **天官寺**(천관사) : 경북 경주시 오릉 동편에 있던 사찰. 신라 김유신이 어렸을 때 놀던 기생 천관의 집이었다 함.

▷ **昔有緣**(석유연) : 옛날 사연이 있었던가?

▷ **一凄然**(일처연) : 한결같이 처연해짐. 자못 서글퍼함.

▷ **公子**(공자) : 귀공자. 곧 김유신 장군을 칭하는 말.

▷ **花下**(화하) : 꽃 아래. 꽃은 '해어화(解語花)', 곧 기생 천관.

▷ **含怨佳人**(함원가인) : 원한을 머금은 미인, 곧 천관.

▷ **紅鬣**(홍렵) : 붉은 갈기. 곧 유신의 애마.

▷ **蒼頭**(창두) : 파란 두건을 쓴 병졸. 종. 농. 마부.

▷ **蟾兔**(섬토) : 당시 김유신과 천관을 두고 읊은 가사의 내용은 천관사의 창사 연기 설화가 되어 다음과 같이 전한다. 김유신이 젊었을 때 어머니가 날마다 엄한 훈계를 하여 함부로 남과 사귀어 놀지 않더니, 하루는 우연히 기생 천관의 집에서 유하였다. 어머니가 꾸짖기를, "나는 이미 늙었다. 낮이나 밤이나 네가 성장하여 공명을 세우고, 임금과 어버이를 영화롭게 하기를 바라고 있다. 그런데 이제 네가 천한 아이들과 더불어 음탕한 방과 술집에서 놀아 장난이나 친단 말이냐." 하고 울음을 그치지 아니하였다. 유신이 즉시 어머니 앞에서 다시는 그 집 문 앞을 지나지 않겠다고 맹세하였다. 하루는 술에 취하여 집으로 돌아오는데, 말이 전날 다니던 길을 따라 기녀의 집에 이르렀다. 천관이 한편 반기고 한편 원망하며 울면서 나와 맞이하였다. 유신이 자신의 실수를 깨닫자, 타고 온 말을 베어버리고 안장을 버린 채 돌아갔다. 그 여자가 원망하는 노래 한 곡조를 지어 세상에 전하고 있다. 절은 바로 그 여자의 집이며, 천관은 그 기녀의 이름이다.

천룡사에 우거하며

온 가족이 푸른 산 옆에 와 사니
낮은 모자 홑옷 차림으로 침상에 누웠네
목마르니 산골 술맛 더욱 당기고
겨운 졸음 들차 향기가 한결 좋구나
대 뿌리 땅 위로 뻗어 용이 꿈틀거리는 양하고
파초잎 창에 드리우니 봉황 꼬리인 듯 기네
삼복도 일찍 가고 백성들 송사도 뜸하니
이즈음이야 부처님 섬기기 더욱 좋구나.

[출전] : 『東國李相國集 · 3』『大東詩選 · 1』

작자 李奎報 (이규보 : P 106, 大谷寺 참조)

寓居天龍寺有作

全家來寄碧山傍　　矮帽輕衫臥一床
肺渴更知村酒好　　睡昏聊喜野茶香
竹根迸地龍腰動　　蕉葉當窓鳳尾長
三伏早休民訟少　　不妨時復事空王。

어구풀이

▷ **天龍寺**(천룡사) : 전라북도 전주시 동쪽 성 아래 있던 사찰.

▷ **迸地**(병지) : 땅 위로 뻗음.

▷ **三伏**(삼복) : 하지 후 셋째 경일(庚日)인 초복과, 넷째 경일인 중복, 입추 후 첫째 경일인 말복. 복은 금기복장(金氣伏藏), 곧 가을의 기운인 쇠가 여름 기운인 불이 무서워 엎드려 숨는다는 뜻[庚金畏火而伏].

천수사 벽에 쓰다

길손은 기다려도 오지 않고
스님을 찾아도 보이질 않네
다만 숲 속 산새들만 재재재
은근히 술맛을 돋구고 있네.

[출전] : 『三韓詩龜鑑 · 上』 『靑丘風雅 · 6』 『東文選 · 19』

작자 李仁老 (이인로 : P 232, 盤龍寺 참조)

書天壽寺僧院壁

待客客未到　　尋僧僧亦無
唯餘林外鳥　　款曲勸提壺。

어구풀이

▷ **天壽寺**(천수사) : 고려조 개성 동문에 있던 사찰.

▷ **待客**(대객) :『삼한시귀감』에는 '**送客**'으로 기록되었으나, 문맥상『동문선』,『동인시화』 등의 '**待客**'을 취함.

▷ **提壺**(제호) : 새 이름. 울음소리가 **提壺**(술을 들고 오라)하며 '술 권하는 듯하다'는 자연의 흥취로 쓰임.

☞ 서거정은『동인시화』에서 윗 시를 예거하고 "옛 평시자들이 말하기를 '시는 묘사하기 어려운 경지를 목전에 있는 것처럼 묘사 하고, 시어로 다 표현해 낼 수 없는 뜻을 함축하여 말 밖에 드러낼 수 있은 뒤에야 지극한 것이 된다'했는데, 나는 위의 시에서 이와 같은 경지를 본다.(古之評詩者以謂 '詩能狀難寫之景如在目前, 含不盡之意 見於言外, 然後爲至' 予於此詩 見之矣)"했다. <동인시화・上, 63話>

목은 선생을 모시고 천수사에 가 연꽃을
감상하며, 선생의 시운을 따라 짓다

꽃이 피고 지기를 몇 번이나 새로웠나
전에 왔던 유랑 지금은 노인일세
높은 행차 모시고 옛 자취 찾아와
지난 일 회상하니 아득한 전생 같네
그 때엔 더불어 하심주를 마셨더니
이제는 가 거의 솔 아래 흙이 되었으리
만물과 나 모두 다함없다고 갈파한
소선은 진실로 붓끝에 신이 내린 듯.

[출전] :『柳巷先生詩集』『東文選·16』

작자 韓脩 (한수 : 1333~1384)

고려 명필. 자 맹운(孟雲), 호 유항(柳巷). 충숙왕 3년(1347) 15세로 문과 급제, 초·
예서에 뛰어나 충정왕 때 정방필도치에 오름. 서예는 물론, 깊은 학식과 행의(行誼)로
유명함. 시호 문경(文敬).

陪牧隱先生 往天壽寺賞蓮 次先生韻

花開花落幾回新　　前道劉郞今老人
幸得高軒尋舊迹　　追懷往事似前身
當時共飮荷心酒　　此去多爲松下塵
物與我皆無盡處　　坡仙眞箇筆如神。

어구풀이

▷ **天壽寺**(천수사) : 고려시대 개성 소재 사찰. 최사립(崔斯立)의 「천수사」 시에 "천수문 앞 버들 꽃 흩날리는데, 술병 든 채 벗 오길 기다리자니, 해 저물 녘 저 먼 장정 뚫어지게 바라나, 숱한 행인들 중 벗은 그예 없구려.(天壽門前柳絮飛 一壺來待故人歸. 眼穿落日長亭晚 多少行人近却非)"라 있고, 이를 서거정은 "뭇사람들이 말하고 싶었지만 할 수 없는 말을 했다"며 "많은 사람들의 입에 오르내렸다"(能導人欲導不導處, 萬口傳誦). <東人詩話·上>고 평했다.

▷ **牧隱**(목은) : 고려 말 문신·학자 이색(李穡)의 호.

▷ **劉郞**(유랑) : 당 나라 유우석(劉禹錫). 그가 귀양에서 풀려 돌아와 거듭 현도 관(玄都觀)에 놀면서 "복숭아 심은 도사는 지금 어디 갔는고, 전에 왔던 유랑 이제 또 왔네"라고 노래한 데서 용사함.

▷ **荷心酒**(하심주) : 연 꽃대를 통해 마시는 술. 정공각(鄭公慤)이 연잎[蓮葉]에 술을 담아 두고, 비녀[簪]로 구멍을 뚫어 줄기와 통하게 해 마시니 '맑고 서늘하다'한 데서 유래한 풍류주.

▷ **無盡處**(무진처) : 다함이 없는 곳. 불교의 무상관(無常觀)으로 물사(物事)를 보면 천지도 한 순간에 불과하나, 변치 않는 것으로 보면 외물과 내가 다함이 없다.

▷ **坡仙**(파선) : 송(宋)나라 동파(東坡) 소식(蘇軾)을 이르는 말. 소선(蘇仙). 그의 대표작 「적벽부赤壁賦」의 "--- 취해도 금하는 이 없고, 써도 다함이 없으니, 이는 조물주가 다함없이 베푼 것이다(---取之無禁 用之不渴, 是造物者之無盡藏也 ---)"의 뜻을 취해 시화한 말.

▷ **筆如神**(필여신) : 붓이 신들린 듯함. 글 쓰는 재주, 혹은 써 놓은 글이 귀신의 솜씨인 듯 뛰어남. 두보의 시에 "책을 일만 권 읽어 제꼈더니, 붓만 잡으면 신들린 듯 써댄다.(讀書破萬卷下筆如 有神)" <杜詩諺解·19>라 했다.

천수암에서

첩첩이 두른 푸른 산은 온통 그윽한데
시냇물은 복숭아꽃 띄운 채 아득히 흘러가네
속세는 멀어 떠들썩한 소리도 끊겨 고요하고
천수암의 도 높은 스님은 세상 밖에서 노니네.

[출전] : 『虛靜集』

작자 釋 法宗 (석 법종 : 1670~1733)
　조선 후기 승려. 속성 전씨(全氏). 법호 허정(虛靜). 1682년(13세)에 옥잠(玉岑)에게서 득도하고, 설암(雪巖) 추붕(秋鵬)으로부터 법을 전수받음. 저 『허정집』 2권.

天授庵

數疊靑山一境幽　　桃花流水去悠悠
人間逈阻塵喧靜　　天授高僧物外遊。

어구풀이

▷ **天授庵**(천수암) : 함경남도 영흥군 독산 소재 사찰. <사찰전서>
▷ **逈阻**(형조) : 아득히 막힘.
▷ **塵喧**(진훤) : 속세의 시시비비 등 일체의 번사(煩事).
▷ **高僧**(고승) : 도와 학식이 높은 스님. 곧 화자 자신.

천왕사에서

고즈넉한 사찰이 고을 어구에 있어
유월이면 창가에 묵어 지낼 만 하네
나루터 나그네는 조수 빠진 뒤에 가고
밭에서 김매는 노인 비 개자 나왔구나
산은 들판 멀리 비껴 누워 들녘은 넓고
물이 성 모퉁일 돌아 흐르는 옛 성터라
나날이 다락에 올라 시 읊는 흥 넉넉하니
우연히 시구 이루어지자 벽 틈에 적어둔다.

[출전] : 『陽村先生文集 · 5』『輿地勝覽 · 52』

작자 權近 (권근 : P 228, 彌勒寺 참조)

題寓居天王寺壁上

寂寥僧院在州閭　　六月軒窓可寓居
渡上行人潮退後　　田中耘叟雨晴初
山橫野外平原闊　　水繞城隅古堞餘
日日登樓吟興足　　偶成詩句壁間書。

어구풀이

▷ 天王寺(천왕사) : 평남 안주군 성내에 있던 사찰.
▷ 州閭(주려) : 고을 여항. 고을 안 마실.
▷ 渡上(도상) : 나룻가. 나루 머리. 나룻터.
▷ 吟興足(음흥족) : 읊조리는 흥이 넘남.

천주사에서 2수

(1)

천 년 전 온조왕의 유적 아득하기만 한데
백제의 옛 터라, 올라보니 눈물만 주루룩
산승은 인간사 흥망 따위엔 관심이 없나봐
홀로 맑은 창 바라보며 참선에만 잠겨 있네.

[출전] : 『息庵集 · 5』

작자 金錫胄 (김석주 : 1634~1684)

조선 문신. 자 사백(斯百, 호 식암(息庵). 효종 6년(1657) 진사, 현종 3년(1662) 증광
문과에 장원. 전적·이조좌랑 역임. 1682년 우의정으로 호위대장 겸임. 1689년(숙종 15)
기사환국으로 공신호 박탈, 후에 다시 복구됨. 시호 문충(文忠).

題天柱寺 二首

[一]

千古溫王迹渺然　　　白登遺耻淚痕濺
山僧不管興亡事　　　獨向晴窓課法蓮。

어구풀이

▷ 天柱寺(천주사) : 경기도 광주군에 있던 사찰. 위의 시는 『식암집』 5권 「유남한산
성감구(遊南漢山城感舊)」 8수 중 「천주사」를 노래한 2수나, 그 2는 「천주사에서
피리소리를 들으며」라는 별개의 감상시이므로 생략한다.

(2)

한 가락 긴 피리소리 높은 다락에 걸렸고
다락 너머 넓게 보이는 건 옛 전쟁터라
바람이 변방에서 불어오길 기다리지 않아도
외로운 성 달빛 맞으니 이미 수심에 잠기누나.

[二]

一聲長笛仗高樓　　樓外平看古戰邱

不待臨風吹出塞　　孤城月色已堪愁。

어구풀이

▷ 溫王(온왕) : 백제 시조 온조대왕.

▷ 渺然(묘연) : 아득함. 아주 작고 가녀림.

▷ 不管(불관) : 관계하지 아니함. 주관하지 아니함.

▷ 課~(과~) : ~만을 업으로 삼음. ~에만 전념함.

청계산 행상인 절방을 제재로 쓰다

돌길이 끝난 곳 천 길 언덕 위
향 연기 속 한 방안은 맑기도 한데
손은 와서 차 다리길 채근하건만
스님은 앉아 제냥 경만 뒤적일 뿐
나무는 늙어 어느 해 심은 것인고
종 뜸하게 반 밤중쯤 소리 울릴 뿐
공을 깨치고 인간의 일 절연한 채
높이 누워 무생을 즐기겠구려.

[출전] : 『春亭先生詩集·1』『輿地勝覽·8』

작자 卞季良 (변계량 : P 60, 覺林寺 참조)

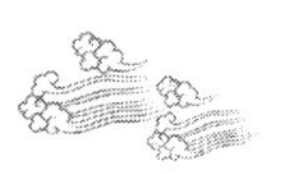

題靑(淸)溪山行上人院

石路千崖盡	香煙一室淸
客來求煮茗	僧坐自翻經
樹老何年種	鐘殘半夜聲
悟空人事絶	高臥樂無生。

▷ 淸溪山(청계산) : 『대동시선』에는 ‘靑’으로 기록.
▷ 千崖(천애) : 천 길 언덕 위. 높은 낭떠러지.
▷ 求煮茗(구자명) : 차 다리기를 재촉함. 대접이 신통치 않다고 보챔.
▷ 自翻經(자번경) : 저냥 경만 넘김, 혹은 베낌.
▷ 悟空(오공) : 일체개공(一切皆空)임을 깨달음.

청량사의 새벽종소리

사찰이 찬 산에 있으니 그 몇 겹이런가
종소리 달빛과 어울려 새벽바람 맑구나
종소리 듣자 절로 깊은 자성을 펴지만
시를 쓴들 그 누가 두소릉과 같을까?

[출전] : 『四佳詩集補遺·3』『輿地勝覽·43』

작자 徐居正 (서거정 : P 116, 金剛寺 참조)

淸凉曉鍾

寺在寒山第幾層　　鐘聲和月曉風澄
聞來自可發深省　　詩有何人似少陵。

▷ 淸凉寺(청량사) : 황해도 송화군 약산에 있던 사찰. 위의 시는 산수 명미한 풍천팔영(豊川八詠)을 지어주기를 청하는 임원준(任元濬)의 청에 의해 지은 8수 중 청량사를 노래한 작품이다. <여지승람·43, 풍천도호부 제영조, 풍천팔영서>

▷ 幾層(기층) : 그 몇 층. 매우 높음.

▷ 曉風澄(효풍징) : 새벽바람이 샘물처럼 맑고 상큼함.

▷ 聞來(문래) : 들리자 마자.

▷ 發深省(발심성) : 깊이 스스로를 돌아봄.

▷ 似少陵(사소릉) : 두소릉(杜少陵)과 같음. 소릉은 성당의 시성 두보(字는 子美)로 시선 이백과 함께 성당 시문학의 쌍벽. 송대(宋代)의 대표적 시인 소동파[蘇東坡 : 蘇軾]는 "시인이 있은 이래 두보 같은 이는 없었다(詩人以來 未有如子美者)"라 했음.

청평사에서

청평이라, 푸르름에 온 사방 밝아 오니
맑은 하늘에 푸른 부용을 깎아 세운 듯
석문에 안개 걷히자 동천은 고요하고
선궁의 푸른 기와는 영롱하게 빛나네
영지는 맑고 고요해 맑은 거울 잠긴 듯
삼십육 성의 그림자 도리어 비어 있구나
산 속의 폭포는 바위에 뿌려대고
늙은 용 갈기 내리고 흰 무지개 토하네
새벽부터 선동에서 불단에 절하고
높은 봉우리에 올라 휙하니 긴 휘파람 부네
청평거사 이자현은 가고 없으나
내 그의 남은 자취를 따르려하네
평소 세상의 영화에 고개를 흔들고
늙은 몸 구름 소나무 사이에 깃들고지고.

[출전] : 『眉叟記言 · 63 拾遺』

작자 許穆 (허목 : 1595~1682)

　　조선 문신 · 학자. 자 문보(文父), 호 미수(眉叟) · 대령노인(臺嶺老人). 현감 교(喬)의 아들, 정구(鄭逑) · 장현광(張顯光)의 문인. 현종 1년(1660) 자의대비 복상문제로 1차 예송이 일어나자, 서인 송시열 등의 기년설을 반대, 3년설을 주장했으나, 현종이 기년설을 채택하므로 실각, 삼척부사로 좌천됨. 숙종 원년(1674) 2차 예송에서 복권되어 이조참판, 우의정을 역임. 1679년 허적을 탄핵하다 파직된 후 향리에서 저술과 후학교육에 전념. 경학에 밝았으며, 전서 및 그림, 문장에 뛰어남. 저 『미수기언』 시호 문정(文正).

清平寺

清平積翠連四明　　天晴削出青芙蓉

石門烟開洞天靜　　禪宮碧瓦光玲瓏

靈池澹澹涵虛鑑　　三十六聖影還空

山中瀑布灑山石　　老龍垂鬣吐白虹

曉從仙洞禮天壇　　劃然長嘯倚高峯

希夷老人今不在　　我來可以追遺蹤

平生頭掉世間榮　　且欲白首巢雲松。

어구풀이

▷ **淸平寺**(청평사) : 강원도 춘천시 북산면 청평리 소재 사찰. 고려 광종 24년(973) 승현(承賢)이 창건하여 백암선원이라 했으나, 폐사되었던 것을 문종 2년(1068) 이의가 중건하여 보현원이라 했고, 조선 명종 5년(1550) 태고 보우(普雨)가 중수하여 청평사로 개칭함.

▷ **積翠**(적취) : 중첩한 녹색. 푸른 산.

▷ **削出**(삭출) : 깎아 세움.

▷ **靑芙蓉**(청부용) : 푸른 부용꽃. 청평산의 모습을 형용함.

▷ **洞天**(동천) : 산봉우리로 폭 싸인 마을에서 쳐다 본 하늘

▷ **三十六聖**(삼십육성) : 불가에서 이르는 삼십육부신(三十六部神), 곧 삼귀(三歸 : 佛·法·僧으로의 귀의)를 받는 자를 수호함.

▷ **希夷老人**(희이노인) : 고려 성종 때 사람으로 벼슬을 버리고 자하 일상(紫霞逸想)을 즐겨 산수유람 하다가 창평산에 들어 삶을 마친 청평거사(淸平居士) 이자현(李資賢)의 별호.

▷ **遺蹤**(유종) : 남은 자취. 유지.

▷ **頭掉**(두도) : 머리를 내저음. 거절함.

태고사에서

말에서 내린 선문 한결같이 풍경소리 맑고
표연히 대숲을 따라 산에 드니 상큼도 해라
안개 서리 낀 골짝마다 가을 풍경 조찰하고
신나무 붉은 바위 서리 저녁 기운 맑아하다
온조왕의 큰 뜻은 남은 성가퀴에 다했고
고려조의 잔비엔 묵은 이끼 다북 끼었네
나라에서 요새를 쌓아 계책으로 힘썼으니
숲을 헤쳐 세운 다락 곳곳에 벌려 있네.

[출전] : 『月谷集・4』

작자 吳瑗 (오원 : 1700~1740)

　조선 영조 때의 문신. 본관은 해주, 자는 백옥(伯玉), 호는 월곡(月谷). 영조 4년 (1728) 문과에 급제한 뒤 정언으로 있으면서 탕평책을 반대하여 사직하였다. 그 뒤 복직하여 교리・이조좌랑・부제학을 거쳐 공조참판에 이름. 영조에게 학문과 덕을 닦는 요령을 진언하여 채택되었고, 언제나 옳다고 여기는 일은 서슴없이 말하기를 꺼리지 않음. 저 『월곡집』.

太古寺

下馬禪門一磬淸　　飄然棕竹入山輕
煙霜衆壑秋容淨　　楓檻千巖夕氣晴
溫祚雄圖遺堞盡　　麗朝舊刻老苔生
邦家設險勞籌策　　鑿翠樓譙拱列營。

어구풀이

▷ 太古寺(태고사) : 경기도 고양군 신도면 북한리 삼각산에 있던 사찰. 1950년 한국
　전쟁 때 불타고 원증국사(圓證國師)의 비만 남아 전한다.

▷ 下馬(하마) : 말에서 내리다. 하마처(下馬處).

▷ 禪門(선문) : 불가(佛家). 선림(禪林)에 든 사람.

▷ 一磬(일경) : 한결같은 풍경소리. 유난히 들려오는 풍경소리.

▷ 飄然(표연) : 훌쩍 떠나거나 오는 모양. 세상일에 구애받지 아니함. 바람에 가볍게
　나부끼는 모양. 일정한 거소가 없이 왔다 갔다 함.

▷ 秋容淨(추용정) : 가을 기운 조찰함.

▷ 溫祚(온조) : 백제 시조 온조왕(?~28). 고구려 시조 동명왕의 셋째 아들. 동명왕이
　졸본부여(卒本夫餘)에서 비류(沸流)와 온조 두 아들을 낳았으나, 북부여에서 낳은
　유리(類利)가 남하, 태자가 되자 형 비류와 함께 남하하여 한산(漢山)에 이르렀다
　가 도읍 문제로 뜻이 맞지 않아 위례성에 도읍하고 십제(十濟)라 함. 이후 비류가
　죽은 뒤 그 백성을 합하여 국호를 백제라 하고, 바로 동명묘(東明廟)를 세워 국태
　민안을 기원. BC 5년 서울을 남한산으로 옮기고 9년 마한을 병합, 전국의 요지에
　축성(築城)하는 등 국가 체제 확립에 노력함.

▷ 舊刻(구각) : 옛날 새긴 비석. 마모가 심한 옛 비석. 잔비(殘碑).

▷ 設險(설험) : 요새를 구축함. 성채를 쌓음.

▷ 籌策(주책) : 이해관계를 헤아려 생각한 꾀. 계책. 책략.

▷ 樓譙(누초) : 다락. 성루(城樓).

통도사에서 2수

(1)

날 개자 올망졸망 산자락 펼쳤는데
한 가닥 물줄기 세차게 흘러내리네
급한 물결 마구 튀어 얼굴 씻기니
한여름 유월에 웬 가을 상큼함이람
한 무리 숲 속 정겨운 누각의
붉은 난간 층층으로 푸른 산에 비치고
대들보의 제비 단청도 곱다 지지배배
밋밋한 나뭇가지엔 한껏 졸고 있는 꾀꼬리
지천으로 널린 돌 높은 하늘에 매달린 듯
멋대로 자란 이끼 어지럽게 땅에 깔렸구나
우뚝하기는 율단의 으뜸이요
계율의 물로 씻겨 한 점 티끌도 없네
그윽하게 살면서 푸른 땅 밟지 않고
글귀 삼천 구절을 내리 외우네
맑게 빼어난 경관을 짐짓 나누어
방탕하게 놀던 사람을 애로라지 위로하네
노는 사람은 몸이 날아갈 듯하여
문밖을 나서면 만리라도 움직이겠네
기이함을 탐내어 잠시 머물지만
많고 만은 경치 중에 한 둘에 지나지 않네
그 가운데 유독 거듭 오른 곳 있으니
숲과 골짜기 더욱 아름다운 걸 알겠구나

通度寺

[一]

擘開千朵山　　流下一條水

驚波亂灑面　　六月生秋意

一簇林外樓　　朱欄暎層翠

畫棟燕調語　　珍木鶯飽睡

亂石高倚天　　荒苔亂舖地

軒軒律壇伯　　戒水無片滓

幽居不踐青　　誦下三千指

枉分清絶境　　聊慰蕩游子

游子如輕驅　　出門動萬里

貪奇暫淹流　　百萬纏一二

就中獨再來　　林壑知尤美

지난날 박후의 손자와 더불어서
올라와 취하도록 질펀하게 놀았지
지금 와서 지난날 놀던 일을 되새기니
황홀하여 마치 꿈결 일인 듯하여라
시험삼아 임금님이 뿌려놓은 글을 찾으니
비단 초롱도 이미 물에 빠져 없어졌구나
바람맞으며 길게 파람 하니
옛 일 느꺼워 한 줌 눈물 흐르누나.

[출전] : 『輿地勝覽・22』

작자 金克己 (김극기 : P 56, 伽智寺 참조)

昔與朴侯孫　　登臨成爛醉

今來想前遊　　怳惚如夢寐

試覓王播句　　紗籠已淪棄

臨風長發吁　　一掬懷舊淚。

어구풀이

▷ 通道寺(통도사) : 경남 양산군 하북면 지산리 영추산에 있는 사찰. 신라 선덕왕 15
년(646) 자장(慈藏)이 당나라에 가서 청량산 문수 보살상 앞에 기도하여, 부처님
가사와 사리를 받아 가지고 신라에 돌아와 이 절을 지었다. 금강계단을 쌓아 부처
님의 사리를 모시고 보름마다 계를 설하여 우리나라 남산 율종의 근본 도량이 되
었다. 임진왜란 때 불탄 것을 1641년 우운(友雲) 스님이 중창하여 지금에 이르며,
절 안에 건물이 65동 580칸, 사내에 딸린 암자가13개로, 우리나라에서 가장 큰 사
찰 가운데 하나이다. 대웅전(국보 241호)과 은사입오동향로(국보 499호), 국장생
석표(국보 110호) 등이 있다.
▷ 千朶(천타) : 일 천 굽이굽이 펼쳐진 산 능선. 수많은 산봉과 협곡.
▷ 一條(일조) : 한 가닥. 한 줄기.
▷ 驚波(경파) : 놀란 물결. 곧 장애물에 부딪혀 튀는 물결.
▷ 秋意(추의) : 가을의 스산한 느낌. 얼굴에 뛰는 물방울로 가을의 상큼함을 느 낌.
▷ 層翠(층취) : 층층이 파란 산색.
▷ 畵棟(화동) : 단청으로 꾸민 기둥.
▷ 珍木(진목) : 진기한 나무. 쉬 보기 어려운 나무. 쭉쭉 잘 자란 나무.
▷ 軒軒(헌헌) : 외모가 준수하고 쾌활한 남자 '軒軒丈夫'의 준말.
▷ 律壇(율단) : 근엄하고 엄숙한 제단의 율관(律官).
▷ 戒水(계수) : 계율의 물.
▷ 朴侯孫(박후손) : 미상. 신라의 시조 박혁거세(朴赫居世)의 그 후손?

(2)

골짜기 속 푸른 집이 가장 그윽한데
세상사에 묻혀 있어 쉽게 오르지 못했구나
숲 속에서는 문득 지둔의 학을 보겠고
꿈속에서는 먼저 중수의 거문고를 공그른다
맑아한 경계라 붉은 티끌 씻을 수 있겠고
고요한 못에 흰 달이 잠기니 더욱 예뻐라
깨끗한 물 한 병과 초 한 자루 사르니
마음이 없는데 어디서 또 마음 달래랴.

[二]

洞中紺屋最幽深　　埋覆煙霞未易攀
林下忽看支遁鶴　　夢中先理仲殊琴
境清肯許紅塵浣　　池靜偏憐素月臨
淨水一瓶燈一炷　　無心何處更安心。

어구풀이

▷ 紺屋(감옥) : 절. 사찰. 감우(紺宇).
▷ 煙霞(연하) : 내와 노을.
▷ 支遁(지둔) : 진(晉)나라 임려(林慮) 사람. 자는 도림(道林). 여향산에서 도를 닦아 25세에 도에 들었다 함.
▷ 仲殊(중수) : 송(宋)나라 승천사(承天寺) 승려. 자 사리(師利). 소식[東坡]과 깊은 교계가 있었으며, 시사(詩詞)에 능함. 저서 『보월집(寶月集)』.
▷ 肯許(긍허) : 즐겨 허락함.
▷ 偏憐(편련) : 편벽하게 귀여워함. 본 시어는 더욱 예쁨.

통도사에서 2수⑴

고려시대 창건된 영취산 통도사
동방의 형승은 바로 이 산이지.
예스런 대웅전 향내 상서로운 놀에 흩날리고
아스란 누각의 달 높은 산을 돌아 숨는다.
밤도 사람도 고요해 흔흔한 마음 드는데
오직 한스러운 건 스님도 절도 쇠잔함일세.
장사의 신묘한 힘이 아니었다면
응당 석존의 신령한 탑 보기 어려우리.

[출전] : 『靜觀集』

작자　一禪 (일선 : 1533~1608)

　조선 중기의 승려. 호는 정관(靜觀), 성은 곽씨(郭氏), 1547년 15세에 출가하여 백하(白霞) 선운(禪雲)에게서 법화사상을 배우고, 후에 청허(淸虛) 휴정(休靜 : 西山)으로부터 법을 전해 받음. 사명(四溟 : 惟情)·편양(鞭羊) 언기(彦機)·소요(逍遙) 태능(太能)과 함께 휴정의 4대 제자가 됨. 정관문파 형성. 저 『靜觀集』.

題通度寺 二首(1)

通度前朝創　　　　形勝東方卽此山

古殿香消飛瑞靄　　高樓月隱繞危巒

自忻夜靜人還靜　　唯恨僧殘寺亦殘

不是藏師神妙力　　釋尊靈塔見應難。

어구풀이

▷ 前朝(전조) : 앞 왕조. 곧 고려조.
▷ 此山(차산) : 통도사가 있는 영취산.
▷ 瑞靄(서애) : 상서로운 기운. 서기로운 내.
▷ 繞危巒(요위만) : 아스란 봉우리를 에두름.
▷ 神妙(신묘) : 헤아릴 수 없는 불가사의한 것. 훌륭한 것.
▷ 靈塔(영탑) : 신령한 탑.

통도사 불골탑에서

금빛을 발하는 부처님의 진신사리
천하 명산 곳곳에 모셔두었네.
한 줄기 아득한 참 불력을 보고
비로소 동방이 정토임을 알았네.

[출전] : 『通道寺誌』

작자 李祖源 (이조원 : 1735~1806)
　　조선 후기 문신. 자 현지(玄之), 호 판교(板橋), 1768년(영조 44) 정시문과 급제, 형조·예조의 판서를 지냄. 1798년 동지부사(冬至副使), 익년 동지사(冬至使)로 청(淸)나라에 다녀옴. 1801년(순조 1) 안동 김씨(安東金氏)의 세도정치에 대항하다가 유배. 서예로 당대에 이름을 떨침.

題通度寺佛骨塔

如來骨節放金光　　天下名山處處藏
一派遙分眞佛力　　始知淨土亦東方。

어구풀이

▷ **佛骨塔**(불골탑) : 부처님의 진신사리를 봉안한 탑.

▷ **如來**(여래) : 석가모니의 존칭. 부처님의 십호 중 하나. 깨달음의 완성에 도달한 사람. 진여(眞如)로부터 와서 중생을 가르쳐 이끈다는 측면에서 본 부처님의 다른 이름.

▷ **處處**(처처) : 곳곳. 우리나라 부처의 사리탑은 양산 통도사, 오대산 월정사, 설악산 봉정암, 태백산 정암사, 사자산 법흥사 적멸보궁 등에 설치되어 있음.

▷ **淨土**(정토) : 서방정토(西方淨土). 번뇌를 여의고 깨달음의 경지에든 부처님이나, 보살이 사는 청정한 국토. 사고(四苦 : 生·老·病·死)가 없는 아미타의 세계.

통도사 계단을 소재로 쓰다

석존의 사리 높은 단을 누르고 있는데
단아한 사리함 가운데 불에 그슬린 자국 있구나.
듣자니 누런 용탑이 화마에 휩싸인 날
한 면을 잇달아 불길에 싸였어도 온전했다네.

[출전] : 『通道寺誌』

작자　眞覺國師 (진각국사 : 1178~1234)

　　고려 중. 자 영을(永乙), 호 무의자(無衣子), 성은 최(崔), 1201년 사마시에 합격하고,
뒤에 조계사 지눌(知訥)에게서 체발. 1210년 지눌이 입적하자 수선사(修禪寺)에 들어가
조계종 2세가 되고, 고종이 즉위하자 대선사(大禪師)가 됨. 진각은 시호, 탑호는 원소
(圓炤). 편저 『禪門綱要』『禪門拈頌』.

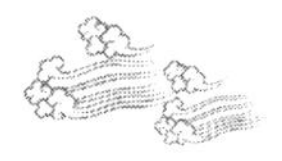

題通度寺戒壇

釋尊舍利鎭高壇　　覆釜腰邊有火瘢

聞說黃龍災塔日　　連燒一面示無問。

▷ 戒壇(계단) : 계율(戒律)을 전수하는 단. 계율을 받는 의식이 행해지기 위해 설치된 특정한 단(壇). 전설에 의하면 이미 석존 재세 당시에 있었다고 하지만, 중국에서는 가평정원(嘉平正元: 249~155) 때 낙양에서 만들어졌다 함. 도선(道宣)의 율종흥륭(律宗興隆)이래 여러 곳에 세워짐. 우리나라 및 일본에서는 단은 3층, 단 위에는 다보탑을 안치하나, 중국에서는 사리나 사리탑을 안치함. 주로 출가해서 계(戒)를 받는 장소로 사용됨.

▷ 火瘢(화반) : 불에 그슬린 자국. 화마를 입은 흔적.

▷ 黃龍(황룡) : 누런 용. 워낙 용은 '삼보[佛·法·僧]의 호위는 물론, 국토수호·오곡풍등·질병퇴치·국가사회의 안녕과 질서'를 장존케하는 신능(神能)을 가진 제석(帝釋)의 권속신이다.

▷ 無問(무문) : 안위를 물을 필요가 없음. 곧 안전했다.

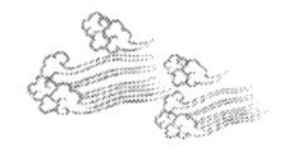

표훈사에서

일천 바위 구렁에 내와 아지랑이 자욱한데
한 구역 후미진 곳에 이름난 가람 터 잡았네
높고 낮은 전당들 소나무와 삼나무에 가렸고
구름 사이 한 가닥 길 시내 앞으로 뻗었구나
예로부터 기이한 경치 탐하는 천성인데
항차 나야 지금 벼슬에 얽매이지 않았으니---
박달나무 우거진 숲에 가는 말 멈추고
기이한 풍광 낱낱이 마음 내키는 대로 찾노라
밤 깊어지자 등불 그림자 선감을 비추는데
죽창 너머로 들리는 쉼 없는 스님의 장광설
나의 헛되고 취한 꿈 시원하게 일깨우고
나의 평생 부끄러움 석연히 물리쳐 주네
지극한 맛은 본디 비범함을 귀히 여기나니
세태에 따라 쓰고 단 것을 다투지 않네
티끌 그물 사람을 얽어 움직일수록 달라붙으니
머리에는 서리 눈만 부질없이 더했구나
만약 명산에 와서 참배하지 않는다면
어느 곳에서 마음 속 불꽃 끌 수 있으랴
이곳저곳 거닐면서 두 번 세 번 탄식하니
산새들도 내 흥을 돕는 듯 목청껏 뽐내네.

[출전] : 『輿地勝覽·47』

작자 成任 (성임 : P 242, 白蓮寺 참조)

表訓寺

<table>
<tr><td>千嵓萬壑多煙嵐</td><td>一區曲折藏名藍</td></tr>
<tr><td>殿堂高低隱松杉</td><td>雲間一徑穿溪南</td></tr>
<tr><td>異境從來性所耽</td><td>況吾身上無朝衫</td></tr>
<tr><td>栴檀林下憩征驂</td><td>奇觀一一隨意探</td></tr>
<tr><td>夜深燈影照禪龕</td><td>竹窓袞袞聞僧談</td></tr>
<tr><td>洒然醒我幻夢酣</td><td>釋然祛我平生慙</td></tr>
<tr><td>至味由來貴不凡</td><td>不隨時世爭甛甘</td></tr>
<tr><td>塵網拘人動如粘</td><td>頭邊霜雪空來添</td></tr>
<tr><td>名山苟不一來參</td><td>何處可解心中炙</td></tr>
<tr><td>徘徊浩歎至再三</td><td>山鳥助我啼喃喃。</td></tr>
</table>

어구풀이

▷ **表訓寺**(표훈사) : 강원도 회양군 내금강면 장연리 금강산 소재 사찰. 신라 진평왕 20년(598)에 백제의 관륵 스님이 융운 스님과 함께 창건. 처음에는 정양사라 불렀다. 문무왕 15년(675)에 신림(神琳) 표훈(表訓) 능인(能仁) 세 스님이 중수하고 신림사로 고쳤다가, 3년 뒤에 표훈사로 고침.

▷ **煙嵐**(연람) : 내와 아지랑이.

▷ **名藍**(명람) : 이름 난 가람. 잘 알려진 도량.

▷ **溪南**(계남) : 시내 앞. '南'은 '앞'. '北'은 상대적으로 '뒤'.

▷ **朝衫**(조삼) : 조정 관료의 옷. 조복(朝服). 곧 '無朝服'은 벼슬에 얽매이지 않은 자유인.

▷ **隨意**(수의) : 뜻에 따라. 곧 마음 내키는 대로.

▷ **袞袞**(곤곤) : 강물이 치렁치렁 흐르는 모양. 끊임이 없음.

▷ **塵網**(진망) : 여간한 속세의 일. 현실적 세속의 이런저런 일.

▷ **心中炙**(심중자) : 마음의 불길. 세속적 욕망의 불.

▷ **喃喃**(남남) : 재재거릴 남. 제비소리 남. 여러 새들의 지저귐.

취해 하녕사에 노닐며

우연히 호숫가 절에 찾아와 보니
맑은 바람 술기운을 삭혀주누나
들 거칠어 그냥 이내 불붙겠고
강 어둑해 쉽사리 구름 퍼나겠네
푸른 고갠 모래톱서 끊겨버렸고
닫는 강물 언덕 끼고 갈라지누나
외로운 저 돛배는 어디 가 머물고
어부의 피리 소리만 늦게 들리니.

[출전] : 『東國李相國集·6』『三韓詩龜鑑·中』『東文選·9』
『大東詩選·1』『箕雅』

작자 李奎報 (이규보 : P 106, 가지사 참조)

醉遊下寧寺

偶到湖邊寺	清風散酒醺
野荒偏引燒	江暗易生雲
碧嶺侵沙斷	奔流夾岸分
孤舟何處泊	漁笛晚來聞。

어구풀이

▷ 下寧寺(하녕사) : 경기도 여주 강가의 하북사(河北寺).『동국이상국집』외는 모두
「하녕사(下寧寺)」로 기록된

▷ 引燒(인소) : 불을 땡길 듯함. 불붙기 쉬움.

▷ 漁笛(어적) : 외론 배[孤舟]의 어부가 부는 피리 소리.

한산사에서

고개 너머 한산사에
스님 만나니 문득 반가워라.
돌샘가의 같은 병든 나그네
천지간에 하나의 부평초
성긴 빗속 가물거리는 등불은 싸늘한데
잔 들자 들려오는 먼 바닷소리
창 열고 거듭 두런거리다 헤어지니
구름 설핏 샛별만 밝구나.

[출전] : 『학산초담』

작자　李荇 (이행 : 1478~1534)

　　조선의 문신. 자 택지(擇之), 호 용재(容齋). 1495년(연산군 1) 증광문과 급제. 문장에 뛰어나고 글씨와 그림에도 능했다. 1529년 『여지승람』 수찬당상이 되어 『신증동국여지승람』을 찬진함. 익년 좌의정에 올라 권신 김안로(金安老)의 전횡을 논박하다 판중추부사로 전직, 이어 함종에 유배되었다 배소에서 죽음. 시호 문헌(文憲).

寒山寺

嶺外寒山寺　　逢師眼忽靑
石泉同病客　　天地一浮萍
踈雨殘燈冷　　持盃遠海聲
開牕重話別　　雲薄曉星明。

어구풀이

▷ 허균(許筠)은 그의 『학산초담』에서 "충암(冲庵) 김정(金淨)의 시집 가운데 있는 시 「청산금야월」은 용재 이행의 작"이라며, 그 이유로 "시법이 같지 않다."며, 당시 편집자의 오류(冲庵詩集 靑山今夜月 乃容齋李文愍公之作, 詩法不類 編者之誤.)라 했는가 하면, 이어 용재의 문집에는 없지만, 어느 승축에 용재의 「한산가」시를 보았다(余見僧軸 有冲庵詩曰)며 당시 편자가 미처 보지 못한 듯하다(本集無有 當時編者 或未之見也.) 했다. 위의 시는 『학산초담』에서 선시한 것이다.

▷ 寒山寺(한산사) : 중국 강소성 소주 교외에 있는 사찰로, 풍교사[일명 楓橋寺]는 장계(張繼)의 「楓橋夜泊」으로 유명하거니와, 우리나라에도 전라도(3), 경북(2) 충청도(1), 평북(1), 황해도(1), 강원도 삼척(1) 등에 산재해 있어 어느 절인지 확증할 수 없으나, 사찰 중수기에 의하면 황해도 소재일 듯하다. 참고로 장계(張繼)의 「楓橋夜泊」은 다음과 같다.

月落烏啼霜滿天　　달 지고 까마귀 울 때 서리 기운 가득하고
江楓漁火對愁眠　　강기슭 단풍과 고깃배 불로 잠 못이루더니.
姑蘇城外寒山寺　　고소성 밖 한산사의
夜半鐘聲到客船　　한밤을 알리는 쇠북소리 나그네 배에 들려오네.

<一作 夜泊楓橋>

▷ 眼忽靑(안홀청) : 눈이 문득 맑아짐. 곧 반가움의 표현. 위진시대 죽림칠현의 청안대지(靑眼對之)에서 유래함.
▷ 浮萍(부평) : 뜬 부평. 무상하고 유한한 인생의 비유.
▷ 曉星明(효성명) : 새벽별이 아직 빛남. 곧 이른 출발.

해월암에서, 2수

(1)

아스라이 가마 타고 바윗길에 돌아가노라니
빽빽한 소나무 늘어섰는데 한 점 티끌 없구나
관음보살 앉힌 보좌 바다에 임해 있고
당진 면천 두 고을 푸른 산 그림처럼 펼쳐있네.

[출전] : 『警修堂全藁 · 56』『申紫霞詩集 · 5』

작자 申緯 (신위 : P 100, 관적사 참고)

海月庵 二首

[一]

縹緲藍輿石徑紆　　萬松離立一塵無
觀音寶座臨滄海　　唐沔靑山點畵圖。

어구풀이

▷ **海月庵**(해월암) : 충남 당진군 소재 암자. 혹 현 '간월암(看月庵)'일까 한다.

▷ **縹緲**(표묘) : 높고 먼 모양. 표묘(縹眇).

▷ **紆**(우) : 굽다. 구부러지다. 감돌다.

▷ **離立**(이립) : 늘어서다. 특히 봉새가 줄지어 나는 모습.

▷ **唐沔**(당면) : 지명. 당진군과 면천군.

(2)

죄 짓고 자신을 돌아보며 쓸쓸함을 감내하는데
서울을 바라보며 눈물 훔치니 더욱 아련하구나
예전엔 허망한 상념에 잠겨 참다운 법 몰랐는데
그 이치가 연화경에 있는데 묘리는 허황되구나.

[二]

負罪反躬甘寂寞　　望京揩眼到模糊

從前執妄迷眞法　　法在蓮華妙卽臛。

어구풀이

▷ 負罪(부죄) : 죄를 짊어지다. 죄 많은 인생. 특히 자하의 경우 '두 번에 걸친 상처(喪妻),' 누대에 걸친 임금의 '특우(特遇)에 대한 불충한 보답,' 노년에 아들의 참척(慘慽) 등에 대한 회한을 노래하고 있음.

▷ 反躬(반궁) : 자신을 돌아보며 반성함.

▷ 揩眼(개안) : 눈을 닦다. 눈을 씻다. 흐르는 눈물을 훔치다.

▷ 執妄(집망) : 허망한 상념에 사로잡힘.

▷ 法(법) : 참된 법. 허망으로부터 벗어나는 참된 진리.

▷ 蓮華(연화) : 연꽃. 본시에서는 『연화경』.

해인사에서

가야라, 이름난 산 이제 와 바라보니
십여 년 맹랑히 소문으로만 허비했구나
오자마자 구름은 짝이 되어 놀자하고
스님 누운 자리 사슴 무리로 모여드네
나그네 베개 모엔 찬 물소리 맑게 들리고
항로에 피는 향연 조요론 밤으로 번지네
여러 생을 속세의 기름 불구덩이 속에서
부끄러워라, 괴로이 바자닌 지난 한 세월.

[출전] : 『私淑齋集·附錄』『輿地勝覽·30』

작자 姜希孟 (강희맹 : P 104, 龜石寺 참조)

海印寺

見說伽倻勝	虛經十載聞
我來雲作伴	僧臥鹿爲群
客枕寒溪澈	香盤靜夜分
多生膏火裏	慙愧抱辛勤。

어구풀이

▷ 海印寺(해인사) : 경남 합천군 가야면 가야산 소재 사찰. 신라 애장왕 3년(802)에 순응(順應), 이정(理貞) 두 스님이 창건. 두 스님의 가르침으로 왕후의 병이 낫자 감동하여 이 절을 지었다 함. 고려 고종(1236~1251) 때 조각한 대장경판(82,258쪽)이 장경각에 보관되어 있다. 고려 현종 이후 일곱 번 큰불이 났고, 현 건물은 대부분 조선 말기에 건립된 것이다. 산사에 딸린 암자는 12개이고, 대장경판(국보 111호)과 장경판고(국보 251호), 마애불상(국보 351호) 등이 있다.

▷ 見說(견설) : 보다. 본 바에 의하면. '說'은 조자(助字).

▷ 伽倻勝(가야승) : 가야산의 승경. 가야산의 아름다운 경치.

▷ 虛經(허경) : 헛되이 지나다. 부질없이 지나다.

▷ 寒溪澈(한계철) : 싸늘한 시냇물 맑게 흐름. 두시(杜詩) 「객야(客夜)」 <杜諺·11>에 "베개를 높이 베니, 먼 데 물소리 들려오고(高枕遠江聲)"라 있음.

▷ 香盤(향반) : 향로. 향 피울 때 쓰는 그릇.

▷ 多生(다생) : 차례차례로 생겨나는 헤아릴 수 없이 많은 세상.

▷ 膏火(고화) : 기름불. 등화(燈火)

▷ 慙愧(참괴) : 부끄러움.

▷ 辛勤(신근) : 심히 애써서 근로(勤勞)함. 괴롭게 바자니며 애씀.

해인사에서

바위 골짜기 굽이쳐 한 길로 통하고
첩첩한 산 범왕궁을 휘돌아 감쌌는데
하늘이 아끼고 땅이 숨겨 지경은 깊고
오랜 전각 빙 두른 회랑 규모도 웅장쿠나
책 읽던 바위는 흐르는 폭포 곁에 우뚝하고
바둑 두던 누각 석양 속에 고즈넉한데
고운 선생 아득한 자취 이을 사람 없으니
아득한 세월 유유히 날던 새 아슴히 사라지네.

[출전] : 『陽村先生集·7』『輿地勝覽·30』

작자   權近 (권근 : P 228, 彌勒寺 참조)

海印寺

岩壑盤廻一路通　　萬重山擁梵王宮

天慳地秘寰區奧　　殿古廊回結搆雄

突兀書岩流瀑外　　荒凉棋閣夕陽中

孤雲遲躅無人繼　　千載悠然鳥沒空。

어구풀이

▷ **盤廻**(반회) : 빙 돎. 굽이쳐 돎.

▷ **梵王宮**(범왕궁) : 범천왕궁(**梵天王宮**). 바라문교의 교조인 조화의 신이 머무
는 집. 곧 사찰·산사.

▷ **天慳地秘**(천간지비) : 하늘이 아끼고 땅이 몰래 감춤.

▷ **寰區**(환구) : 지경(**地境**). 천지간.

▷ **書岩**(서암) : 독서하던 바위. 최치원이 가야산 홍류동 계곡에 얽은 독서당. 『**陽村先
生集**』 권7 자주(**自註**)에 "서암과 기각은 고운의 소유처다(**書岩棋閣孤雲所遊處**)"라
있고, 고운의 자작시 [제가야산독서당題伽倻山讀書堂]에 "답쌓인 바위를 내닫고 깊
은 골 마주 울려, 지척의 말소리도 분간하기 어려워라. 옳고 그르다는 시비 소리
귀에 들릴까봐, 일부러 물을 흘려 온 산을 감싼 게지(**狂奔疊石吼重巒 人語難分咫尺
間 常恐是非聲到耳 故敎流水盡籠山**)" <삼한시귀감 상·동문선 19> 참조.

▷ **孤雲**(고운) : 한국한문학의 비조(**鼻祖**)로 일컫는 최치원의 호. 당(**唐**)나라 빈공과
(**賓貢科**)에 급제, 황건적의 난 때 고병(**高騈**) 막부의 종사관(**從事官**)으로 황소에게
보낸 「격황소서檄黃巢書」가 발신(**發身**)의 글이 된 이래 문명을 떨침. 당나라 문우
(**文友**) 고운(**顧雲**)이 그를 보낸 송별시에 "열 두 살에 초라한 모습으로 중국에 들
어와, 스물 여덟에 비단 옷 떨쳐입고 고향으로 돌아가네(**武俠衆峰之歲 絲入中國
銀河列宿之年 錦還東國**)"라는 전별을 받고 돌아온 고국은 말기인데다 시시비비가
귀찮아 홍류동 계곡에 '독서당'을 얽고 은거하다 종적을 감춤. 후인들은 선거(**仙
去**)했다 함.

해인사에서

산사에 봄날 개이자 한 점 티끌도 없으니
수도의 의지와 이는 시심 주체할 수 없어라
홍류동 안 만발한 꽃 비단을 펼친 듯하고
다리 아래 내닫는 물소리 우레 구르는 듯
기각엔 이끼 다북한데 옛 글자 남았고
월봉의 솔 늙었는데 거친 누각 남았구나
고운 선생 가신 지 하마 천 년이건만
선인의 자취 대하며 술 마시기 부끄럽네.

[출전] : 『萱庭集』『輿地勝覽 · 30』

작자 廉庭秀 (염정수 : ?~1388)

고려 문신. 자 민망(民望), 호 훤정(萱庭). 공민왕 20년(1371) 문과 급제. 우왕 3년 (1383) 지신사로 한 때 전주를 맡았으며, 정몽주와 함께 호복(胡服)을 폐지하고, 중국 제도를 따르자고 건의. 동지밀직(同知密直) · 대제학에 이르렀으나, 최영(崔瑩) · 이성계 (李成桂)에 의해 살해됨. 저 『훤정집萱庭集』.

海印寺

山寺春晴絶點埃　　道情詩思渺難裁

洞中花色如鋪錦　　橋下溪聲似轉雷

碁閣苔封餘古字　　月峰松老有荒臺

孤雲一去今千載　　羞對仙蹤倒酒盃。

어구풀이

▷ **道情**(도정) : 도덕정 성정. 수신의 의지.

▷ **難裁**(난재) : 마름하기 어려움. 주체할 수 없음.

▷ **鋪錦**(포금) : 비단을 덮다. 비단을 펼치다.

▷ **溪聲**(계성) : 시내 소리. 곧 내닫듯 홍류동 계곡의 물소리.

▷ **轉雷**(전뇌) : 구르는 우레. 곧 천둥 후 울리는 여진.

▷ **碁閣**(기각) : 바둑 집. 곧 은거하던 집. 고운이 만년 독서당과 함께 바둑을 두며 소일하던 집.

▷ **古字**(고자) : 옛 글자. 고운 선생은 독서당을 얽고, 편액 대신 거대한 바위에 주서(朱書)로 '가야산독서당(伽倻山讀書堂)'이란 서암(書岩)을 남김.

▷ **仙蹤**(선종) : 신선의 자취. 신선의 유적. 곧 최치원의 자취.

가야산 해인사 13경을 읊다

무릉교 완재암 홍류동이요

차필암 사이의 옥류폭이라

첩석대 구름은 스님의 부귀요

칠성봉의 달은 나그네 풍류라

낙화담 위에서 꽃을 보고 미소 짓고

취적봉 가에서 피리소리 들으며 노니네

학사대 금풍뢰에서 다리를 쉬노라니

광풍뢰라, 달빛 밝아 가을인가 싶구나.

[출전] : 『龍岳堂私藁集』

작자 慧堅 (혜견 : 1830〜1908)

조선 후기 승려. 호 용악(聳岳). 강릉인으로 석왕사에서 출가. 1997년 통도사에 잠시 머물다, 1899년 해인사에 주석하며 고려대장 4부를 간행, 통도사・해인사・송광사에 각 1부씩 두고, 1부는 전국 사찰에 나누어 소장케 함. 1908년 통도사에서 79세로 입적.

唫伽倻山海印寺 十三景

武陵完在紅流洞　　泚筆巖間噴玉琉
疊石臺雲僧富貴　　七星峰月客風流
落花潭上看花笑　　吹笛峰邊聽笛遊
學士唫風仍歇脚　　光風霽月却疑秋。

▷ 十三景(십삼경) : 홍류계곡 13경. 곧 무릉교(武陵橋)·홍류동(紅流洞)·분옥폭(噴
　玉瀑)·칠성봉(七星峰)·완재암(完在巖)·차필암(泚筆巖)·첩석대(疊石臺)·낙화
　담(洛花潭)·취적봉(吹笛峰)·금풍뢰(唫風瀨)·제월담(霽月潭)·학사대(學士
　臺)·광풍뢰.(光風瀨) 등 13경의 이미지를 시어로 시화한 작품.
▷ 泚筆(차필) : 붓을 먹물에 적심. 여기서는 붓을 빨던 바위. 곧 13경의 하나인 차필
　암(泚筆巖)을 시어화(詩語化).
▷ 學士(학사) : 최치원(崔致遠)을 이른 말. 본시에서는 13경의 하나인 학사대를 시어화.

해인사에 욕불일에

4월이라, 초파일
이날 저녁 여래를 목욕시킨다 하네.
등 걸린 각수의 빛은 대낮과 같고
설법하는 연단의 범패소리 우레와 같네.
팔만 장경이 전하는 오묘한 게
삼천세계 재앙을 면하게 해 준다네.
비록 유불이 원래 다름없음을 알지라도
자못 금비를 빌려서라도 시야를 열어야지.

[출전] : 『楓溪集·上』

작자 楓溪 (풍계 : 1640~1708)

조선의 승려. 속성은 밀양(密陽) 박씨(朴氏), 속명은 명찰(明詧=察). 자는 취월(醉月), 법호는 풍계이다. 11세에 스님을 따라 춘천 청평사 양신암에 들어 의천 대사에게 체발, 13세에 금강산으로 가 풍담(楓潭) 의심(義諶)의 문에 들어 10여년 수학 후 사법을 전수받음. 이후 용문산 오대산 등 명산 선각을 찾아 참학 정진함. 저서『遊覽摠集』및『楓溪集』.

海印寺浴佛日

四月正當初八日　　人言此夕浴如來
懸燈覺樹光如珠　　說法靈壇唄似雷
八萬藏經傳妙偈　　三千世界免殃災
縱知儒釋元無異　　須借金鎞刮眼開。

어구풀이

▷ 浴佛(욕불) : 관불(灌佛), 본디 바라문교에서 정(淨)하게 하는 의식이었으나, 불교에 채용되어 변형됨. 4월 초파일 석존의 탄생일에 그 동상에 향수를 붓는 불사(佛事). 강탄회(降誕會)·불생회(佛生會)·관불회(灌佛會).

▷ 正當(정당) : 정히 기일(忌日)에 해당함. 바로 틀림없이. 정기(正忌).

▷ 覺樹(각수) : 석존이 깨달음을 연 나무. 보리수. 도수(道樹)

▷ 唄(패) : 염불소리(梵音聲). 범패(梵唄). 부처의 덕을 찬양하는 노래(唄讚).

▷ 妙偈(묘게) : 오묘한 부처의 가르침. '偈'란 불가(佛家)의 시사(詩詞)로 보통 4구를 1게(一偈)로 하여 5자, 혹은 7자를 1구로 함.

▷ 三千世界(삼천세계) : '三千大千世界'의 준말. 넓은 세상.

▷ 縱知~(종지~) : 비록 ~을(를) 앎.

▷ 金鎞(금비) : '錍' 또는 '箆'로도 씀. 의사가 안막(眼膜)을 긁어내 맹인을 치료할 때 쓰는 의료기구. 밀교에서 아사리(阿闍梨)가 관정(灌頂)을 받고자 하는 사람의 눈에 가지(加持)하는 도구. <불교대사전>

해인사 장경각을 소재로 쓰다

60칸에 보관된 8만 대장경
옻칠에 구리로 새긴 글자 별과 같은데
당시 고기 먹던 사람들은 어찌
대성의 십만 양병설을 충간치 않았던가.

[출전] : 『覺齋先生文集 · 上』

작자 河沆 (하항 : ?~?)

조선의 학자. 호 각재(覺齋), 조식(曺植)의 문인. 1567년 사마시 합격, 최영경(崔永慶)과 교유하며, 일생 학문 연구에만 몰두함. 고답한 문장으로 교우(交友)들이 그의 문을 설중매(雪中梅)라 평했으며, 시 역시 소박하면서도 힘이 있다함. 저서 『覺齋先生文集』.

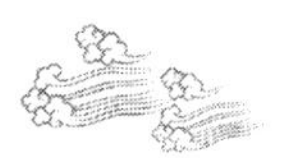

題海印寺藏佛經閣

六十間藏八萬經　　漆邊銅餙字如星
當時肉食人何不　　敢諫臺城十萬兵。

어구풀이

▷銅餙(동식) : 구리로 꾸밈. 곧 구리로 주조한 동활자.
▷肉食人(육식인) : 식자인이자 고급 관리.
▷何不~(하불~) : '何不敢諫~'의 시적 표현.
▷臺省(대성) : 십만 양병설을 주장한 율곡(栗谷) 李珥.

해인사 판상운에 따라 짓다 3수(3)

대장경 판목을 실은 천 간 시렁
먼 곳에서도 소문 자자했지.
거미는 아침마다 제냥 줄을 치고
박쥐들은 저물녘이면 무리 짓는구나.
안개 자욱해 글귀 알아볼 수 없고
바람에 나무결도 갈라졌구나.
모름지기 귀신을 깨워 지키게 할 것이니
후왕들의 몽진 면하게 하고자 함이네.

[출전] : 『佔畢齋集 · 14』

작자 金宗直 (김종직 : P 174, 도리사 참조)

海印寺板上韻 三首(3)

梓板千間架　　殊方亦聳聞
蠨蛸朝自織　　蝙蝠暮爲群
霧暗書楷澁　　風鼓木理分
須煩鬼阿護　　免使後王勤。

어구풀이

▷ **殊方**(수방) : 다른 지역. 15C 성종(成宗) 대를 정점으로 일본·유구 등 여러나라에서 국서를 지참한 사신들이 우리의 대장경을 얻고자 왕래한 기록이 사승에 산견됨.

▷ **聳聞**(용문) : 훤다(喧多)하게 들려옴. 소문이 자자하게 퍼짐.

▷ **蠨蛸**(소소) : 여러 종류의 거미. 여러 종류의 거미들.

▷ **蝙蝠**(편복) : 박쥐.

▷ **木理**(목리) : 나무결.

▷ **後王勤**(후왕근) : 후대 임금들의 시름. 곧 대장경에 의뢰한 호국신앙은 전란으로부터 후대 임금들의 시름을 없게 했다는 신불의식(信佛意識).

향원사에서

아침 해 뜨려하자 새벽빛 활짝 퍼졌고
숲 속 안개 개이자 온갖 새 지저귄다
먼 봉우리 아지랑이 창문 열고 바라보고
이웃 절 종소리 산 너머서 들려온다
청조는 소식 전하며 약 다리는 부엌을 엿보고
벽도화 그림자 이끼에 비쳐 어른거린다.
아마도 우객이 조원에서 돌아오면
소나무 아래서 소전문을 천천히 펼게다.

[출전] : 『惺叟詩話』 『詩話叢林』

작자 金時習 (김시습 : P 126, 金山寺 참조)

題香院寺

朝日將暾曙色分　　林霏開處鳥呼羣

遠峰浮翠排窓看　　隣寺鐘聲隔巘聞

青鳥信傳窺藥竈　　碧桃花下照苔紋

定應羽客朝元返　　松下聞披小篆文

어구풀이

▷ 香院寺(향원사) : 서향원(瑞香院)으로 강원도 춘천 영지(影池) 서동(西東)에 있으며, 김시습이 은거하던 사찰. 허균은 『성소부부고』 25권 『惺叟詩話』에서 「細香院」이라 제했다. 일찍이 이주(李胄)가 쓴 시에 "내 진작 매월 노인 이 산에서 노니는 것 알았다. 아마도 그 넋 사라지지 않았다면, 응당 노릉(魯陵: 단종의 능)에 무시로 갔으리.(吾知梅月老 曾遊此山中. 有魂如不滅 與應魯陵通)"라는 시가 있다.

▷ 林霏(임비) : 숲에 자욱이 서린 안개. 숲을 감싼 농무(濃霧).

▷ 青鳥(청조) : 사자(使者)의 별칭. '한무고사漢武故事'에 "7월 7일에 갑자기 청조가 대궐에 날아왔다. 동방삭이 이르기를 '이는 서왕모가 오려는 것입니다.'했다. 잠시 후 서왕모가 오는데 3마리 청조가 곁에 모시고 있었다(七月七日 忽有青鳥飛集, 東方朔왈 此西王母欲來 有頃 王母至 三青鳥 夾侍王母旁)."했다.

▷ 羽客(우객) : 날개가 달린 신선.

▷ 朝元(조원) : 중국 임제종 승려. 호 자원(子元), 자 무학(無學). 13세에 항주 북간에서 출가하고, 5년 후에 경산의 무준(無準)에게 의탁. 석계(石溪) 언계(偃溪) 물초(物初) 등을 찾고, 무애(無碍)한 기용(機用)을 얻음.

2년이나 텅 빈 향적암에서

손잡고 구름 속 암자를 찾으니
속객의 발자취 혜란을 더럽히네
개울물은 예처럼 홈통으로 흘러내리고
향로도 이제껏 반위에 쌓여 있네.
막대에 의지해 섰자니 가을 빛 싸늘하고
바위에 기대어 바라보니 우주가 너그럽다
은근히 원숭이와 학에게 말하노니
이 몸 다시 찾아옴을 용서하겠는가.

[출전] : 『藝林書院本, 詩集 3』

작자 金宗直 (김종직 : P 174, 桃李寺 참조)

香積庵無僧 二載

<table>
<tr><td>攜手扣雲關</td><td>塵蹤污蕙蘭</td></tr>
<tr><td>澗泉猶在管</td><td>香爐尚推盤</td></tr>
<tr><td>倚杖秋光冷</td><td>捫巖海宇寬</td></tr>
<tr><td>慇懃報猿鶴</td><td>容我再等半。</td></tr>
</table>

어구풀이

▷ 雲館(운관) : 구름 속에 있는 집. 곧 산사. 암자.
▷ 蕙蘭(혜란) : 난초가 있는 향기로운 방.
▷ 海宇(해우) : 해내(海內).
▷ 容我(용아) : 나를 용납함. 나의 출입을 허여하겠는가.

☞ 한편 그의 「향적암에서 묵던 중 한밤에 맑게 개여서(宿香積夜半開霽)」에서는 '학의 울음소리를 생황'에 비유해 다음과 같이 노래했다.

飄然笙鶴瞥雲聲	돌연히 생학 소리 잠간 구름 헤치고 들려오고
千仞崗頭秋月明	천 길 언덕 위에 가을 달이 밝구나.
應有道人轟鐵笛	응당 도인이 우렁차게 철적 불 것이니
更邀回老訪蓬瀛	다시 회로를 맞이하여 신선 땅을 찾으시리.

<예림서원본, 시집 3>

현화사에서 어제시에 받들어 화답하다

양성으로 향해 가던 말머리 번쩍 쳐들자
외론 구름 가다 만나니 하늘을 움켜잡겠네
물렀거라, 소리 높아 먼 골짜기까지 울려 퍼지고
호위병의 병기 푸른 서슬 찬 안개 찢어낼 듯
경 베끼는 자리 심오한 화두 스님 앉은자리
축수하는 자리에는 감로차 향기 풍겨나고
임금께 답 올리고자 다투어 붓을 휘두르니
신하들의 재주와 기상 당나라 문사 못지 않구나.

[출전]：『東文選・12』『大東詩選・1』

작자　金富軾 (김부식 : P 62, 甘露寺次惠袁韻 참조)

玄化寺奉和御製

襄城前馬忽超然　　行遇孤雲一握天
警蹕聲高盈遠壑　　羽林兵峭裂寒煙
奇花慛艶繙經座　　甘露浮香上壽筵
酬奉文章爭落筆　　侍臣才氣似唐賢。

어구풀이

▷ 玄化寺(현화사) : 황해도 금천군 영취봉 아래 있던 사찰.
▷ 前馬(전마) : 전구마(前驅馬). 귀인의 행차 때 벽제역을 맡은 선봉대.
▷ 警蹕(경필) : 임금의 행차. 곧 '물렀거라[辟除]' 외치는 소리.
▷ 羽林(우림) : 별 이름. 궁궐을 금위(禁衛)하는 군사. 호위병.
▷ 奇花(기화) : 기이한 꽃. 곧 스님의 심오한 화두.

현화사에서

온갖 일들 쌓이고 쌓여 날마다 분주하니
그저 부러운 건 베옷 입고 잠든 스님일세
황금이 솔가지 새로 비치니 손에 잡을 듯한 달이요
옥이 꽃 밖에서 방아찧으니 섬돌에 떨어지는 샘인데
상서론 구름 거듭 감싸니 여기가 어디인가
흐르는 물 빙빙 도는 또 다른 별천지일세
한 점 붉은 티끌도 날려 오지 않으니
노을 빛 승복을 양어깨에 걸었을 뿐이네.

[출전] : 『輿地勝覽 · 42』

작자 忠肅王 (충숙왕 : 1294~1339)

고려 27대 임금. 재위는 1313-1330년과 1332-1339년. 부왕의 선위로 즉위했지만, 정치를 소홀히 하고 여색을 탐하였다. 심양왕 고(暠)가 왕위를 찬탈하려고 원나라에 무고하자 아들 충혜왕에게 선위했다가, 충혜왕이 원나라에 의해 폐위되자 다시 즉위함.

玄化寺

萬機叢萃日紛然　　都羨高僧擁褐眠
金碎松梢當擎月　　玉舂花外落階泉
祥雲掩再知何處　　流水盤回別有天
一點紅塵飛不到　　但將霞衲掛雙肩。

▷ 玄化寺(현화사) : 황해도 금천군 영추봉 아래 있던 사찰.
▷ 萬機(만기) : 정치상 온갖 중요한 기틀. 천하의 큰 정사. 만백성의 주인인 임금[萬機主]의 백성을 위한 정사.
▷ 叢萃(총췌) : 한 데 많이 모임. 한 데 많이 모음. 혹은 그 상태.
▷ 紛然(분연) : 뒤섞이고 어지러운 모양.
▷ 金碎(금쇄) : 황금가루. 솔잎 새로 비치는 달빛의 미화.
▷ 擎月(남월) : 달을 손으로 잡을 듯함.
▷ 玉舂(옥용) : 옥 절구공이. 쏟아지는 폭포를 옥을 빻는 옥 방아공이로 비유함.
▷ 階泉(계천) : 섬돌에 쏟아지는 샘물.
▷ 盤回(반회) : 빙 휘돌아 돎.

혈구사에서

빤히 보이건만 열흘 길이요
하늘은 낮아서 바로 이웃이라
비 내리건만 오히려 달빛을 보겠고
바람 부는 낮에도 먼지는 나지 않아
조수로 그믐과 초하루 책력 삼고
풀로써 사계의 절서를 안다오
난리판에 세상사 바라보니
부럽다마다, 구름에 누우신 스님.

[출전] : 『三韓詩龜鑑·上』『大東詩選·1』『靑丘風雅·3』

작자 兪升旦 (유승단 : 1168~1232)

고려 후기의 문신. 초명은 원순(元淳). 명종 때 과거에 급제, 태자 강종(康宗)의 시학 (侍學)이 되었으나, 강종이 최충헌에 의해 강화로 추방되자 배척되었다가, 희종 때 남경 (南京) 사록참군이 됨. 고종 후 예부시랑 우간의대부(1223), 수찬관(1227)으로 최보순·김양경·임경숙 등과 『명종실록』을 편찬. 1232년 최우의 강화천도를 반대함. 성품은 침착 겸손하고, 박학강기(博學强記)하며, 특히 고문에 정교하여 '원순의 문장'으로 통칭되니, 「한림별곡」의 '元淳文'이 바로 그것이다. 경사에는 물론, 불전에도 조예가 깊었다. 그의 작품은 『동문선』『청구풍아』등에 많이 전해짐. 시호 문안(文安).

穴口寺

地縮兼旬路　　天低近尺隣
雨宵猶見月　　風晝不蹟塵
晦朔潮爲曆　　寒暄草記辰
干戈看世事　　堪羨臥雲人。

어구풀이

▷ 穴口寺(혈구사) : 경기도 강화군 혈구산 동쪽 산봉에 있었던 사찰. <사찰전서·여지승람>

▷ 地縮(지축) : 縮地 산이 가파르게 높아 먼 거리가 가깝게 보임.

▷ 旬路(순로) : 열흘 길.

▷ 天低(천저) : 하늘이 낮음. 곧 산사가 높아 하늘이 손에 잡힐 듯함.

▷ 尺隣(척린) : 한 자 남짓한 이웃. 곧 매우 가까운 거리[咫尺之間].

▷ 雨宵(우소) : 비 내리는 날씨. 우천(雨天).

▷ 猶見月(유견월) : 오히려 달을 봄. 곧 산사가 높아 구름 위에 있어 맑은 하늘을 볼 수 있음.

▷ 晦朔(회삭) : 그믐과 초하루.

▷ 爲曆(위력) : 달력으로 삼다. 책력으로 삼다. 서거정은 『동인시화』에서 유승단의 "그믐과 초하루는 조수로 책력 삼고, 추위와 더위는 풀로써 절서를 알아.(晦朔潮爲曆 寒暄草記辰)"를 인거하고, "내 일찍 원량(元亮) 도잠(陶潛)의 시를 읽었는데 비록 역수를 기록한 책은 없지만, 사시가 절로 세수(歲數)를 이룬다네." (雖無記曆誌 四時自成歲)라 했고, "당나라 사람의 시에도 산승은 갑자를 헤아릴 줄 모르지만, 나뭇잎 하나 떨어짐에 천지에 가을이 온 것을 안다(山僧不解數甲子 一葉落知天地秋)라 했다"며, "옛사람에게도 이런 의사가 있었지만, 유의 '시를 꾸미고 다듬는 솜씨'가 절로 오묘하다(古人有此意思, 但兪之粧點自妙)"<동인시화·상>라는 자신의 독서계보와 시평의 일단을 피력했다.

▷ 寒暄(한훤) : 한온(寒溫). 춥고 따스함. 곧 춘하추동의 절서(節序)를 짐작함.

▷ 臥雲(와운) : 구름에 눕다. 초절적 자연인. 운수인(雲水人).

홍경사에서

가을 풀은 전조의 절이요
잔비는 학사님의 글이었는데
천 년 두고 흐르는 물만 있고
지는 해 가는 구름 보일 뿐이네.

[출전] : 『玉峰詩集 · 上』 『大東詩選 · 3』 『國朝詩刪 · 1』

작자 白光勳 (백광훈 : P 188, 頭輪寺題信堅軸 참조)

弘慶寺

秋草前朝寺　　殘碑學士文
千年有流水　　落日見歸雲。

어구풀이

▷ **弘慶寺**(홍경사) : 평택과 용인 주변에 있었던 고사. <소화시평>
▷ **前朝**(전조) : 앞 왕조. 곧 고려조를 칭한 말.
▷ **殘碑**(잔비) : 오랜 풍상을 견디며 여기저기가 마모된 비.
▷ **學士文**(학사문) : 최충의 비문(碑文).
▷ **流水**(유수) : 흐르는 물. 결구의 '歸雲'과 함께 무상한 인간사, 곧 '前朝·學士', 심지어 '殘碑'까지 모두가 무상(無常)한 데 비해 변함없는 자연[水·雲]의 유상함[恒性]을 상징함.

☞ 홍만종은 옥봉의 윗 시를 아절(雅絶)하고, 옛 시에 아주 가깝다고 평가했다. <소화시평>

홍경사에서

홍경사에서 발길 멈추고
다시 옛 비문을 읽노라니
이지러진 글자는 들 중이 마모한 짓이요
남은 이끼는 봄철 쥐불놀이 흔적이로다
고개 너머 산에는 해가 장차 지려 하고
진령에는 바람 불어 뜬 구름 흩날리네
현묘께서 조상을 받들며 안온하게 살도록
좋은 계책을 후대 백성들에게 끼쳐 주셨네.

[출전] : 『雙梅堂集』『輿地勝覽·16』

작자 李詹 (이첨 : 관음사, P 98 참조)

弘慶寺

停驂弘慶寺　　再讀古碑文

字缺野僧打　　苔殘春燒焚

峴山將落日　　秦嶺吹浮雲

顯廟能敦孝　　貽謀及後昆。

어구풀이

▷ **弘慶寺**(홍경사) : 충남 직산현 북쪽 대홍리 소재 옛 사찰. "고려 현종이 이 곳은 갈래 길의 요충인데다 사람 사는 곳이 멀리 떨어져 있고, 무성한 갈대 숲이 가득해서 행인이 자주 약탈하는 강도를 만나므로 중 형긍(逈兢)에게 명하여 절을 세우게 하고, 병부상서 강민첨 등이 일을 감독해서 병진년부터 신유년에 집 200여 칸을 세우고, 봉선홍경사(奉先弘慶寺)라고 사명했다. --- 이어 한림학사 최충에게 명하여 비문을 짓도록 했었는데, 절은 없어지고 원(院)과 비만 남아있다" <여지승람> 이라 했다.

▷ **停驂**(정참) : 말을 멎다. 발길을 멈추고 잠시 쉼.

▷ **古碑文**(고비문) : 한림학사 최충이 어명에 의해 쓴 비문.

▷ **野僧**(야승) : 스님의 겸칭. 도의 경지가 낮은 중. 시골 중.

▷ **燒焚**(소분) : 농가에서 봄철 방충 및 들쥐를 쫓기 위해 놓는 쥐불놀이.

▷ **峴山**(현산) : 중국 하남성, 절강성, 강소성 등의 산 이름.

▷ **秦嶺**(진령) : 중국 협서성 소재 산 이름.

▷ **顯廟**(현묘) : 고려 현종임금.

▷ **貽謀**(이모) : 부조(父祖)가 자손을 위하여 끼쳐준 좋은 계획. 본시에서는 현종께서 백성들의 안락한 삶을 위해 베푼 선정.

▷ **後昆**(후곤) : 후손. 몇 대가 지나거나, 자기 대로부터 뒤의 자손.

화암사의 등을 소재로 쓰다

길은 화암사로 뻗어 한 오솔길 길고
절은 높이 흰 구름 마을을 열었구나
영롱한 불사 금은의 기운 감돌고
영산을 빙 두른 초목 향기로워라
온갖 지난 일 허망한 것 깨달으니
오늘의 이 한 몸 되려 처량해지네
지난 날 찾아주던 새들 이제 소식 없고
그대 기양(技癢)을 잊었음을 알겠노라.

[출전] : 『海東詩選』

작자　釋 桂性 (석 계성 : 未 詳)

題花巖寺留燈

路出花巖一線長　　上方高闢白雲鄉
玲瓏佛寺金銀氣　　周匝靈山草木香
萬事從前成夢幻　　一身今日轉凄凉
向來百鳥無消息　　己識隆公技癢忘。

어구풀이

▷ 花巖寺(화암사) : 전북 고산(현 전주시) 주봉산 소재 사찰.
▷ 周匝(주잡) : 주위를 빙 두름.
▷ 向來(향래) : 여태까지. 이전부터 현재까지.
▷ 技癢(기양) : 재주 부리려는 욕심. 좋은 시문을 짓고자 하는 욕망.

화장사에서 남의 운을 써 운양 김공에게 주다

만고 명산이 개성부 동쪽에 있으니
장황한 불사 회포 중에 느껴지누나
삼생에 맺은 업보 공민왕을 슬퍼하고
지공선사께 추천 빌 생각 전혀 없네
누대의 기세는 하늘 바다의 푸름 삼킬 듯
옷과 수건은 불 탄 단풍처럼 붉게 물들었네
조선의 학사는 명덕을 숭상하나니
서풍에 의지해 부처를 칭송하는 글 짓지 말라.

[출전] : 『韶濩堂集 · 1』

작자 金澤榮 (김택영 : P 258, 獅子菴朝起有吟 참조)

華藏寺用人韻 賦呈雲養金公允植

萬古名山開府東　　張皇佛事感懷中
三生結業哀恭愍　　半偈無心乞指空
樓觀勢吞天海碧　　衣巾痕上夕楓紅
瀛州學士崇明德　　莫倚西風賦梵宮。

어구풀이

▷ 華藏寺(화장사) : 경기도 장단군 보봉산에 있던 사찰.

▷ 金允植(김윤식) : 조선 문신. 자 순경(洵卿), 호 운양. 유신환(俞莘煥)의 문인. 1874년 궁광문과 급제. 1876년 황해도 어사, 1881년 영선사로 청나라에 갈 때 60여명의 공장 (工匠)을 천진(天津) 조병창에 넣어 신식 무기와 과학기계의 제조법을 배우게 하는 한편, 어윤중(魚允中)과 함께 이홍장(李鴻章)을 만나 한미수호조약 체결을 논의 함. 익년 임오군란 때는 청나라 군사를 인도하여 귀국, 군란 평정 후 신설된 군국사무아 문과 통상교섭사무아문의 협판이 되고, 강화부 유수를 겸하여 강화에 진무영을 설 치, 신식 군대 800을 양성하는 등 신문화 수입에 공헌함. 1894년 청일전쟁 후 김홍집 내각의 외무대신, 1907년 황실제도국 총재, 중추원 의장, 1910년대 제학에 발탁되었 으며, 한일합방 후 일본으로부터 중추원 부의장 자작 수령. 한편 흥사단·대동학 회·기호학회를 조직했고, 대종교 창시자 나철(羅喆)을 원조하는 등 민족운동에 가 담, 3·1운동 당시 이용직과 함께 조선 독립의 청원서를 일본정부와 총독부에 제출 하므로 작위 삭탈, 3년 집행유예 판결. 자신의 시문집『운양집』출간. 청량하고 고귀 한 멋을 풍기는 간결한 필치로 구한말의 대표적 문장가로 평가됨.

▷ 哀恭愍(애공민) : 공민왕을 애도함.

▷ 指空(지공) : 지공선사(指空禪師 : ?~1363). 인도 승려. 법명은 제납박타(提納薄陀). 지공은 그의 호. 가섭존자로부터 108대, 인도 마갈타국 만왕(滿王)의 제 3자. 8세에 나란타샤 율현(律賢)에게 출가, 19세에 남인도 능가국 길상산 보명(普明)에게 참배 하여 의발을 전해 받고, 서역을 떠나 중국에 이름. 1328년(충숙왕 28) 우리나라에 금강산 법기도장에 와 예배, 7월에 연복정에서 계를 설함.

▷ 瀛州(영주) : 우리나라를 선계화(仙界化)한 이름.

▷ 明德(명덕) : 밝은 덕. 곧 공문(孔門)의 덕. 유학의 덕목을 숭상함.

▷ 西風(서풍) : 서쪽 바람. 곧 서역에서 온 불교.

화장사 법능선사의 방에서 자고 아침에 일어나
불경을 뒤지다 공민왕 초상에 인사드리고 쓰다

향그런 누대가 산허리에 나타났는데
날렵한 처마는 오히려 나무 끝에 매달린 듯하여라
노니는 사람 나막신 산문에 들자 이미 험한 곳 다 지났고
밝은 태양 뜰에 비쳤는데 국화는 살쪘구나
허공에 뜬 푸른 기운 다투어 바다를 건너오고
다락에서 보이는 바로는 이만한 절 드물겠구나
스님은 불경만 뒤적일 뿐 손님맞이 아니 하는데
샘물 마시고 솔잎 먹어 갈증과 허기를 모르는구나
절집에 밤이 들자 서리 달은 싸늘한데
탑 풍경은 저 혼자 말하는 듯 바람은 사립문 흔드네
패엽경이란 이름 들은 지 오래 되었는데
새벽에 일어나 책을 펴니 향내음 자욱하구나
행랑채를 돌아들자 불당 안에 그림이 보이는데
후리후리하게 큰 사람 허리는 열 아름이나 되는데
옥 같은 용의 수염을 보자 문 밖에서 깜짝 놀라
가까이 다가가 얼굴색 고치며 옷깃을 여민다
옛 것을 찾아보니 참으로 오기를 잘 했거니와
좀더 일찍 수레 타고 올 걸 어이 이리 늦었는가
흐르는 물 따라 갈 길을 찾고자 하나
숱한 골짜기 어디로 가야할 지 모르겠구나.

[출전] : 『警修堂全藁·14』『申紫霞詩集·2』

작자 申緯 (신위 : P 79, 관적사 참조)

華藏寺宿法能房, 朝起閱貝葉經 謁恭愍王像作

半嶺香堂出翠微　　木末猶懸簷宇飛

游屐入門已濟險　　白日照庭黃菊肥

浮空積翠爭渡海　　樓閣所見諸寺稀

一僧轉經不迎客　　飲泉餌松無渴饑

蓮宮入夜霜月苦　　塔鈴自語風撼扉

貝多梵夾聞名久　　曉起手披香氣霏

轉廊遙見畫殿啟　　碩人其頎腰十圍

虬髯玉色驚戶牖　　近前更貌而善衣

覽古尋眞此可樂　　向來何久効轅轍

欲隨流水覓去路　　萬壑不知何處歸。

어구풀이

▷ **華藏寺**(화장사) : 경기도 개성 송악산 승거산성 내 박연폭포 뒤에 있는 사찰.

▷ **法能**(법능) : 조선조 승려. 당시 화장사 주지.

▷ **簷宇飛**(첨우비) : 날듯이 날렵한 처마.

▷ **游屐**(유극) : 떠도는 나그네의 신발.

▷ **蓮宮**(연궁) : 연꽃 집. 절집. 곧 화장사.

▷ **畫殿**(화전) : 그림 전각. 공민왕의 영정을 모신 전각.

▷ **碩人**(석인) : 큰 사람. 공민왕의 당당한 위풍을 칭한 말.

▷ **向來**(향래) : 지난 날. 과거. 좀 더 일찍 ~할 것을.

▷ **効轅轍**(효원기) : 옛 대신들이 수레타고 옴을 본받다.

황룡사에서

층계 사다리는 굽이굽이 하늘로 오를 듯하고
온 세상 물이며 산이 한 눈에 다 들어오누나
몸은 옛날 노오가 오르내리던 밖을 벗어났고
눈은 수해가 오가며 본 동서의 풍광을 삼키네
달 사다리 그림자는 처마 앞 비로 떨어지고
달 속 계수 향기는 난간 아래 바람에 나부끼네
내려다보니 동도의 그 많은 집들이
벌집이며 개미구멍처럼 아득하게 보이는구나.

[출전] : 『輿地勝覽·21』

작자 金克己 (김극기 : P 45, 가지사 참조)

黃龍寺

層梯繚繞欲飛空　　萬水千山一望通

身出盧敖登降外　　眼吞豎亥去來中

星槎影落簷前雨　　月桂香飄檻下風

俯瞰東都何限戶　　峰窠蟻穴轉溟濛。

어구풀이

▷ 黃龍寺(황룡사) : 경북 경주시 월성 동쪽에 있던 절로, 지금은 없어지고 장륙 존상만 남아 있다. "진평왕이 월성 동편에 새 궁궐을 짓도록 하였더니, 누런용이 나타나, 고쳐서 절을 짓게 하고, 인하여 황룡사라 이름하였다 함. 솔거(率居)가 벽에 늙은 소나무를 그려 놓으니 뿌리와 줄기는 비늘이 주름 잡히고, 가지와 잎은 서리어 구불구불했다. 새들이 이따금씩 바라보고 날아들어 왔다가 벽에 부딪혀 미끄러져 떨어지곤 했다"<여지승람>

▷ 盧敖(노오) : 진(秦)나라 사람. 노오(盧敖)가 신선을 찾아 바다 위에가 신선을 만났다 하며, 뒤에 신선이 되었다는 전설적 인물.

▷ 豎亥(수해) : 중국 하(夏)나라 때 사람으로 우 임금의 신하였다. 여행을 많이 다녔다고 한다. 『산해경』[해외동경]에 보면 황제가 그를 시켜 동쪽 땅 끝에서 서쪽 땅 끝까지 5억 10선(選) 9천 8백보를 다니게 했다고 한다.

▷ 星槎(성사) : 한(漢)나라 장건(張騫)이 황하의 근원을 찾으려고 뗏목을 타고 가다가 은하수에 올라가 견우성과 직녀성을 보고 왔다고 한다.

▷ 俯瞰(부감) : 굽어봄. 내려다 봄.

▷ 東都(동도) : 동쪽의 서울. 곧 경주. 21고도(古都) 중 가장 동쪽에 위치한 경주. '서도(西都)'는 평양.

▷ 溟濛(명몽) : 비가 부슬 부슬 내리며 하늘이 아득한 모양. 본 시에서는 아슴푸레해서 확연치 아니함.

황룡사 우화문에 쓰다

해묵은 나무 끝에 삭풍은 불고
잔잔한 물결에 석양이 일렁이네
서성거리며 지난날 돌이켜 보니
어느 제 눈물이 옷깃에 젖누나.

[출전]: 『三韓詩龜鑑·上』『大東詩選·1』『東文選』

작자 崔鴻賓 (최홍빈 : ?~?)

고려 중기의 문신. 생몰 연대 및 활약상을 상고할 수는 없으나, 무신집정기 인물로 유추됨. 『삼한시귀감』에는 그 직을 향공(鄕貢)이라 함.

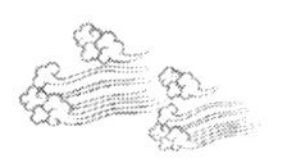

書皇龍寺雨花門

古樹鳴朔吹	微波漾殘暉
徘徊想前事	不覺淚霑衣。

어구풀이

▷ 雨花門(우화문) : 사찰의 강법문(講法門). 설법하는 곳을 우화대(雨花臺), 그 문을
  우화문이라 함. 『삼한시귀감』에는 양화문(兩花門)이라 했으나, 『동문선』 및 『여지
  승람』에는 우화문(雨花門)이라 했으며, 이를 따름.
▷ 前事(전사) : 지난날의 일. 신라 성세(盛世) 때의 일.

☞ 崔滋(최자) : 황룡사 우화문皇龍寺雨花門

黃龍寺雨花門	황룡사 우화문은
是古仙徒所創,	옛 신선의 무리들이 세운 것인데
風物荒凉	풍물이 황량하여
過者無不感傷	지나는 자 누구도 상정을 느끼지 않는 이 없다.

<보한집補閑集>

회사 고봉에서

뒷 봉우리는 삼각을 이루었고
앞 봉우리는 반공으로 들었네
가는 배 쇠 닻줄을 드리우니
혹여 미친 바람이 있으려는가.

[출전] : 『牧隱詩藁·3』『輿地勝覽·17』

작자 李穡 (이색 : P 71, 고석사 참조)

回寺_{高峰}

後嶺如三角　　前峯入半空
行舟垂鐵碇　　遮莫如狂風。

어구풀이

▷ **回寺**(회사) : 충남 서천국 건지산 북쪽 소재 옛 사찰. 이색의 「한산팔경韓山八景」
　중 제 1, 회사를 노래한 시.
▷ **鐵碇**(철정) : 쇠로 된 닻줄.
▷ **遮莫**(차막) : 그렇다 하더라도. 그건 그렇다 치고.

회암사에서

지팡이 가는 대로 그윽한 절 찾아가니
무성한 소나무 바위에 의지해 칭칭 드리웠네
산 이름이야 스님에게 물을 게 있나
일주문 현판에 쓴 큰 글자를 볼뿐이지
골짜기마다 구름이 이니 숲은 더욱 깊고
천년 세월 묻어 아는 고찰 새소리만 헌사롭네
세 스님의 부도비가 칡덩굴 너머 있어
봉우리에 오르려니 마음 더욱 어지러워라.

[출전] : 『輿地勝覽 · 12』

작자 成任 (성임 : P 176, 白蓮寺 참조)

檜巖寺

藜杖尋幽信手提　　長松無數倚岩低
山名不向居僧問　　門額惟看大字題
萬壑雲生林更僻　　千年事往鳥頻啼
三師塔在藤蘿外　　欲上危巓意轉迷。

어구풀이

▷ 檜巖寺(회암사) : 경기도 양주군 천보산 소재 사찰. 고려 때 서역의 승 지공(指空)이 여기 와 보고 "산수의 형세가 온전히 천축국(天竺國)의 아란타(阿蘭陀) 절과 같다."하여 후에 나옹이 불사를 시작했으나, 마치지 못하고 제자 각전(覺田)이 공역을 마쳤다 함. 김수온(金守溫)의 「중창기」에 "우리나라 산수 경치가 천하에 이름이 났으며, 불사(佛寺)로서 그 사이에 있는 것이 또 몇 십인지 알 수 없지만, 인사(仁祠) 제도의 극진한 것과 법왕(法王)·행화(行化)의 체제를 갖춘 것은 회암(檜巖)만한 것이 없다. 예적 천력(天曆 : 원나라 문종 연호) 연간에 서천박가납제존자(西天博伽納提尊者)가 이 절터를 보고, '서천 이란타사 터와 꼭 같다.'하고, 또 '가섭불 때에 벌써 큰 도량이 되었다.' <여지승람·11>라고 가록하고 있다.
▷ 尋幽(심유) : 그윽한 곳, 곧 사찰을 찾다.
▷ 信手提(신수제) : 손의 이끎을 따르다. 곧 지팡이 놓이는 대로 감.
▷ 三師(삼사) : 세 선사. 지공선사·나옹선사·무학대사.
▷ 危巓(위전) : 가파른 마루.

흥룡사에서

앙암 동쪽 기슭은 용이 날던 땅이니
바로 어진 왕비가 옛날 살던 집일세.
구세의 장군이 잠시 묵었던 곳이니
삼한의 태자가 탄생한 집이라네.

[출전]:『輿地勝覽·35』

작자 未詳 (?~?)

興龍寺

仰巖東畔龍飛地　　正是賢妃舊所居
九世將軍經宿處　　三韓太子誕生閣。

어구풀이

▷ **興龍寺**(흥룡사) : 전남 나주시 금강진 북쪽에 있던 사찰. 창사설화에 의하면 고려 태조 장화(莊和)왕후의 아버지는 다련군(多憐君)인데, 대대로 목포에 살았다. 다련군은 사간(沙干) 연위(連位)의 딸 덕교(德交)를 아내로 맞아 장화왕후를 낳았다. 장화왕후가 일찍이 꿈을 꾸는데 바다의 용이 품안으로 들어왔다. 놀라 깨어 부모에게 이야기하니 모두 이상하게 여겼다. 얼마 안 되어 태조가 수군장군으로 나주에 와 진을 치고 지킬 때 목포에 배를 정박시키고 물가 위를 바라보니 오색의 구름이 서려 있었다. 태조가 그곳으로 가보니 장화왕후가 빨래를 하고 있었다. 태조가 그 여자를 불러 동침하는데 미천한 신분이라 임신시키지 않으려고 정액을 자리에 쏟았더니 왕후가 곧 빨아먹었다. 이어 임신하여 아이를 낳으니 이가 바로 혜종(惠宗)이다. 그 자리에 큰 절을 세웠으니 그것이 바로 흥룡사다. <여지승람>
▷ **龍飛地**(용비지) : 용이 날아 승천한 곳.
▷ **正是~**(정시~) : 진실로 ~이다.
▷ **賢妃**(현비) : 어진 왕비, 곧 장화왕후의 존칭.
▷ **九世將軍**(구세장군) : 고려 태조 왕건.
▷ **太子**(태자) : 고려의 제 2대 임금인 혜종을 칭함.

☞ **杜甫** : 「강남에서 이구년을 만나 江南逢李龜年」
岐王宅裏尋常見　　기왕인 이범李範의 집에서 늘 보았고
崔九堂前幾度聞.　　최척의 집에서도 (멋들어진 노랫가락) 여러 차례 들었지.
正是江南好風景　　강남이라, 여기 바로 경치도 좋은 곳
落花時節又逢君　　하필 꽃 질 무렵 또 만났소 그려.

흥룡사에서

성곽은 무너져 풀 나무만 우거졌는데
지난날엔 맑은 말발굽이 강가에 머물었지
북산의 단풍든 나무 제왕의 일산에 값하고
남강 언덕 밋밋한 대 경호병처럼 우뚝한데
연도엔 반딧불만 이끼에 달무리처럼 엉겼고
붉은 대문엔 새 소리 솔 그늘에 잠겼네
가을바람 무너진 절, 저물녘의 매미 소리
홀로 난간에 기대 지난 일을 회억하노라.

[출전] : 『輿地勝覽 · 35』

작자 釋 圓鑑 (석 원감 : P 80, 多寶寺 참고)

興龍寺

城郭摧頹草木深　　當年清蹕駐江潯
北山霜樹欹華蓋　　南岸烟篁聳羽林
輦路螢飛封蘚暈　　彤闈禽噪鏁松陰
秋風破院蟬聲晚　　獨倚欄干感古今。

어구풀이

▷ 淸蹕(청필) : 고려 태조의 말발굽. 「창사연기설화」 참조.
▷ 霜樹(상수) : 서리맞은 나무. 단풍 든 나무, 곧 아름다운 나무 숲.
▷ 華蓋(화개) : 명주에 꽃무늬를 수놓아 만든 일종의 양산. 제왕이 타는 수레의 해
 가리개로 씀. 별 이름.
▷ 羽林(우림) : 천자를 수호하는 군사. 천군(天軍)을 관장하는 장성.
▷ 封蘚暈(봉선훈·운) : 이끼에 달무리처럼 엉김.

흥왕사에서

봄바람이 나그네 옷자락으로 불어드니

나그네는 흥왕사 옛 터전에 말 멈췄네

법당도 궁궐도 이제 모두 사라지고

무너진 담 남은 주춧돌 한숨짓게 하누나

밭두렁에선 들꿩이 후드득 날아오르고

산 위에 뜬구름은 모였다 흩어지네

옛날 문종 임금님 거동하실 때엔

행차 따른 채색등불 산보다 높았지

서울서 들녘까지 비단 깃발 이어졌으니

바라보는 사람들 모두 동그랗게 눈뜨고 보았네

역도들의 횃불 한 토막으로 땅이 다 타버렸으니

붉은 기와 그림 기둥이 모두 없어지고 말았네

화려함은 누가 만들었고 난리는 누가 일으켰는가

흥망의 자취는 하나하나 청사에 쓰여 있네

흉금을 열고 옛날을 조상하니 마음 쓰라려

가려해도 가지 못하고 헛되이 머뭇거리네.

[출전] : 『輿地勝覽 · 13』

작자 成任 (성임 : P 242, 白蓮寺 참조)

興王寺

春風吹動行人裾　　行人立馬興王墟

禪龕宮闕兩消歇　　壞坦遺礎令人歔

田頭野雉忽飛翹　　山上浮雲時卷舒

伊昔文宗臨幸日　　挾杖彩棚山不如

自京徂野亘雲錦　　期衡有目皆盱睢

逆竪一炬成焦土　　朱甍畫棟逆竪餘

繁華誰致亂誰使　　興廢班班青史書

披襟弔古意悽悽　　欲去未去空躊躇。

어구풀이

▷ **興王寺**(흥왕사) : 경기도 풍덕군 덕적산 남쪽에 있던 사찰. 이색의 '기'에 의하면 고려 문종이 창사했다 함. <여지승람>

▷ **禪龕**(선감) : 절. 사찰.

▷ **卷舒**(권서) : 모였다 흩어졌다 함.

▷ **幸日**(행일) : 임금님 행차 일(行幸日). 천도할 무렵 불탄 것을 화엄제사들이 160여 간의 신찰을 낙성하고, 광학회를 열 때의 일.

▷ **彩棚**(채붕) : 채색 등불.

▷ **山不如**(산불여) : 산이 같지 않음. 산보다 크고 높음.

▷ **亘雲錦**(긍운금) : 구름 같은 비단이 이어짐.

▷ **盱睢**(우저) : 눈을 부릅뜬 저구새. 놀란 눈으로 바라봄.

▷ **逆竪**(역수) : 도에 어긋나는 악한. 역도(逆徒). 오랑캐 무리.

▷ **青史**(청사) : 역사 서적. 역사. 종이가 없던 옛날 대[竹]의 푸른 껍질[青皮]에 중요한 사실을 기록했고, 또 대 껍질은 시간이 갈수록 푸른빛이 짙어진 데서 유래함.

▷ **披襟**(피금) : 흉금을 털어놓음. 본심을 털어놓음.

▷ **悽悽**(처처) : 마음이 매우 슬픈 모양. 병으로 피로한 모양.

옛 절에서 꽃을 찾다

봄 깊은 옛 절엔 제비만 나닐고
그윽한 절 문엔 찾는 이 드문데
내 꽃 찾아 나섰더니 꽃은 다 지고
꽃은커녕 이운 꽃 한만 안고 돌아왔네.

[출전] : 『續東文選·9』 『列朝詩集』

작자 月山大君 (월산대군 : 1454~1488)

조선 왕족. 이름은 정(婷). 자 자미(子美). 호 풍월정(風月亭). 덕종(德宗)의 장자이자, 성종(成宗)의 형. 서사(書史)를 좋아했고 문장이 뛰어나, 그의 시작(詩作)이 중국에까지 애송됨. 고양의 북촌에 별장을 두고, 자연에 묻혀 일생을 보냄. 저 『풍월정집』. 시호 효문(孝文).

尋花古寺

春深古寺燕飛飛　　深院重門客到稀
我自尋花花已盡　　尋花還作惜花歸。

■ 어구풀이

▷尋花古寺(심화고사) : 『列朝詩集』에는 「古寺尋花」로, '自→正, 已盡→落盡, 作→爲'로
기록됨. 위 시는 당 두목(杜牧)의 시 「탄화탄화嘆花」를 의양한 작품으로 유추됨.
　　自是尋春去校遲　　내 봄 찾아 늦게 나섰으니
　　不須惆悵怨芳時　　자못 꽃다운 때 지났다고 슬퍼하지 말자
　　狂風落盡深紅色　　광풍에 떨어진 꽃 빛 상했으나
　　綠葉成蔭子滿枝。　푸른 잎 녹음 지고 열매 가지에 가득하니.

<邱燮友·唐詩三百首>

▷飛飛(비비) : 제비의 나는 모습. 두시(杜詩) 「추흥8수秋興八首」·3에 "두어 밤 어
부의 집에서 묵노라니 두둥실 뜬 듯한데/ 맑아한 가을 날 제비는 자못 제 멋에 겨
워 나니누나(信宿漁人還泛泛 淸秋燕子故飛飛)"라는 용례가 있음.
▷惜花(석화) : 꽃을 보지 못하고 돌아오는 아쉬운 마음.

☞현옹 신흠(申欽)이 이르되, "종실 가운데 시에 능한 사람이 많다. 그중 풍월정이
으뜸이고, 성광자, 서호주인이 그 다음이다.(玄翁云, 宗英之能詩者 亦多矣. 風月亭
爲冠, 醒狂子西湖主人 其次也.)"<晴窓軟談> "내가 알아보니, 풍월정은 월산대군
정이고, 성광자는 주계군 심원이고, 서호주인은 무풍정 총이다. 이 세 사람의 시
각 1수씩 가려 싣는다. 먼저 풍월정의 「님에게 부치다寄人」 시는
　　旅館殘灯夜　　등불 사위는 여관방 새벽
　　孤城細雨秋　　외로운 성에 가을비 내리네
　　思君意不盡　　님 그리는 마음 다함 없는데
　　千里大江流。　장강은 치렁치렁 흘러가누나.
라 했고, 성광자의 「운계사」 시에 이르기를 ––, 서호주인의 「어부사」에 이르기를,
　　老翁手把一竿竹　　늙은이 낚싯대 손에 잡고
　　靜坐苔磯睡未開　　고요히 낚시터에 앉았자니 졸기 십상이라
　　魚上釣時渾不覺　　물고기 물린 줄 전연 알지 못하는데
··　豈知身在畵圖間。　어찌 알리요, 화폭에 든 자신을.
라 했다. ––– 하략 –––. 대저 예로부터 종실은 부귀하게 생장했기에 음악과 여색을
탐해 문장에 마음 쓴 자가 드물다. 그러나 위의 시들을 읽어보면 세속의 티를 벗어
나고, 일반인들보다 뛰어나 평범한 시인들이 미칠 바가 아니니, 귀한 일이라 하겠
다.(按風月亭 卽月山大君婷, 醒狂子 卽朱溪君深遠, 西湖主人 卽茂豊正摠. ––– 詩 省
略–––. 盖自古宗英 生長綺紈, 眈悅聲色 早有留意文章者,而觀其諷詠 絶俗超倫, 有非
等閒詞客所及, 貴矣)." <小華詩評·上>

눈 내린 산사의 밤

종이 이불 한기 돌고 불등도 침침한데
동자승은 한 밤 내내 종도 치지 않는구나
응당 성내리라, 묵던 객이 문 일찍 연다고
암자 앞 눈에 덮힌 소나무 보려는 것인데.

[출전] : 『益齋亂藁 · 3』『靑丘風雅 · 6』『東文選 · 21』
『箕雅』『大東詩選 · 1』『東人詩話 · 下』

작자 李齊賢 (이제현 : P 118 참조)

山中雪夜

紙被生寒佛燈暗　　沙彌一夜不鳴鍾
鷹嗔宿客開門早　　要看庵前雪壓松。

어구풀이

▷ 山中雪夜(산중설야):『익재난고』『청구풍아』『동문선』에는「산중설야」로,『대동시선』『기아』에는「산중설후」로 제목됨.

▷ 紙被(지피) : 종이 이불.『청구풍아』에 "지피는 육방옹(陸放翁)이 노래한 종이 이불이다(紙被卽放翁所詠楮衾)."라 협주하고, 말미에 "세상 사람들이 산가의 맑은 정취를 누설할까 저어하는 말인데, 말뜻이 참신하다(恐世俗子 漏泄山家 淸景也, 語意新)."라고 비해(批解)함. 육유(陸游 : 放翁)의「기사주문지피寄謝朱文紙被」시에 "종이 이불로 몸을 두르고 한겨울을 지내건만, 여우 겨드랑이 털보다 희고 솜보다 더 따습네.(紙被圍身度雪天 白於狐腋暖於綿)"라 함.

▷ 沙彌(사미) : 나이 어린 동자 승. "중이 되어 처음으로 십계를 닦는 사람을 사미라 함.(爲沙門者 初修十誡曰 沙彌) ＜釋老志＞

☞ 서거정은『동인시화』에 위의 시를 예시하고, "산가의 눈 오는 밤의 기이한 정취를 잘 그려냈다. 이 시를 읽으면, 읽는 사람으로 하여금 입 안에 상쾌한 이슬 기운이 생겨나게 한다. 졸옹 최해는 일찍이"익재 선생의 평생 시법이 모두 이 시안에 들어 있다.(能寫出山家雪夜奇趣. 讀之 令人沆瀣生牙頰間. 崔拙翁嘗曰, 益老平生詩法 盡在此詩.)"라고 총평했다. ＜동인시화·하＞

☞ 자하 신위는「동인논시절구」35수, 그 2에서 이익재가 충선왕을 호종하여 원나라에 가 그곳 우집(虞集) 조맹부(趙孟頫) 등 석학들과 종유하며, 고전을 익힌 사실, 충천하는 그의 충성심, 고루한 우리문학을『爾雅』와 같이 바로잡은 점 등을 높이 평가하고 있다. 작품은 다음과 같다.

虞趙諸公共漸摩　　우집 조맹부 등과 문장을 갈닦고
蜀吳萬里壯經過　　촉·오의 만 리 길 장하게 거쳤지
文章爾雅陶鎔化　　문장을 이아로 도용한 솜씨
功到于今儘覺多。　그 공로 이제까지 끼친 바 크다.　　　　＜申紫霞·5＞

「작품」 및 『도서』

ㄱ

ㄹ

ㅁ

ㅂ

일반용어

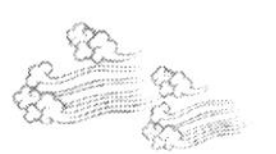

편역자 金甲起

· 江原 江陵市 詩洞産(별명: 一步)
· 東國大學校·同 大學院 碩·博士 卒業(文學博士)
· 前 淸州大學校 師範大學 漢文敎育學科 敎授
· 現 東國大學校 文科大學 國語國文學科 敎授

· 著書 :
　松江 鄭澈의 詩文學
　漢文學史(共著)
　韓國漢詩文學史論
　東西古典戀詩(共著)
　漢詩로 읽는 우리文學史
　譯註 三韓詩龜鑑
　韓譯 申紫霞詩集[上·中·下](共譯)

· 論文 : 老峰 金克己의 文學史的 位相 외 50여편

文化空間으로서의 寺刹

詩로 읽는 寺刹 문화

초판인쇄 2009년　2월　26일
초판발행 2009년　3월　5일

저자 김갑기
발행 제이앤씨
등록 제7-220호

주소 서울시 도봉구 창동 624-1 현대홈시티 102-1206
전화 (02)992-3253(대)
팩스 (02)991-1285
전자우편 jncbook@hanmail.net
홈페이지 http://www.jncbook.co.kr
책임편집 김진화

ⓒ 김갑기 2009 All rights reserved. Printed in KOREA

ISBN 978-89-5668-670-7　93810　/ 정가 45,000원